新创业史丛书

闽宁山海情

樊前锋　徐华淼/著

中国青年出版社

序言

2021年2月25日，北京人民大会堂。在雄浑的《向祖国英雄致敬》乐曲中，习近平总书记为全国脱贫攻坚楷模荣誉称号获得者颁发奖章、证书和奖牌。当宁夏闽宁镇代表走上台前时，习近平总书记殷殷嘱托："一以贯之，刮目相看。"

宁夏闽宁镇，全国唯一以两个省区简称命名的乡镇。

贺兰山下，闽宁镇上，张桂花此时正坐在自家商店，盯着电视看直播。几个来购物的亲戚邻人陆续进了门，瞥见画面，索性站在原地跟她一起看。这个时刻，对她来说很重要，仿佛总结了她和亲戚邻人的一生时光。往昔岁月，的确是他们一段漫长而忧患的时光，而在困难的日子里也会有一些奇妙的遇见，就像这片土地。张桂花生活在镇区福宁村，福宁村之名，取自福建和宁夏的第一个字；附近的木兰村之名，取自福建莆田人的母亲河木兰溪；而她经营的百货商店是闽南古厝式建筑，居住的楼房则是闽东风格。

宁夏闽宁镇，一座现代化的宜居宜业的西部小城镇，流露出来的却是别样的气质。显而易见，这里是有一群福建海边人在呼应着。脱了贫，六十多岁的张桂花万万没有想到，竟能治愈五十年的腿脚残疾，从拄杖弯腰变成直立行走。她是镇上的百事通，活泼得像个孩子，热情又开朗，每天都会介绍一两个有故事的人给我。这些形形色色有故事的闽宁镇人，和她一起用青春年华亲历了大地与时代的变迁。

这些有故事的闽宁镇人，又有一张张怎样的面容呢？

有坚忍的母亲，怀着双胞胎，一个人独自在戈壁滩上盖土坯房，盖起房子的当天晚上立即就生产；有刚强的父亲，两手粗糙的黑脸大汉，饿着肚子，在黄泥小院里建起一座双孢菇大棚，在福建科学家指引下，变身科技的追随者；有追梦的青年，有进过一天学校、把犇字读成三头牛的女儿家，苦学字典，成为优秀的带货主播……二十多年前，他们都曾有过穴居地窝子的经历，如今成为生活的强者。

是闽宁协作与易地扶贫搬迁，改变了他们的命运。

与他们一起发生改变的，还有上百万走出大山的西海固人。

西海固，宁夏南部，曾经苦甲天下的地方，他们共同的老家。二十世纪七十年代初期，联合国粮食计划署专家组考察认为，这里是最不适宜人类生存的地区。无一例外，他们一出生就亲历贫困。张桂花的 1982 年，心上一片焦躁，云朵里没有雨，水窖干涸，渠道断流。正在坐月子的她无水可喝，只能坐等政府送水进山。同年年底，国家针对宁夏西海固、甘肃定西和甘肃河西三个极端缺水的贫困地区，启动了中外瞩目的"三西"建设计划……1994 年，全国扶贫开发工作会议设定新标准，解决温饱的新标准是人均每年纯收入达五百元以上，这样一算，约一百四十万宁夏西海固人处于温饱线以下……1996 年 5 月 31 日，党中央、国务院部署东西对口扶贫协作，批准福建省对口帮扶协作宁夏回族自治区。

1997 年 4 月，时任福建省委副书记、福建对口帮扶宁夏领导小组组长的习近平，在银川倡设并命名建立闽宁村，由福建和宁夏投资共建这个移民示范区，以帮助更多西海固人来到宁夏北部平原安家。闽宁村，闽宁协作的另一种思路，西海固减贫的另一处战场。一批西海固儿女搬到了近水沿路又靠城的地方——荒滩戈壁里的闽宁村。在这里，干部群众艰苦奋斗，改造山河，另辟家园，从而摆脱掉了贫困的撕咬。此后二十年，西海固陆续迁出百万移民，此举深刻影响了今日宁夏人口分布格局。大河行经处，戈壁变绿洲……

"戈壁滩上有了闽宁村，福建科学家就来了。"张桂花说，"福建人教我们在庭院里栽种双孢菇，我们就有了第一项产业。这些年，福建亲戚不断来。如今，我们出路宽了，眼界宽了，不靠种粮，就凭产业，连上市企业都有了。"

闽宁协作的山海情，镌刻在他们生命里。

电视剧《山海情》的故事发生地，就在今天的宁夏闽宁镇。这部热播剧，讲述了六万多名移民群众扎根戈壁滩，在福建挂职干部、技术人员、支教老师和闽商企业的帮助下，通过自力更生，艰苦创业，建设家园的可歌可泣的创业史。影视艺术的魅力就是这样，即使没有人知道现实中的他们，而全国人民透过剧中的得福、得宝、水花、白校长、陈副县长、凌一农以及白麦苗，仍然熟悉了他们为之奋斗和扎根下来的地方。就这样，剧中人成为影视艺术长廊里脱贫攻坚的永恒形象，闽宁镇也随之生气勃勃地传扬开来。

闽和宁，山与海，美好的中国故事远不止于此。

现实中的闽宁镇和闽宁镇人，远远要比影视剧情精彩纷呈。不是吗？笑中含泪，泪中带笑，蕴藏于人们心底的高贵情感从来不会轻易流露，除非你真正走近了他们，除非你真正触动了他们心中的情愫。就像张桂花，在跛瘸弯腰半个世纪之后开始直立行走的那一刻，就是撼人心魄的生动瞬间。闽宁镇，青春与理想的象征，蕴含着我们的互助精神，实现我们的中国梦。从荒漠绝域变身绿原碧海，从干沙滩蜕变为金沙滩，这个西部的移民小镇在用不断的变化，预报乡村的振兴与未来。闽宁镇，本身是一个故事，一个关于山海情深的故事，一个关于闽宁协作的故事，一个关于命运共同体的故事。

在嘹亮的凯歌声中，张桂花们讲述起变迁……

目 录

第一章 相遇

世界近四百年的历史是由海洋文明主导的。曾经辉煌的欧亚内陆久久地沉默着，过去驼铃阵阵、人声鼎沸的丝路和茶马古道早已人迹罕至。1997 年，地处沿海的福建作为首批改革开放试验区，已经开始享受到了拥抱海洋的红利，人们关注柯受良驾车飞跃黄河；空调已在全省普及开来；报纸上宣传夏天怎样穿衣既凉爽又好看；海边踏浪的女孩露出青春洋溢的笑脸；福州长乐国际机场在瞩目中首航……而在中国西部的宁夏西海固山区，有上百万人仍不能稳定解决温饱问题。为了解决东西部发展不平衡问题，国务院于 1996 年 5 月 31 日批准福建、宁夏建立对口帮扶，西海固女工来到海边务工，福建干部前往西海固挂职，只为共圆心中的梦想：携手努力，把山与海变得一样美丽。自此，相隔两千多公里的两个省区拉开了闽宁协作帷幕。

01. 赶海的女儿，进山的县长

田春苗正望着对面那栋女工宿舍楼出神。很少有人留意这栋四层宿舍楼是由平房加盖而成，二楼的那几扇窗户总是敞开着，起风时也关不住，夜深时总会听到它们发出噌噌噌的声响，像是有人在黑暗中磨刀，令人感到莫名的烦躁不安。田春苗第一眼瞅见楼体裂缝和关不住的窗户时，就想起自家年久失修的土坯房。她家在两千公里外的宁夏西海固，几间土坯房就建在一座大山的最高处，遇到狂风墙壁就会簌簌落土，像极了下雨声。很多年前，联合国给她的家乡贴上了一个标签：最不适宜人类生存的地区。

三天前，田春苗来到福建，成为一名劳务女工。同行的九十多个姐妹都是有生以来第一次出远门，家乡政府送行的几辆专车，在路上足足走了七天七夜。为保证她们沿途安全，县公安局还专门派一辆警车护送。出发当天，县上举行了隆重的欢送仪式，县领导勉励她们："女子们，出去了，专心务工，用西海固人勤劳的双手把福建的钱给咱西海固挣回来！"就这样，西海固的女儿空前隆重地出山了。田春苗她们到福建后，先要在莆田一家电子厂参加培训，学会生产电子液晶显示器的配件。

就在田春苗想家时，忽然轰隆一声巨响。田春苗瞪大了眼睛，吃惊地张着嘴巴，眼前这栋四层宿舍楼忽然不见了。

1997年3月25日19时30分，田春苗所在的电子厂女工宿舍楼发生了整体坍塌。瘦小的田春苗没有丝毫惊慌，生活早已把她变成了西海固旱田里一株坚韧的青苗。她大喊一声"姐妹们，快救人！"后就已经冲出了屋子，穿过遮天蔽日的尘土，不顾一切地奔向现场。废墟下面，有她白天刚刚认识的几位广西和贵州的姐妹。

平房改楼房，偷工又减料，这栋六千平方米的宿舍楼整体坍塌了，事故震惊全国。楼房轰然坍塌那一刻，莆田县干部卓金贤正在家里与妻儿亲人话别。按计划，时年三十四岁的卓金贤要在当晚赶到福州，接受福建省委派的一项任务。他得到事故消息较晚。半小时后，福建省脱贫办给他打来一个紧急电话："迅速摸清是否有宁夏西海固来的女工发生伤亡？"

卓金贤心急火燎地赶往事发地。

现场拉起了警戒线，灯光闪烁，救援工作正在开展。

卓金贤的心里很清楚，如果有西海固女工伤亡，负面影响将非常之大。他本人虽不了解西海固，但也听说那地方是全国最贫困的地方，女人走出大山很不容易。可以想象，这批由福建、宁夏两省区党委、政府对接安置的第一批女工，到莆田才第三天，如果涉及伤亡，对今后转移更多西海固女工到福建务工，会造成不利影响。

动员这批宁夏西海固女工来福建有多困难？

对此，卓金贤之前也是有所耳闻的。自古以来，西海固的女儿不出山。福建省脱贫办联系好了福建企业接收，给出特别优待的条件，可宁夏当地政府组织女工赴闽劳务，仍然费了好大的劲儿。地方干部动员了很多女孩子，家长不同意，女孩子也不敢来。究竟是个什么原因呢？家长的顾虑是多方面的。宁夏西海固与福建莆田相隔两千多公里，女孩子一旦远走福建，离家实在太远，遇个事情该怎么办呢？孩子想家了该怎么办呢？当地扶贫干部实在没办法，只好动员自己的妹妹和女儿走福建。这种办法起到了很好的带动作用。人口稠密的西海固地区，组织起第一批九十多名女工赴闽劳务。西海固第一批劳务女工赴闽，意义非凡。以后还有数以万计的西海固子弟浩浩荡荡地奔赴福建海边，开启人生新的一页。

事故现场连片的哭泣声中，卓金贤打问到，刚到莆田的西海固女工不住这栋楼，而是被集体安置在紧挨的另一栋宿舍楼。同时又进一步打问到，救援队没有赶来之前，西海固女工最先得知险情，这些羸弱的女儿家没有袖手旁观，而是第一时间跑到现场，手刨肩扛，在废墟中救出了十几名轻重伤员。专业的救援队进入现场，田春苗和姐妹们才带着满身的泥污，撤出警戒线外。卓金贤赶到时，她们已瘫坐在路边成排的巨榕树下，年轻的面庞上滚动着汗渍和泪水。卓金贤心中的感动油然而生，只此一个瞬间，海就领略到了山的坚韧。

"这场灾难发生时，她们最早赶到现场抢救伤员，表现非常出色。"卓金贤是这样给上级报告的。之后，他还知道，西海固女工救人的事迹传开了，一下就拉近了宁夏工人与福建企业的关系，福建企业十分乐意接纳来自宁夏西海固的工人。这些朴实的宁夏西海固的年轻人，填补了莆田乃至福建省一次又一次的用工荒。而他本人，在以后的二十多年里与在莆田的一茬茬宁夏工人，保持着很好的联系。

透过田春苗，卓金贤对西海固充满着想象。

西海固，卓金贤即将抵达的远方。他猜想着西海固的样子，猜想着这个养育了坚忍儿女的地方。看罢这个极其不幸的现场，他星夜从莆田赶到福州。到省委组织部招待所报到，与来自其他县市的另外七名处级干部会合。

距此几个月前，1996年5月31日，党中央、国务院东西扶贫协作专题会议研究决定，由东部沿海地区九个较发达的省市以及四个计划单列市，分别对口帮扶西部地区经济欠发达的十个省、自治区。其中，福建省对口帮扶宁夏回族自治区。国务院扶贫开发领导小组强调："我国东部地区和中西部地区各有优势，有很强的互补性，组织东西部地区开展扶贫协作，是尽快解决贫困地区农民温饱问题、缩小东西部差距的需要，是经济发达地区深化改革、扩大开发、加快发展的需要，是实现共同富裕的需要。"福建与宁夏追求共同富裕的试验田，被两个省区干部群众简称为——闽宁协作。

不久，福建、宁夏两个省区在福州市召开了闽宁对口扶贫协作第一次联席会议。会议决定："两个省区政府每年举行一次联席会议，总结对口帮扶工作，协商解决有关问题，并确定了建立扶贫协作发展基金（福建省级援助资金）、市县结对帮扶、互派挂职干部、部门对口协作等事宜，并选出沿海八个经济实力较强的县对口帮扶宁夏的八个国定贫困县。"卓金贤八人是福建支援宁夏的一支先头部队。

第二天上午，在省委组织部观看了介绍宁夏西海固的短片。福建省委领导对他们提出具体要求："到了西海固，安心西海固，服务西海固，务必尽快克服困难，过好气候关、饮食关、语言关、家庭关。"

他们当天乘飞机从福州出发，经转西安，晚上抵达宁夏银川。

卓金贤的进山路，与田春苗的出山路一样，颠簸而漫长。

福建省第一批八名赴宁夏挂职干部，被宁夏回族自治区党委组织部分别送到挂职地。其中，福建福清县、长乐市、莆田县、晋江市、石狮市、厦门市开元区、同安县、龙海市，分别与宁夏盐池县、隆德县、西吉县、固原县、同心县、泾源县、海原县、彭阳县建立对口帮扶关系。卓金贤挂职的西吉县，离首府银川还很远。从银川去西吉，车子一路南下，向着六盘山方向奔跑，四百公里的长路上几乎没有多少光滑的柏油路面。这段路途，等于从宁夏的北端，走到宁夏的南端。

来到西吉县的第一个晚上，卓金贤失眠了。他并不是因为想家，而是被冻得睡不着。虽然已是晚春时节，但是西吉的山里依然寒冷。当晚，卓金贤住进了县政府办公楼里的一间办公室，这间办公室就变成了他的宿舍。即便天气再冷，办公楼也不供应暖气，县政府和老百姓都缺少燃料。他的宿舍，自然也没有洗澡设施。

天亮了，因为是星期天，没人来上班。早上8点钟，卓金贤独自上街去吃早餐。这时，他观察到这个县城是建在一处略微平整的山坳里，四周都是山。低矮的楼房，沿街的早餐店铺只有三家，并且只供应油条、豆浆、馒头和稀饭，显然这里的人们并不重视早餐。奇怪的是，家家餐厅都没有洗手间，店主只在门前摆放一只小水瓶，有人需要洗手时，会把水瓶里的水小心翼翼地倒进手心里，之后两手揉搓。县城人节约用水，似乎早已形成共识，这个小细节，让卓金贤过目难忘。吃罢早餐，沿着狭长的主干道走，偶尔一辆汽车驶过，他眼前就会出现一条飞腾的浑黄长龙。这阵势，仿佛整个县城都知道有一辆汽车来去。城外北山顶上，不长草也没有几棵树，植被稀疏。不必走出县城，抬眼顺着山势，就能看到山腰上和山梁上一处处土坯房，而田春苗家的土坯房，还在更深的山里。

此时的西吉县城，几乎没有一家工业企业，而整个西海固地区还有百万人没有解决温饱问题。那些沉甸甸的数据，就是现实。来到西吉县的第一天，挂职担任西吉县县委常委、副县长的卓金贤，掌握到了这些重要信息。这里水比油贵，自打进山这天起，他就不由自主地改变了以往在福建每天洗澡的习惯。不过，县城的街道上有一家公共澡堂。在这里，每周能洗上一次热水澡，成了卓金贤有些美好的奢想。卓金贤心中浮起一股很大的孤寂感。绕着西吉县城走了一圈，回来时县政府工作人员正四处找他。这天，卓金贤随手在日记中写下对这座县城的观感："苍凉的狭长山脉，望不到绿色，一条马路上，建着稀疏的平房，穷困而冷清。"

山与海的差别强烈撞击着卓金贤的心。

不过，卓金贤发现，山与海也有相似的地方，似乎很早就存在着某种联系。比如，宁夏西海固的电话区号是0954，福建莆田的电话区号是0594，两组数字竟然如此相近。细说起来，福建宁夏相隔几千公里，而山与海的距离并不遥远。比如，福建莆田与宁夏西吉的渊源也是很深的。早在中华人民共和国成立初期，就有一拨福建莆田籍大学生来到了群山峙立的西吉县，他们在这干山枯岭之间送走了各自的青春年华。卓金贤来时，最后三位大学生刚刚返回莆田原籍。三位同乡前辈扎根西海固地区，奉献西海固的事迹让卓金贤十分吃惊，对他来说这就是一种无形的力量。他记得，这三位，一位是复旦中文系教授，办理乡村教育；一位是军医大毕业生，服务于县防疫站；而另一位，是县城的中学教师。

山里的县长，海边的春苗，各怀心事，但却都在思忖着要把山变得与海一样美。远离家乡，身在海边的女工田春苗，很听家乡县领导的话，要"用西海固人勤劳的双手把福建的钱给咱西海固挣回来！"而卓金贤则憧憬着，眼前这片辽阔的旱海有一天满目黄金。

02. 田春苗的西海固

卓金贤挂职的西吉，是西海固的一个县。

也是女工田春苗的家乡。

田春苗的身世，就是西海固的身世。昔日西海固，有人说它苦甲天下，有人说它是贫困之冠。

西海固是革命老区，位于宁夏南部，是西吉、海原、固原三县的合称，因中华人民共和国成立之初，短暂设置西海固回族自治区而得名。境内南北横亘的六盘山，是红军长征翻越的最后一座大山，毛泽东那首脍炙人口的《清平乐·六盘山》就诞生在这里。这里也是民族地区和集中连片的特殊困难地区，包含西吉、海原、固原、隆德、泾源、彭阳、同心、盐池八个国家级贫困县。1982 年，备受中外瞩目的"三西"建设计划启动时，党中央强调："对治理这一地区（宁夏西海固与甘肃定西、河西），不能临时打算，只靠救济过日子，要有长远打算。"

卓金贤挂职的西吉县，是西海固人口最多的一个县。田春苗的家，就在西吉县平峰乡的张拉村。在一座大山的最顶端，零星分布着几十处土坯房，山腰和山脚还有很多乡亲住在窑洞里。田春苗在家时，每天掀开门帘，不见庭院，眼前就是深渊，而她双脚只要向前迈几步，就站在了高高的悬崖上。出村进村没有路，下旱田干活时，身体就紧贴一道长长的坡道，小心翼翼地行走着，回家时也一样。

西海固的土豆闻名遐迩，而最出名的特产却是旱灾。山大沟深，十年九旱，就挂在老百姓的嘴边。有一年，旱情严重得很，干土层竟然厚到四十厘米。连年干旱，田春苗的乡亲们广种薄收，依然岁岁坚守。田春苗下地干活，偶尔坐在田埂上休息时，她会凝望着起伏的没有一丝绿意的山峦。她想，父亲种植的旱田小麦，种子撒到土里，多半不发芽，为什么还要种下去呢？可父亲说，种地强过不种地，种下去才有希望。

田春苗读书时，山脚下有一所村上办的小学，设了两个年级。读到三年级，就得去五公里外的乡上读小学。风里来，雨里去，她每天沿着羊肠子一般窄小的山路，上学放学。雨雪天上学，山路很滑，倔强的田春苗和小伙伴仰天俯地，上学路上蹒跚走，跑着走，撒着欢儿走，唱着歌儿走。父亲是个热爱知识的庄稼人，觉悟很高，认为男娃女娃都应该读书，正是在父亲的支持下，她跑细了两条腿，硬是读到了高中毕业。

实际上，田春苗参加过一次高考，大获全胜。

高考录取分数线出来，她考了个一本，学校在上海。

可是，开学报到的日子渐渐临近，父亲却拿不出学费。亲戚邻人都借遍，父亲连一半的钱都没能凑够。土坯房昏暗的电灯下，父亲支支吾吾地跟她商量："春苗啊！大，没用！真真的拿不出也凑不够这笔钱……你去上海读大学这件事，先缓上一年。"

田春苗没听完就哭了，泪水摔落地面，钻石般亮灿灿。

"上海是一个大城市，路途又十分遥远！"父亲说，"要不，你明年重新考一回，再考就不要考一本大学了。听说念个大专学费低离家也近。再说，到了明年，雨水好了，小麦啊、糜子啊、土豆啊都能够丰收，变了钱，你念书的学费也就不成问题了。"

让田春苗不再争辩，选择顺从的，是父亲骨折的一只胳膊。半个月前的一天，父亲和邻家叔叔在陡峭的山坡上垦荒。乡邻都爱在山坡上垦荒，家家户户都想着多开一分二分的山地旱田，这样来年开春时就能多种一点儿小麦或者糜子。没想到，父亲在干活儿时从陡坡上摔倒了，骨碌碌滚落到了山崖下面。父亲强忍着疼痛冒着浑身湿透的虚汗回到了家。等田春苗看见父亲时，父亲坐在自家门槛上，像书里的关云长刮骨疗毒那样，让邻家叔叔用两块木板夹固起骨折的胳膊。

当晚，父女俩谈完话，父亲拉灭十五瓦的灯泡。

父亲随手这个动作，掐灭了田春苗心头那丝微光。

村里通电，是几个月之前的事情。通电时刻，是个黄昏，整个村里沸腾了，星星点点的亮光点缀着大山。这是千百年来，这个偏远山村里的一件大事情。山顶、山腰和山脚在一瞬间都有了光亮，红彤彤的，喜气洋洋的，年轻人歇斯底里地呼喊着，不顾一切地惊叫着。不过，小山村里这一瞬的激情，很快就被黑夜吞没。为了节省电费，每家每户使用着瓦数很小的灯泡，只会照亮晚上一阵子的时光。

与大学失之交臂这年，田春苗没有抱怨，当然她也没有了第二次参加高考的勇气。对她来说，对她的家庭来说，即便她来年考上了大学又能怎样？家里还有两个正在上学的弟弟，她再也不敢奢想。1997年春节刚过，县政府动员女孩子去福建莆田务工，听说几个干部的女儿报了名，于是，她也跟着报名参加了。

在田春苗的情感世界里，走福建无疑是一次壮举。

福建在大海边上，有水生活就有希望。读中学时，她在校园广播里听到过大海的波涛，也能听出那汹涌澎湃的激越。那一刻，她想象着自己就站立在烟波浩渺的大海边上，仿佛看见眼前的路、远处的路以及未来的路。在自己缺水的家乡，她亲眼见到过，旱情严重时，政府雇请的送水车排成了一条长龙，运水车一到，就被拎着水桶的人围个严实。

喊叫水、旱天岭、一碗泉……

类似干渴焦躁的地名，在西海固有许许多多。昔日的西海固农家，评判某一户人家是否殷实的重要指标，是看他家水窖的大小与蓄水量的多少。田春苗家当然也拥有自己的一眼水窖，全家吃水就靠它。水窖里盛着雨水和雪水，吃水时就拿辘轳把水桶搅出来，把窖水沉淀半天再饮用。可是，水窖常常靠不住。为什么呢？天上下雨，她家住山顶，山顶人家的水窖不容易存得住雨水。高山顶上树少草稀，雨水总是一股脑儿地倾泻而下，卷着泥沙顺着山势往沟壑里冲。因此，她家水窖的蓄水量远远不足。

补充全村人吃水的，是山腰间的一眼泉。泉水，是从石头缝里一滴一滴跌落下来的，汇聚在村民挖出的一个大坑里。这个水坑，可以供人们汲水。山泉虽然出水量少，但很甘甜。夜幕降临，全村老小来排队，静静等候着挑回一担泉水。轮到田春苗打水时，她先用一把葫芦水瓢把水舀出来，再滴水不漏地灌进自家水桶。她瘦小的身体挑起两桶水，沿着羊肠子般细窄的山路，小心翼翼地朝山顶的土坯房走去。

田春苗很小的时候，只要遇上周末，还会背着背篓爬上一座座大山去铲草挖柴。尽管政府全力推行植树种草，绿化家园，可田春苗和西海固女人非得反其道而行之。不上山铲草挖柴，牛羊饲料与人的燃料都没法解决。长大以后，她明白了，这就是人与自然的矛盾。十三岁那年，田春苗有过一次永不能忘的铲草经历，那天她和小伙伴一清早出发，竟然跑到邻省甘肃的山头上。临近傍晚，她背着柴草往家返，惊讶地看见连绵的大山变得光秃秃的，露头的青草都没了，大地仿佛在红彤彤的夕阳下流血。

就是这天，田春苗背着柴草走进家门时，听到父母正和一对陌生男女商量什么。不大一会儿，这对陌生男女就顺利地抱走了她三个月大的小妹妹。田春苗有两个弟弟，再下面还有个最小的妹妹。父母说，干山枯岭穷到家，小的实在难抓养。不过，把小妹送人时，父母有一个要求，这户人家必须有一只产奶的羊。原因很简单，孩子的养父母家有了一只产奶的羊，孩子就能喝上羊奶，就能长大。

田春苗目送妹妹被人抱走的那一刻，外面刮起了风，遗世而独立的土坯房簌簌在落土，听着像是在下雨。妹妹离家了，父亲母亲没有出门，就埋头坐在黑漆漆的土坯房里。田春苗站在土坯房前高高的山崖上，看着襁褓里的妹妹被陌生人抱着缓缓下了山。那一对男女的身影越来越小，拐过山脚一道弯，消失在暮色里。

促使田春苗远走福建的，还有她远房的姑姑张桂花。张桂花，先前住在山脚下的一孔窑洞里。张桂花年轻时是个俊女子，手很巧，无师自通，能画图、裁剪、缝纫。张桂花的神奇之处还在于，她能把各样的粗布料头拼成一件漂亮的衣裳，年龄很小时就成了平峰乡上闻名的大裁缝。张桂花出事儿的那天，还不到十五岁，她躺在自家窑洞的土炕上，忽然就站不起来了，腿脚麻木，自此落下大病，只能跛瘸着弯腰走路。人生啊！就这么遭逢变故。跛瘸弯腰的张桂花，没有被病痛打倒，一直与困难的生活苦苦抗争。1978 年，张桂花与山村里相好的李姓青年结婚了，婚后生养了一儿一女。村里的日子过于艰难，张桂花就去平峰乡上的街道，租房开起缝纫铺，帮大家缝缝补补，换取乡邻的报酬……谁也没想到，张桂花和丈夫竟把一大家子老老少少的生活照顾得很妥当。

远房姑姑张桂花的人生经历，给了田春苗以激励。田春苗觉得，自己就应该像姑姑一样坚强地面对生活，面对人生困苦。

透过彼时的田春苗，我看见了昔日的西海固。

大山深处道路险，山高坡堵行路难。深沟都是烂泥潭，要访邻居多半天。人畜饮水靠人担，车辆无法到门前。一年四季雨水少，春种秋收靠老天。山上种树难成活，要养牛羊无草原。冬天无煤来取暖，烧炕就用牛粪填。条件落后生活难，日子过得很艰难。多少学校漏风雨，吹风下雨不安全。思想落后人保守，婚姻父母都包办。多少岁月艰苦史，件件回忆都心酸……

田春苗的西海固同乡，后来的闽宁镇副镇长王富荣创作的快板中，说尽了西海固往昔的艰难与苦涩。

来到西海固的卓金贤，体会到了老乡的困难。挂职刚来时，他同时在做两件事情，第一件事情是下乡帮老乡打水窖，执行闽宁协作的水窖工程；第二件事情是向群众介绍福建的用工情况，组织和鼓动年轻人到福建去务工。每隔几天，到了凌晨，卓金贤都会和妻子通一次电话。这个时间段，电话费便宜许多。每次打电话，他和妻子说得最多的不是家事，而是工作的事情。他委托远在福建的妻子，帮助收集莆田的用工信息。这样，几千里之外的他，就能及时掌握家乡信息，就有可能转移西海固工人去福建。

有一天，福建来信息了：一家电子厂紧急招聘上千名工人。

劳务转移的机会来了，可上哪儿找这么多女工呢？

县委书记叫卓金贤开一次动员大会。第二天下午，县政府大礼堂，挤了四百多名村民代表。这些乡亲，来自西吉县的各个乡镇，来自困难极大的贫困村。来的时候，都是由各乡镇干部带队。卓金贤也是一样，非常重视这场动员会。为了开好这次大会，他事先与福建这家电子厂的负责人通了一个很长的电话，双方就女工在福建莆田工作期间的薪资、安全、饮食等多个方面，进行了细致协商，最后予以确认。接着，他连夜写出一份发言稿，扼要列出了动员大会上要讲的核心要点。

"乡亲们，我是福建莆贤（莆田）来的挂职干部，现在是一个新西海固人。我减话（讲话）慢一点，这样，大家都能够明白我的减话（讲话）内容。"卓金贤说话时，有意放缓了语速，生怕乡亲们听不懂自己的福建话。

"到了福建，一个熟练工的收益相当于一个公务员。"卓金贤提高了嗓门，"只要肯吃苦又乐意去福建务工，只需要几个月时间，一个女工就会缓解一个家庭的困难。每个月七八百元甚至上千元，一个女工是完全可以赚到的。我们与福建企业协商好了，但凡去福建莆贤（莆田）务工的年轻人，企业统统都给予优待。第一，西海固务工人员到了福建进厂时，企业不但不收取押金，还要提供宿舍和被褥；第二，西海固去福建的少数民族务工人员，可集中起来自行办理一个食堂，由企业从西吉县聘请厨师……西海固女工到福建务工，赚取报酬，但同时也是帮助了福建企业。这家福建企业一次性招聘上千名工人，什么原因呢？福建企业在这时出现了用工荒啊！用工荒的重要特征，是重点企业大量招聘……可以说，西海固女工赴闽劳务这件事情，是双向互助的，福建企业也很明白这一点"。

很奇怪，这场动员会开了两个小时，会场秩序竟然好极了。每当卓金贤讲完一段，在换气停顿的短暂间隙里，能够听见空气在流动。乡亲们在台下正襟危坐，竖起耳朵，就静静地等待着听他要讲的下一句话。显然，乡亲们听得都很认真，卓金贤讲得也很动情。参加工作十几年，他压根没遇到过这么好的会场纪律，他确信台下是一群可敬的乡亲。中途休息时，他低头问坐在自己旁边的另一位同事："平时大礼堂开会也这么安静吗？"这个同事笑了笑，模仿着他的福建口音回答："你讲（减）的福建普通话，乡亲们真的听不大明白，可对你讲（减）的内容有兴趣。所以，就静静地听。"

动员大会结束时，乡亲们给他鼓了掌，之后由各乡镇干部带队各回各家。听到了掌声的卓金贤，心里仍是忐忑难安，庄稼汉的掌声有时是会骗人的。他想，乡亲们听了自己的福建话发言，会不会有响应呢？他听说过，第一批女工去福建时是很困难的，乡亲们都不愿意让女孩出远门，县上只好让各级干部在自家和亲戚家做动员。现在，卓金贤确信自己把赴闽劳务这件事已经讲得很透彻了，涉及能想到的方方面面。比如女工到了福建务工的薪资问题、安全问题、饮食问题，在动员大会上都有详细解释。

没想到，这场动员会开得很成功，实际效果好得很。有了卓金贤的讲解和动员，乡亲们一下子放下了心里的顾虑，回到村里，纷纷支持家里的女孩到福建去务工。没几天，有四百多名报名的女孩，来到县城接受安全培训后，背上干粮踏上了前往福建的行程。她们是第二批走向福建海边的西海固女孩，县上领导谨慎小心，就像输送田春苗她们第一批女工走福建一样，雇大巴车运输，又派遣警车长途护送……自此，西海固的女孩一批接一批浩浩荡荡地走向了福建莆田，进到了工厂，上了流水线。闽宁协作开始后，西海固一个又一个田春苗，就是这样走出了茫茫群山，走向了福建海边。

"女子们，出去了，专心务工，用西海固人勤劳的双手把福建的钱给咱西海固挣回来！"来到海边的田春苗们，带着亲人的祝福，带着家乡的期望，每天忙碌在流水线上。远在福建海边的西海固女工，没有辜负西海固家乡。几个月后，一张张汇款单带着海的温润气息，雪片般飘进了西海固，飘进了大山里的黄泥小屋。

田春苗，西海固一个坚忍的女儿，缘何取了这样一个名字？

我至今没有问过田春苗。

显然，西海固人对山田旱地充满着期待。

田春苗，田春苗，西海固旱田里一株坚韧的青苗。这个与西海固一样传神的名字，与大地母亲紧紧相连，带着泥土的芬芳，带着坚忍的微笑，带着向上的力量，就这么不急不缓地向我们袒露了一个贫困而磊落的西海固。干山枯岭，满目疮痍，田春苗和乡亲们向往着山川改容、水土重生以及赤贫家园的一切改变。

03. 虎子借粮

说了田春苗，接着说虎子。

田春苗出走福建务工时，虎子只有六七岁。为何非要说这个小孩子呢？这一年，虎子亲历了一件大人羞于启齿的事情：借粮。让人倍感心酸的是，即便已经快要迈入二十一世纪的时候，借粮这种事情，对部分西海固人来说却仍然稀松平常。

虎子，全名王小虎，是个顽皮的孩子，瘦成了皮包骨头，那时体重只有二十来斤。他喜欢站在半山腰上等风来，总想着山风再刮大一些时，自己就能飞翔，就能去摘天上的星星。虎子家住在西吉县兴隆镇川口村大沟门组，这里为什么叫大沟门？因为山高沟深，虎子和大人进村出村都得沿着羊肠子般的弯弯山路，谨慎行走。

虎子记事时，最先记住了自家两座土粮仓。

土粮仓，高不会超出两米，是用泥巴糊成的，底部呈圆形，越往上越细小。两座对称的土粮仓，矗立在庭院里，怎么看都像母亲的乳房。在西海固，这种土粮仓由来已久，人们习惯把土粮仓建在院子里。农民粮仓和母亲乳房形象地联系在一起时，就连一颗颗麦粒也变得庄严神圣了起来。后来虎子就知道了，西海固之所以修建土粮仓，就是为了保护粮食不被老鼠啃食。

虎子妈经常从土粮仓里取粮食。别看两座土粮仓不大，可这里是虎子家最重要的地方，装满虎子和姐姐妹妹的口粮，就是一家人的命根子。虎子爸长年累月不在家，家里的事情都是虎子妈在操持着。虎子妈一个人种植了十几亩山田旱地，收获了，她就会把玉米、小麦和糜子分门别类地装进这两座土粮仓。雨水好时，虎子全家人勉强能够吃饱肚子，如果遇上天旱，庄稼收成不好时，连吃饭都成问题。

有一天，虎子妈蹲在土粮仓跟前捂着脸哭了。

妈妈哭得很伤心，肩膀一抖一抖的，一串串泪珠子就亮晶晶地挂在手背上。妈妈为啥好端端地哭了起来呢？虎子蹦蹦跳跳地跑过来，看了看妈妈，又爬到地上，伸长了脖子往土粮仓里探。黑魆魆的土粮仓，一粒儿粮食都没了，一粒儿粮食都掏不出来了。虎子想，没有了粮食，他和姐姐妹妹是不是就得挨饿了？果不其然，中午饭时，虎子没有吃上面条，妈妈给他们每人烤了一个拳头大的洋芋。

隔了几天，逢集市，妈妈要去一趟乡上。

"妈，我饿，洋芋难吃，你能买个馒头吗？"虎子哀求着。

妈妈点了点头。

下午回来时，妈妈没有买上馒头。

"说好的，要买馒头！"虎子说着就哭了。

"妈妈满身只有两块钱。"妈妈说，"给你姐姐买了铅笔本子，不够给你买馒头的钱了。要是买了馒头，又不够给你姐买铅笔和本子。"

"你别哭了，妈给你烧洋芋去。"

妈妈说罢，怀里抱起一小捆柴火，扭头进了低矮的厨房。烤洋芋，是西海固人至今难以忘怀的味道。让虎子停止哭泣的，是邻居的妇人传来的一个消息。

"虎子妈！虎子妈！不得了啦。"

妈妈从厨房里探出个脑袋来。

"你家羊羔子从崖上摔下去了。"邻居妇人急促地说。

虎子不哭了，妈妈开始哭。先前，虎子是假哭，是向妈妈诉委屈，而妈妈的哭是号啕大哭，是彻彻底底伤心地哭。妈妈对虎子说过，这只小羊羔养大了，就会再生小羊羔，然后就会变成一群小羊羔。可是，这天饿坏了的小羊羔，嘴里啃不到草料，四处乱窜。这只可怜的小羊羔饿到了站不稳，觅食时，竟从崖顶掉了下去。

过了几天，家里洋芋吃光了。

而此时离新粮下来还得一个月。虎子爸在外没一点儿消息，也不晓得这次回来能不能带些生活费。虎子妈等不住，就去村里借粮。全村八十多户人，挨家挨户走了三十来户。没想到，虎子妈这一借，借出了村里一个天大的秘密：全村多数人家一样，口粮快断了，都在坐等着新粮早些下来。几户家境好些的，没了粮，就花钱在乡上买粮。借了一圈，虎子妈回来了，既然多数人家情形都一样，她就没有勇气向邻人开口了。

第二天清早，妈妈带着虎子回娘家。

虎子妈回娘家，就是为借粮食。虎子外爷家，离虎子家不远，就在十里外的什字乡武家湾。说起来路途不远，可这段路是山路，武家湾在另一座山顶上。虎子跟着妈妈去借粮，是步行的，临走把姐姐和妹妹留在家里。山路崎岖，这是虎子第一次走这么远的路，走啊走，又累又乏受不了。转念一想，到外爷家就能吃上一顿拌了葱花的面条。虎子这么想的时候，脚底板有了劲儿，前脚把妈妈后脚跟得很紧。

进外爷家门时，午饭时间过了，虎子布鞋的脚头也磨烂了，露出了一只大脚趾。到外爷家，虎子两只小眼睛不停地四处乱瞅，终于在外爷的炕头瞅见了两只大口袋。虎子佯装坐在炕边上，用手捏了捏这两只大口袋，琢磨里面装着面粉和洋芋。这两只大口袋，就是外爷的家底。新粮没有下来之前，外爷家的存粮也就这么多了。

"娃娃，你咋来了？"外爷笑着问，下颌瀑布般的胡须抖动着。

"大，我浪来了啊！"虎子妈说。

虎子看见了，妈妈回答外爷时，表情很不自然，有些害羞的样子。虎子想，姐姐妹妹在家都饿着，他和妈妈就是来借粮的，应该直接对外爷说出来。顽皮的虎子，耷拉着小脑袋："外爷，我没饭吃了，上你家吃饭来了！"

外爷被惹笑了，是苦笑，不是失笑。

"哎呀！我的虎子啊，外爷咋能把你饿着呢！"

"外爷，我现时就饿着呢！饿得我都走不到你家啦！"

接着，虎子妈又是号啕大哭。边哭边埋怨虎子外爷："大！你把我嫁到山村，太贫寒，连肚子都吃不饱。让我跟了这么一个男人，常年在外，不管庄稼，也拿不回来钱。眼见新粮下不来，家里钱没有了，粮食也没有了。我今天的一切，都是你给我找的罪在受。"

虎子在妈妈的泣诉中，听到了很多前所未闻的旧事。原来，在很早的时候，外爷和爷爷二人指腹为婚，他俩成了儿女亲家。老一辈的西海固人都是这样，说一不二，一言既出，驷马难追，否则是会被旁人嘲笑的。虎子的爸爸妈妈结婚之前，彼此没有见过面。婚期临近，第一次见了面，虎子妈根本没有看上虎子爸，要反悔。虎子的外爷坚决不同意，勃然大怒中成就了这桩婚姻。婚后，虎子爸在外忙碌，总是挣不来钱。每隔两三个月，虎子爸从外面回来一次，在家住上两三天匆匆忙忙又离家。地里的庄稼关照不上，家里几个娃娃也不理睬，家里和地里的事情全部都由虎子妈一个人来打理。

妈妈哭诉时，外爷也哭了。

"大，我真不想跟这个男人了！"

"这都是天意!"沉默的外爷说话了。

外爷从炕头的两只口袋里,舀出两大碗面粉,又倒出半口袋洋芋,对虎子妈说:"这边家口比你那边大!面粉不能多给,洋芋给你一半。要不然,这边很快也就没吃的了。你把这半袋子洋芋背回去,再熬一熬,新粮就下来了。"

"外爷,你馊啊!"虎子哭着说。

馊,这个字,在西海固的语境里就是小气。

虎子说的这句话,把外爷惹笑了。外爷摸着他的小脑袋说:"面粉让你都拿去,你舅舅他们的生活怎么办呢?"外爷说罢,又解开面粉口袋,使劲儿舀出来一大碗面粉,添进虎子借粮的口袋里。再笑着看虎子,仿佛在说,这下你满意了吧!

虎子妈继续抱怨着自己的婚姻,脸上忽然变了色:"大,几个女子还在家,一天没吃了!"

虎子妈背起装好洋芋和面粉的口袋,叫上虎子,急忙出了娘家大门。虎子在外爷家只喝了一口水,他也不再奢想外爷家"拌了葱花的面条",迈开两条细细的小腿,前脚紧紧地跟上妈妈的后脚,就这么匆忙走起了回程的山路。半途中,夜黑了,娘儿俩能听见狗在叫,山路黑黢黢的难以分辨。沿途的村庄通了电,山腰上山梁上的黄泥小屋里发散出微弱的光亮。妈妈背着借来的粮食,牵着虎子的小手,跌跌撞撞地谨慎寻路。

虎子和妈进了家门,饿坏了的姐姐妹妹扑上来就哭。

实际上,中南海很早就开始关注虎子家的困难。

当时,虎子他爸还没出生,他爷还是个少年。确切地说,中华人民共和国成立初期,国家就采取了多种措施改善西海固山区人民的生活状况。到了1972年,国务院调查组向党中央报告西海固人困境:家无隔夜粮,冬无御寒衣。这年冬天,南方调来的玉米分发到西海固山区的家家户户,男人和女人穿起了没有肩章和领花的军装……1982年,西海固大旱,全年持续超过三百天没落一滴雨水,政府不得不组织车队送水。靠天吃饭的西海固,干燥到浑身都在冒火,变成一处严重的灾区。这一年,灾情过重,西海固人均有粮是多少呢?准确地说只有九十三公斤……同年年底,国家启动了"三西"建设计划。中央财政每年拨出专项资金,用于宁夏西海固在内的"三西"地区建设。人们常说，此举首开中国乃至人类历史上有计划、有组织、大规模的开发式扶贫的先河……苦苦奋斗十多年，直到1995年，西海固仍有百万人不能解决温饱问题。虎子的家，就是这样。

说起虎子借粮的事情，并不是一味地诉说苦情，这是当时西海固的实情。如今的虎子不一样了，易地扶贫搬迁改变了他的命运，他早已成为闽宁镇上一名出众的电商，经营着一家牛肉铺子的同时，还通过网上直播卖牛肉。每天清早一睁眼，就得忙碌着处理全国各地的订单，每天晚上还得一场不落地进行线上直播。

高大壮实的虎子，衣着光鲜，跷着二郎腿给我回忆家事时，我很难想象他曾经有过的苦涩而困顿的生活。不过，他说想起二十年前那次借粮归来的场景，至今会感到心寒。那个场景牢牢刻在了脑海里：黄泥小屋，昏暗的电灯下，姐姐妹妹抱着妈妈哭，妈妈背着借来的粮食哭。黑夜里，全家的哭声传得很远。过了好一阵，妈妈抬起手背擦掉眼泪去烤洋芋。烤熟的几个洋芋大家分着吃。那天虎子借粮路上走饿了，夜里没吃饱，妈妈也不敢多烤。就是这样的，今天尽饱吃好了，明天又上谁家借呢？

我感受得到，忧患早已镌刻在虎子的生命里。

04. 在这沉默的土地上

卓金贤来到西吉县挂职时，林月婵也来到了西吉县。

林月婵来宁夏，与卓金贤不同，她带着一支调研组。这支调研组，十四名成员，是由福建省政府各部门临时组成的。出发前，省上领导给出的任务是，深入了解西海固困难实情。当时福州与银川两地之间没有通航班，林月婵一行绕道北京，又从北京转机。抵达银川河东机场时，已是夜幕降临。林月婵出发之前没有告知宁夏方面，到了银川，他们换乘了机场大巴，进了宁夏首府银川，又自行解决食宿。

第二天一早，在宁夏方面的接应下，林月婵率调研组从银川乘车向南，赶了一整天的路，在暮色中钻进了西海固的大山中。林月婵，五十来岁，时任福建省脱贫办负责人，兼福建省对口帮扶宁夏领导小组办公室主任。第一次来到宁夏的她，要尽快掌握西海固实情，为福建省对口决策提供依据。

林月婵带着这支福建队伍，进山踏访了七天。他们看到了西部深度贫困地区，也目睹了前所未见的困难，而这每一幕都在揪着人们的心。林月婵记得："山里人口稠密，耕地数量有限，地貌切割严重，水土流失也十分严重。破败的土坯房建在半山腰和山梁上，山脚下有很多住人的窑洞。民居和大山都是浑黄色的，走近了，才能分辨得出。陡峭的山坡，没长几棵树，都变成了耕地。简陋的校园，围墙塌掉了，教室窗户上没玻璃，学生用报纸糊着窗户抵御寒冷，脸上红扑扑……"

有一天清晨，调研组出西吉县城，路过一个乡镇。

林月婵看到了不可思议的另一幕。天上下着蒙蒙细雨，地面湿漉漉的，而老百姓却沿着街道排起了一条上千米的长队。有人手里提着一盏熄灭的马灯，有人身上披着一条御寒的被子，每一个人的脚头都停放着一辆架子车，每辆架子车上还都堆放着好几个鼓鼓囊囊的大麻袋。天上下雨，山里寒冷，乡亲们却毫不在意地站在雨幕中，在相互交谈中静静等待着。林月婵很奇怪，叫司机停下车，朝着乡亲们走去。

"老乡啊！你们排队做什么？"

"卖洋芋给收购站！"

"洋芋？"

"就是土豆、马铃薯！"

"今天下雨，你们起早赶来的？"

"不，我们昨晚上就开始排队。"

……

和林月婵搭话的，是一个中年男子。这男子满脸络腮胡，肩头披着一只麻袋，与林月婵说话时堆满了一脸的欢乐。他说，自家地里的洋芋去年收成很好，卖掉了，变成钱，就能让孩子去县城读高中，就能让妇人在家一天做三顿饭。生怕林月婵听不明白，男子笑着解释，山里人和城里人不一样，山里人通常每天只吃两顿饭。

林月婵略带福州口音的普通话，吸引了老乡们的关注。原本井然有序的队形就在这时被打乱了，老乡们纷纷拥过来，围着林月婵，围着调研组，嘘寒问暖，热情地打问着陌生的福建来客。忽然有个少年挤进来，捧着几只洋芋塞到林月婵手上。

"姨娘！你尝尝烤洋芋。"

"路边刚烤熟的，可好吃了！"

林月婵心里一怔，鼻子酸了，很难过。她弄清楚了，山里的乡亲们为了卖掉一点儿洋芋给收购站，竟然冒着雨在冰冷的露天排了一整夜的队。雨，居然下大了，黄土地被砸出一个个小水坑，小水坑里开出一朵朵晶莹的水泡，可人们仍然没有离开的意思。几个小孩子披着塑料，在大人和洋芋的边上绕来绕去，在雨幕中快活地蹦蹦跳跳……眼前的一切，让林月婵的心里感到很沉重。最终，她没有告诉乡亲们，自己是来做什么的。

此时此刻，林月婵分明感受到了一个淳朴坚韧的西海固，一个任劳任怨的西海固，一个顽强不屈的西海固。乡亲们冒雨连夜排长队向收购站交洋芋，让林月婵看到了这片沉默的大地。而这沉默的大地，本身就是一种雄浑的力量。

"天之所生，地之所产，足以养人。"九百多年前，北宋大文学家苏辙的这句话，在林月婵看来只是留给后世的一句宽慰话。眼前的西海固，使这位福建女干部触景生情，她不由得想起了自己福建家乡一代代乘风破浪的先辈。

福建省的今天也是闯出来的！

虽说林月婵的家乡靠着大海，但地块狭窄，人稠地少，要想获得发展十分困难。在中华人民共和国成立之前的三百多年间，福建人凭借着舟楫之便，出洋谋生。这些远走异乡的福建人，穿行在太平洋与印度洋之间的一座座岛屿，这里就是南洋。在漫长而艰苦的岁月里，超过上千万华人从福建出海远赴重洋，前往东南亚各国谋求生计。下南洋，诞生出爱拼才会赢的闽南精神。改革开放之后，福建省有着减贫的光荣历程。福建省虽然有大海，但在二十世纪八十年代初期的家底也是十分薄弱的，在全国来说也是倒着数的，比起宁夏来也强不了多少。1981年，改革先锋项南主政福建，一针见血地指出："贫困问题再拖下去，我们的人民也不答应啊！"彼时的项南高瞻远瞩，指出福建省要与亚洲四小龙之一的中国台湾来一场竞赛，争取通过一代人或两代人的奋斗超越台湾。多年后，项南，这位改革的先锋变身为扶贫的行动者。1989年春天，项南担当筹建的中国贫困地区发展基金会成立，他本人成为基金会的会长。项南手绘出中国第一幅贫困地区分布地图，图上标注着横断山区、秦巴山区、太行山区、新疆南部以及六盘山区……

"西海固，西海固！这么坚忍这么朴实的乡亲们，不能摆脱贫困，天理不容！"林月婵在西海固，向进山挂职的福建干部提出了要求，"西海固的老乡，很有自尊！西海固的乡亲们不需要施舍，我们福建干部一定要消除自我优越心理。要完成好闽宁协作的任务，必须扎扎实实按照党中央的决策部署，按照福建、宁夏两省区党委政府确定的'优势互补、互惠互利、长期协作、共同发展'的十六字协作原则，一点一滴地推进工作"。

林月婵说这话时，含着泪，很多在场的福建挂职干部也都掉了泪。以后她四五十次进出西海固，摸底调研，及时解决协作中的各类问题。经她之手做出的调研报告，成为福建省委、省政府对口帮扶宁夏的上百个项目的决策依据。直到退休后一段时期，她仍以自治区人民政府顾问的身份，充满激情地为西海固而奔波。

动情的林月婵，把话说到了西海固人的心上。

"林大姐，你这话，对对的！一点儿都没错。"

这支福建调研组在西吉县柳林村座谈时，满脸黝黑的村党支部书记老田两眼睁得又圆又大，用力地说出每一个字时都要短暂停顿一下，只怕福建调研组听不清楚。柳林村，听着名字像是一座花园，实际上是一个极其苦焦的地方。既没柳树，也没树林，靠着大山，住着窑洞。而柳林村这个村名，也只是老祖宗的一点儿臆想。

"我穿开裆裤时，就开始和贫困搏斗！"田书记说。

林月婵点点头，微笑着听下去。

"旱情大时，我们吃救济粮，我们喝供应水。旱田山地，薄得很！二十世纪七十年代，每年村里总会断粮几个月。吃啥呢？吃国家救济，叫救济粮，也叫回销粮。吃救济，有定量，起初每月每人二十四斤的量，平均每人每天连皮带毛只吃八两。后来，提高到每月每人二十八斤。救济粮是救急粮，也是救命粮，送来的有高粱、玉米、红薯片儿，还有少量小麦。

当时我们把红薯片儿磨成粉，再做成饸饹面条，没想到，好吃得很……改革开放了，我在村上给大家服务，带领村民既种粮又务工，摆脱了吃救济……这几年旱情特别大，各样庄稼长不出来，土地里只生长洋芋，我们煮着吃、烤着吃，艰难地维持。"

林月婵和调研组听着，又一次被震惊了。

在这里，他们第一次听说有的人家吃饭还缺碗。

"就没有想过搬迁出去吗？"调研组的人问。

"土地是碗，故乡是根。"田书记说，"种植干旱的山地，没有指望，粮不够吃，必要的经济支出没有来源。这样，村里的党员干部就组织大家外出务工。说到务工，一般就近去银川市和内蒙古，在城市里干一些建筑活儿。可一旦到了旱田里忙碌时，不管收成如何，在外务工的人又都纷纷跑了回来，都要围着土地转。建筑工地上，常常是干完活儿，不能及时拿到辛苦钱，欠薪十分严重。土地呀，最让人牵心。也有一些家里没有牵挂的，胆子又特别大的年轻人，抬腿就往新疆跑，走了西口……"

"村里是什么时候用上电的？"

"就在今年，家家户户集资办成的。"

"为什么要这么做？"

"没有电，新媳妇嫁不进咱柳林村。"

林月婵和调研组又一次感受到了刚硬的西海固。

西海固最出名的特产，不是土豆，而是旱灾。调研组的人弄清楚了，西海固贫困的根源在生态，西海固贫困问题是从生态恶化发端的。过去的西海固根本不是这个样子。西海固，是中华民族远古文明的发祥地之一，旧石器时代已经有先民在这里活动，新石器时期更是出现了较为密集的部落遗址分布，这里曾是丝绸之路东段北路最为重要的一段，是中西方经济文化交流的重要通道，是重要的畜牧基地，直到元末明初，这里仍是国家的军马驯养基地，水草丰茂，碧水绿原。随后，土地被人们大肆开垦，农业地区逐渐形成，自然生态遭到严重破坏。民国时期，西海固人口激增，老百姓连年广种薄收，人多地贫。人对土地的过度开垦，就是人向生态在要粮，导致的后果是人在不知不觉之间陷进了越垦越穷的怪圈里。从学者的理论上讲，西海固原本每平方公里最多只能养活二十个人的土地上，承载量却超出负荷的七倍……

单车欲问边，属国过居延。
征蓬出汉塞，归雁入胡天。
大漠孤烟直，长河落日圆。
萧关逢候骑，都护在燕然。

这首著名的《使至塞上》，是唐代大诗人王维奉命赴边塞公务途经宁夏所作，诗中描绘出了宁夏山川雄奇恢宏的自然景象。萧关，就在西海固，诗中流淌出来的悲壮豁达，似乎说的就是西海固这片热土。资料显示："1994年3月，全国扶贫开发工作会议上提出新标准，规定本世纪末解决温饱的标准是……人均年纯收入要达到500元以上……贫困人口数量随之增加，贫困率也就随之上升，这样一来，西海固地区现有的贫困乡镇就有98个，贫困人口超过百万，达139.8万人。"

"志合者，不以山海为远。"语出东晋葛洪《抱朴子·博喻》，意思是说，两个或多个志趣相投的人，拥有着共同的愿望和实践，就不会因为有山海的阻隔而感到遥远。福建与宁夏，山海相隔两千多公里，这段遥遥远远的路途，就一直盛在许多福建人心里。林月婵并不知道，先她率领的这支福建调研组一百五十多年前，另一个声名显赫的福建人，就曾深情地关照过西海固，就曾以超越时代的目光忧思过西海固。

这人是谁呢？

流放途中的林则徐。

虎门销烟第三年，是一个盛夏，林则徐去新疆时路过西海固。出了今天甘肃平凉，他带领随从一路向西，走进了西海固地区。他们的路线是这样的，从泾源到和尚铺，再翻越六盘山到隆德县城，继而前往新疆。穿行在六盘山，道路崎岖，几名随从因为水土不服而纷纷病倒。他们一路走得很慢，看得很细，遍地裸露的黄土呈紫色，植被极为稀疏，只能看见一些低矮的青草，林则徐有触目惊心之感。一天夜里，他们投宿在瓦亭驿，固原城里的大小官吏无一人来见，官长只派两名马弁送来一顿晚膳。一盏微弱的烛光之下，林则徐在日记中写出："求一木而不可得。"又说，这里容易发生旱灾和虫灾。显而易见，西海固的农业生产条件已经变得相当困难，生态环境已经变得十分脆弱。林则徐，这个忧心西海固的福建海边人，第一次向世人发出了警告。

林月婵一路走，一路看，一路泪流满面，这就是山海相逢时的一个瞬间。改革开放搞了十几年了，西海固竟是如此困难！这位福建女干部忧心忡忡，带着拍摄的视频短片，把西海固的贫困实情带回了福建……

半个月之后，海边来人了！

这个春天的西海固，迎来了海边的亲人。时间是1997年4月15日，海边来人是福建省党政代表团。作为闽宁对口扶贫协作的福建一方，通过前期调研，他们对西海固的致贫原因有了深入了解，为了改变西海固贫困面貌，福建和宁夏需要携手打一场持久战。银川是福建省党政代表团访问宁夏的第一站。

在银川，福建、宁夏两省区党政领导召开了闽宁协作第二次联席会议，研究探讨如何更好地帮扶西海固。会议决定，连续三年，福建省每年在财政中拿出一千五百万元，用于双方议定的帮扶项目。之后几天，在自治区领导陪同下，福建省党政代表团一路自北向南，前往西海固地区考察。《福建日报》当时介绍说："宁夏六天之行，福建省党政代表团深入同心、海原、隆德、西吉、固原五个县，翻山越岭，走村串户，考察了井窖节灌、土圆井建设、吊庄工程以及工厂学校，并慰问了贫困户。"

西海固，这沉默的土地上，连夜冒雨卖洋芋而排起来的长队，带领乡亲与贫困搏斗多年的村党支部书记，连同有的人家吃饭仍缺碗——这罕见的困顿，这决绝的自尊，与激情糅合交织一起，显现出的却是一股雄浑的力量。一切前所未有的见闻，分明让海边的亲人清楚地看到，西海固不缺创造基因，西海固不缺奋斗精神。

第二章　闽宁村

改革开放后，宁夏的吊庄移民以大胆尝试和周到安排，引发国际关注。在世界各国探索消灭贫困时，他们对中国政府如何为消除贫困而努力产生了极大兴趣。

1997年7月15日，福建、宁夏投资共建的闽宁村成立，成为一些西海固人在银川平原的新家。闽宁村地理位置优越，近水沿路又靠城，但自然环境却极其恶劣，处于一片荒漠戈壁之中。让移民与荒漠资源结合，非得使荒漠变成绿洲。衣衫褴褛的西海固移民扶老携幼而来，生活并没有因搬迁而立刻改善，等待他们的是严峻的挑战，住地窝子，迎风沙，顶烈日，自建房屋，改良土壤。沙丘延绵的闽宁村，没有一棵树，不时遭受沙尘暴袭扰。到处都是风沙的世界里，拓荒的干部群众刷新着吃苦的纪录……

05. 吊庄：心上的路

盛夏的中午有些闷热，风从路边半人高的旱田玉米地里吹来，也是热的，玉米叶子沙沙地响着，像是有人在歌唱，仔细听，还能听见鸟雀喜悦地啁啾。西海固大山深处，谢兴昌开一辆"兰驼"牌农用三轮车，吃力地爬行在一条盘山土路上。车厢里，坐着他儿子和两个帮手，还塞着铺盖卷儿、馒头、铁锹、钢钎、粮食和铁锅。今天是1997年7月12日，谢兴昌要走出大山，到四百公里外的银川平原上去。

谢兴昌，四十岁出头，却早已被人叫成了老谢。老谢，得名于他的前半片脑壳秃掉了，一片锃亮，加上又姓谢。秃了半个头顶的老谢，瘦削敏捷，四季穿一件四个兜的上衣，时任西吉县王民乡红太村党支部书记。从他山里的家，往银川走，第一站必须得经过固原。他开农用三轮车走了一条捷径，沿着将台、马莲、张易一线向东斜插，跑完七十公里山路到固原。他们在固原歇脚，吃了一顿老家的麻食面，再从六盘山下一路向北，直抵贺兰山下。看见贺兰山时，也就到了银川。

这次出山，老谢奢想着在黄河边寻觅一处栖身的新家园。

他从报纸上获得信息，福建、宁夏两省区将在银川开建一个新吊庄。新吊庄，就是西海固人在平原上的新家园。报纸上还说，在银川召开的闽宁协作第二次联席会议上，福建和宁夏两省区签订了相关纪要。会议决定：连续三年，福建省委、省政府每年从财政中拿出一千五百万元，用于双方议定的对口帮扶协作项目。老谢出发前，捏着一张报纸研读了好几遍，三十多个项目，都是针对西海固减贫设计的。有动员福建企业到宁夏投资兴业，广泛开展经贸协作；有培植扶贫支柱产业，福建接纳宁夏劳务输出……让他最为激动的，是要高水平地建设好一个新的吊庄。

什么是吊庄呢？

吊庄一词，非同凡响，国内知道的人不多，国际上很出名。这个词，是宁夏的扶贫干部在二十世纪八十年代初期叫出来的。《辞海》里根本看不见它，实际上，吊庄这个词没有什么奇怪的。简而言之，吊庄就是移民搬迁，也是易地搬迁，但也有不同之处。吊庄移民，具有很强的自发性，通常是先由政府划出一个有发展潜力的移民点，不过这里却是个一穷二白的地方。政府负责基础设施建设，同时动员和支持西海固困难家庭的精壮劳力去拓荒，先修建房屋和改良土壤，等有了生存基础可以落脚之时，再举家搬去生活。在新家园培育生存基础的过程，被称为拉吊庄或吊庄移民。有人形容说，吊庄，好比一根扁担挑着的两只筐，一个家就像两只筐吊在了扁担的两头。

吊庄移民，讲求人性化，对搬迁户留有很大的空间。鼓励你去开辟新家园，老家土地照样种植，如果外面困难大，实在无法生存，你还可以重新回到老家。宁夏吊庄的重要特征在于，把南部的西海固人搬迁到具有发展潜力的北部平原荒地上，实施开发建设，开辟新的家园。得益于宁夏的吊庄理念，很多西海固人才敢小心翼翼地坐上出山的班车，才敢离开祖祖辈辈耕种的土地，跑到黄河边上闯荡。吊庄移民，很大程度上讲，提振了西海固减贫的信心，鼓舞了西海固减贫的勇气。

实际上，谢兴昌很早就有一个吊庄梦。

1983年，国家的"三西"建设启动了西海固的移民搬迁。他记得，自治区当时在宁夏北部的黄河边上，开辟出了银川芦草洼、中卫大战场滩、石嘴山巢湖三个吊庄安置点。这些地方，都是宁夏平原尚未开垦的荒滩戈壁，靠近黄河，一旦开渠引水，经过改良土壤，就会立即变成肥沃的耕地。吃上黄河水，浇上黄河水，谢兴昌想了很多年，可他一直没有下定搬迁的决心。而这个梦，就一直刻在他的心上。

这一回，谢兴昌开着农用三轮车，离乡走吊庄。自固原到银川的长路上，他坐在敞篷的驾驶室，掌握着方向盘。车子一跑起来，迎面就有一股凉爽的风。虽说太阳有些大，可路上有风，人是可以忍受的。老谢开着车，两眼盯着前方，任凭热辣的阳光尽情地晒到脸上，落到自己情感和记忆的深处……

说起来，谢兴昌第一次走吊庄寻路时，已是十年之前的事情了。当时是1987年，他和红太村的四个青年结伴走出大山。他们乘坐着班车，一路向北，向着黄河水流动的地方走去，寻思着在银川一个叫芦草洼的吊庄落脚下来。这四个青年，是韩初玺、韩书贵、高董奎和韩友堂。那时，西海固深山里头走银川，得花两天时间。第三天早上，他们五个青年一路打问，摸到了银川郊外的芦草洼吊庄。芦草洼，宁夏最早的吊庄之一，虽然经过几年的开发，可大地仍是一片荒凉。零星的房屋，居民也很少，七纵八横的土路上偶尔才能看见几个晃动的人影。吊庄政府的办公区，是几间简易的土坯房，对面是一栋砖木结构的小学教室。他们五个人走访了几户移民人家，了解到，虽然吊庄基础设施较差，但搬来的乡亲们通过改良土壤再种粮，到了第二年，都可以稳定解决温饱问题。

芦草洼吊庄的干部，热情欢迎他们来考察。说只要报名，办公室会无条件接收，划宅基地和荒地，不收一分钱，手续也简便。显然，芦草洼吊庄正在积极地扩大它的人员数量，设法吸引移民来居住。这里离城近，可眼前起伏的沙包很大，高高低低的沙包落差也很大，虽说安置了一些西海固移民，但周围环境十分糟糕。

简陋的办公区屋檐下，五个年轻人蹲坐在地上，讨论去留。

"我落个户，就近去银川的炼油厂打工。"韩初玺说。

"我也想落户。"韩友堂说，"我是自治区三建的合同工，落到芦草洼，盖个简易房，到放假的时候，就回这里歇脚。即便是个草窝，也算是一个窝，也算是在银川有了个安身立命的地方。等等看，芦草洼若能发展起来，咱就扎根！"

韩书贵、高董奎也有类似的想法。

关键时刻，谢兴昌却犹豫了。此时，他刚担任红太村的党支部书记，又是村上的一名医生。他的日月光景，在老家来说相对较好，没到非得搬迁的境地。他想着来吊庄考察一番，可是心理上没法接受芦草洼的荒凉，嘴上不好明说，就借口村上的一摊子事情还得他处理，可能一时半会儿搬不出来。最终，韩初玺、韩友堂、韩书贵和高董奎四个人留在了芦草洼，而他独自沿着来时的路返回了西海固老家红太村。

不久，芦草洼吊庄不好进人了。

谢兴昌在老家得到的确切消息是，西海固想去芦草洼的人逐渐多了起来。芦草洼吊庄就在银川地区，而它接收移民也有了一些新的要求和限制。而像韩初玺他们四个那样自发去的移民，想在芦草洼拥有一处宅基地和几亩的荒地，已经变得困难了起来。自治区设置的吊庄数量是有限的，而想去黄河边上落户的西海固人越来越多。谢兴昌有时也想，自己或许真不该轻易放弃1987年进芦草洼吊庄的机会。

时间又过了三年，西海固发生了一件大事情。

这件事情深深震撼了谢兴昌。

说起来，事情的过程不复杂——首府银川，贺兰山下，国营玉泉营农场拥有着大量的荒地，都是尚未开垦的荒漠戈壁。长期以来，农场面向本场职工承包荒地，职工把荒地承包到手之后，准会转包给外省的农民耕种。有几十户西海固农民，在老家种粮没指望，看着眼热，就从农场一个职工手里承包到四百亩荒地。双方合同约定，每亩一百二十元，承包期限二十年。为拿地，农民变卖家产，交上承包款。他们喜悦地跑到农场，在买到的土地上打桩划界，筹备垦荒种地。即将搬迁时，没料到，农场的上级单位知道了，坚决不同意。这样，农民和农场起了纠纷。西海固的几个县长着急了，跑到银川来领各县的人，可农民不听，怎么说都不回西海固。事情发展到后来，变成了一起上访事件。

最终，自治区顺势而为，开辟了一个新吊庄。

这件事，让谢兴昌明白了一个道理：在西海固，是人和干旱的大山在斗争，是一种苦熬的日子；搬到吊庄，是人和戈壁滩在斗争。改造了戈壁滩，人就能安家！他也看到，很多不愿等着吃救济的农民，自觉摆脱贫困的信念很强，自我发展的目标很明确，他们宁愿跑到戈壁滩上来吃几年苦，来创业，也不愿困守在老家山里。他也清楚，西海固人要想到平原上去安家种粮，非得在黄河边上改造荒滩戈壁。

实际上，这起上访事件结束之后，很多境外媒体留意到了宁夏吊庄。其中，《维也纳日报》以《中国政府打算劝农民离开贫瘠的地区》为题，客观介绍了开辟一个新吊庄的过程。改革开放后，国家的"三西"建设计划，率先启动了针对宁夏西海固、甘肃定西、甘肃河西单个极端缺水的贫困地区的建设。这个举动，首开中国乃至人类历史上有计划、有组织、大规模的开发式扶贫的先河。宁夏的吊庄移民以大胆尝试和周到安排，长期引发着国际的关注。在世界各国都在探索消灭贫困时，他们对中国政府如何为消除贫困而努力产生了极大兴趣。而观察宁夏的吊庄移民，成了解中国减贫的一个窗口。

……

到了1997年，闽宁村吊庄出现了，谢兴昌的心弦也被拨动了。

谢兴昌下定了决心，新的机会来了，自己一定要带着全家人搬出大山。让他坚定这个想法的，来自之前搬到芦草洼的韩初玺。上个月，韩初玺回了一趟老家红太村，腰上竟然别了一部BP机，信息一来就嘀嘀嘀叫个不停。韩初玺回红太村，显然是有衣锦还乡的味道。那时，正好村里有一个人遇上了难肠事，急缺钱，就抱着试一试的心理，硬着头皮向韩初玺开了口。岂料，韩初玺大手在头顶一挠："多余的钱没有，借给你一万元，你就说到明年的今天能不能还上！"果然，第二天，这个村里人小心翼翼地从韩初玺那里得到了一万元借款。这件事，轰动了整个红太村。

韩初玺的慷慨仁义，让谢兴昌大感意外。他心里琢磨着，韩初玺在老家时原本是村上的会计，跟着他一起忙村上的事情，虽说这人精打细算、头脑灵活，可在短短十年怎么就能有这么快的发展呢？两人一聊，他得知，韩初玺离乡这十年，辛辛苦苦奔生活，靠着四处务工、种植大棚发了家。听着听着，谢兴昌就眼热得很。

"韩初玺，有出息，是他本事大吗？不是！而是吊庄好处多。"谢兴昌想，吊庄有吊庄的苦，这种苦，和老家西海固不一样，是一种有希望的苦。他又想，自己十年蹉跎，这么好的时光就白白流失了。看来，当年自己就应该留在芦草洼吊庄。而现时，韩初玺竟然能拿出一万元借给邻人救急，而他的存款不到一千元。

是的！老家是一种困守而无助的苦。促使谢兴昌这次出山寻路的，还有平日里的汲水困难。他老家西吉县王民乡红太村，是一个干旱枯水区，山田旱地种粮没指望，连日常饮水都十分困难。他的苦恼，在土地上，也在饮水上。自家水窖常常缺水，他就拎着扁担去两公里以外的地方挑水。挑水时，和一群女人娃娃挤在一起。这样，他每次挑水非得谦让着别人，挑一担水回家，花半天时间，挑水让他烦透了。

听说闽宁村吊庄要开始了，谢兴昌带人出来看一看，寻思着安家。他清楚，国家在平原上给西海固人建一个吊庄，搞搬迁，是要花巨大成本的。当时来说，本身就是一件极不容易的事情。而现在，这个高水平起步的吊庄很吸引他……

谢兴昌驾驶着农用三轮车，谨慎寻路，又不断地想象着闽宁村吊庄的样子。车厢里，儿子和两个帮手埋头在玩着扑克牌，大声地说笑。看不到多少柏油路面的长路上，三轮车在颠簸中载着一车的欢乐，奔向了贺兰山下。第二天黎明，车子过黄河大桥时，谢兴昌把车子停在桥上休息，站在沁人心脾的风里，张望着四处平坦的大地。此时，头顶亮灿灿的星星眨着眼，脚头是宽大的母亲河，河水舒缓地向着东方涌动着。瞅着黄河水，谢兴昌对自己说："这次来了，再苦再难，也要扎下根来！"

06. 戈壁新村

"共产党亲，黄河水甜。"投奔吊庄的路上，谢兴昌的脑海里不停地翻滚着这八个字。这八个字，不是老谢编出来的顺口溜，而是宁夏吊庄移民的一句心里话，先前搬出大山的韩初玺就是这样说的。时至今日，这句话仍被人们挂在嘴上。吊庄人，黄河水，这二者的结合就是一条出路，就是西海固人一条心上的路。沿着路，出了山，横亘在人们眼前的却是无边的戈壁滩。改革开放初期，宁夏最先设置的那几个吊庄，都建在戈壁滩里，如今新设的闽宁村新吊庄也在戈壁滩。宁夏吊庄共通的地方，是把南部西海固的困难群众，搬到北部靠近黄河的平原上，干部群众通过改造戈壁滩，重建新家园。没有什么不可思议的，仔细去想，七十多年来中国人的很多创新奇迹都诞生于荒漠戈壁。

闽宁村成立的当天，戈壁滩开始生长绿洲。

这个新村，距离银川市区只有四十多公里，距离驰名的贺兰山也很近。确切地说，闽宁村就位于贺兰山的脚下。大山在西面，新村在东面，山脚和村子是连接在一起的，都是一片荒漠戈壁。有一条国道在大山与新村之间的戈壁滩上穿过，这条国道也就有了一个响亮的口头称谓：沿山公路。银川平原，凭借黄河水灌溉，很早就有"塞上江南"的美誉，而唯独贺兰山下这片狭长的荒漠戈壁地带被遗落在外。举目望去，沙丘连片，像大海翻滚不尽的波浪。这沙的海，是一粒粒灰质钙土沙土组成的，有机质含量低，土壤保水保肥能力差，改造难度非常之大。若是遇上一个风和日丽的好天气，站在闽宁村向西瞥一眼，就能看见苍凉的西夏陵和蜿蜒的明长城。

说完闽宁村的开端，还得接着说谢兴昌。

大名鼎鼎的谢兴昌是闽宁村的第一个移民。

怎么说谢兴昌这个人呢？他被新闻记者说得太多了，要说非得说些新鲜内容。说谢兴昌声名很大，不是因为如今新闻媒体追逐他。实际上，谢兴昌年轻时就是西海固农民里头的一个出众人物。二十来岁时，他光荣地成为自治区命名的第一批新长征突击手。恰恰因为有着强大的自信，他才觉得韩初玺能把日子过好，自己也一定可以。谢兴昌的另一样本领是讲故事。去问很多移民，刚搬迁到吊庄时是怎么落脚的，每一个人都会说吃了不少的苦，都说是一般人吃不了的苦。究竟是一个怎么样的苦法？没人说得清。可是老谢不一样，他说起来，会说到一点一滴的细处，就像请你在喝一杯酽茶。

记忆里，谢兴昌在西海固的生活全是苦涩的。

他说，困难的日子里，六年没吃过一粒儿盐。

真有这么凄苦悲惨吗？

半生命途多舛的谢兴昌，刚记事父亲就殁掉了。之后，寡母带着他们几个孩子相依为命，日子过得十分紧巴，常常是吃了上顿没下顿。他尚不具备劳动能力时，跟着母亲一起吃过六年没有一粒盐的饭。失去父亲那年，他母亲三十几岁。他总听亲戚邻人劝着让母亲走掉。后来弄明白了，走掉，就是改嫁的意思。可是，母亲没有改嫁。谢兴昌饥饿时，总缠着母亲带他走亲戚，原因是亲戚家的饭里能吃到盐。

幼年谢兴昌的内心里，他的家就是整个红太村，就是整个西海固最穷困的一户，在全世界也是最穷困潦倒的一户。1973年，辽宁兴城人张铁生在物理化学考试中交出白卷，又在试卷背面写了信。第二年，十九岁的谢兴昌遇上一个机会，公社干部见他家境困难，又爱读书学习，吃苦性极强，就联名推荐他到固原卫校去读书。这是谢兴昌人生中的第一次机遇，他紧紧地抓住了。可是，固原卫校毕业了，他却没能留在固原城里工作，最终回到了红太村。当时，推荐读书的学生，安置方式都是——社来社去。即指，某一个公社推荐来的学生，毕业之后重回某一个公社去。

回到家乡红太村的谢兴昌，有了用武之地，凭着手艺当上了乡村医生。他长年累月背着一只医疗箱，翻山越岭上门给人去瞧病。服务意识好，往往是病人随叫随到，既有耐心又有爱心。不多久，谢兴昌就以精湛的医术闻名四乡八村，成为当地的一个名人。1979年3月，共青团中央做出《关于在全国青年中开展争当新长征突击手活动的决定》。时隔半月，乡上县上就把谢兴昌的事迹上报到了自治区。当时，争当新长征突击手，既是一项建功立业、向社会主义现代化目标进军的活动，也是开展社会主义劳动竞赛的重要形式之一。同年夏天，谢兴昌被自治区命名为新长征突击手。接着，他就顺理成章地担任了红太村党支部书记，这一干就是十六七年。这些年里，他带着乡亲与贫困苦苦搏斗，到最终还是出门没路——村口一条烂泥河，烂泥河上没桥梁，虽说干枯了，可遇上下雪天，渠道里就结上厚厚一层冰，村里人根本出不了村……

1997 年 7 月 15 日上午，谢兴昌来到了闽宁村。

这次出门寻路，他相信，自己一定能和韩初玺一样成功。闽宁村奠基仪式上，来了周边的很多群众。这天，福建干部林月婵、卓金贤也来了。林月婵受福建省委、省政府的委托，前来祝贺闽宁村奠基创设。福建首批挂职干部卓金贤，担任西吉县领导，分管着闽宁村。闽宁村吊庄虽然建在银川地区，但在建设初期，仍归迁出县管理。

"……在举国欢庆香港回归和庆祝中国共产党党七十六周年的喜庆日子里，象征闽宁两省区友谊的闽宁村今天在这里隆重奠基了……闽宁村的正式兴建，是闽宁两省区开展对口扶贫协作的一项重要成果……"

福建女干部林月婵，站在主席台上，大声宣读福建省贺信。

"是的！困难那么大，香港都回归了，咱一定也能把日子过好！"戈壁滩热浪滚滚，谢兴昌越听越激动，心里这么说。

老谢站在人群中，左顾右盼，打问着吊庄的事情。与人窃窃私语中，他迅速掌握到关于闽宁村的两个重大信息：其一，黄河水能够引到闽宁村。此前，黄河西干渠已从包兰铁路的轨道下方穿了过来。把铁轨的下方挖开，修一条渠道让黄河水往贺兰山下流，当时在全国来说技术难度极大，但已经实现了，可见政府对吊庄建设的重视。其二，福建女干部林月婵刚才在讲话时说得很清楚，闽宁村是由福建和宁夏两个省区投资共建。既然黄河水能引来，又有福建省的支援，站在干沙滩上的谢兴昌得出结论：脚下这片烂戈壁滩，现时糟糕，但将来一定能发展起来！

奠基仪式一结束，谢兴昌拦住了林月婵。

"林主任，您讲得太好了！"老谢说，"我人穷胆大，原本来看热闹，没想到福建这么关心西海固，找到您，要报名。"

"找卓副县长，他分管村里。"林月婵被老谢惹笑了。

卓副县长就是福建挂职干部卓金贤。戈壁滩起风了，卓金贤稀疏的头发在风中乱飞，撸起袖子的白衬衣沾满了土，泛着黄渍。

"老谢同志，这么巧，你怎么来了？"

"卓副县长，你不知道！"老谢脸上带出委屈状，"山田旱地种不出粮，水是苦的，我想喝上黄河水。这两年，村里黄土大山秃掉了，村口的烂泥河断流了，女人洗衣都没水，我现时只想带领家下搬出大山……"

"你是村党支部书记，一定要带个好头。"卓副县长说。

"是的！我还是乡村医生，动员能力强大！"

说话间，风大了。贺兰山缺口里挤出的一股狂风，准准地朝着闽宁村砸来。他们都来不及躲避，被风沙刮得东倒西歪。老谢蹲在沙滩上，等着沙尘过去，这时忽然听见轰隆一声响。接着，他揉着眼睛吃惊地发现：奠基仪式简陋的主席台被风刮倒了。老谢和卓副县长不约而同地感叹："闽宁村的风沙真大啊！"

倔强的谢兴昌留在了闽宁村。

奠基仪式一结束，热烈的场面消失了，群众四散，只剩下几名干部。留在戈壁滩上的谢兴昌，忽然觉得不可思议。时值酷暑，大地像蒸笼一样变得闷热起来。他两手叉在腰间，环顾荒漠戈壁，情不自禁地说："炎热的夏天，空中无飞鸟，地上不长草，沙滩无人烟，风吹沙砾跑。"儿子和帮手听见，都笑了。

当上闽宁村第一个移民的谢兴昌，接下来，要干的第一件事是在光秃秃的戈壁滩上盖起一栋简易的房屋。出西海固时，老谢把家底塞在了口袋里。总共六百元，正好用来购买建筑材料，搞新家的建设。第一天晚上，他们扎起一顶帐篷，几个人蜷缩在里面，夜里听着呼啦啦的风声，谁也睡不着。天亮了，钻出帐篷，嘴里、鼻子里、耳朵里全是细沙。戈壁滩上没有一棵树，一片阴凉的地方都没有。白天，他们顶着烈日，挥汗如雨打土块，忙着盖房子。吃饭问题怎么解决呢？脚头的沙丘上掏出一个凹槽，依势架起一口大铁锅。燃料问题又该怎么解决呢？这倒不难！戈壁滩里干枯的蒿草多得很，随手就能扯来一把，划一根火柴，就能升起一捧火苗，就能烧滚一锅清水。

沙尘暴，谢兴昌只是听人说过，从来没见过。几天后，一个中午，他们忽然遇上一场沙尘暴。沙尘暴起来时，人在起初是毫无察觉的，先是贺兰山的上风口位置出现了一栋"黄褐色大楼"。继而，这"黄褐色大楼"又缓缓朝着戈壁滩平移过来。正在帐篷里休息的谢兴昌，嗅到了一股呛鼻的气息，他把脑袋探出帐篷。这时，"黄褐色大楼"已经压到了眼前。风里卷着沙，天空昏暗了下来，像是黄昏，更像黑夜。这时，帐篷就剧烈地晃动着。老谢失声大叫："不好了，黑暗了！黑暗了！"

他们顾不得穿上鞋子，眯着两眼去压帐篷，生怕帐篷被风刮走。这种情形下，人的力量还是没有风的力量大。沙尘暴浩浩荡荡地袭来，帐篷猛然间被卷到了半空，又被远远地刮落到百米开外的地方……

"大啊大（爹啊爹）！咱从鸡窝搬到了鸭舍！"儿子哭着，"这个戈壁滩，能住人、能种地、能生存下去吗？"

"不如放弃掉，趁早回老家。"两个帮手也说。

谢兴昌看看天，看看地，抓耳挠腮："既然扎不起帐篷，咱就挖地窝子住。"说罢，他光着上身去挖掘地窝子了。地窝子，也是地坑子。先从戈壁滩的平地上挖一个大坑，再用木头和柴草把顶部盖起来，顶部和地面是持平的。人住里面，形同穴居。这种十分简陋的临时居所，比扎帐篷可靠，能减少沙尘暴对人的伤害。

"戈壁滩，只见黄羊，蚊子又多！"几个帮手打退堂鼓，"白天，西海固来了几个乡干部和移民，看了看，心灰意冷地走了。"

谢兴昌坚决不回。他想，回到西海固，自己还是个穷汉！

到了黑夜里，谢兴昌躺进地窝子里，好比躺在了母亲的怀抱里。上一年，他那含辛茹苦的慈母匆匆离世了，他因此落下一个心病。慈母在世时，没看见他把日子过到宽裕，也没有享过几天清福，可也觉得他把一个小家治好了。睡地窝子的老谢，内心感到踏实，这种踏实感来自他对闽宁村的畅想：福建和宁夏投资搞基础设施建设，像教学楼、卫生院、自来水、活动广场、高高的楼房与宽宽的公路都会有的。基础设施有了，黄河水一引上来，戈壁滩就会变成一个大花园，绿树成荫，瓜果飘香，完完全全是一块宝地。生活在闽宁村的人，有庄园，有耕地，能上学，能打工，吃水有了，洗澡水也有了。那时，人和牛羊连同土地，都能尽情地吃上黄河水……

想多了，谢兴昌也就想通了，自建房屋的干劲十足，谁也拦不住。每到黎明，他急急忙忙地在露天煮上一锅粥，和几个帮手凑合着吃上一大碗，继续盖房子。戈壁滩上，早晚温差很大，清早天气凉爽一些，不起风也不扬沙，正好甩开膀子大干。半个月之后，老谢的脊背上蜕掉了一层皮，但却建成了几大间砖包房。砖包房，墙体的内里是土块，表层却是用砖块裹起来的。谢兴昌已经想好了，厨房和卧室都有了，还必须安排出来一间卫生室，他要在戈壁滩上发挥自己的医学特长，给乡亲们瞧病，稳定移民新村的居住……自家新房盖起来了，亮灿灿地矗立在戈壁滩。此时，他看见从西海固来的乡亲们，三三两两来盖房子，心里也不觉得孤单了。

　　忙妥了，谢兴昌要回西海固，把家搬过来。

　　卓副县长和村领导忽然来了。

　　"谢书记啊，房子修成了，你真的带了个好头。"

　　"卓副县长，我这个村党支部书记当了逃兵，惭愧啊！"

　　"搬到闽宁村，怎能是逃兵？"卓副县长边看新房边说，"你回到西海固，得动员更多人搬来，让大家在这里早日脱贫。"

　　老谢迟疑了一下，若有所思地点点头。

　　"你说你是医生，动员能力强大。"卓副县长笑着说。

　　卓金贤鼓励谢兴昌返乡后，要积极宣传和带动搬迁。谢兴昌听了这位福建援宁干部的话，也拍着胸脯表态，说一定会带一拨群众搬来。回西海固时，他灵机一动，开着农用三轮车绕道附近的玉泉营吊庄。瞅着玉米地里又大又长的玉米棒子，他伸手掰了几根，扔进车厢。心想只要带这几只玉米棒子回到西海固，根本不用再给亲戚邻人说什么。闽宁村好不好？戈壁滩能不能生存？看看玉米棒子就知道。

　　果不其然，几天后的一个黎明，谢兴昌开着农用三轮车运来了十二个人。这十二个人代表着西吉县王民乡红太村十二个家庭，每一个家庭出一个人，来闽宁村搞建设、盖土坯房。一辆严重超载的农用三轮车，出大山、过黄河，走完八百里长路开进闽宁村。而别人来盖房子时，谢兴昌趁势而为，贷款三万元，跑到银川城，进购一批药品，在自家院子里开办了一个小诊所。小诊所成为闽宁村最初的医疗保障，搬来的妇人娃娃感冒发烧换水土，离不了。因为联系群众紧密，他又继续在移民新村担任村干部……二十多年后，当谢兴昌变成真正的老谢时，也变成了这片大地变迁的讲述者。而他当年拿着玉米棒子动员搬迁的细节，也感动了很多人。

07. 张桂花搬家

张桂花，田春苗的姑，她俩一个村。闽宁村成立没几天，张桂花坐在从固原回西吉的中巴车上，听到了闽宁村吊庄成立的消息。搬出大山，到银川郊区讨生活，是张桂花的人生梦想。这个俊俊的女子，自十五岁害病，几十年来只能弯腰跛瘸着。她是西吉县平峰乡最出名的裁缝，几片料头拼到一起，就能变成一件花衣裳。

成名于家乡的大裁缝，何必非得举家搬迁？

张桂花住家在村里，开店却在乡上的街道里。每天黎明，她从村里去乡上街道要走五里的山路，先翻一座山，再过一条沟，一刻不停地走上整整一个小时。白天忙完，晚上原路返回。她在村里种了十几亩旱田，每年收割时家里缺劳力，是个大麻烦。有一回，她着急，试着拉起装满麦子的架子车就走。踉踉跄跄走出没几步，过一段下坡路，或是她力量小，架子车的车辕忽然跳了起来，死活掌握不住方向，她和车子一起翻滚到路边山沟里。回想起西海固的生活，张桂花的记忆里没有多少甜蜜和温馨。

"搬家这件事，不容你反对。"张桂花说。

"说一千，道一万，我不搬！"丈夫老李火气很大。

丈夫老李是个实诚人，张桂花说东，他坚决不朝西。但在搬到闽宁村的这件事上，老李的反对十分激烈。二十年前，老李迎娶张桂花时，张桂花反而不愿嫁。那时，她想自己是跛瘸之人，好在是个明眼人（眼睛雪亮），最好找个腿脚利索的麻眼人（失明之人），这样过得长久。而老李坚决要娶，婚前立誓凡事听她的。

"平峰梁，平平展展的，挺好的！何必要搬？"

"你是身在山中不知山，难道平峰梁不是大山吗？"

平峰梁，又被乡亲们称为平峰梁上。平峰梁上，是西吉县平峰乡的街道，因为平峰乡上的街道修建在一道略微平整的山梁上而得名。张桂花说得没错，除了这道相对平展一些的平峰梁，四周全是大山。得到闽宁村开建的消息，张桂花总是想着尽快搬离平峰梁。见老李反对，她哭了："我只想给儿女找一块平整的水浇地。有了黄河水的庄稼地，能长出高产的小麦，后辈生活容易些。"

张桂花这句柔软的话，戳到了老李的心上。

老李赞成了搬迁的事，接着，他们开始抢收麦子。

不同往年，张桂花和丈夫老李这回破天荒，出钱雇请到三个甘肃平凉来的麦客子。麦客子，是专门帮助主人家收割山地麦子的工人。赶在麦子收获的时节，麦客子们一路从关中平原自东往西走，一路走，一路干，靠着腰间别着的一把锋利的镰刀讨生活。张桂花雇请到的这三个麦客子，手脚利索，能吃大苦，花了两天两夜时间，没黑没明，割完了十几亩山地的麦子。张桂花心里很感动，自己做主不但付给高额酬劳，还把麦客子请到街道里下了一回馆子，临别又送给麦客子每人一双崭新的解放鞋。

"到明年，我们还来给你割麦子。"麦客子们很感激。

"过些日子就搬家了，明年再不种地了。"张桂花说。

这批新粮晒干的时候，就是张桂花一家搬往闽宁村的日子。

张桂花搬家的当天，平峰梁上不逢集，她专门挑了这么个日子搬家。下午两点，乡政府派来的大卡车一开到，丈夫老李便开始装车，把粮食、铺盖、馍头、铁锹、桌椅板凳一股脑儿往车厢里塞。西吉县对搬家的确有困难的人家，会提供力所能及的帮助，张桂花家符合条件。工夫不大，杂七杂八的物件就填满了车厢。张桂花一回头，村子上的乡亲们竟然赶来了。五六十个人走了一小时山路，从村子里来到平峰梁上，专门来送张桂花一家。有的人手里拎着胡麻油，有的人拎着生鸡蛋，有的人还背着花卷馍馍。这时，一向干渴的平峰梁上，居然下起了蒙蒙细雨。

村里亲人翻山越岭来送，让张桂花心里很感动。她激动了，咬咬牙，拿出衣服口袋里的一百多元钱，买光了一条街道上的白糖。按照西海固的礼数，她是要给乡亲们一一回礼的。离别西海固了，乡里礼数还是不能丢的。她和丈夫老李，给每个乡亲麻利地包出了二斤白糖。这时，听说张桂花起身要走闽宁村，街道里相熟的邻居也跑出来送，就静静地围着搬家的大卡车。平峰梁上，一整条简陋的街道上忽然挤满了前来送别的人。村里来的几个年龄相仿的女人，静静地站在车厢前，沉默着不说话，只是一个劲儿地抹着眼泪。原本并不怎么熟悉的妇人，也过来和张桂花拥抱，打个招呼。

司机焦急地催促着，按响了喇叭，叫快些动身，不能再堵街道。张桂花和儿子女儿坐进车厢的空隙里，身边四周都是杂物，她和孩子只露出个脑袋来。大卡车缓缓启动了，几个相送的女人追着车尾跑，抓着张桂花的手，打着哭腔："桂花！到了闽宁村要把日子往好了过！"也有人喊着："到了闽宁村，可别一走不回来了啦！要记住咱们平峰梁上啊！"……张桂花和一对儿女挤坐在车厢里，只觉得鼻子很酸。听到这些话，她娘三个谁也不敢把头往起抬，谁也不敢往车外面瞅。

"我还回来呢！窖里还存着五百斤洋芋呢。"张桂花想起了存在老家地窖里的洋芋，想着腊月里非得回来磨洋芋粉，忽然歇斯底里地朝往外喊了一嗓子，可卡车已经拐过了一道弯，平峰梁上的街道，冒雨相送的乡亲，都被远远地甩在身后。

说来奇怪，张桂花一家乘着卡车出山时，山里下起罕见的大雨。司机踩着油门，轰隆隆地奔跑在崎岖山路上，她却埋头使劲儿哭起来。脸颊上的雨水泪水和在一起，都成了离别西海固的难言愁绪。卡车开到出山的第一站——西吉县城时，瓢泼的雨仍然没有停下来的意思。而此时，张桂花就想村里来送的乡亲们还冒着大雨，这会儿还走不到家里，他们刚翻过一架大山，还在一条深沟里走着。

> 走哩走哩哟，远远地远下了，
> 心里像刀子搅乱了。
> 哎哟哟的哟，
> 眼泪的花儿把心淹下了……
>
> 走哩走哩哟，越哟远的啊，
> 褡裢里的锅盔轻了。
> 哎哟哟的哟，
> 心里的惆怅就重了
> 重了，我的眼泪花儿哗哗地掉……

搬家出山的张桂花，是否想起这首西海固花儿？

这离别的忧伤，这内心的不舍，这前路的茫然，或许只有这首短歌能够表达。就在这天傍晚，张桂花一家乘坐的卡车临时停在西吉县城。得知他们一家要搬走，住在县城的兄长安排了饭菜，叫他们吃完晚饭再走。张桂花的老母亲也来了，算是和女儿一家道别。张桂花的心里很不是滋味，她坐在车厢里，不下来，对丈夫老李说不饿，只让老李带着儿子女儿去吃饭。她怕看见老母亲，也怕老母亲落泪。

从西吉县城到闽宁村，四百公里的山路，卡车颠簸着走了一整夜。第二天黎明，卡车经过青铜峡，把张桂花一家人送进了闽宁村。接近吊庄的时候，张桂花惊讶地看到，沿山公路上光秃秃的，既没有植被，也没有人家，黑魆魆的路面被运煤大车轧得坑坑洼洼。在司机猛然刹车卷起的扬尘中，她瞥见了日夜想念的闽宁村。

朦胧中，张桂花看见了宽大的戈壁滩，大大小小的沙包一个连着一个，延绵伸向了远方。下了卡车，脚头一丛丛干枯的蒿草在微风中抖动着，远处零星散布着的几间低矮的房屋。司机就地卸下各样物件，掉头离开了。

她和老李，还有一对儿女，像蒿草一样站在戈壁滩上，顿时感到了茫然和无助。一个人影也看不见，他们一家四口人忐忑地朝着戈壁滩的深处走去，忽然就看见了一处又一处的地窝子。

张桂花走过一处地窝子时，眼睛没往地面看，忽然就有一颗脑袋从地面下探了出来，冲着他们嘿嘿嘿地笑。这颗从地下探出来的脑袋，着实吓了张桂花和孩子一跳。也是，不朝地面看时，很难发现起伏沙丘之间的地窝子出口的。从地窝子钻出来的，是一个胡子拉碴的老者。这个老者白天在沙滩上盖房，晚上就栖身地窝子里。老者招呼了一声，让老李和张桂花坐下来休息一会儿。接着，老者摆出一架火炉，随手扯来几把蒿草，用火柴点燃了，在戈壁滩上不急不缓地煮起罐罐茶。老者悠然自得，还有那种随遇而安的达观，让张桂花和丈夫老李看傻了眼，他们觉得实在不可思议。

这就是闽宁村，戈壁滩里看不见几个人影的闽宁村。

整个的家算是搬来了，可丈夫老李很焦躁，想埋怨张桂花，但又开不了口。张桂花心里也很不好受，想着闽宁村与想象中的差距，再想到昨天那场盛大的送别，人流整整堵死了平峰梁上的一条街道。而现在，她来到的是一个荒无人烟的戈壁滩。显然，要在这里生存下来，得吃大苦。纵然困难再大，张桂花也不好打退堂鼓！

火焰哧哧地舔着罐底，茶水翻滚着，煮沸了一群人的心事。

老者姓马，六十来岁，原本是西吉县沙沟乡沙沟村人。

聊起来，张桂花一家人才知道，马老汉刚刚完成一场壮举。这个老人牵着一头年衰体弱的毛驴，拽着一辆架子车，架子车车厢里坐着他六岁的孙子，徒步走了七天七夜，硬是从老家西海固的沙沟村走到了闽宁村。没有吃的，没有喝的，老人就沿路乞讨，硬是用双脚丈量了从西海固到闽宁村四百公里长路。马老汉心里，没有小康这个概念，但他知道，到了有黄河水浇灌庄稼的平原上，开出几亩荒地，自家的田地里就能打出很多粮食，每一粒粮食都是金豆豆，反正产量要比西海固的山田旱地要大得多。到那时，自己的孙子再也不用守着干山枯岭，再也不用看天色吃饭。这回一到闽宁村，马老汉累坏了，张开双臂扑倒在柔软的沙包上，又抱着小孙子喜滋滋地笑。而那头陪着他走到闽宁村的瘦驴，也被累得够呛，长时间地喘着粗气，四个蹄子都走烂了。

"老人家，你咋有这么大的心劲儿？"张桂花关切地问。

"穷死了！我这一家人孽障（可怜）得很！"马老汉说，"我给儿子娶媳妇的时候，什么家底都没有，那真是一穷二白，口袋比脸面光多了。媒人介绍一个女子，黄一个女子。啥原因呢？我家水窖太小，圈里羊只太少！实在没办法，我就摸出了一个窍门，听说女方来人要看家里，我提早把邻人的羊赶到我家羊圈里，壮人声势。女方家来人了，从圈里数了三十多只羊，也就放心地把女子嫁了，我儿子就有了媳妇。结婚了，没几天，儿媳妇去羊圈里喂羊，只数了七只，就开始不停地怪怨，说我老马家骗人呢！唉……咱西海固老家那地方，种粮没产量，打工没处去，吃水很困难，想出山都是寸步难行……咋说呢，我在沙沟村当过村干部，年轻时也是一个攒劲的人，如今还是受困。这一回，闽宁村一成立，我立即争了个指标，想着搬来种粮……我要来，儿子儿媳妇不愿意，我就带孙子出来，打个前站，把房盖起来，等光阴好了，再不让儿媳妇抱怨。"

"你只带着大孙子搬来？"

"还有一头长毛瘦驴呢！"

"孙子娃娃呢？"

"唉，水土不服，病倒了，地窝子里躺着缓着呢。"

"病得重吗？"

"好多了，就像瘦驴原本受伤的蹄子一样。"

这天，夕阳西下时，柔光映照在闽宁村，宽大的戈壁滩上亮堂堂的，金灿灿的，又像是一片温柔的海滩。此时，张桂花看见了一群赶来投奔的人。西吉县发往闽宁村的一趟长途班车准时抵达。车上下来的，都是搬迁户，初来的人们伸着腰，揉着眼睛，吃惊地环顾着戈壁滩，脸上都会露出难以言说的表情。他们随着班车带来了干粮和面粉，带来了活蹦乱跳的鸡鸭和羊羔，甚至还带来了建筑材料。很多人的家当，就被装在上衣口袋里，就被捏在了手上。对于大多数人来说，都是几户人家合租一辆卡车，或者是合租到一辆手扶拖拉机，拉上必要的家当，踏上了搬家投奔的长路。

移民来来去去，有人看一眼，觉得太荒凉，扭头就跑掉。

抵达闽宁村的第一天晚上，在马老汉指点下，张桂花一家住进一处无主的地窝子。地窝子原本的主人，费了很大的劲儿掘出了地窝子，也运来了一批建筑材料，在闽宁村忙忙碌碌好几天，吃了几顿沙子拌面，心理上接受不了，拿着盖房的椽子和搬迁的指标，换了一张返程车票回了西海固老家。吊庄就是这样，一些来了又跑掉的人，对于这片戈壁滩没有信心，而当他们真正改悔时，已是多年之后。

马老汉坐在一个沙包上，迎着晚霞沉默着，忽然就唱起了心上的花儿，而小孙子就在脚头绕来绕去玩沙子。这种乐观又有些幽默的劲儿，逗乐了张桂花一家人，也深深感染了张桂花一家人。她记得，白天刚认识时，马老汉总是说，闽宁村的沙包一推平，就是平平展展的川地，就是宽宽大大的平原……这天，黑透了的时候，张桂花的地窝子，马老汉的地窝子，还有许许多多的地窝子，在戈壁滩上发散出了微弱的光。点点的光亮，像是散落到戈壁滩的一群流萤，凄凉中透出一股雄浑的力量。

此时此刻，过境的汽车，飞奔的火车，头顶掠过的飞机，似乎都在告诉张桂花，这是离城市很近的地方。躺在地窝子的张桂花，激动到睡不着，她听到了大地激越的脉动，也听到了时代滚动的巨轮。尽管这里是荒无人烟的戈壁滩，可眼前的一切不一样了。这里是闽宁村，这里是大平原，不再是西海固的群山深处。

08. 拓荒者

天将晓，蚊子醒来早。昨夜嗡声犹在耳，戈壁生活何时了，谁言此地好？天已午，饥肠如响鼓。丈夫生来不下厨，移民新村生烟火，泪水和米煮。日西落，孤独向谁说？蚊子老鼠最得意，常常咬肿手和脚，你说怎奈何？午夜月，朦胧似歌声。大风怒吼百草折，飞沙走石屋顶揭，吓得直哆嗦。欲说苦，满身沾沙土。飞沙漫卷寻常事，创业只把信心鼓，壮士不言苦……

闽宁村干部王富荣的打油诗，如实记录了移民拓荒岁月。

闽宁村要用三年时间，解决全体移民的温饱。

搬到闽宁村，每次开会，张桂花总听干部这么讲。

移民都很疑惑，这么短的时间，真能解决全体移民的温饱问题？但在张桂花眼里，来闽宁村拓荒的，都是用牙断铁的人。从西海固派来的干部灰头土脸地忙，搬迁来的移民也是灰头土脸地忙，戈壁滩上，分不清谁是干部谁是移民。

荒漠戈壁里，月光很明亮，起夜的张桂花，看见小沙包在月光下缓缓地游移。新盖的土坯房，看着严实，其实不然。清早起床，张桂花的嘴里、鼻子里、耳朵里，总是落一层细沙。她至今没有搞清楚，沙子是怎么透过墙壁钻进屋子里的。有时夜里风大，第二天推开房门，房门准会被沙子堵住，只好让孩子从窗户上翻出去，刨开沙子打开房门。她走出土坯房后，再仔细打量一番，才发现昨晚那个小小的沙包已经变换了方位。

老李忙着去改良分到的六亩荒地了，张桂花也闲不下来，她和一个相熟的姐妹合伙在自家土坯房里开起了一间小小的裁缝铺。另外，她们还开办了一家小旅社。小旅社，是简易的土坯房里隔出三间卧室，室内任何设施都没有。来住自家小旅社的，只有盖房子的移民。初来乍到的移民，乘班车赶到闽宁村时往往就是傍晚，索性在小旅社凑合着过夜。但到第二天晚上，大家要么投宿亲友，要么就住进了地窝子。

初秋的一天，小旅社来了个大肚子女人。

这个女人三十岁出头，挺着很大的肚子，比临盆的女人还要大。张桂花一看，这女人走起路来格外费劲儿，笨拙得像只企鹅。既然怀着娃娃来了，肯定也是搬迁户，可她怎么是一个人呢？张桂花心里犯了嘀咕，忍不住打问了几句。

"大妹子，你怀着身孕，肚子咋这么大呢？"张桂花很吃惊。

"双胞胎！"女人淡淡地说。

"来盖房子的吧，你男人咋没来？"

"嗯。家里黄豆要收割，男人在家守着。"

……

张桂花知道了，怀着身孕来盖房的女人叫马红梅。

虽说已是9月天，可秋老虎威风大得很，戈壁滩上没有一片阴凉，不管出多少钱根本找不到干活的工人。椽子被托送了过来，马红梅只等工人。在邻人的帮助下，她顺利地住进了地窝子。在地窝子里栖身的马红梅，就躺在一张铺着厚厚稻草的门板上。接近孕晚期，又是双胞胎，她只能侧着身子睡，若是仰躺着睡，第二天根本翻不起身。

和马红梅一样，邻人盖房子，也请不到人。等着急了，邻人干脆从西海固叫来自家亲戚十二个人来帮忙。四天时间，邻人的三间土坯房盖起来了。马红梅找不到工人，开不了工，她很羡慕邻人。第四天下午，她向邻人去道贺，邻家老太太正在做饭。没想到，她竟然在邻居露天的灶台上看到了震惊的一幕：整袋的面粉里，竟然发现了一串老鼠屎，而邻家老太太一遍遍地叹息着，又用手一点一点地拣拾着面粉里的老鼠屎。

忙罢了，老太太站在土坯房前向众人宣布：

"唉！老鼠把面粉给坏了。"

"倒掉吧，实在太可惜。"

"就这么凑合着吃掉吧。"

十二个壮汉听罢，没吭声，竟然没有一个人说反对的话。

是啊！被老鼠坏掉的一整袋面粉，也是一整袋面粉。在西海固，这就是一片旱田的收成，搁给谁，谁都舍不得扔掉。面粉很快变成了面条，热腾腾地出了锅。马红梅看着一群埋头吃着面条的男人，心里很难过。而盖房子的男人瞅着马红梅，也觉得她恓惶可怜，一个女人挺着大肚子来盖房。马红梅来闽宁村，浑身只有五百元，这是全部家底。捏着全部家底，既要购买盖房的材料，还得雇用几个盖房子的工人。

二十多天后，贺兰山东麓下了一场秋雨，天气变得凉爽了起来。这时，马红梅四处寻找盖房子的工人，怎么也找不上，建房子的移民很多，工人却很紧缺。她得抢时间，赶在生孩子之前回到老家，万般无奈之下，她找到了三个不会盖房子的工人，开始修建自家的房子。不会盖房子的三个工人，也能够像熟练工一样飞快，仍然很快把墙砌了起来。给屋顶搭椽子时，三个不会盖房子的工人表现出了技术欠缺，或是因为缺乏经验，或是为了省工，他们把椽子的间距放得很大。等给屋子的顶部抹泥时，一个工人粗心大意，竟然不慎从椽子之间过大的空隙里跌落下来，摔伤了腰。

工人摔伤了，又能怨谁呢？

眼瞅着大肚子的马红梅，工人啥话都说不出口。

张桂花惦记着马红梅，离得近，一眼就能瞥见盖房的现场。每去看一次，总觉得马红梅的肚皮又变大了一圈。盖房子的日子里，马红梅按时按点给三个工人做饭。每天早晨，闽宁村不起风沙，戈壁滩上相对平静一些，她就抓些树皮和蒿草生火，趁机在露天锅灶上给工人准备中午的饭菜。若是一起风，又急忙用一片塑料遮盖住案板和铁锅。来闽宁村的第五十天，是1997年11月3日，马红梅的土坯房建成了。而此时，预产期也已经到了，她必须回到老家去生孩子。

新房落成的当天下午，马红梅背起简单的行囊，挺着硕大的肚子，深一脚浅一脚地踩着戈壁滩上的沙砾，十分艰难地朝着西邵火车站走去。西邵火车站在五公里之外，是个小站，过境火车只会停靠一两分钟的时间。即将分娩的马红梅脚面肿得很大，像笨拙的企鹅，根本就走不动路。远远听见火车在鸣笛，心里更紧张，马红梅生怕自己赶不上这趟火车，不由得加快了脚步。看见的邻人说："你这样子能吓死人，你慢些走路啊！"

马红梅终于还是赶上了火车。第二天黎明，她才回到老家，进了家门，就瘫坐下来，浑身再没一点儿劲。

两个小时后，马红梅生产了。她来不及去卫生院，在分娩的阵痛中听见婆婆急切地对人说："这娃娃为啥脚片子先出来了！"女儿先落了地。马红梅心里惦记着：我还有一个娃娃呢！当丈夫领着接生婆刚迈进家门时，第二个孩子呱呱坠地。盖起新房的马红梅，有儿有女了。

看着新生的一对儿女，想到最近这段艰难的日子，马红梅没有像别的母亲那样享受初为人母的幸福，而是忍不住号啕大哭。

马红梅盖房的过程，张桂花很清楚。过了好多年，张桂花看了一部电视剧叫《戈壁母亲》。她觉得，马红梅就是电视剧里说的母亲形象。她想告诉马红梅，但却始终没有开口说，她认为这样会让人想起伤心往事。显然，张桂花的记忆里，忘不掉马红梅怀着八个月大的双胞胎、挺个大肚子来盖房的情景。

张桂花家小旅社的门前，总会走过一些古怪的身影。

有一天清早，一个骑自行车的年轻人投奔了闽宁村。

这人名字叫马建明，二十岁出头，独自骑着一辆破旧的"永久"牌自行车，经过三天三夜，从西吉县白崖乡白崖村来到了戈壁滩。这个年轻人与众不同，他有一样本领，每天晚上点燃一块石头照明。这种石头是电石，无论别人怎么琢磨，总是点不着。而他把电石放进一只碗里，这只碗就变成了一束火炬，照亮了自家小小的土坯房。

来之前，马建明当上爸爸不到十天。现时，他要立足闽宁村，再把妻儿接来。他家起先在西吉县城经营一家面馆，生意火爆。几年前，有一个老汉进门吃炒面，和他爹在柜台前聊得投机，过了没几天，吃面的老汉就当了他的岳父。

妻子高挑，一米七的个儿，邻人都说美得像一朵花。妻子过门了，马家面馆却倒闭了。原因很简单，两个掌勺大厨、他的两个姐姐同一天出嫁了。他家种植一百亩山地，可产量奇低，勉强够吃……马建明一眼瞅准了新设的闽宁村吊庄，发誓要带妻儿在这里过上好日子。

改良土壤种地，没钱，马建明想靠打工先积攒一笔钱。

闽宁村十公里之外，玉泉营酒厂的门口，是一处自然形成的劳务市场。每天早晨，酒厂门口的几棵大柳树下，坐着上百名等活儿干的男女老少。闽宁村人要去打零工，黎明前就得赶往这个地方。这个劳务市场的形成，很有特点，国营玉泉营农场把很多荒地承包给本场职工，职工种地不出力，就依靠周边的劳动力。第一次去时，天气炎热，马建明和几个相熟的闽宁村青年就坐在树荫下，焦急地等待着雇主。过一阵子，来了一个雇主，一群人倏地就围了上去。接着，雇主环顾一圈，瞅谁年轻，瞅谁个头高，手指一点，领上几个人就走了。被领走的这几个人，今天就能通过劳动赚取酬劳。

"活儿少，人却多，咱得有耐心。"同伴叮嘱，"建明啊！你还得有个好脾气，干一天活能换袋面粉。有的雇主挑剔，说话不好听，可咱不能置气。否则，就没活儿可干……"

马建明似懂非懂，点点头。

又等了半个小时之后，来了个老汉，领走了他们。老汉是农场的退休职工，请他们几个人去玉米地里除草，一天的报酬是八元钱。马建明刚来这里，第一天干活，很不适应气候。贺兰山下要比西海固干燥、闷热。埋头弯腰除草时，膀子一甩，汗水直流。一天的活儿干完，他仿佛洗了个澡，浑身湿漉漉的，手捏八元钱回了村。即便这样，劳务市场上还有坐等了一天根本没有活儿可干的人。

和劳务市场上的人熟络了，挣钱多的活儿就有了。有一天清早，玉泉营酒厂门口，忽然来了一个戴墨镜的中年男子。这男子站在酒厂门口，清清嗓子，高声喊着："黄羊滩火车站要十名装卸工，能扛动两百斤麻袋的来报名！"

"我能扛得动！"

"我也能扛得动！"

报名的青年挥着手，有四五十个，都是精壮劳力。

中年男子也像别的雇主一样，把每一个青年都粗略地打量一番，拍了谁肩膀，谁就有活儿可干。马建明没扛过麻袋，他不知自己能不能扛得动，但市场上相熟的人，把他一把推到了中年男子跟前。就这样，他尾随大家，向南走了几百米，进了黄羊滩车站。他们的任务是把每只两百斤的麻袋卸下火车，扛到一百米外的卡车上。再由卡车把这些装满粮食的麻袋，运送到附近的一处仓库去。

当天，他们忙了十三个小时，每人得到五十元钱报酬。干完活，马建明两腿僵硬，双手不停地颤抖。虽然在西海固种植旱田山地很辛苦，可他从来没有干过这么繁重的体力活儿，扛麻袋时非得使出浑身的猛劲儿，才能把麻袋扛到自己身上。仔细一算，这十三个小时干的活儿，等于他背着两百斤的麻袋，走了将近二十公里的路。那天回到土坯房时，已是凌晨一点多钟，而他没有一丝的饥饿感，只是咕嘟咕嘟喝光一大杯茶水。接着，倒头就沉沉地睡着了。天亮，和几个青年又结伴去了玉泉营。

"昨天的活儿太重，干完腰疼得厉害！"

"回到家，想解手，浑身僵硬，蹲都蹲不下去。"

"这活儿，挣钱多，但不能多干。"

前往劳务市场的路上，同伴说着昨天的事情。而马建明却想，希望今天一早到了劳务市场的门口，能像昨天一样幸运，遇上个大活儿……他这么想的时候，就把自己变成了一名出色的装卸工，每天真能挣到三五十块的。不出二十天，他的口袋鼓了起来，积攒了五百多元。他想拿这笔钱改良土壤，好在来年开春种粮。

有一天，活儿重，马建明忙完感到了困乏，腰也疼得很。回到家，他躺在土坯房翻来覆去睡不着，索性抱起铺盖卷睡到屋外一棵小树底下。黎明，戈壁滩下起一场小雨，他浑身被雨水淋湿了，而酣睡中的他却全然不知。被邻人叫醒后，他却发现自己在地上无力爬起来……邻人惊得目瞪口呆，叫来一辆手扶拖拉机，急忙送他去医院。玉泉营卫生院的医生检查完，说他是两样的病，一种病是严重的肌肉劳损，另一种病也很严重，是病毒性疟疾，必须立即住院治疗。

"生病了，你就安心住院，看病。"几个邻人劝说他。

"这几百元，不能送给医院。"马建明说，"攒了这么一点儿钱，得用在改良土壤上，还得接妻子儿子来。"

马建明无论如何不住院，倔强地回到了土坯房。他又让同伴帮他跑一趟青铜峡，请到青铜峡的一位赤脚医生。这个赤脚医生，平日里背着一只药箱子，走街串巷，凭着感觉给人瞧病，有人说灵得很，价格也十分优惠。赤脚医生拎着药箱子来了，在土坯房里给马建明看腰病。说话间，掏出一枚针，起手再一落，就准准地扎到他的腰眼上。都没想到，这一针扎下去，他立即就晕死了过去……赤脚医生大惊失色，怎么也叫不醒他。大约过了一个小时，他在一片晕晕乎乎中缓缓地睁开了眼睛。可他没有责怪赤脚医生一句，反而说了句抱歉的话，又让这人帮他治疗病毒性疟疾……

在土坯房的炕上躺了十天，他恢复了往日的神采。

积攒的五百元钱保住了，一分不少，都将用在改良土壤上。他又请回西海固老家的亲戚邻人，带话给妻子，说一切妥当了。几天后，妻子抱着儿子来了。妻子给土坯房贴上窗花，又糊上墙围，还沿着墙角种出一圈槐树和杨树。土坯房里有了婴儿的啼哭，有了家的气息。

转眼已是深秋，当劳务工只是权宜之计，能否成功改良土壤才是马建明、马红梅以及全体移民在戈壁滩扎下根的决定因素。

1998年的春耕眼看要到了！

新房一盖起来，张桂花的丈夫老李就立即着手改良土壤。

"任何时候，地都不能荒着！"老李说罢就一个人进了沙滩，沙滩渐渐出现了越来越多的身影。

改良土壤的过程很烦琐。他先徒手把地里的石子拣一遍，石子在地头上垒成一座小山包。垒成小山一样的石头，是可以被循环利用的，正在建房的人家会来拉运，立即就会变成屋子的地基。徒手捡过了一遍石子，老李又用沙盘筛沙子。筛沙子，是把细碎的小石子筛出来，这样好给大地敷上一层新土。他使着钢钎掘出沙和石，再用铁锹铲起来，甩到一张斜立的硕大的筛沙盘上，细碎的小石子就会滚落到脚头，而沙土会穿过筛沙盘纷纷扬扬地穿过网子落到另一面，变成有用的土。随着手里铁锹的一次次起落，老李手上的血泡磨成了坚硬的茧，成天浑身黑水淌个不停，地块也逐渐变得平整了。即便这样，还不放心，他雇请一辆手扶拖拉机在几十公里外的地方运土，再平铺到沙地上，均匀地形成一层作业层。再下来，就是施肥和灌溉。粗略一算，每改良一亩土地得花二十天。闽宁村四万多亩荒漠戈壁，就是这样在移民的手中一寸一寸变换了模样。

改良土壤不是一般的苦活，西海固的移民们体现出了他们的坚忍。沙滩没有一棵遮阳的树。那段时间，老李天天顶着硕大的太阳，被晒得浑身蜕皮，感到煎熬和痛苦时，他看到田里其他人，都埋头趴在土地上使劲儿刨。这时，沉默寡言的他，内心却涌动起豪迈感。老李本质上是一个攒劲的人，十七八岁时他大胆地走出了西海固，在兰州一个叫阿干镇的地方下井挖煤炭。为了全家人能吃上饭，他钻到大地的堂奥里一年四季见不到阳光，那时总觉得下井挖煤就是天底下最大的苦。可现在，他坚定地认为在这片茫茫的荒原上，改良土壤种出庄稼来才是人世间最大的辛苦和困顿。

单枪匹马整理出一亩地，少说也得花大半个月。老李望着大片还没有改良的荒地，心里发慌，索性和邻家男人一起分工合作。先给你垦一亩，再给我垦一亩。不知不觉间，一条狭长的荒漠地带就在互助中改良了过来。

"地亩肥得了不得！"老李后来得出经验，"千年万年没有种植的戈壁滩，一旦经过土壤改良，种下小麦和玉米，一亩能顶西海固五六亩。蒸熟的馒头雪白雪白的，做成面条也筋道，埋在西海固的老先人，没吃过这么好的细粮。"

移民最大的困惑，来自风沙，确切地说来自沙尘暴。

沙尘暴一起，张桂花准会惊呼："黑暗了！"

闽宁村移民来自西海固，西海固方言是丰富的语言宝库，生动而隽永。比如，他们把地震叫地动，又把沙尘暴叫黑暗了。张桂花第一次遇到"黑暗了"时，正在缝衣服上的一枚纽扣，天空忽然变成浑黄色，什么也看不见，她心一慌把针尖扎进了指头。大风呼啦啦地刮，漫天沙砾见人就砸，老李从外面跑进屋里，把房门和窗户都挂了锁。他们的屋子，好比颠簸中的一艘船随时都会被海浪掀翻。紧要时刻过去了，他们嘴里噙着细沙，满屋的沙尘散不出去，十分呛鼻，像是一场战斗结束而硝烟仍在弥漫。

贺兰山另一面起了风，风就卷着沙砾，戈壁滩上寸草难生。干部群众清楚，如果不能建立科学防风固沙的林带，人是无法安居下来的。要生存，得栽树，营造防护林不仅是当务之急，也是防风固沙的最有效的措施。抵御风沙，也是稳定人心。短短半年，闽宁村迎来一千户居民，将近五千人。来到闽宁村，干部群众真切地体会到了，在没有一棵树的地方，务农是一件根本不可能的事情。开始主动加入植树造林的队伍中。

闽宁村每一次组织栽树时，跛瘸的张桂花就很激动，她行动不便，总是叮嘱儿子扛着钢钎和铁锹跟着大人一起去。谁都想不到，走出西海固，栽树种草竟然成为移民的自觉行为。人们要是能早些醒悟该有多好。那些年，在西海固，人为了穿衣吃饭，只能乱垦滥伐，用生态换取粮食，结果是越垦越穷。每天，女人密密麻麻地爬行在大山上，生火做饭得砍柴，喂养牛羊得拔草……而当他们搬迁到了新家园，面对风沙袭扰，又不得不珍视起每一棵树、每一株草。干部群众不遗余力地栽树种草，他们栽种出十二万株苗木，造出护路林、护渠林、农田防护林。

简易小学的门口，几位教师栽种出一排白杨树。这些白杨，比任何一处生长的苗木都要旺盛，很快就有了树冠。张桂花每次路过，总会发现一个四五岁的小男孩马昊，跟着大人从很远的地方抬水回来，给小树苗浇水。是的，移民就这么精心地呵护起苗木，哪怕自己渴着，也得灌饱苗木……戈壁滩上，稚嫩的树苗生发出了细小的嫩芽，离郁郁葱葱的景象不远了，引来鸟雀的啁啾也不远了。

09. 四面楚歌的滋味

暮色四合，张桂花看到，村口的几盏路灯第一次亮了起来。闽宁村的村口，朝着贺兰山，门前就是一条沿山公路。村口亮起的路灯，可以让黑夜里沿着公路过往的车辆和行人看到，这里是有生命存在的。此时，一座水塔也已矗立在政府办公区对面，看来用不了多长时间，黄河水就真的会汩汩地涌进移民的新家。拧开水龙头，喝上黄河水，这批走出大山的西海固人，即将在闽宁村圆了这个多年的梦。

活水来了
黄河的水好
山里人跟着水下了川道
这里的人们
再不用等了
等天下雨淘水窖

活水清哟淌过青苗

爬上了哟小麦谷穗梢梢

爷爷用手捧着攥着哟

生怕从指头缝里溜掉……

闽宁村，这个随黄河水流淌而来的移民新村，最先改变了移民群众在西海固老家世代缺水吃的窘境，就像诗人何英隽作词的这首《活水来了》说的那样。

建村几个月，搬来一千户，在戈壁新村土坯房星罗棋布。

在这片到处都是风沙的世界里，与移民群众一样，干部职工也是每天忙碌个不停。闽宁村第一批干部职工，全部由主要迁出地西吉县派来。荒漠戈壁上，吊庄新村每天都在发生着变化。白天是让人振奋的生产建设场面，可是晚上接踵而来的那些麻烦事儿却让干部职工感到脸上无光。

一天，吃罢晚饭，干部职工坐在简陋的政府办公区，加班开会，讨论吊庄地区各村的村名以及各条道路的名称。

"闽宁村将来是要设乡建镇的，闽宁村以下，就不要叫什么一队和二队了！"福建挂职干部、分管闽宁村的西吉县领导卓金贤说，"这样的村名报给民政部门，审批时会让工作人员感到为难，好比老乡把孩子叫狗娃和猫娃的，不庄重。大家集思广益，完全可以提出一些新鲜的、响亮一些的名称。"

卓金贤的话音刚落，大家你一句我一句讨论起来。

"呀！取村名取路名很重要，我有一个不成熟的建议。说出来，就当是抛砖引玉。"年轻干部王富荣接上话茬子，笑着说，"我之前专门看了福建省地图。福建有武夷山，宁夏有黄河水，最南的村子就叫武河村吧。这样的话，一个村名就可以兼顾到福建和宁夏两地的元素，也能体现移民群众对福建的友谊和感情。"

王富荣是干部身份，也是西海固的儿子，对于移民群众、对于福建挂职干部有着很深的感情。刚参加工作那年，他担任了西吉县马建乡政府秘书，是地方上出了名的大笔杆子。自幼热爱文学，天性烂漫，又是一个十足的理想主义者。闽宁村成立后，他带着一拨移民群众搬迁到了闽宁村。

这天晚上，他开了一个头，大家脑洞大开。

"木兰溪，是福建莆田人的母亲河；贺兰山，是宁夏人的父亲山。我们就给东南面这个村子取名叫木兰村吧！既好记，也有内涵。"

"福建和宁夏，各取前一个字，就是福宁村。"

"再说说道路名称吧！福建莆田县对口支援宁夏西吉县，咱们政府门口这条路就叫莆西路吧。莆西路，既有莆田，也有西吉。"

说到路，卓副县长操一口福建味儿的普通话说："门口要修的这条水泥路，是要往东面修下去的，最好要与银川市永宁县的公路接通。大家也都知道，西吉县与咱们闽宁村隔着四百公里，闽宁村将来交给属地管理，只是个时间问题。"

卓金贤说完这句话，在场的干部职工都沉默了。

没有什么奇怪的。闽宁村的干部职工，都是与移民群众一起从西吉县调来的。和移民群众一样，干部群众对老家西海固充满着感情，而此时，属地对他们并无归属感。就拿现实来说，闽宁村与周边是两样的，人情世故不同，口音习俗不同，精神面貌也不同。卓金贤转念又想，闽宁村的这一支移民要融进周边生活，事实上是需要一段时间的，闽宁村的干部群众都得付出很多努力。先前，卓金贤和干部群众也聊起过，大家心里都有丝丝缕缕的担忧，生怕交到属地管理之后，会受到歧视。干部群众有这种心理，是正常的。对每一个移民区来说都一样，移民要扎根，非得融进当地。

卓金贤想到这些，有意岔开了话题，"卫生院、学校、变电站都在建，目前建设任务还很重。闽宁村邮电所，在1998年度必须动工。一个乡镇的标志性机构，是邮电所啊！闽宁村有了邮电所，移民的包裹就能寄回老家，就能互通信息。"

这句话，说到了大家的心坎上，空气变得轻松了许多。闽宁村剥离西海固，交给属地来管理，的确是一个迫切而重大的现实问题，可闽宁村的干部群众在情感上一时半会儿还接受不了。在卓金贤的带动下，夜里开会的干部职工恢复了先前的热烈。他们确定出几个村庄的名字，就连规划中的几条道路也有了极具特色的名称。

正当卓副县长宣布散会时，几名警察愤愤不平地来了。

这几名铁路上的警察推开门，一见卓副县长在场，如获救星，簇拥上来。干部给他们倒水，他们摇着头不喝，给他们让座，他们摇着头不坐。

"卓副县长，正好您回闽宁村了，我们就向您汇报。"为首一名干警说，"自打闽宁村成立，这几个月，这条铁道线就没安生过一天。尤其立冬之后，天气寒冷，铁道线上频频发生偷窃事件。闽宁村有人扒火车，有人专门卸化肥、卸煤块！但凡货列列车经过西邵车站时，咱们有些移民就这么干！这不，我们一路追踪，进了村。"

卓金贤是掌握这个情况的。

闽宁村成立短短几个月来，很多青年移民就练就了一门绝技：扒火车和跳火车！印象最深的，有这么一件事情。有一个青年教师，妻子孩子和父母都搬到了闽宁村，可他当时还在固原进修。教师节的前两天，想回村看一看。然而，浑身上下也没几个钱，他灵机一动就学人扒火车。他真的扒上了一列运煤的火车，风很大，他只好匍匐在煤块上。被风吹得时间长了，身体就发冷，头脑也有了麻木感，他心生一计，把自己一双袜子从脚上脱下来，套在头上，对抗猛烈的风。一路熬到西邵站，可以清清楚楚地看见闽宁村了，也可以清清楚楚地看见自家的土坯房了。然而，跳火车时，或是由于被风吹坏了，或是由于缺少经验，这个青年教师摔伤了自己。摔伤之后，血流如注，他当场晕倒了过去。很幸运，被人及时发现，立即送进银川市西夏区的一家医院急救……几个小时之后，摔成重伤的青年教师感到了浑身疼痛，渐渐有了意识。这时，他隐隐约约听医生跟他妻子说着医疗费的事情，又听见妻子在边上小声地哭泣着。躺在病床上，脑袋缠着厚厚一层绑带的他，听到这些，立即变得清醒了起来，仿佛什么事情都没有发生一样。趁着医生和妻子不注意，他挣扎着一瘸一拐地逃出了医院。医院离银川火车站不远，他没去别的地方，偷偷地钻进了附近的火车站。他也没干别的事情，重新扒上了一辆货运专列回了闽宁村，又在他之前摔伤的地方，重新跳了一次火车。这一回，他跳得很成功，落地时站稳了，终于回到了自家的土坯房。安安静静地躺在自家的土炕上，这名青年教师开始自行养伤……干部职工得知后很吃惊，又不知应该怎样来帮他。说来也巧，转眼就是教师节。卓金贤和管事的干部签了字，批准从办公经费中挤出几百元钱，送钱去，算是节日慰问。

青年教师尚且如此，移民群众困难更大。

铁路上的警察找上门，卓金贤一边埋头快速地思考着，一边赔着笑，急忙说："闽宁村成立短短几个月来，搬来将近一千户群众。这么多的移民，全部来自西海固山区，坦率地说，大多数家庭在老家没有解决温饱问题。搬出大山，移民就是为了能够过上温饱的日子，因为刚来到一个一穷二白的地方，困难反而在短期之内变大了。虽然说闽宁村的基础设施是由闽宁两省区投资共建，可移民搬迁来了，自建房屋，改良土壤，是一大笔开支。很多移民群众把全部家底花在这两方面，日常生活变得更加困难了。"

"移民群众有困难，的确是一个实际情况。"这名警察打断了卓金贤，"可是，我们警方的任务是守护和保障这条铁路线的平安有序。移民群众搬来了，而我们整天跟着十分痛苦，大案没有，小事情一桩接一桩，偷窃案件一个接一个，各种投诉一个接一个，上级的责令也是一个接一个。我，还有这几名干警，连续两个月没有休息一天了，我们是二十四小时忙个不停，每月各种考核不过关……"

卓金贤和在场的移民区干部职工都很尴尬。

这时，另一名干警开口了，继续向卓金贤反映情况："我向卓副县长报告半月前的一起偷窃案件吧！也是一天晚上，我们几名干警埋伏在铁道线上，当货运列车缓缓开进西邵站时，闽宁村十几个年轻人像射出的箭一样扒上了火车。我们上去堵，他们瞅见了，扔下化肥和煤块跳火车就跑。扒上火车的，一个没抓住，我们也不敢使劲儿追，生怕他们受到惊吓从火车上摔下来。最后，只逮住了一个望风的。"

这名警察顿了顿，盯着卓副县长看。

"这个望风的，腿脚不利索，被我们逮住了。可他无论如何也不承认，说什么自己没偷东西，不必警察劳师动众，自己就是夜里出门散步……距离闽宁村二十多公里之外，有一个地方名字叫芦草洼，是西海固早些年设置的一个吊庄，小偷小摸的事情常发生，搞得名声很不好！前几年，银川市区的居民丢了自行车，不论怎么丢的，不论是谁偷的，都说是芦草洼人干的。唉，这就是一粒老鼠屎坏了一锅汤……"

警察的出现，让闽宁村的干部职工很尴尬。

闻信赶来解围的，竟然是村里的大夫谢兴昌。那一天的事情，谢兴昌很难忘。他真诚地提出，请几名干警去移民家的土坯房看看，再到厨房里锅灶上瞧瞧。几名干警对移民的困难是知情的，似乎动了恻隐之心，不说什么了。

"有些人为啥扒火车、偷东西？一句话，太穷了！"谢兴昌说，"冬季里，闽宁村一天比一天冷了，人吃的和取暖的问题都得解决。有些人，家里没有钱和粮，但吃饭和取暖的问题还是必须得解决的。有的人，扒上火车，偷点甜菜拿回来，根本不会炒着一顿吃完，而是把菜腌着吃，一点一点吃。有了煤块，才能过冬……刚搬来，困难多，各样开支大，等我们移民把一口气喘匀了，等我们日子过好了，肯定不会有这种现象。"

谢兴昌说着说着，很动情，自个儿倒像是受委屈的孩子。

几名警察与卓金贤打了个招呼，回去了。

没走出院子，一名警察折回来，冲着谢兴昌说："上铁路。"

"叫我这会儿上铁路干啥？"谢兴昌问。

"刚才有几个上火车卸煤块的，逃跑时，落下了两袋煤。你拉回来，给送过去，让他们用去吧！但是，咱们下不为例，下回拘留……"那名警察认真叮嘱。

那天，闽宁村干部职工赔着笑脸，送走了铁路警察，觉得既惭愧又感动。

问题并不止于此。闽宁村建村之初，搬来的移民与周边关系很糟糕。有的个别移民到周边乡镇的农场和庄园里去务工，存在小偷小摸的行为。这里所谓的小偷小摸，无非是饥饿时，偷吃了果园里的一个苹果，或者是完工后，摘走了几串葡萄。然而，个别人的不恰当行为却引起了周边四乡八村老住户的不满和反对。当时，银川市在针对闽宁村吊庄的一份调研报告中，提及闽宁村初期的种种困境，其中一项是"一部分人法制观念淡薄"，还说闽宁村吊庄"对周边的治安影响十分突出"。

移民从西海固搬到闽宁村，初来时，多数人连温饱都没解决。现实是，若要消除吊庄移民与周边群众的矛盾以及某些不和谐，还得需要一段时间。按照闽宁村吊庄的建设与发展计划，三年内将解决全体移民的温饱问题。不过，随着日常的交往与交流，周边四乡八村的老住户逐渐理解了闽宁村。老住户确信，原本家底薄弱的移民搬出大山，在光秃秃的戈壁滩上安一个家，真是一件极不容易的事情。然而，卓金贤和干部职工很清楚，闽宁村若要迅速改变困顿现状，必须尽快培植生存基础。

紧要时刻，海的那边，来了一支福建科技工作队。

第三章　播种

　　乡村振兴，关键是产业要振兴。这句话，今天的闽宁镇人感受最深。早年种惯了旱田山地作物的西海固农民，习惯了靠天吃饭。搬到闽宁村，农民原本一心想着种粮，而闽宁协作却给他们开出了一条新路子。在福建省支持下，一件神奇的宝贝来到了移民的黄泥小院里。福建科学家林占熺团队长期驻扎在闽宁村，带领移民在庭院里发展特色产业，手把手教移民栽培菌草蘑菇。双孢菇，开蒙了第一代闽宁村人，栽种下了产业的种子，让人们开始信任科技的力量。而此时，简易小学老校长捧着手风琴，和孩子们一起唱出了心中的期盼。动听的歌声里，产业和教育栽种进这片明媚的世界里。

10. 神奇的福建宝贝

　　闽宁村与周边社会的冲突，加快了福建的产业移植。上一年，闽宁村成立前，在宁夏银川召开的闽宁协作第二次联席会议上，加强科技协作和交流，相互提供先进科学技术促进农业开发和经济建设，被写进会议纪要。于是，一样神奇的福建宝贝——双孢菇来到了闽宁村，像一片片洁白的云朵落在了戈壁滩。

说它是神奇的宝贝，因为它真的是从一棵棵野草变成一朵朵鲜菇的。双孢菇，也叫菌草双孢蘑菇，有着各种各样的吃法，很多老百姓的餐桌上少不了它。遵照闽宁两省区的联席会议决定，福建省作为菌草技术的发源地，将积极向宁夏提供这项产业技术，全力培训技术骨干，协助运用好这一新兴技术，发展庭院经济，帮助农民增收。在闽宁村吊庄，最早接触到福建双孢菇的，是张桂花的丈夫老李。

有一天下午，闽宁村的一个干部找到张桂花家，给老李临时派差事，"到银川去，福建来的科学家给你管吃管住，发劳务费，你负责专门回收废弃的玻璃瓶"。

"收那玩意儿干啥?"老李很疑惑。

"我也不知道福建科学家拿它变啥戏法!"村干部笑着说，"你别问那么多了，银川市有多少，你就收多少……忙碌一天，福建科学家给你十五块钱报酬……收回来干什么，我也不清楚。你就说，你干不干吧?"

听说每天在银川能挣到十五元钱，还不用费劲出力，张桂花黝黑的脸上立即变得灿烂起来。倒是她丈夫老李感到很纳闷，收那玩意干啥呢?张桂花瞅了老李一眼，仿佛说，差事是干部派的，有钱可赚，何必问那么多呢。当晚，老李和几个移民进了流光溢彩的银川城，住进自治区附属医院边上的一家小旅社。

干部说话一点儿水分没有，这个活儿还真的不累人，比起给周边打工、筛沙子、改良土壤以及给移民盖房子，轻松了一万倍。白天，老李他们把医院废弃的医用玻璃瓶集中在一起，装满十几个大麻袋。每到傍晚，准时有一辆微型货车来拉运。没几天，老李弄清楚了这些玻璃瓶的去向：经过消毒再被运回闽宁村。

在银川忙完半个月，回到村里，老李有了重大发现。

闽宁村的政府办公区后院里，出现了六个塑料大棚，他收回来的几万只玻璃瓶，被分别送进了这几个大棚里。每天从早到晚，几个福建人在里面忙碌着。这时已是1998年的春天，闽宁村吊庄宣布成立已经临近一年了。建设中的闽宁村，到处都是火热的现场。拉沙运料的卡车和拖拉机来回穿梭，推土机缓缓地推拥着一座座沙包，四处沙尘飞扬。教学大楼、卫生院、变电所都在加紧施工。

玻璃瓶里会有什么秘密吗？老李想去看个究竟。

张桂花和马红梅几个妇女也觉得很稀奇。

马红梅，就是那位挺着个大肚子，孤零零一个人在闽宁村盖起土坯房，又独自回到西海固老家生下一对双胞胎的女人。刚坐完月子，她就带着孩子搬进了闽宁村。土坯房的墙皮还没有抹泥，四处漏风，院子里还是连片的沙包。这个坚强的女人了不起，进了门，自己动手和泥抹光了墙壁，当天就住了进去。第二天，泥墙散出的水汽把铺盖卷打得湿漉漉的。每天入夜，她却总是睡不着，干脆就坐到院子里看着月亮，盯着星星。她想，自己吃了很多很多的苦，如今却还没有找到挣钱的路子，望着两个酣睡的婴儿，心中不禁焦虑恓惶。就这样，她常常在院子里从月亮初上一直坐到天色微明。

这天听说福建科学家带来了一样宝贝，她也怀着强烈的好奇，跟着老李他们说说笑笑，走向了六座塑料大棚。

老李掀开门帘，惊讶地看到，温棚里，几万只玻璃瓶齐整有序地摆放在地面上。每一只瓶子里，装着满满的小麦颗粒。老李收购的这些玻璃瓶都在福建科学家手中派上了用场。大棚温度保持在二十五摄氏度以下，每只瓶子里经过传授"精粉"，在四十天后都会诞生一束小小的网状的菌种。而菌种，就是双孢菇的种子，双孢菇曾经是福建农民脱贫的法宝。

这一天，老李他们认识了福建科学家林占熺。

五十来岁的林占熺，是个温和且有耐心的人。从大棚里出来，这位科学家谦和地微笑着，又主动和乡亲们一一握了手。这位来自福建农林大学的教授，是福建闽西老区一个普通农民的儿子。年少时亲历过贫困和饥饿，立志改变农村的贫困面貌。农林大学毕业那一年，他一头扎进山区，向农民推广农业先进技术。1970年，他到三明真菌研究所工作，发现福建有不少发展食用菌的地区，用阔叶林的椴木生产香菇，这样就会消耗掉大量的森林资源。这一点，很多生活在南方的朋友都清楚。林占熺另辟蹊径，要用一种叫芒萁的野草来替代木头，把野草和蘑菇变成食用菌。1986年的一个深夜，在福建农林大学的一处角落里，他以芒萁为培养基的菌瓶里生长出一朵雪白的香菇。那一刻，林占熺双手捧着这株香菇仰望星空，泪流满面，宣布野草栽培食用菌新技术诞生。

这位福建科学家来到闽宁村，实际上并不容易。

记得自治区扶贫办的人陪他第一次来访闽宁村时，他被眼前连片的沙丘震惊了。又了解到，当时移民的人均年纯收入只有五百元。戈壁滩上，两个省区虽然在做基础设施，可移民搬来盖房子，就花掉了不少积蓄，沙地还在改良，很多人没解决温饱。林占熺认为，移民要在干沙滩上安居乐业，最需要像菌草生产这样投资少、见效快的项目。掌握这项技术的他，摩拳擦掌，决心带领技术团队在这里干起来。

但是，菌草蘑菇产业进闽宁村，福建省脱贫办是有要求的。

"林教授，你们团队进闽宁村，不光要教老乡种蘑菇，还得承包销售。"林月婵代表福建省脱贫办提出要求。听到这个条件，着实让林占熺犯愁，他解释了一句："我是这项产业技术的发明者，可销售工作从来没搞过。"

"你不知销路在哪里，这项目就不能上！"林月婵认真地说。

听到这话，林占熺头皮发麻，一种委屈感涌上心头，很不是滋味。他知道，这个字若是一签，项目立即就能上，可也意味着在之后的三年里，他和福建科技工作队不仅要向闽宁村提供双孢菇技术，还得承包产品销售，这是一副沉甸甸的担子。林占熺很犹豫，他很想当面辩驳一两句，说出自己的不同意见。

但他还没来得及开口，又听见林月婵说："林教授啊！你是科学家，你是大教授，如果你自己的产品都卖不出去，老乡又没门路，怎么能卖掉呢？老乡把蘑菇种出来了，可是换不回来经济效益，费了那么大劲儿，又有什么意义呢？"

"我们的菇，是最好的！"林占熺急了。

看到闽宁村的一穷二白，这位科学家也没有后退的理由了。他又拿出了当年培育菌菇时破釜沉舟的精神，狠下心来，提笔在承包责任书上签下了自己的名字。未来几年，他和技术团队不仅得教会老乡产业技术、种出蘑菇，还得管老乡能赚到钱。事后，林占熺就笑着自嘲说，这件事，好比你帮助一个英俊的青年介绍了对象，看着他结婚了，还得管着生出一个孩子，生完孩子了，你还得看着养大，养大之后还得负责他考上一所大学。

答应了福建省脱贫办的要求，林占熺在 1998 年开春，带领六名福建技术员来到了闽宁村。跟他一起来的技术员，做梦都没想到，他们千里投奔的闽宁村竟是一片戈壁荒漠。不但如此，这个地方风很多，风还特别大，大风一起，暴土狼烟，大地一片浑黄。他们刚来时，住在土坯房里，干裂着嘴唇，鼻子常出血。这种环境下，他们开始了艰苦卓绝的基地建设。可供他们利用的场所，只有一间十几平方米的土坯房，原料加工、配养料的配置以及菌种消毒等工艺操作，只能在露天完成。一日三餐，变得很困难，当时的闽宁村没有一家商店，没有蔬菜供应，福建技术员要吃上青菜，非得骑自行车去周边乡镇采购，往返一趟最近也得二十多公里。六座试验大棚建好了，福建技术员也全部病倒了……

见到老李、张桂花、马红梅他们，林占熺没讲这段经历。

而此时，六座试验大棚里已经长出了平菇、香菇、双孢菇和木耳。通过比较分析，林占熺已是胸有成竹，决定在闽宁村推广双孢菇。双孢菇，比起平菇、香菇和木耳种植，似乎更适合这里，技术上也简单一些。既然要推广这项技术，要让这项产业造福闽宁村，必然要有一支科技工作队长期驻扎下来。

那天见面时，这位科学家笑着说："老乡们，咱们只要在自家庭院里，建一个半地下式的大棚，按照福建技术员的指导去做，只需要三个月，就能赚到钱。"

"这玩意还能赚钱？"老李好奇地盯着瓶子里的菌种。

"是的！瓶子里是菌种。"林占熺笑着解释，"经过发酵，就能变成种子。将来我们在自己家的庭院里把大棚建成了，再把网状的菌苗放到菇床上，和培养基结合在一起进行孕育，就会发芽……到了这时，我们还得掌握好大棚里的通风和温度。慢慢菇床上就能长出很多雪白的蘑菇，然后就能卖钱，就能走上餐桌。"

林占熺只是简要地介绍了一下，没把栽培双孢菇的流程往复杂里说。实际上，要把一只小小的菌种变成硕大的蘑菇，是需要一个漫长的过程的，这个过程就是技术的力量。这位科学家很清楚自己和团队所面临的困难：闽宁村的老乡，来自西海固，他们在老家时，种植着山田旱地，往往是把种子撒到干燥的土壤里，只等天上下雨，靠天吃饭。搬到闽宁村，他们还没有来得及适应在平原上种地，可现在，福建科技工作队却要传授全新的农作物种植。细说起来，双孢菇生产不但流程长，而且有一定技术含量。

"林教授，这玩意儿真能挣钱？"大家追问着。

"只占巴掌大一块地方，三个月就能见效。"林占熺说，"我们准备，从老乡里挑选出十几个高中毕业的，他们学得快，再带动大家。这样，可以让更多的老乡放心种植。如果大家将来栽培双孢菇，还得有两个条件。其一，必须听从福建技术员指导，按规定办。其二，都得做好吃苦的思想准备。有了这两条，准能赚到钱！"

种惯了山地旱田的移民，都很疑惑，大家面面相觑，根本不敢相信这瓶瓶罐罐里小小的菌苗就能长成雪白的蘑菇，就能变成人民币。此时的林教授认为，要在闽宁村推广菌菇产业，试栽培只能成功，必须一炮打响，这样才能调动移民的积极性。往不好处想，如果福建技术员和闽宁村移民配合不到位，栽培不理想，这个产业的推进就会受到阻力。而现在，究竟由谁来带这个头呢？这一点，很关键。

"林教授，种这个玩意儿还挑人啊？"老李笑着问。

"只要在闽宁村起好了第一步，谁有积极性，就指导谁栽培。我们的原则是，成熟一户发展一户，发展一户再巩固一户。整个种植的过程，都会有福建技术员参与，是手把手教大家，长期性的跟踪服务……没有什么困难的，只要老乡们肯吃苦，脱贫的愿望又很强烈，很快就能掌握这一项技术。"林教授解释。

这时，聚集在试验棚看热闹的人多了起来。不知是谁说了一句："林教授，闽宁村这个烂戈壁滩上藏龙卧虎。有个乡里能人，三十来岁，读过宁夏大学，念到大学二年级。你讲的怎么种双孢菇，我们听起来费劲，他肯定一听就懂。"

"这人叫什么名字？人在哪里呢？"林教授眼睛顿时亮了起来。

"他叫刘昌富，土坯房盖了，人还没搬来。"

闽宁村的移民里，竟然还有一个大学生？

福建来的科学家林占熺大喜过望，牢牢记住了刘昌富这个名字，时不时就会打问这人的消息。后来，移民刘昌富真的成为率先种植、率先起步的积极分子。只是这位科学家没有想到，今生今世，这个朴实的移民将与福建菌草紧紧相连。没有山盟海誓，没有壮语豪言，人的情感就在黄泥小屋的蘑菇大棚里拧揉交织。二十多年来，这个叫刘昌富的人始终都是福建菌草技术坚定的追随者和推广者。

11. 菇农刘昌富

黑脸大汉刘昌富，三十岁，性格倔，爱较真，高兴时就在言语间丢个欢乐，随时随地都能惹人捧腹大笑。老家在西吉县三合乡王庆村，十四五岁时，他已经是名扬四乡八村的著名秦腔丑角了。这种说唱逗笑的本领，不经意间总能给穷困潦倒的日子带来一丝的喜悦。记得第一次登上村里的戏台，少年刘昌富饰演了秦腔《苏三起解》里的春公道，还有《柜中缘》里的淘气，没想到，老老少少使劲儿鼓了掌。

福建来的林教授四处找他时，他正坐在出山的长途班车上。

长途班车沿着山路盘旋时，总在一座座光秃秃的山梁上绕来绕去，既颠簸又枯燥，刘昌富的眉头皱成了一朵梅花状。他自顾自解闷儿，心里对自己说：迎面过来的下一辆汽车是红色的，如果猜对了，梦想一定能在闽宁村实现。果然，长途班车拐过弯，立即遇到一辆红色夏利车。刘昌富顿时乐了，即兴在班车上说唱了起来。这一回，他没唱秦腔，而是抑扬顿挫地说起了快板《秀才照镜子》。

我敲响了竹板子，说段秀才照镜子。

一天秀才写对子，飞来一只大蚊子。

秀才举手打蚊子，毛笔挨着脸蛋子。

脸颊抹上黑点子，这时走来大儿子。

【白】爹啊！你脸上有个黑点子。

秀才瞪圆眼珠子，指着儿子鼻尖子。

你这混账狗崽子，竟敢污蔑你老子。

老子正在训儿子，进来他的好娘子。

【白】官人！你脸上有个黑点子。

秀才转过瘦身子，双手叉腰问娘子。

你我相处半辈子，何曾见过黑点子。

娘子拿他没法子，顺手递个大镜子。

照见脸上黑点子，秀才跺起脚片子。

【白】哼！这个瞎了眼的大镜子。

原来是个坏种子，丑化我这美男子。

一拳砸碎大镜子，发誓再不照镜子。

　　这趟班车直通闽宁村，乘客也都是闽宁村人。刘昌富丢了个欢乐，让原本沉闷的车厢里变得热闹了起来，司机和乘客一起笑个不停，欢笑沿着车窗飘出很远。这一刻，欢乐让人忘记了移民生活的艰辛，也让人忘记了离乡的愁绪。就拿刘昌富来说，这次从西海固老家走闽宁村时，老家一点儿钱都没有了，买个柴米油盐都成问题。他咬咬牙，卖掉家里两袋小麦，换回三十八元钱。给女人娃娃留了一半，自己揣上另一半。出了门，就从老家王庆村往闽宁村走，先搭乘一辆拖拉机到县城，在小旅社住一晚上，第二天清早再搭长途班车。吃饭、住店、买车票，再到他说唱逗笑时，口袋里只剩了五毛钱。

　　这样捉襟见肘的日子，刘昌富早已经过习惯了。记得读大学一年级那年，是暑假的一个中午，有一个亲戚忽然进山来家里。按照西海固的规程，亲戚远道而来，无论家庭如何困难，最起码是得要招待一碗洋芋面的。可他家一丁点儿面粉都没了，母亲悄悄地对他叮嘱了一句，他端起一只碗，去了邻居姨娘家借面粉。邻居姨娘掀开锅盖给刘昌富看，可怜的姨娘家，也只剩了一碗面粉。邻居姨娘苦笑着："娃娃，你把这碗面粉端走吧！过一阵子，你还得给我还回来。不然，今天晚上我就没得吃了……"

　　自西吉县城到闽宁村，四百公里路程，班车朝发夕至。到站下车时，刘昌富扶老携幼，先是热情地帮助着众人，之后又借着月光走起了夜路。他一路跌跌撞撞，摸索着到了堂哥家去投宿。看见堂哥家的土坯房时，他老远听见侄女哭得正凶。坐到屋里，才知道侄女新买的铅笔弄丢了，堂哥气不过，狠狠地揍了她一顿。看着孩子泪水涟涟，刘昌富做出一个慷慨决定：把仅剩的一张五毛钱塞到了侄女手上。

到堂哥家吃过晚饭，挤着住了一晚上。第二天清早，刘昌富回到了自家土坯房。自家土坯房是他几个月前盖好的，人来了，可吃饭成了一个大问题。闽宁村的同乡很多，可每家粮食有限，自己也不好意思去亲戚邻人家蹭饭吃。索性，每天就煮着连一片菜叶都没有的米汤喝。喝着米汤的刘昌富也不会闲着，每天都要扛着铁锹去平田整地。忙碌到了第七天，信用社一个姓徐的主任通知他，说信用社给他的六百元贷款批了下来。当天晚上，有了钱的刘昌富，买到了几个馒头吃。

吃饱了肚子，刘昌富决定去见见林教授。

刚来闽宁村的第一天，他就听说了福建来的林教授在找他。可他那时饿着肚子，喝着稀粥，总是饥肠辘辘的，身子都站不直，怎么去见林教授呢。本质上，读过大学的刘昌富是一个很有抱负的人，他在老家时，就常常捧读着《农民文摘》，琢磨着特色种植和特色养殖。当晚吃罢馒头，他大步流星地奔向了政府后院的福建人的那六座大棚，想象着福建林教授带来的宝贝儿。

政府没有大门，刘昌富走到后院，像个贼人一样四处张望着。这时，一座大棚里探出颗脑袋："老乡啊！这么晚你来做什么？"他赶紧回应了一句："我是闽宁村的移民，我叫刘昌富，听说福建来的林教授在找我！就来看看。"

"哦，昌富啊！我就是林占熺。"对方愉快地说。

一个科学家与一个农民的情谊，就在闽宁村的大棚里开始了。

"昌富啊！我知道，你是闽宁村唯一读过大学的农民。"林教授说，"我想对你讲，搬迁到闽宁村，乡亲们靠着种地能解决温饱，但不容易致富。我们通过这个产业，给闽宁村注进科技的力量，就能起到帮助移民群众的作用。"

刘昌富很有感触，用力地点点头。

"你种过土豆吗？"

"种过！"

"能卖钱吗？"

"能卖钱，但不多！"

林教授接着又介绍，他们这次从福建来到宁夏，为的是帮助西海固发展菌菇产业。来的时候不知道闽宁村，到了之后才知道，西海固老乡从大山里搬出来，很艰苦，很多人基本的温饱都没解决好，因此福建省很想让这个产业扎根下来。

"昌富啊！你有知识，有文化，我希望你带好头、起好步。你们带头栽培菌菇，挣到钱就能带动一批移民发展这个产业。这个产业见效快，三个月就能赚到钱，但栽培流程是很漫长的，必须在技术员指导下开展。"林教授推心置腹地说。

林教授最后说了些什么，实际上刘昌富一句都没听进去。那一刻，刘昌富的内心得到了莫大的温暖和尊重，激动地搓着两只粗糙的大手，脑子里却是空白的。凭着西海固人朴素的情感，他无论如何也要信任这位科学家。他觉得，这位科学家仿佛给自己搭起了一座很大的戏台，而他只需粉墨登场，收获掌声。

刘昌富在西吉三合中学读书的时候，成绩优异，文章写得好，校长常常会叫他去写发言稿。1989 年秋季，他以超出录取分数线三分的成绩，考上宁夏大学中文系。转年秋天，读到大学二年级时，来自川区的一个同学总叫他是西海固来的穷山汉。有一回，刘昌富没忍住，把对方狠狠揍了一顿，失手打出了脑震荡。当时高校管理极为严格，勒令刘昌富退学。就这样，他背着铺盖卷儿，万般沮丧地回到了西海固老家。以后结婚生子，当上了一名农民，耕耘着干山枯岭。直到 1997 年，命运又把他安排到了闽宁村，遇见了福建来的科学家。刘昌富相信科技的力量，很容易接受新鲜事物，觉得栽培蘑菇的事情是可以尝试的。

几天之后，刘昌富在自己家没有围墙没有大门的院子里，开始建造大棚。和他一起建造大棚的，整个闽宁村有十八·七户人家，他们就是闽宁村第一批菇农。刘昌富的那笔六百元贷款，原本是要用在改良田亩土壤上的。事实上，用那点儿钱改良土壤，是远远不够用的。而他及时调整了思路，当务之急是建造一座半地坑大棚，把福建科学家带来的菌菇栽培起来。按照福建技术员提出来的要求，他拎着铁锹一锹一锹掘地坑，每天从早忙到晚。先挖出一条长十五米、宽六米的半地下式坑道。

对于闽宁村人来说，挖掘这种半地下式坑道并不陌生。刚来吊庄建房时，大家伙儿几乎都住过简陋的地窝子。刘昌富觉得，这两者的差别不是太大，不同的是一个住人，一个是住着双孢菇。他挖出的这个半地下式坑道，一半在地面之下，另一半露出地面，再经过一番精心改造，就变成了符合林教授要求的一座标准菇棚。

搭好自家这座菇棚时，刘昌富的手心里全是血泡。可他的工作才算刚刚开始，接下来就是制作培养基的环节。要做培养基，需要先备料，把牛粪、生石灰、碳酸钙、玉米秸秆、麸子等都运到院子一个角落。建堆时，给麦草喷水、上牛粪，一层草覆盖一层牛粪，接着掺进生石灰调节酸碱度。再搅拌原料，使之成为蘑菇生长的培养基。这个过程，都是福建来的技术员手把手教着干。

大棚里，刘昌富把培养基铺上了菇床。这时，福建技术员又带来了菌种。菌种就像他在西海固种地时的棉花籽一般大小，呈网状。但是，就这么一丁点儿的小颗粒，又像醋头一样能够起到发酵作用。这些菌种或称菌苗，被有序地撒进培养基。

刘昌富日夜操劳，累坏了，就等着收获的日子。

"嘿！这还没完呢，不能掉以轻心。"包棚帮扶的福建技术员叮嘱着，"还要注意大棚里的温度变化和通风状况，热了冷了都不成。"

这个福建技术员说罢，递给刘昌富一本精美的记事簿。技术员说，可以把一些流程和心得都记录下来，形成工作笔记，这样以后对照着就能熟悉起来，就会得心应手。刘昌富很感动，记住了眼前这个高个子福建技术员黄国楚。

黄国楚，三十五六岁，是个热情而富有活力的人。初来闽宁村，黄国楚很不适应当地干燥的气候，经常流鼻血，徒步穿梭在村子里，联系着种菇的几户老乡。而菇农刘昌富与黄国楚的感情也是在菇棚里建立起来的。

有天黎明，刘昌富正在土坯房里酣睡。忽然，听见有人"咚咚咚"地在砸门。一阵急促的敲门声过后，那门扇就在"吱吱吱"地震颤着。刘昌富自制的一块门板，很简陋，就安在土坯房的出口。砸门的力道不小，半扇木门仿佛只欠一把力，就能掉下来。

那时天气已经渐渐转暖，刘昌富睡眼惺忪，光着上身跑出来开门。来者不是别人，正是福建技术员黄国楚。黄国楚自打来到闽宁村，睡眠就不好，习惯了早早起来就挨家挨户察看菇棚。当刘昌富酣睡之时，黄技术员已经看完了大棚。

"小刘，你咋还睡着呢？"

"天没亮，不睡觉，还能干啥？"

"哎呀！不得了啦。我发现你棚里有了黄霉病。"

"这该咋办？"

"所以叫你赶快起床！去买福尔马林。"

"福尔马林是个啥？"

"是一种杀菌的药。"

说了半天，原来是蘑菇大棚里出现了状态。刘昌富没吭气，从自建棚到栽培菌菇，他的那把几百块钱的贷款已经花光了，满身只剩两块钱。停顿了好一会儿，他说："黄老师，我请你进屋子里坐一坐，咱们先喝点茶。但我今天买福尔马林的钱没有！"大清早的，黄国楚着急到额头直冒汗，从裤兜里抓出五块钱，一把塞到他手上。又叮嘱，小刘啊！一瓶福尔马林最多两块钱，你马上买两瓶回来，给大棚杀菌。

刘昌富倒是不急不慌，不好意思地推让着钱。

"你今年的收成都在这座棚里！"黄国楚生气了，吼着说，"今天很关键，福尔马林必须得买回来。你若粗心大意，这座菇棚就会毁掉。毁掉的蘑菇，就是你家田地里种出来的小麦，就好比是你口袋里的人民币被风给吹跑了！"

刘昌富听到这里心急了，匆忙跑到闽宁村街道。简陋的街道上，那时已经有了一家药店，可这家药店没有福尔马林。药店的经营者告诉他，青铜峡市的甘城子肯定有福尔马林。从闽宁村到甘城子，还有十五公里路程。邻人亲戚家没有一辆自行车，刘昌富硬着头皮迈开了两条腿，奔向了甘城子。对他来说，三十多年来在西海固翻山越岭走习惯了，到闽宁村这戈壁滩上，怎么走也都是如履平地。太阳很大，浑身直冒汗。走累了，他就吼两嗓子秦腔，再累了，就想着黄技术员说的大棚里长出的不是蘑菇而是人民币，接着又想到菇棚里赚不到钱，投资都收不回来，两个儿子的生活怎么办？就这样，他在一路的想象中走到了甘城子。

买上福尔马林，徒步再回到家，天已黑透。

进了门，看见一个身影晃动在自己的菇棚里。

白菇盛开着，像云朵一般，铺满庭院，又真的变成了人民币。建棚三个月后，刘昌富到了收获时刻，两茬蘑菇采过，纯收益七千元钱。交完菇，他用力握着福建技术员黄国楚的手："黄老师啊！你搭救了我和我的菇棚。"从西海固来到闽宁村，仅用三个月时间，移民刘昌富变身菇农刘昌富，而他多年未能解决的温饱问题和家庭面貌，也从这时起发生了变化。三个月，七千元，他真切地感受到了科技的力量。

当上菇农的刘昌富，见识了这种力量，菇棚大面积出菇时，他看到了震撼一幕。有一天下午，菇棚忽然断了电，光线暗淡。刘昌富摸黑走进了菇棚，惊讶地发现，蘑菇一股脑儿破土而出，星星点点的，雪白雪白的，竟在一片漆黑里显得十分亮眼，它们就像托盘里散落的白珍珠，又像碧绿草原上的羊群。那一刻，刘昌富不由笑了起来，脑海里想到，我的菇棚里有草原、有牛羊，俨然就是一个殷实的世界。

12. 肉的另一种吃法

福建省带来的双孢菇，成为闽宁村第一项产业。

很短的时间里，闽宁村第一批菇农，刘昌富与亲戚邻人马玉良、杨奇刚、王海明、王旭军、张金宏等十五户移民，全部有了收获。张桂花家缺少劳动力，没有栽培蘑菇，而丈夫老李却被福建科技工作队雇请了去，专门服务这支工作队的后勤杂务。老李有了一份固定的工资性收益，每天喜笑颜开，烧锅炉，看大门，搞卫生，忙得不亦乐乎。而那位独自盖完房子第二天就生下一对双胞胎儿女的马红梅，在菇棚里也得到了收益。

庭院大棚里的蘑菇卖上钱了！这对习惯了种植山地庄稼的移民来说，无疑是一个振奋的消息。戈壁滩沸腾了，很多移民打问着双孢菇的栽培过程。很多人眼热了起来，纷纷前来参观刘昌富、马红梅他们栽培的双孢菇大棚。马红梅，这个柔弱的女人，刚搬来时吃了很大苦头，她脱贫致富的愿望强烈，加上又是高中毕业，就跟刘昌富他们第一批搭建起了菇棚。短短三个月，足不出户的马红梅获得纯利润一千八百元，整年收益三千多元。这个年份的三千多元，对西部地区一个家庭妇女来说非常可观。马红梅也想，若是在西海固老家，苦苦在山地旱田里耕种忙碌一整年，粮食全部卖掉也变不来这么多钱。她把这笔钱使用在改良土壤上，把荒芜的土地改良了过来。每次从菇棚里撤出的渣料，又被她施到田地里去，循环利用，地里就有了上等的有机肥料。

菇农偶尔聚在一起，自然会谈起双孢菇。

"没有这三千元钱收益，我没法在闽宁村扎根。"马红梅说，"刚来时，若让我去周边给老住户打工吧，去了挣不来几个钱。何况，两个双胞胎娃娃还在吃奶，我从自家门里出不去。恰恰是栽培了福建双孢菇，我才有了价值，有了生活的希望。"

"我坦率地说一点，是福建科技队帮我摆脱了贫困。"刘昌富说，"如果没有福建菌草科技工作队的帮扶，当时闽宁村还不知是一番怎样的天地。福建科学家林占熺让我明白了非常重要的一点，搞传统种植的确能够养家糊口，但致富是真不容易。农民要想发展，就得相信科技，就得靠着产业一直往前走。"

"福建人来了，老李每月有了固定的收益。"张桂花说，"老李跟福建菌草科技工作队忙碌着，我在家也不吃闲饭，每天缝缝补补加上经营小旅社，多少增添点经济收益。再后来，儿子不读书了，也跑到福建科技工作队那里，跟着一起干活儿。一家人的日子就这么过着，原来那些困难就都不成问题了。"

这批菇农的示范带动性，很快就显现了出来。

闽宁村发展双孢菇产业，是在尊重实际，政府引导，群众自愿的前提下展开的。政府工作人员也曾试着上门去动员，可没说几句，就被打断，总觉得双孢菇不可靠。但是听说刘昌富他们十几户，通过在自家院子里栽培双孢菇挣到钱了，村里人纷纷跑来参观。又急急地打问着蘑菇的生长过程，建棚的要领，投资的多少。每逢这时，刘昌富就会叼起一支烟卷，悠然地吐纳着，不厌其烦地讲一遍，再讲一遍。

"这玩意儿真能挣到钱？"最后，邻人仍疑惑地追问着。

"种菇真的好着呢！咱们算个账！"刘昌富额头的梅花盛开了，"菇棚里头，一个平方米，大约能产到二十公斤鲜菇。一斤菇，拉平算，两块钱，这一个平方米——巴掌大的地方就能挣到八十块钱。那么，在西海固，一亩地，六百六十六个平方米，总共能产百十斤小麦，最多二百斤。

现时一斤小麦几毛钱，对不对？你说，科技产业与旱田庄稼，谁的效益高！咱们得相信福建科学家和技术员。"

邻人听完，点点头，回家去庭院里建大棚了。

闽宁村，干部群众苦，福建技术员也跟着苦。

起初，福建科技工作队连一辆自行车都没有，大家就靠两只脚跋涉在戈壁滩上。而从闽宁村驻地，再到下辖各村都有三公里到五公里的距离，他们每天就这么走来走去，活跃在移民家的一座座大棚里。饮食差别大，交流有障碍，气候更不适应。他们集中居住在闽宁村政府的边上，屋子里连一台电视机都没有。初来，没有洗澡的设施，技术员不得不改变了原本每天都要洗澡的习惯。荒漠戈壁里，遇个闲暇时光，想去一趟银川买些生活用品，交通还不方便。很多休息日，大家仍在菇棚里度过。

福建科学家林占熺，给这支工作队制定出铁的工作纪律。他们的工作纪律，是三个不许。到菇农庭院的大棚里工作时，第一，不许拿群众一针一线；第二，不许吃菇农家的饭菜；第三，不许拿菇农馈赠的礼物。与此同时，每一个技术员都要全心全意地为菇农提供服务，指导建棚、栽培、采摘、销售。

为何制定如此苛刻的工作纪律呢？

说起来，这与林占熺的一次经历有关。

刚来闽宁村没几天，林占熺和一名队员进银川城办事，回来时给工作队买了些蔬菜和水果。那天半下午，两人下了车，拎着蔬菜和水果，沿一条硌脚的砾石小道往驻地走。这时，一个年轻妇女出现在眼前。这个女人头上遮着丝巾，又黑又瘦，约三十来岁，可能实际年龄会更小一些。走着走着，她竟然倒在了路上，一动不动。他俩目睹这个场景，被惊呆了。接着，连忙俯下身子一瞧。林占熺守着现场，又打发另一个人去请大夫。医生赶来急救，时间不长，这个女人逐渐醒了过来……

"你怎么把自己饿成这样了？"林占熺轻声问。

"我——家里——没粮了。"那女人苏醒了，就坐在沙滩上，对众人缓缓地说。她的丈夫进城打工去了，钱粮没有按时送回来。而这个女人倔强，要强，宁肯饿着等自己的丈夫回来，也不愿去亲戚邻人家借一点粮食。

眼瞅着这个饿晕了又醒过来的女人，林占熺被触动了。他把自己给工作队采购的蔬菜和水果，一股脑儿塞给这个女人。

回了驻地，立即就开会。他激动地说，咱们到了闽宁村，没有别的，就是服务服务再服务。又说："这个地方太困难了，一场大风刮过来，老乡的屋顶都能被掀翻，新修的渠坝也被沙子埋了……目前，这里最需要我们农技人员，我们一头扎进菇棚，帮助一个个菇农把钱袋子鼓起来，是最大的善举。菇农增收了，日子过好了，我们就没有辜负福建省的期望，我们每一个人都会因此而变得很有意义。"

这支福建科技工作队，真的执行着铁的纪律。

刘昌富从菇棚里挣到了钱，很想感谢一下黄国楚老师。

怎么感谢既实惠又能表达出心意呢？

刘昌富正在思考这个问题时，一只健硕的大公鸡从脚头上蹿来蹿去。他的两只眼睛盯在了这只大公鸡身上，这只大公鸡是儿子上一回从老家抱来的，就散养在菇棚的边上……他和女人一起动手，一个小时后，这只大公鸡变成了一大盘香喷喷的炒鸡肉。确切地说，刘昌富的这盘鸡肉里，只放了半只鸡的量。用半只鸡，担负起招待黄技术员的任务，而另外半只鸡则留了下来，准备给自家两个儿子吃。

关于吃肉，在当时的闽宁村，不是一件轻松和容易的事情。搬来的移民都很清苦，尽管第一批菇农通过双孢菇挣到了钱，但要改变生活面貌，一个月吃上几顿肉，还是达不到的。刘昌富想得很简单：福建来的科技工作队，有自办的食堂，每天吃饭时必然是有一个汤要喝的，自己虽然做不出可口的汤来招待黄老师，但宰一只公鸡，算是一道硬菜。农家的一道硬菜，就能表达出对福建黄老师的感激之情。

宰鸡烧菜时，黄国楚正在隔壁家的菇棚里忙碌。

第一批种菇时，福建技术员被分成了七个小组。像黄国楚老师，一个人负责起十五座大棚，专门跟踪服务十五户菇农，在大棚里都是手把手指导。刘昌富在厨房忙妥当了，就从邻居家的菇棚里把黄技术员请了出来。来到自家的土坯房，他把黄技术员按着坐在一张小板凳上，接着殷勤地端茶倒水，不停地说着感激话。正当黄技术员感到很不自在时，刘昌富起身一把掀开了锅盖，香气扑鼻的炒鸡肉味儿弥漫开来了。他女人麻利地端出来一盘炒鸡肉，亮灿灿地摆在黄国楚面前的一张小方桌上。

"黄老师啊！今天很巧，咱们一起吃午饭。"刘昌富笑着说。

"老刘，我到菇农家吃饭，是犯错误的。"黄技术员严肃地说，"或许你不知道，我们工作队有纪律：不拿群众一针一线，不吃菇农家的饭。"

刘昌富眉头一皱，黑黝黝的额头上开出一朵梅花。就说，这只鸡公是女人娃娃从西海固老家搬来时，抱着来的，就想着今天略微改善一下。刘昌富把公鸡不叫公鸡，而是反过来叫成——鸡公，又诚恳地说："今天借这只鸡公，要感谢黄老师。"

黄技术员看了看盘子，似乎看出了这是半只鸡的量，明白了很多。黄技术员坚决一口不吃，哈哈大笑了起来，"你老刘的心意，我已经收到了。等孩子一会儿放学了，你们全家一起吃！"说罢，转身就走出黄泥小屋，又一低头钻进了刘昌富的菇棚。这时，别的技术员和菇农也来了，大家就在刘昌富家的大棚里讨论着蘑菇的事情。

转眼到过了午饭时间，黄国楚和忙碌的人走出了菇棚。刘昌富和女人想挽留一下黄技术员，可是又觉得现场人多，一盘炒鸡肉实在难以招待，因此不敢声张。倒是黄技术员走出家门的那一刻，扭头笑着冲刘昌富说："老刘，我传授你一个绝活！"

刘昌富和在场的人都竖起了耳朵。

"当我们吃不起肉，但还很想吃肉的时候，是有一个好办法的！"黄国楚认真地说，"蘑菇炖鸡肉就是一盘好菜，我们肉不多时，放上二两鸡肉，加上三斤蘑菇，炖出来或炒出来全都是鸡肉味儿。咱们要是想解个馋吃个牛肉了，可是没钱买牛肉。那么，咱们就买上一丁点儿的牛肉，把这一丁点儿牛肉，和咱们的蘑菇炖一起。小火慢炖，这一锅的蘑菇都会跟着这一丁点儿的牛肉变成牛肉味，你吃到嘴里的也全都是牛肉味儿。说到底，咱们种出来的双孢菇真的很好！"

黄技术员说完，菇农们哈哈大笑。

大家回去试了试，还真是这样的。

那些年，这一招，成为全闽宁村人吃肉的诀窍。

……

二十多年过去了，刘昌富忘记了很多事情，唯独对吃肉的诀窍念念不忘。刘昌富和菇农都很清楚，双孢菇炒肉时是随着肉味走的，哪怕肉只有一丁点儿。自打黄技术员传授了这个秘诀，闽宁村人就有了改善生活的好办法。我坐在刘昌富家宽敞明亮的客厅里，听他回忆起往昔的苦涩和艰辛。他随意地跷起二郎腿，光亮的皮鞋面能映出笑脸，而窗外原本种菇的地方已变成文化大院，尝不到肉味的日子早已成为过去。

"作家兄弟啊！你要是爱吃肉，又怕吃多了不健康，我倒是有一个好办法。"刘昌富脸上露出神秘之色，"我把这个办法教给你，你少少地买一点肉，再和双孢菇一起炒，出来全都是肉味儿，菇的营养价值又高！真的，双孢菇就喜欢跟肉味走。你不信吗？问问我们闽宁镇人吧，咱闽宁镇上当过菇农的都知道这个秘密。"

13. 白的菇，深的情

菇农刘昌富一觉醒来，看到了遍地芬芳的双孢菇。第一批试种蘑菇，着实让这位移民青年尝到了甜头，也有了收获的幸福感。在福建科技工作队的用心帮助下，闽宁村移民栽培双孢菇的热情大增。刘昌富小小的农家院落里，搭建起了两座长条状的菌菇大棚，前院里一座，后院里一座，都是标准的菇棚。时间不长，很多闽宁村人的庭院里都建起了双孢菇大棚。变戏法一样，双孢菇大棚扩大到两百座。

这是 1999 年的闽宁村。4 月下旬的一天，福建科技工作队从福州第二次结伴来到闽宁村。这次工作队里，来了不少生面孔。他们的到来，受到闽宁村党政领导的热情欢迎。不等休整，这支热情的福建工作队迅速展开工作。闽宁村的气候，比福州市要低十几摄氏度，空气干燥，风沙很大。虽然已经是初夏，而西面贺兰山顶上还是白雪皑皑的景象，天上还零星飘着雨夹雪。他们压根就不适应这里的气候，有的队员流鼻血，有的嘴唇干裂，有的手脚开裂，有的还因水土不服而引发感冒发烧。

闽宁村的双孢菇产业，迈出了实质性的一步。

福建科技工作队依照生产计划，要在 7 月中旬前，制好六万袋菌种，再分发给广大菇农，手把手帮助菇农种进大棚。当时，在福建以及整个东南沿海地区，用菌草栽培食用菌已是家喻户晓。而在西部地区，这还是一个新鲜事物。当福建技术工作队来到闽宁村之后，他们惊喜地发现，这里发展双孢菇产业的资源基础较好，有丰富的玉米秸秆、麦秆、高粱秆和牛羊粪，最困难的事情是教那些只种惯旱田山地的移民种菇。

两百户菇农的培训和建大棚成了突出问题。

随着闽宁村菇棚的扩大，这支工作队的成员不断增加，形成了一支十几人的队伍。他们日日夜夜驻扎在闽宁村，每人分包了移民的若干座菇棚，带着菇农搭建大棚，带着菇农制作培养基，带着菇农管理大棚。这些来到闽宁村的福建人很清楚，虽然双孢菇能够成为移民增收的便捷通道，但在栽培过程中若是稍有闪失，就会功亏一篑。好比西海固的旱田山地，一旦遇上大旱大灾庄稼就会大面积绝产。

"双孢菇生产流程长，听我的，咱们照样能种好!"技术员杜鸿鹄大手空中一绕，他周围菇农的眼睛就追着他的那只手。"我利用晚上的时间，编写出了一册通俗易懂的种植技术的材料，只有十几页，大家一看就会了解基本知识和要领……菌种进了大棚，放进培养基，只需要四十天时间，菇床上就能长出雪白的蘑菇。"

二十岁的移民青年惠涛听着很疑惑。心想，老家五六十亩山地，一年到头也产不了多少小麦和玉米，祖祖辈辈种了多少年，也没能解决温饱，这一座小小的大棚真就这么神奇吗? 即便闽宁村前面已经有了试种的成功先例，可还是不敢相信。

"从我父亲往上数，五代人，都是种小麦和洋芋的。还没听说种蘑菇能挣钱! 要种这玩意儿能挣到钱，咋不早种?"惠涛说出了心中的疑惑。

"这是我国的一项菌草新技术。建起大棚，当了菇农，这不大的菇床，就是咱们的庄稼地!"技术员杜鸿鹄笑着鼓动，"等大家的蘑菇大棚里长出了雪白的蘑菇啊，那就是咱们的收成，那就是一张张崭新的人民币。"

听完这话，惠涛喜悦地回家去建大棚了。

这一年，福建技术员杜鸿鹄承包的大棚最多。他别出心裁，把菇农动员起来，搞集中培训，以戈壁滩为课堂，顶着炎炎烈日，滔滔不绝地讲述着，先打消菇农的顾虑，坚定菇农的信心。接着，开始培训菇农如何种植。菇农听不懂，他就反复讲，一遍接一遍地讲，常常说到口干舌燥嗓子直冒烟，仍要坚持讲，直到每一人都听懂了。

福建科技工作队与两百户菇农结对，跟踪管理，指导生产双孢菇。为了解决移民群众的种植困难，福建技术员采取集中培训和逐个辅导的办法。双方交流时，福建话遇上了西海固话，彼此都会感到晦涩难懂。语言不通时，技术员和菇农就反复讲、反复听。而帮助菇农搭建大棚是一个技术活儿，也是一个体力活儿，福建技术员的双手都磨出了血泡，但却全然不顾。帮了这一家，又去帮助另一家。

到了7月间，天更热，菌种进了菇农的大棚。

福建科技工作队绷紧了神经。

直到此时，很多菇农仍不敢相信，草和秸秆能够生长出蘑菇。可是，看到福建来的技术员不论白天晚上一次次家访，一遍遍关切，一句句叮嘱，心里也就踏实多了。有人就说，冲着福建人对闽宁村移民的热情，我们也要好好试种。

有一天，闽宁村地区刮起了沙尘暴，飞沙走石，浑黄一片，两米之外看不清楚。沙尘暴来了，眼前什么也看不见，自行车没法骑，骑也骑不动。菇农想，福建技术员肯定来不了。大家这么想的时候，院子里忽然蹿进来两个摇摇晃晃的人影，像喝醉了酒的汉子打着趔趄。

菇农从土坯房的炕上跳下来，盯着眼前的两个"土人"看。他俩身上全是沙土，黄澄澄的，又像是刚刚从盗穴里钻出来的贼一样。再一细看，原来是杜鸿鹄和罗彪远两名福建技术员。菇农急忙把他俩迎进土坯房，帮着掸去身上的土。罢了，心疼地说："这么大的风沙，你们咋还跑来啊！真叫我过意不去啊！快喝一口热水。"

菇农反复地说着抱歉的话。

"菌丝刚种下，风沙这么大，不看不放心！"杜鸿鹄说。

来到闽宁村的福建科技工作者，每一个人都捧出了热情。这种热情，这种责任感，在每一个福建技术员的身上都体现得淋漓尽致。菇棚牵动着他们的心，他们日日夜夜惦念着菌丝和菌菇。菇农并不知道，他们中很多人会在半夜的睡梦中惊醒：不好，谁谁谁家的菌种坏死了！早晨5点刚过，技术员就翻身起床，急匆匆走在前往菇农大棚的路上。

收获时刻很快到了，菇农比以往更忙碌。雪白的蘑菇，装满一筐又一筐，大家喜悦地送到收购点。福建科技工作队接手包销。

菇农马风昌算了一笔经济账。他在新改良的土地上种植了六亩玉米，虽然产量要比西海固老家好了许多，扣除种植成本后，每亩收入还不到五十元。合计算下来，六亩地全年纯收入三百元。而他的蘑菇大棚管理得不是很好，但第一茬蘑菇采了四千斤，当年可以收回全部的建棚成本，另外获得纯收益两千六百元。庭院里，一座双孢菇大棚的产值和效益，显然是比在西海固老家种植旱田山地强了很多倍。

相比来说，二十岁的惠涛表现出色。他在村干部帮助下，贷了一笔款，又在福建技术员帮助下，建成了一座二百二十平方米的大棚。这座大棚建造得不算精致，甚至有些简陋，是用土墙、竹竿和木架搭的，产量比邻家的菇棚低出了很多。可是，在几位福建技术员手把手地指导下，他学会了通风、打水、防虫害技术。这个年轻人学习能力强，很能吃苦，这样的条件下，惠涛全年纯收益四千元。

苏云邦也是这批二百户受益者之一。从西吉县偏城乡老家搬来之前，苏云邦种植着旱田山地四十七亩，可一年到头竟然吃不饱肚子。一年到头，两手空空，家里竟是要钱没钱，要粮没粮。就在这年夏天，他和儿子一起参加了双孢菇种植培训。8月初，在福建技术员指导下把菌丝种满了自家二百一十平方米的大棚。整整四十天后出菇，大棚里长出一朵朵雪白的双孢菇。神奇的双孢菇，销售收益七千三百元。紧接着，又种第二茬，总收益一万两千九百元。刨去各种成本，纯利润六千七百元。这样，家庭人均种菇收益一千六百七十三元。苏云邦开心地说：一小朵蘑菇真的卖到一只鸡蛋的价钱！

闽宁村这一年的蘑菇，进了银川城，进了福建省。

日复一日，福建技术员仔细跟踪管理着菇棚。可是，来自西海固山区的移民祖祖辈辈习惯了粗放式的山地耕种，对于精细化的大棚种植没有把握。有一天下午，福建技术员在园艺村检查大棚种植情况时，惊讶地发现小马家的菇床被破坏了，菇床明显有被大水漫灌过的痕迹。按照基本要求，菇床打水要轻要细，绝对不能大水漫灌。显然，小马的操作出现了重大失误。技术员着急地找小马，却怎么也找不见人影。

"是不是给菇床猛灌水了？"技术员询问小马的妻子。

小马妻子红着脸，点了点头。

"为什么要这么做呢?"

小马妻子支支吾吾，在技术员追问下，惭愧地说出了实情。原来，小马接连两天卖了两次菇，赚到上千元钱，他回到家又嫌自家大棚里的蘑菇长得慢，索性就给菇床上狠狠灌水，使劲儿浇水。福建技术员弄清楚了，这是人为操作因素的失误，也是一件不应当发生的事情。可是，小马生怕受技术员批评，竟然躲到了邻居家……几名技术员，临时商定出一个补救措施，他们撸起袖子，开始抢救这座大棚。从下午忙碌到第二天凌晨，技术员忙碌了差不多十个小时，可小马的菇棚还是遭受了损失。

每一朵雪白的菇，都散发出了芬芳的情。技术员意识到，在闽宁村指导种菇，没法给菇农讲太多的观念，只有手把手、面对面、人盯人，一直跟踪着，才能有力地帮助到菇农增收。以后，林占熺把小马给菇床灌水的这件事，当成一个反面案例，反反复复地讲给技术员听，目的就是强调一点：技术员上门，就是菇农种好蘑菇最管用的保障。否则，稍有闪失，菇农的大棚就会发生损失。这群远离家乡的福建技术员很敬业，他们长年累月驻扎闽宁村，每天都在小心翼翼地关心着菇农和菇棚。毫不夸张地说，几年里，他们就连不远处的贺兰山东麓的几处著名风景区都无暇游玩。

福建技术员用情，闽宁村菇农又很重情，山与海的真情在一座又一座双孢菇棚里建立了起来。福建小小的双孢菇，为移民群众带来了经济效益。而这些福建人，进了群众家的庭院，只是埋头干活儿，即便到了吃饭的点儿，也坚决不吃群众家的饭。而闽宁村的菇农们，只好用自己的方式来回应着可敬的福建技术员。

有一天清早，福建技术员杜鸿鹄和同事徒步走在戈壁滩，前往定点帮扶的菇农家检查双孢菇生长情况。戈壁滩里有了路，很简易，崎岖不平。远远地，杜鸿鹄看见迎面一个骑自行车的男子，跳下了自行车，推着自行车一步一步走。

走近一看，推车步行的是移民马有林。

"老马啊!你有自行车不骑，是不是出故障了?"几个福建技术员关切地问，还想着如何帮助一下马有林。

"各位老师啊!不是自行车出故障了。"马有林笑着说，"哎呀，你们帮我们闽宁村的穷汉种蘑菇，天天下乡还徒步走着，费这么大的劲儿。而我若是骑着一辆自行车从你们眼前卷起来一股土，就会呛着你们，我还能算得上是个攒劲人吗？你们徒步走，我从自行车上跳下来，就能给你们正正规规打个招呼。"

"这没什么啊！"杜鸿鹄他们哈哈大笑。

"你们这些福建技术员，远离家乡来到我们闽宁村，气候不适，水土不服，生活差距非常大，看你们嘴唇上经常结着血痂，还裂着血口子，想洗个澡都没条件。有的技术员身体不好，走路时间长了还得坐在地上缓一缓。帮助我们移民种蘑菇，真心真意，忙罢了，到了吃饭的点连菇农家的一顿饭都不吃。我知道的，你们福建人吃饭，得要有个汤，条理清楚，而我们移民常吃的就是一碗洋芋拌面。咱们饮食习惯差别大，我就想着，等日子好过一些了，我要请你们吃顿饭，席面上要菜有菜，要汤有汤。"

杜鸿鹄听着，笑了，说指导种菇是职责所在。

"见你们步行，我推车步行，是个礼节。我是用这个最廉价的礼节，表示对你们福建技术员的感激和敬意。"马有林又补充说。

马有林的这句话一说完，几个技术员眼眶湿润了。

菇棚里光线是暗淡的，雪白的双孢菇却很亮眼，一朵又一朵，都是有感情的。这是红军般的福建技术员教种出来的，这是朴实重情的闽宁村人种出来的。没有谁会否认，欣欣向荣的闽宁镇，就是从福建双孢菇产业发展起来的。

14. 歌声里

春天在哪里呀，春天在哪里，
春天在那青翠的山林里。
这里有红花呀，这里有绿草，
还有那会唱歌的小黄鹂……

这首唱春天的歌谣，动情欢快，抒发出孩童活泼无邪的情感，成为几代中国人对童年的记忆。很少有人知道，这首望安作词、潘振声谱曲的

《春天在哪里》与《一分钱》就诞生在美丽的银川平原。准确地说，它们就诞生在闽宁村的不远处，之后唱响全国，最终成为世界儿童乐坛的经典之作。

闽宁村，萌芽着产业的种子，也种下了教育的梦想。

电视剧《山海情》中，西戈壁小学的校长白崇礼，为教育忘我付出，惹得无数观众为之潸然泪下，这个人物是有重要原型的。这个重要的原型人物，就是今日闽宁镇教育事业的拓荒者，一个与作曲家潘振声同样热爱音乐的人。剧中叫白崇礼，现实是陈宗礼。二十世纪五十年代，确切地说，是宁夏回族自治区成立的这一年，陈宗礼与妻子以及潘振声在内的许多上海同乡，一起支边来到宁夏。在宁夏，潘振声当上了宁夏人民广播电台的一名音乐编辑，他们夫妇俩却进了西海固的大山，从事起乡村教育。上班的第一天，陈宗礼就当上了校长，从此被西海固的乡亲们称为陈校长。陈校长与潘振声之间，有着很多说不完的话，是音乐的喜好把他们连接到了一起。

潘振声能谱出美妙的曲调，而陈校长的歌声能感化恶狼。在西海固教书，陈校长供职的不是乡镇小学，而是与妻子一起下沉到山村小学。在西海固，那种只有二三十户人家的山村小学，很少有教师愿意去。这样的地方，往往是校舍简陋，生活艰苦，老乡对子女的学校教育也是不怎么重视的。对于妻子来说，嫁给了陈校长，就等于是嫁给了西海固的山村教育。有一回，是深夜，夫妇俩从镇上徒步往任教的山村小学走。十几里山路，走过一座山翻过一道沟，累了乏了，他就地给妻子唱歌，一首接一首。过一条沟时，听见独狼的嚎叫。接着，竟然发现一只狼就卧在眼前，拦路伸长了脖子。他定了定神，紧紧地拽着妻子的手，径直朝前走，嘴里仍旧放声歌唱。不可思议的一幕发生了，那只独狼的眼睛变得温驯了起来，任凭他俩在嘴巴跟前扬长而去。

闽宁村成立，陈校长激动了，决心去开拓。

五十多岁的陈校长，穿一身笔挺的中山装，脚上搭一双新布鞋，就坐在县教育局局长办公室不走，不紧不慢地说着自己的想法。几年前，在山村小学服务近三十年的陈校长，被教育局调回了县城。回城了，仍然当校长，人人都羡慕。在这个节骨眼上，他却向教育局提出要去闽宁村办学，气得教育局局长直瞪眼。

"老陈，你不要瞎胡闹了！"教育局局长语重心长地说，"咱俩是老同学，我今天非得说你几句，也算是劝一劝你。你调进县城才几天啊，又想着到闽宁村去，闽宁村现时是一个烂戈壁滩。你不清楚，那我现在就告诉你吧！闽宁村奠基的当天，我去了，那就是一个戈壁滩，光秃秃的，没有树木，没有人烟。未来几年，闽宁村还是归咱们西吉县管，县教育局肯定是要派遣教育工作者去的。可派谁去，都轮不到你老陈去！"

"怎么就轮不到我去？"陈校长笑着追问。

"教育局一定选派精干的青年教师去。"局长说。

"我不够精干吗？"

"你在山里办学近三十年，吃了苦，再不能让你去。"

"我知道，戈壁滩上不但艰苦，还枯燥得很呢！"陈校长摆摆手，满不在乎地笑了，"县教育局派年轻教师去办学，未必留得住。即便留得住，未必能安心。我还清楚，为了顺利开展移民的搬迁工作，闽宁村的一些干部职工都带着家眷去了戈壁滩，如果基础教育跟不上，干部职工的心也安不下来！咱们试想一下，干部职工的心都安不下来，移民群众怎么能把心安下来呢？倘若闽宁村出现了这种情况，后果就会很糟糕。银川市和自治区会怎么看待西吉县教育系统呢？"

这句话，倒是说出了利害关系，触动了局长的心弦。

正当局长埋头思考时，陈校长又说："闽宁村既然高水平起步，那么教育也应该是高水平起步。我建议，咱们教育局应该把优秀的教师，选派到闽宁村去。这样，我们在闽宁村一开始的时候，就能够把教育推到一个全新水平。宁夏吊庄的移民点已经有了好几个，大家都知道，吊庄的基础教育办不好，就会被周边人轻视，被瞧不起。如果把闽宁村的教育办好了，等于是长了移民的精神……"

局长觉得，陈校长这一席话是很有道理的，使劲儿点了点头。

不是吗？枯燥寂寞的戈壁滩上，若是留不住教师的心，干部职工的心都很难安，而人民群众自然也就无法安心。局长思来想去，得出一个结论，还真得陈校长去。局长倏然从椅子上站起身来，紧紧握住陈校长的手："老陈，你说得对！你走吊庄，我送你。你把最后这几年的工作时间，就奉献给吊庄吧！另外，教育局在全县调派三名教师，由你负责，把吊庄的小学教育办起来……"

几天后，8月下旬了，陈校长该去闽宁村了。

出走的那一天，是个清早，西吉县教育局门口人头攒动。局长组织各界召开了一场简单的欢送会，送陈校长在内的四名教师去闽宁村办学。分管教育的副县长讲话说："你们去闽宁村办教育，是为了西海固的下一代，也是一个无畏的选择。到了闽宁村，你们把教育办起来，吊庄的下一代人才会有希望。"欢送仪式一结束，几名教师在一片掌声中，爬上了一辆大卡车。他们带着各自的铺盖卷儿，每人还都带了一只烤火的炉子。车厢里还堆放着二十套座椅，四套办公桌和四张床板。陈校长与大家略有不同，他的怀里还抱着一只崭新的手风琴。出西海固，四百公里长路很颠簸，没有多少柏油路。四名原本陌生的教师，挤坐在车厢里，你一言，我一语，在闲聊中熟络了起来。

瘦高个儿教师是张万荣张老师，四十多岁，额头皱纹很深。他自我介绍，说自己是西吉县兴坪乡人。十七岁那年，参了军，在原兰州军区某边防部队工作了五年。退伍后，当上了一名乡村民办教师，几经深造，费了很大的劲儿转成公办，长期在王民小学任教。这次争取调动到闽宁村，一心想通过搬迁把儿女带到银川。

"我们去的是戈壁滩，可不是银川城！"年轻教师小康说。

"闽宁村离银川市区也就四十公里路。"张老师认真地说，"四十公里，牙长一截，交通特别便利，一会儿工夫就到了银川城。它虽说现在是一个戈壁滩，那也是银川地区，搬进闽宁村，我觉得就是进了首府银川。"

听了这个说法，小康老师狡黠地笑了。

说句心里话，小康老师是强烈赞同这个说法的。小康二十岁出头，大学毕业，这次去闽宁村，实际上离他毕业回来没多久。意气风发的他，一心只想带着全家人走出大山，让热爱土地的老父亲在能灌上黄河水的土地上耕种。将来也想让自己的孩子过上不缺水的日子，天天能洗热水澡。在外求学时，他日夜想念西海固，可回到了西海固，又觉得自己越来越厌倦家乡。干山枯岭的地方，看不见青草的山梁，常常让他内心不安。听说县教育局要派教师去闽宁村，他立即写了一份申请书。

一路上，车厢里，说话最少的是王老师。王老师四十多岁，是一个仪表堂堂的中年男子，当时害上了十分严重的胃病。胃病严重到什么程度？他隐瞒了下来。来闽宁村，他和另外几个同伴一样，也有自己的心事。尽管自己是一名人民教师，可妻子在山村种地，年年收成都不好。他教书在外，平常日子里，很难照料到家里，家里缺吃的水，他周六周日回到家，要花一整天时间挑水，把家里十几只大小水缸都灌满。他想着，自己先随着移民搬迁，再把几个儿子接来一起喝黄河水。

夜幕降临，卡车颠簸着驶进了戈壁滩。

他们来的地方，是闽宁村西部车站的东面，这里有一长排简陋的砖包房。卡车停在了这片房子与一座沙包之间，这就是他们的简易小学。卡车的响动声，引来附近人的注意，两名年轻干部匆忙跑来接应，帮着把床铺和桌椅卸下来。接着，又热情邀请他们去屋子里吃饭。得知几位教师要来，干部提前在食堂里预备了晚餐，每人一个又大又白的馒头，外加一盘洋芋炒菜和一碗稀饭。吃过晚饭，几个教师又回到一长排简陋的砖包房，这屋子既是教室，也是他们的宿舍……次日天亮，他们看清了新校园。砖包房顶部的椽子很细，窗户上挂着破碎的玻璃，出了教室门就是沙滩，没有一棵树。新校园，只是这戈壁滩上的一处房舍。往远处看，是零星的房屋，而起伏的沙包一个连着一个。

这个白天，几名教师情绪很低落，半天都没有人说话。

到了傍晚，陈校长抱起手风琴，用歌声打破了这沉闷气氛。

正当梨花开遍了天涯，
河上漂着柔曼的轻纱，
喀秋莎站在峻峭的岸上，
歌声好像明媚的春光……
跟着光明的太阳飞去吧，
去向远方边疆的战士，
把喀秋莎的问候传达。

陈校长站在教室外墙的窗户边上，等于是站在没有围墙的校园里，等于是站在闽宁村的戈壁滩上。他轻快地按动手风琴，放开歌喉深情地唱响了一首《喀秋莎》。谁知他这么一唱，可了不得啦，路过的干部群众停下了脚步，就坐在沙滩上，就站在沙滩上，或是托着腮帮子，或是手叉着腰，都在静静地听他唱。一曲唱罢，大家鼓掌，就在这热烈的掌声中，陈校长一首接一首地唱了下去。另外几个教师，看着陈校长如痴如醉的样子，忽然就笑了，一股乐观的气氛逼退了先前的沉闷感。

这天晚上，他们开会，筹备开学的事情。

陈校长预告，学校第一个学年，生源以干部职工子弟居多。粗略统计了一下，有三十多个孩子。虽然学生人数少，但每一个年级的学生都有。这就意味着，简易小学要开设起各个年级的课程，办学是有一定压力的。

"学生少，年级多，反而缺教师，我们各样课程都得教。"

"课程设置上，县城小学有的，我们也得有！"

"虽然艰苦，但办学必须规范，我们教师不落学生一节课。"

四名教师在讨论中，达成了以上三点共识。

"我们要重点准备开学第一天的工作。"陈校长又特别补充，"我们开学的当天要升国旗，需要请一面国旗回来；我们缺一个铃铛，校园里不能没有铃声……谁去呢？就请王老师走一趟李俊镇，就近落实，再买些蔬菜和米面油。"

王老师点点头，他不怎么爱说话。

第二天黎明，王老师出门了。去时，搭一辆运输建筑材料的手扶拖拉机，到周边的李俊镇，可是临近半下午，仍不见回来。陈校长他们三个，等得有些焦急了。直到傍晚，王老师一瘸一拐地出现在了学校，左胳臂上还起了夹板，额头冒着大汗，浑身衣服都被汗渍浸透了。见到陈校长，他赶紧捧出一面国旗。大家见他脸色很差，胳膊明显受了伤，追问下，才知道手扶拖拉机在回来路上翻车了，他不慎摔进了沟渠。李俊镇卫生院说，骨折了，得办理住院。王老师不干，经人指点，跑到街道上找到一个有经验的老汉给他接了骨，又打一剂止痛针，没事人一样回到了学校。

"我现在送你去医院！"陈校长从一个干部手里借来一辆摩托车。

"明天开学，我要上课。"王老师说，"咱们约好的，不落一节课。再说，骨头被人已经接好了……唉！我们还缺铃铛。"

这时，暮霭中，一个红衣女孩的身影出现了。张万荣老师吃惊地叫起来："张燕子，你咋跑来了！"红衣女孩欢快地说："我来学校报到了！"原来，这红衣女孩是张老师十一岁的女儿，名字就叫张燕子，一个像燕子一般欢快的女孩儿。

张燕子是独自一人乘长途班车来学校的。

"是妈妈派我来的！"张燕子说，"我做饭好吃，你们没人会做饭，妈妈就让我来闽宁村上学。妈妈还说，反正很快都要搬来，迟来不如早来！今天一早，她把我送到县城的汽车站。叮嘱我，上完课，得帮助你们做饭……"

欢快的张燕子，懂事的张燕子，成了简易小学的第一批学生。她的到来，让几个教师又惊又喜，负伤的王老师忘了伤痛，也跟大家一起笑。以后几个月，张燕子在宿舍支起火炉，利用课余时间做饭。学校里，教室的隔壁就是宿舍。张燕子每天忙碌着，边学习，边照顾几位教师，解决了父亲和几位教师的吃饭问题。

当大家围着张燕子说话时，陈校长忽然想起了什么。

"明天就要开学了，铃铛还没有。"陈校长有些遗憾地说。张老师嘿嘿一笑，说这不是一件困难的事情。他安顿好了张燕子，捏着手电筒去了一个相熟的老汉家……张老师找老汉要了一只锃亮的犁铧。拿回来，又找电工给这只犁铧钻出一个洞，悬挂在屋檐下。他们约定，上课时，用锤子敲犁铧三次，下课时，敲两下。

开学日，国旗高高地飘扬了起来，铃声清脆地响彻空中。

第一学年的考试，简易小学的学生成绩极不理想。糟糕到什么程度呢？不论在迁出县还是属地县，排名都是倒数第一。闽宁村的教育，就是这样起步的。即便这样，学生的日常生活仍充满歌声。带领他们唱歌的陈校长，也带领他们一起奔跑。每天清早，没有一寸操场的他们，沿着田埂跑，沿着水渠跑，沿着新辟的小路跑……

春天在哪里呀，春天在哪里，
春天在那青翠的山林里。

这里有红花呀，这里有绿草，

还有那会唱歌的小黄鹂……

空旷而寂寥的戈壁滩上，这一处处沙丘的深处，这风沙漫漫的严酷世界里，抱着手风琴的陈校长和孩子们一起唱出了心中的期盼。这温暖而向上的歌声里，唱出了孩童的活泼欢乐，唱出了每一个人仅此一度的童年，唱出了闽宁村的大人与孩子的未来期待。一遍遍动听的歌声里，美好的愿望种进了明媚的世界里。

15. 孩子们

卓金贤和陈校长，一颗心印在了另一颗心上。

稀疏的头发在风中乱飞。这是二十多年后，闽宁镇人对卓金贤的记忆。这位福建来的首批挂职干部，既要忙碌西吉县的工作，还得负责闽宁村的事务。两地相距四百公里，他常常就这么跑来跑去，奔波在宁夏的南端与北端之间。不论在西吉县还是闽宁村，卓金贤总是很难适应干燥的气候，他经常会流鼻血。实际上，和他一起来的福建挂职干部，在西海固其他县也会遇到各种不适应。

"小学学校得重新选址，重新修建，不宜拖延。"卓金贤觉得，脚踩在闽宁村这片宽大的戈壁滩上，就得为走出来的老乡们负责，实实在在地办一些事情。闽宁村面临的若干困难中，卓金贤认为，发展产业与办教育同等重要。

和所有福建挂职干部一样，卓金贤干起工作来很有拼劲儿。推进产业方面，卓金贤为解决西吉县洋芋滞销问题，联系到中央电视台农业频道，争取到一整年的免费广告投放机会，使全县最优质的洋芋被各地客商抢购一空。另外，在他的奔走之下，福建莆田与宁夏西吉共同投资的土豆淀粉合作项目展开。项目的建成与推进，使西吉县一跃成为当时全国最大的洋芋淀粉生产基地。这种努力，同时改变了福建莆田鳗鱼养殖的困境，莆田人不再依赖进口淀粉，而是用上了宁夏西海固的淀粉。

卓金贤毕业于师范专业，早年当过中学教师，对于教育有着深厚情感，很早就意识到发展教育是拔掉西海固穷根的关键一环。来到西海固挂职没几个月，经他牵线搭桥，使莆田二中与西吉中学结成互学互助的共建对子。后来，他送西吉中学七名高一学生去莆田二中读书，让他们用两年时间体验沿海地区的学习环境，增长见识。三年后，这七名西海固学子中，一人考取北京大学，一人考取清华大学，全部被重点大学录取。

卓金贤在西海固的工作生活并不顺利。他第一次下乡，到了西吉县田坪乡。那天，乡政府食堂里供应菜汤和馍馍。乡里吃饭简单，一人一个馍馍外加一碗菜汤，菜汤里炖着土豆、萝卜和零星的羊肉。炊事员听说卓副县长是福建来的，特意在碗里多放了两块羊肉。在西海固，这一碗菜汤是香喷喷的美味佳肴。星星点点的油花中，卓金贤感受到这碗里的深情。西海固饭菜口味重，他要来一碗开水，筷子夹起菜先涮一涮再吃。之后觉得这个方法显得矫情，索性就随了当地口味。

克服着各种不适应，短短几个月，卓金贤跑遍西吉县二十多个乡镇，更熟知了他分管的闽宁村。通过扎实的调研，他向西吉县委、县政府提出尽快改变贫困面貌的五点建言。其一，改变群众文化结构，加快群众接受科学技术的意识；其二，狠抓绿化，严格执行退耕还牧，改变广种薄收的现状，保持良好的生态效益；其三，办好闽宁村，把更多群众从地少人稠的西海固大山里搬出来；其四，精耕细作，改变原始的耕种方式，推行科学耕种，尽快调整农业结构；其五，不遗余力地壮大劳务输出，使剩余劳动力走出西海固，走出家门，经风雨、见世面，学技术、长见识，挣钱养家。

劳务输出与读书求学，这两种选择，起初困惑着闽宁村。

向福建莆田输出劳动力，卓金贤和福建省脱贫办负责人林月婵从中搭桥，常常是费尽口舌，也取得了明显效果。而另一方面，未成年人虚报年龄去福建打工比较普遍。很多出山的西海固儿女，去福建务工，连自己的身份证也不带。到福建去打工，也是闽宁村一些少年的梦想。可是，简易小学陈校长的反对最为激烈。

十四岁的少年杨大鹏，梦想着去福建打工。

这个念头，何以成为他的梦想呢？

说到起因，还是非得说说移民刚搬来时的困顿。闽宁村一成立，杨大鹏的爸爸妈妈争取到了搬迁指标。没几天，他们一家就和另外几个搬迁户合租一辆卡车，举家搬到了闽宁村。那时，戈壁滩上只有几间零星的土坯房。他们一来，住进爸爸事先已经挖好的地窝子里。半月之后，自家盖好了一大间十分简陋的土坯房。泥巴抹上墙的当天，还不等墙壁干透，他们一家就心急火燎地搬了进去。有了栖身之地，爸爸妈妈开始合计着解决眼前的困难。虽然住进了土坯房，家里却空荡荡的，钱粮全无。家庭会议决定，爸爸去银川的建筑工地打工，妈妈留守闽宁村，改良六亩沙地。

和妈妈一起留守的杨大鹏，还有弟弟和妹妹都是不会闲着的。妈妈下地干活时，他捏着一把铁锹筛沙，又干运土、施肥和灌水的活儿，而弟弟妹妹就去捡拾田里遍布的小石头块儿。改良土壤的工作特别辛苦，最怕的就是贺兰山里起风了。有一回，沙尘暴来了，他们正在田地里干活，无处可躲，妈妈带着他们几个孩子趴在大田里，等沙尘暴快快过去。和很多搬来的移民一样，吃饱饭，是家里的头等大事。他们盼望在银川打工的爸爸，能快点把钱粮带回家，可爸爸总让他们一次接一次地失望。

搬来了，仍然吃不饱肚子。

即便吃不饱肚子，杨大鹏仍然表现得很顽强。

有一天，家里来了几个干部模样的人，进了土坯房，看看这里，瞧瞧那里。接着，询问妈妈："每天都吃些啥饭？每天能吃几顿饭？"

"早上吃羊，中午吃鱼，晚上吃面。"杨大鹏抢着答。

"啊！"几个干部面面相觑，很吃惊。

"一日三餐，顿顿吃的都是洋芋面。"杨大鹏"咯咯咯"地笑了。

杨大鹏没说错。

他是一个很有自尊心的孩子，很害羞，没敢告诉干部实情。实际上，家里的吃食都是从田地里捡回来的。搬来不久，妈妈带他们每天准时在半下午出门，跑到十几公里外的周边乡镇和农场的田地里，专门捡拾收割之后遗留下来的麦穗。每天忙碌到深夜，总能背回一口袋麦穗。这个办法，在刚来的两个月里，还真解决了问题。家里缺少燃料，没钱买，上沿山公路捡拾。那条公路上，运煤卡车多，路畔总落一层煤渣。捡拾起来，就能解决一家人的燃料问题。那段时间，真是从土地里刨食吃。

开学的日子到了，杨大鹏被陈校长拽进了学校。

搬迁之前，杨大鹏已经辍学了。家里境况很糟，他只是一心想着出门去打工，帮助爸爸妈妈减轻经济负担。那时，他打听到了，去福建打工能赚到钱。比他大几岁的伙伴，有好几个已经去了福建，每个月都有一张汇款单寄回家。

"我去上学，没饭吃，咋办？"杨大鹏忧愁地说。

"你读书，我管饭。"陈校长痛快地回答。

就这样，十四岁的杨大鹏成了简易小学六年级的一名学生。

和杨大鹏一样，少女王文娟一来闽宁村，也遇到了陈校长。

那是1997年的秋季，王文娟已经是个十三四岁漂亮的姑娘了。为省几块钱路费，她竟然跟着堂哥从银川扒上一列运煤的火车。扒上火车，才看见铁皮包着的车厢里，装着乌黑的煤块，已经有十几个陌生的男男女女坐在煤块上。她看着，很吃惊，又觉得害羞。堂哥不在乎，老朋友似的和一群陌生人打着招呼。

火车轰隆隆跑了起来，风就从头顶呼呼刮着，吹乱了头发，她只好顺势扒在乌黑的煤块上。而此时，她眯着眼睛看到了不可思议的一幕：几个陌生男子用蛇皮袋子装煤块，装满一袋子就推下火车，袋子就会摔落到铁轨边上。接着，这几个男子什么也不顾地跳下火车，很快消失在视野里。她知道，这分明就是偷窃的行为。可奇怪的是，旁边扒火车的很多大人，什么也不说，竟然没有一个人出面斥责小偷。四十分钟后，运煤的列车减速慢行，即将抵达西邵站。堂哥一把拽起她，要她和自己一起跳火车。她不敢，堂哥推了她一把，她就从高处重重地落到了闽宁村的田埂上。

陈校长在村里家访时，遇见了辍学的王文娟。那时，她在三叔家帮忙做饭，三叔一家忙碌着改良土壤。陈校长知道后，坚决不同意她辍学！

"这女娃，还很小，应该回学校去读书！"陈校长严厉地说。

"您是小学校长，她是初中学生，管不着。"三叔有些生气。

陈校长不温不火，说这样会耽误掉孩子。而三叔说，侄女家在西吉县白崖乡，困难大得很！回家路费都没有，咋能回去读书呢。

陈校长听罢，从口袋里掏出一张五十元钱，拍在桌面上。

拗不过，辍学的王文娟回了家，继续去读书。

像老鹰抓小鸡一样，陈校长不停地把一个个孩子拽到了校园。闽宁村里，他是一个很有办法的人，能够让乡亲们信服。只要听说有了辍学的孩子，不论是不是他的学生，不论认识或是不认识，他都会登门劝学，打问原因。说来很奇怪，陈校长的话，移民群众很乐意听。因为，大家不时能看见一辆辆小汽车开进戈壁滩，那些坐小汽车的人，都是来找陈校长的，并且还都是陈校长早年的学生。过去三十年，老校长深耕西海固，学生中出了好几位县长、市长，还出了很多年轻学者。

困难极大的拓荒岁月，陈校长不但把歌声唱响了这片戈壁滩，还把梦想的种子撒进了这片戈壁滩，看着生根，看着发芽。沉静自若的他，像是一位默不言功的将军。他的身上总让人感受到一种向上的力量，一种热情的力量。这些，也都是闽宁村和闽宁村人的精神坚守、文化坚守。在劳务输出与读书求学之间，在眼前与未来之间，他孤独而倔强地在意着教育。他坚信，知识能够创造出一个远大的未来。

……

许多年后，王文娟、杨大鹏在内的这一群孩子，兜兜转转一大圈，又都工作生活在闽宁镇上。老校长更像是一位未卜先知的长者，仿佛在撒下种子的那一刻，就已经判定了这些戈壁滩上的青苗都将会顽强生长，都将会青葱蓬勃。

卓金贤并不满足于当前的教学环境和教育水准，提出尽早重建简易小学，又督促加紧建设闽宁中学，同时建言西吉县委、县政府把西海固优秀教师派往闽宁村。陈校长知道了，最为开心，见到卓副县长就用力地握手，感激他对教育的负责。又动情地说："以您对教育事业的感情和了解，必然会是一位优秀的教育局局长。"让人称奇的是，老校长竟又一次一语成真，卓金贤挂职期满，回到福建担任了分管教育的县委副书记。几年后，莆田撤县建市，卓金贤真的当上了教育局局长。如今，卓金贤已经到了陈校长创办简易小学时的年龄，即将退休。显然，他还得在这个岗位上发光发热。

第四章 建镇

2002 年 9 月 29 日，闽宁镇揭牌成立。从村到镇，闽宁人的生产和生活在更加广阔的纬度上展开了，致富的路子更宽了。菇农刘昌富成为产销一体的双孢菇产业带头人。也有一部分像杨登福、李志云、王瑞刚、王雁路、李英梅这样的人走出了田间地头，有人成了私营老板，有人成了劳务经济人，有人成了货运老板，当然还有李养斌坚守着基础教育的根脉。闽宁的枝更繁了，根更深了。

16. 菜市场风波

到 2000 年开春，宁夏回族自治区人民政府指出，闽宁村吊庄必须尽快脱离主要迁出地西吉县，实现属地管理，以改变调出县无力管、属地县无权管的局面。这一年，闽宁村搭建起近千座双孢菇大棚，菌草产业在这里如火如荼。

福建科学家林占熺与闽宁村党政干部一样，都在思考着产品的销路。发展菌草业，造福全人类，是这位科学家的人生理想。率领福建科技工作队从经济发达的东部地区来到西部，进驻到闽宁村帮扶，林占熺一直都有一种偿债的心理。要想解决好闽宁村上千座菇棚的产销问题，并非轻而易举。闽宁村要移交到哪里去？这位科学家毫不在意。他的任务是以科技的力量帮扶移民群众，发展闽宁村人的第一项产业。

深夜，福州，福建农林大学。

巨榕树下，一间老旧低矮的教职工家属楼里，难以入眠的林占熺，随手拨通了闽宁村的电话。接听电话的是黄国勇，福建科技工作队的队长。黄国勇，一个朴实干练的福建青年，高级园艺师，是林占熺的得力助手，长年驻扎在闽宁村。

"种植双孢菇不成问题，技术在我，管理在我。"林占熺说，"种植户扩大了之后，销路必然会成一个大问题。无论如何，销路是不听我们指挥的，而是受市场制约。闽宁村一旦到了出菇的高峰期，一座大棚出菇一千五百斤。将近一千座大棚，每天的出菇量会大得惊人，销往哪里呢？这个问题应该尽快解决。"

"周边的银川和青铜峡，市场固定，但很有限。"黄队长说。

"我们需要未雨绸缪，打通最关键的销路。"林占熺叮嘱。

"林教授，谷贱伤农，这个道理都懂！"

"国勇啊！我们要瞄准全国市场。闽宁村这个地方，两个省区虽然在帮扶，基础设施建设花了很多钱。移民还得自力更生，为了盖房子，很多人花光了仅有的积蓄，还有好多人欠下了债务。闽宁村的菇棚扩大到将近一千座，是个好事情！这充分说明了移民群众在这个陌生的地方，在这个十分困难的地方，急切地想过上温饱的生活，都有强烈的脱贫的愿望。我们不能当成负担，而是需要加倍再加倍地努力。"

打完电话，黄国勇走出屋外，漫步在闽宁村皎洁的月光下。此时，原本的荒漠戈壁上已经建起闽宁中学、卫生院、变电站，形成了一条街道，立起了一个集市。工作队每天采购青菜，不必跑到十几公里外的周边乡镇。闽宁村的变化，就在不动声色之中。黄国勇第一次来到闽宁村时，日本客商竟从福州一路追过来。对方提出，只要黄国勇同意去日本服务，就会预付丰厚报酬。那时，他内心也曾动摇过，可一想起那个饿晕之后倒在路上的妇女，想起一个个困难的乡亲，很快就打消了出走的念头。

闽宁村的双孢菇，该往哪里销售呢？

福建科技工作队决心与时间赛跑。

第二天，黄国勇队长带人背着样菇，踏上了对接市场的万里行程。他们先到银川北环批发市场，落实好了银川地区的固定客商。之后，紧急向西跑兰州、西宁，向东又跑呼和浩特、北京、上海、洛阳、西安、杭州等地。每到一个陌生的城市，他们第一件事情就是找大型菜市场，逮住机会就搞推销。深夜里根本不睡觉，凌晨2点多就往一个个菜市场跑，了解行情，调研市场，结交优秀客商。这种天南海北跑市场的精神，和他们的样菇一起，感染了不少批发商，每到一个城市，或多或少都有收获。在上海，他们遇到了几位熟悉福建菌菇的大批发商。经过黄队长一番介绍，有一位大批发商很痛快地和他签订了一个代销闽宁村双孢菇的协议。

黄国勇出差回到闽宁村，正好赶上大棚的出菇期。

当时，菇农已经变得焦躁起来。一座座大棚里，全是雪白的双孢菇，菇农心里既兴奋又忧虑，产品卖给谁呢？而在此时，黄国勇队长和福建科技工作队全体成员，集体垫资，三天之内在闽宁村建成一座冰库。冰库，专门用来存放新鲜的双孢菇。黄国勇队长拍着胸脯宽慰菇农："遵照闽宁协作的有关精神与具体要求，福建科技工作队三年内全部包销。菇农时产时销，工作队以保护价收购，当场支付现金。"

时值夏日，高温炎热，我国南方地区有三四个月不产菇。可是，闽宁村的双孢菇不会受到气候影响。南方与北方气候的差异，反而使闽宁村能够供应出反季节双孢菇。闽宁村的双孢菇，以天然营养、绿色无污染的品牌，填补了空白，供应了市场。来自北上广的客商，来自全国各地的客商，纷纷来电订购。闽宁村的鲜菇坐着飞机，去了远方。生产旺季，全村上千吨双孢菇，销售一空，创造产值近三百万元。

闽宁村的双孢菇产业，带动了贩菇这个行业。

然而，对闽宁村来说，并不是所有双孢菇都能坐上飞机远销国内各地。在多数时候，双孢菇还得依靠银川以及周边省份的市场来消化。闽宁村蘑菇产业起来了，银川地区的蘑菇贩子闻风而动，纷纷跑来收购。某种程度上，这个群体成为闽宁村蘑菇走向市场的中介。但在另一方面，恶意压价是菇贩的一贯作风。当地政府工作人员费了一番苦心，他们邀请一批菇贩到村里来观摩，请菇贩吃饭，又请他们务必不要压低价格。可是，这个办法根本不好使，时不时受到损害的仍是菇农。

福建技术员黄国楚，一位出色的园艺师，福建科技工作队黄国勇队长的胞弟。黄国楚的鼻子很灵敏，在菇棚里，他依靠嗅觉能准确判断出温度。而当大量的蘑菇贩子拥进闽宁村恶意压价收菇时，他认为很有必要和菇农商议对策。

黄国楚找谁呢？

就找上过大学的菇农刘昌富吧。

"昌富兄弟！我发现了一个很好的商机。"黄国楚说。

黑脸大汉刘昌富眉头一皱，额上又拧出一朵梅花，很疑惑。

"这个商机，或许你能抓住！"黄国楚说，"银川市区的蘑菇贩子跑到闽宁村，把蘑菇每斤两元钱收走。他们在银川市场的售价你知道吗？每斤三元钱或者更多。虽然说闽宁村的菇价有起伏，可蘑菇贩子无论什么时候都有得赚。既然你是一个菇农，为什么就不能跑出去销售自己家种植的双孢菇呢？"

"我要揭竿起义！市场我要闯。"刘昌富激动地说。

宁夏大学中文系读过两年的刘昌富，始终是个容易激动的人。他用力地握住黄技术员的手，说自己要做这件事情。第二天，他真的花四千五百元钱买回一辆三轮摩托车，这笔钱是黄技术员指导他在菇棚里赚到的。没过几天，在福建科技工作队和自治区扶贫办帮助下，刘昌富在银川北环批发市场有了一个小小的摊位。

每天凌晨3点，菇农刘昌富骑着三轮摩托车准时从闽宁村出发，匆匆赶往五十公里之外的银川北环批发市场。车子载重有限，一车只能运上五百斤新鲜的双孢菇。每天忙到中午，都会销完，打道回府时他的口袋里总能赚到五百元。没几天，他家的蘑菇就不够卖了，跑去收购邻居家的鲜菇。这个新尝试，使刘昌富深刻意识到："市场十分重要，既种蘑菇又销售蘑菇，才能避免被蘑菇贩子打压。"

没多久，刘昌富对整个产销环节很熟悉了。

刘昌富对双孢菇市场有了认识："消息不怎么灵便，宁夏双孢菇往国内各省市销售，只能是一部分，多数的菇还得依靠本地和周边市场。双孢菇产量大了，银川地区的老百姓总不能天天都吃菇吧！菇价高时，每斤五元，这是一个让人眼热的价格。可是菇价一旦塌了下来，一元钱甚至五毛钱的时候都有，这对菇农就是残酷的伤害。即便这样，菇贩子在银川北环批发市场照样能卖到两元钱，这说明菇贩在恶意压价。"

闽宁村的双孢菇，让人欢欣鼓舞，也让人心里发酸。双孢菇售往本地市场时，菇贩刻意压价，福建科技工作队也是束手无策。菇农与贩子，相互离不开，但二者的冲突在菇价上变得激烈起来。蘑菇贩子钟情于闽宁村的双孢菇，冷藏车每天排起一条长队。刘昌富清楚，双孢菇鲜美而娇嫩，存放时间不长，不然会开花，营养会消耗，甚至很快就烂掉。他与蘑菇贩子的冲突就这样开始了——五毛钱收来的菇，菇贩子在市场上非得要卖两元钱一斤，一时卖不掉，鲜菇就变质，受伤害的是消费者。刘昌富决定一块五卖，尽快卖掉！原因很简单，他和邻居的菇棚里，还在使劲儿生长着嫩菇。

岂料，贩子们指责刘昌富扰乱市场。

而他说，双孢菇的保鲜期很短，必须快速卖掉。

有一天中午，卖完菇的刘昌富正准备开着摩托三轮车回家。市场上一伙不明身份的人围了上来，不由分说，把一只破麻袋扣在他头上。接着，乒乒乓乓一顿拳打脚踢。刘昌富大腿上一阵钻心的剧痛，重重地倒在了水泥地上。挨完打，刘昌富瞅见自己大腿上被人深深地插进一把改锥，鲜血顺着伤口涌出，染红裤管，流了一地。他眼前一黑晕了过去，是在场的好心人悄悄报了警，又拨打了急救电话……

这起治安案件的发生，引起了政府的重视。

自治区扶贫办主任、县里的县长，还有镇上干部纷纷跑来看望养伤的刘昌富。黑脸大汉刘昌富，这个倔强的男人，躺在自家土炕上当众放声大哭。他哭了，不为别的，只是恳请管事的人能够管管菇贩子的恶意压价。

伤情痊愈了，蘑菇得种，也得销售，刘昌富又和黄国楚技术员商量着。他们认为，只凭借银川一个市场，根本消化不掉，尽管工作队在外跑销路，政府也在跑销路，而移民自己也得行动起来。说到兴头上，刘昌富走出黄泥小屋，匆匆进了城。容易激动的刘昌富就是这么雷厉风行，他要为自家和邻人的双孢菇继续找出路。闽宁村里，这时陆续出现了一些像他一样既种又贩的菇农，大家都开始主动找市场。在周边的银川市区、青铜峡市以及吴忠地区，都有闽宁村卖菇人的身影。

半月之后，刘昌富竟然带着包头的客商回来了。客商住在银川，要他尽快在村里收购一批新鲜的双孢菇，出的价格高过了银川的蘑菇贩子。刘昌富一回来，没进家门，先给福建黄国楚技术员说了这件事。黄国楚一听，很高兴，当场从腰里摘下自己的手机，递给刘昌富。黄技术员把手机给了他，希望联系客商方便一些。

"黄老师！你把手机给我，那咋成呢？"

"手机对你很重要，你拿去用。"

刘昌富推辞不下，于是，这只手机变成了他的。这是刘昌富用过的第一个手机，手里捏着手机，他把不少外地客商引进闽宁村。渐渐地，出门到省外跑市场成为菇农刘昌富的主业，他硬是靠着黄技术员的鼓励，把蘑菇卖到了兰州、西安和包头。

有一天，一个包头客商打来电话，要订购两千斤干菇。

刘昌富暗自琢磨着，这个买卖究竟能不能做呢？他很犹豫，两千斤干菇，得晾干一万斤鲜菇。仔细一算，五斤鲜菇晾干后，才能变成一斤干菇。双方口头约定，包头客商一个月之后来取货。刘昌富接到的是口头订单，没领到预付款，而他家蘑菇数量不够，发动邻居们晾干菇，大家生怕受骗。刘昌富不得已，晾干了自家的上千斤蘑菇。一个月刚过，包头客商来了电话，说是已经到了闽宁村。

刘昌富交出了两百斤干菇。

包头客商坐在刘昌富的院子里，喝着茶，有些生气地说："老刘啊，我要的是一千斤干菇，你只提供给我两百斤。我不收吧，你晾干了。我收吧，这么一点儿，运输都成问题。"刘昌富觉得十分愧疚，给对方说了很多好话，对方仍不干。

刘昌富没辙了，只好请来黄国楚老师。黄老师为他解释，好说歹说，这位包头客商最终同意了，收走了这批干菇。正是菇价塌到谷底时，贩子收时一斤五毛钱。而刘昌富这两百斤干菇，卖了两千元。算下来，每斤干菇卖到二十元，每斤鲜菇卖到两元钱。这时腌制蘑菇以及深加工蘑菇的念头，在刘昌富心头闪过……

闽宁村升格建镇，刘昌富宣布脱贫了。

他面对镜头，细说着双孢菇产业对自己的帮助。

菇价有起伏，市场有变化，而菇农的心里有一本账。建镇那年，移民在种植双孢菇上面跌跌撞撞很不容易，但普遍有了经济收益。临近大寒，菇棚里的工作已经忙完，福建科技工作队准备回福建了。刘昌富和园艺村的马玉良、杨奇刚、王海明、王旭军、张金宏等人商量一番，决定组织菇农欢送他们，以表示心中的感激。

"福建技术员把我们移民当兄弟看！"菇农杨奇刚说，"他们这些福建人，每年开春来到闽宁镇，一直忙到隆冬时节才回家。咱们掰着指头算，他们一年到头，回到福建和亲人团聚的日子也不过就是两个半月时间。"

"咱们要让福建老师感到亲人般的温暖。"菇农马玉良也说。

福建科技工作队本年度返乡的日子到了。当天上午，刘昌富、杨奇刚、马玉良带领一支上百人的社火队，浩浩荡荡地来到工作队驻地。这群菇农顶戴花翎，装扮成戏曲里古装人物形象，欢天喜地，敲锣打鼓。一进镇区，很多移民自发地加入欢送队伍，闽宁镇立即变成了欢乐的海洋。黄国勇、黄国楚、林连海几位福建老师看蒙了，不知所措。而早年的丑角演员刘昌富一展才华，活跃起现场气氛，猛然扯开嗓子喊：

社火进了政府院
福建亲戚笑开颜
只要同志们加油好好干
将来一定是调到国务院……

刘昌富随机丢了个笑，讨来全镇的欢乐。说话和耍社火一样，是一门艺术，而刘昌富言语简单，朗朗上口，又用西海固话喊出来，因而很有喜感，但却传递出对福建技术员的疼惜与敬重。在愉快的氛围里，福建技术员忘记了一整年的孤独和辛苦。带着欣慰、喜悦还有感动，回了福建家乡。两个多月之后就是来年开春，这些福建技术员，还将背井离乡重返闽宁镇，并肩与菇农在大棚里开始新一轮耕耘。

闽宁协作就是这样从两地人的情感和认同开始的。双孢菇，闽宁镇移民区的第一项产业，帮助一批移民群众摆脱了贫困，帮助一批移民群众拓宽了眼界。第一次见到刘昌富时，刘昌富打开自己的账本给我看。扉页上是科学家林占熺早年写下的四个字——永别贫困。是的，福建双孢菇启蒙了第一代闽宁镇人，自此闽宁镇的发展就是围绕着产业。刘昌富说，双孢菇的意义在于使人们开始信任科技，而闽宁镇二十多年的发展，不仅是移民的奋斗史，还是产业的发展史。

17. 唱家子

这一朵云彩里有雨呢
雨下时庄稼长呢
我坐在这里想你呢
清眼泪不由得淌呢

二十多岁的李志云，吃尽苦头，硬是没有在西海固种出丰硕的庄稼，但却无师自通成为民间的一个花儿歌手。花儿歌手，被西海固人称为唱家子。搬到了平原上，他又把心心念念的花儿唱到了平原上。2000年元旦，移民区砭骨的寒，锥心的冷，李志云开着一辆三轮车奔向贺兰山。为生活还是有必要进一趟山的，按照计划，他将在贺兰山深处扎下帐篷，在积雪皑皑里度过八天八夜，争取抓回来几斤发菜。车厢里坐着缩头缩脑的妻子和妹妹，还有亲戚邻人家的四五个小媳妇。闽宁村移交到哪里去？李志云不在意，离开西海固的时候，他决心要在黄河边的平原上过好日子。

李志云最关心的当然是发菜。

发菜，是一种什么样的菜呢？这种菜，盛产于宁夏，因为这种藻类外观像极了人的头发丝，故而得名为发菜。有人说，这种藻类植物并无极高的营养价值，但因为贴着地面生长，是属于很好的固沙植物。可是，发菜的名字是发财的谐音，却受到市场的欢迎。在利益的驱使之下，很多像李志云这样的贫困群众，往往不顾劝阻，冒险进贺兰山抓发菜。坦率地说，闽宁村移民区成立初期，有不少的移民就是靠着抓发菜维持生计的。也可以说，上贺兰山抓发菜养活了许多刚搬来的移民。

瘦高个儿的李志云，头脑灵活，信息灵便。他很清楚，进山抓发菜这个行当已经不能持续下去了，政府往后只会越管越严。前几次，他们去抓发菜时，政府工作人员就把守在进山的路口上，劝返着抓发菜的移民。不顾一切地采撷发菜，不仅加剧了草场的退化和沙化，而且还破坏生态环境。因此，他决定在黄昏时刻最后一次进山。再回来，意味着告别抓发菜的这个行当，重新开辟新的创收渠道。

当天晚上，贺兰山零下二十多摄氏度。这极寒的天气里，他们砍柴烧火，在一处避风的山石坳里煮起罐罐茶，火光照耀在他们沧桑的脸上。他们吃着干粮，喝着茶。罢了，就地在烧得滚烫的石头上搭起几顶帐篷。接着，躺进帐篷里。等到天快亮时，帐篷底下滚烫的石头变得冰凉，而他们此时才真的感受到了寒冷。

他和女人怎能吃得下这样的苦头？

李志云的原住地在海原县郑旗乡老鸦村南山组，南山组在一个四面环山的干山枯岭。如果夏天里干旱，雨水少，自家水窖里是存不够生活用水的。从记事起，每到冬天，他就跟着父亲到二十公里外的七营镇运输冰块。冰块运回来，化开了，就能解决全家人的吃水问题。进山出山，南山组人只有一条窄窄小小的土路，而且正好一辆架子车可以顺利通行，手扶拖拉机根本进不去。南山组人口不多，只有二十来户，家家住窑洞，而这个村民小组距离老鸦村的村委会所在地还有十公里。全村只有一所小学，设在村委会所在地，因而李志云从小没有读过一天书，没有上过一天学。

"南山组自然环境有多残酷？说出来，你可能不相信。"李志云对人说，"南山组一百多口，都是靠天吃饭。家家户户的粮食根本不够，遇上大旱，存粮提前几个月就没了，就得断炊！到1997年全村人的温饱问题都没有解决，我们根本吃不饱肚子！不相信吗？我是1976年生人，1992年十六岁还出门乞讨。要饭，就是翻山越岭到周边地区去乞讨，问东家要一点面粉，向西家要一点面粉。西海固有一个特点，当年普遍贫困，可乞讨的人总有收获。我们出门走上三天三夜，把讨要来的面粉背回山里。"

九岁那年，李志云跟表哥去放羊。两个羊群赶上了山坡，就合了群。羊儿吃草时，表哥沉默着，静静地坐在山包上。表哥年长李云志三十多岁，或许是因为年龄差距大，表哥从来不和他交流，而他感觉放羊的时光很枯燥。可是，表哥喜欢吹笛子也喜欢唱花儿。表哥唱花儿时，站起身，右手搭在脸颊上，半仰着头颅："哎，我拔了个糜子拔胡麻，我的手疼着呀拔不下。我有心给尕妹妹搭着去拔，恐害怕被外旁人笑话。你是阿哥的肉啊，又恐害怕被外旁人笑话……"

这段花儿，名叫《王哥拔胡麻》，是西海固的经典唱词。

幼小的李志云被震撼了。再后来，又听说，他表哥在年轻的时候，使劲儿地喜欢上了一个邻家的女子。而邻家的这个女子也爱上了表哥。表哥人好，可表哥是个穷汉，穷汉拿不出彩礼钱，穷汉也是被人瞧不起的。之后，那个女子就被她父亲许给了另外一个能拿出彩礼的男子。表哥被爱情弄伤了心，伤得很重，常常是食不甘味，彻夜难眠。心上的女子嫁给旁人的那天，表哥枯坐在自家的一孔寒窑里唱花儿，唱着思念的花儿，一首接着一首唱，唱了一天又一夜。唱罢，表哥把那个女人忘掉了。

李志云喜欢上了花儿，跟着表哥放羊时，他也学着唱起了花儿。有一天，他坐在山坡上唱出了："瓦蓝色的鸽子十二对，冰草绊住它不飞；尕妹的热怀里睡一回，刀子戳死也不亏。"远处赶着羊的表哥，竟然回应了一句。以后，放羊时，表哥对他有了笑脸。他也惊讶地发现，南山组会唱花儿的，不只是表哥一个人，几乎每一个成年男子都会唱。听不见花儿时，只是山里汉子没到颇烦时。干不动活儿，心情不好时，男人就会唱花儿，手往耳根子上一搭，半仰着脸，一唱起来，烦恼就不见了。

十七岁出门要饭回来，瘦小的李志云心情糟透了，感觉很不好。他想，自己应该出山去打工了，他想到这里时，索性趁夜色偷偷溜出家门。他不辞而别，迈开大步，翻过一座山，越过一道沟，走到了七营镇上。熙熙攘攘的七营镇上，他随机扒上了一辆运煤的大卡车。大卡车一路向西，走向了青海高原。就这样，李志云流落到了西宁城。他在西宁火车站干遍各样营生，当小工、扛麻袋、刷房子、帮人收羊绒……

青海是花儿的故乡，西宁城遍地茶园子，湟水河穿城而过，两岸的茶园子里都有驻园的歌手唱花儿。空闲时，李志云溜达着进了茶园子，交上钱，坐在椅子上，面前很快就会摆上一杯盖碗茶，就能听一整天的花儿。苏平、马骏、张存秀这些青海大名鼎鼎的花儿名家，偶尔也会来茶园子客串。听花儿，李志云听得如痴如醉，不知疲乏。在西宁城打工挣到了钱，他就跑去听花儿，跟着老师学花儿。尽管一天学没上过，可他记忆力惊人，青海的歌手唱上一遍，他就能一字不落地记全歌词。

往往在听人唱花儿的时候，他就能忘记一切的惆怅，他就能忘记西海固老家一切的困难。因为喜欢花儿，他结交了青海的不少歌手。有个吹笛子的藏族大哥，时不时也来光顾茶园子。听花儿的时候，他俩相互熟络了起来。藏族大哥知道他困难，又喜好花儿，竟然馈赠他一千五百元钱。虽然有了藏族大哥馈赠的这笔"巨款"，但他心里明白，西海固老家的困难实在太大了，单靠这笔钱，一时半会儿也解决不了问题。

困难有时会让人振作，有时会让然变得麻木，而花儿与爱情却能给人以力量。西宁北山上有个女子听了李志云唱的花儿，喜欢上了他。这个西宁女子，有一个妹妹，因而父母提出要李志云当个上门女婿。他和这个西宁女子，彼此深爱，但却始终没有当上门女婿的勇气。想了想，放弃了，和这个西宁女子分了手。接着，他离开了西宁，爹娘还在西海固受苦，他非得回去，回到他的老鸦村南山组。

游荡在外好几年，再回来，山村没有一丁点变化，还是那么苦焦。回到家，是1997年冬天，父亲去世了，临终前惦记着给他娶媳妇的事情。而李志云的口袋里，就像他几年前跑西宁时一样干净。说到娶媳妇，太穷了，没人同意把女儿嫁给他。转年，母亲找舅舅商量，舅舅把女儿许给了他。最终，李志云娶了表妹。

陆续有乡亲们搬到了闽宁村，搬到了银川平原的移民区，李志云得到消息很激动。他报名参加了搬迁，把怀着身孕的妻子带到了移民区。他答应过舅舅，要让表妹跟着他过上幸福的生活，吃穿都不愁，也不会遭人下视。搬家出山时，他和邻人齐心协力，用锨修出一条下山的路。路修通了，他搬家了，没多久，南山组搬空了。

而现实中，搬到平原上，全家容身之所是一间土坯房。

狭小的土坯房里，既是卧室，又是厨房，还生养了他的一儿一女。李志云没有种植双孢菇，试着养过几头黄牛，没有经验，结果牛一头比一头瘦。种地不容易脱贫，心存浪漫的他没有心思种，又从银川南方商城批发服装，带回村里贩卖。冬季里，无事可做，就想着去贺兰山里抓发菜。他们把抓发菜，叫成是拾发菜。他开着一辆二手的蹦蹦车，每次进山载上村里的十几个男女。带着干粮和水，早出晚归，每个乘客给他两元钱运输费，他在山里也拾一些发菜。说来奇怪，发菜价格一直很好。每天进山一趟，手脚利索一点儿，就能拾到半斤发菜，而半斤就是一百元钱。

发菜拾回来，用手抖一下土，很容易就能处理干净。等积攒上一段时间，就可以集中卖给贩子，或是直接拿到同心县城、三营镇的发菜市场去。但凡有发菜，都能卖上好价钱。山里的发菜，在贩子手中去了上海和广州，走了远路。

李志云喜欢在冬天里进山，捡拾发菜。发菜就生长在贺兰山的脚下、腰间和山顶。反而是阴面的山坳里，会少一些。冬季阴天多，生长在大地上的发菜像一片又一片的头发，很容易就会被人发现。然而，太阳光线强烈时，人却并不容易找见发菜。即便你脚下就是成片的发菜，可眼睛却看不见。这时，李志云就靠自己的影子来识别，准确找到发菜。自己的影子投在大地上，会形成一道阴影，像一面镜子能让发菜现形。

最后一次拾发菜，李志云和妻子以及同村的几个女人，在贺兰山里兜兜转转八天。每天晚上，就睡在深山扎着帐篷过夜。为了生计，为了温饱，他们在零下二十多摄氏度的露天户外没日没夜地忙着。村里的一个小媳妇手快，产量最高，拾了差不多五斤发菜。而李志云和妻子两个人，合计不到五斤，得利近千元。

这次回来，李志云洗手不干了。

他特别叮嘱一起进山的女人，"咱们这样进山很危险，一辆蹦蹦车上坐那么多人，很容易出车祸。另外嘛，拾发菜破坏了贺兰山的生态和植被，政府今后会越管越严，政府不允许干的事情我们今后就不要做了，干别的吧！"果然，自治区先是采取多种措施制止滥抓发菜的行为，接着又对发菜进行立法保护。

春节过罢，李志云去银川找活干。

移民区的好处就是这样，靠近首府城市，便于打工和创业。到了银川，李志云才得知妻哥和同村的好几个男人在银川旧货市场上，已经干得风生水起。他眼前忽然一亮，跟着妻哥收旧家具。自行车头上挂着个牌子，一个小区一个小区跑。第一天，他跑单帮，上午花五十元钱收回一台旧冰箱，下午又以一百五十元卖掉，得利一百元。

借此开端，李志云在城里租房，开始新的营生。他的脑袋瓜很灵，又活泛，没多久就做得很出色。他像在炽烈的阳光下，通过自己的影子能找到发菜一样，通过废品收购站打开了自己的广阔天地，在银川每天都有三四百元的收益。辛勤的汗水，换来殷实的生活。几年后，他同时拥有了货车、铲车和小轿车。

许多年以后，银川举办了一场西部花儿大赛，妻子丛惠李志云报了名。站在大舞台上展露歌喉时，他就像当年牧羊的表哥一样，站直了，右手搭在脸颊上，半仰着头颅。而他的嗓音像蕴藏在某个地方忽然从天而降，直击心脾：

这一朵云彩里有雨呢

雨下时庄稼长呢

我坐在这里想你呢

清眼泪不由得淌呢

想着雨，想着人，这是早年的花儿唱词。动情的李志云唱了出来，但却蕴含着故乡西海固的往事——农民渴望雨水，少年奢想爱情，都是不灭的理想。而今，这些苦涩的记忆已经渐渐远去，那段忧患岁月，那段困难时光，始终徘徊于心头。一首花儿，情到深处，李志云唱得如痴如醉，而川里的观众也从歌声中感受到了山里人的精神世界。

18. 瘦汉子

闽宁村起先没有胖子，男人一律清清瘦瘦的样子。

听人这么说的时候，我不信，翻看了很多闽宁镇人的老照片，还真是这样。究竟是什么原因呢？我没打问过。可是，男人腰椎间盘突出的比例非常高。女人总说，男人早些年吃菜没油水，吃饭没汤水，都为生存吃了大苦。杨登福、王瑞刚都是清清瘦瘦的。清清瘦瘦的汉子形象，总给人以敏捷向上的力量感。

闽宁村升格建镇之前，先得移交属地管理，这是一个艰难而痛苦的过程。最先，政府设计出来两套移交方案。第一套方案，闽宁村整体移交到永宁县。第二套方案，闽宁村下属武河村移交青铜峡市，其余移交永宁县。谁也没有想到，两套方案公布后，竟在移民群众中产生了强烈反响。一方面，很多移民担心属地管理不好，会因口音和习俗差异而遭到属地的歧视；另一方面，移民希望整体移交，苦在一起，乐在一起。

为表达移交愿望，村上几个老人跑到政府门前哭。

移民青年杨登福开着一辆昌河车跑在公路上。

"咱们从西海固出来，搬到闽宁村，早就被移交到平原上了。至于要交到哪里去？政府自有安排，老年人还非得哭鼻子吗？"清瘦的杨登福开着昌河车，颠簸在坑坑洼洼的路面上，车轮子卷起一团黄雾。

杨登福家没有种蘑菇，他开着一辆七座的面包车，专门跑出租车。闽宁村成立后，下属几个村落之间没有车辆，人若着急出门时非得有一辆车。就这样，杨登福买了七座的车，专门跑乡间运输。便捷亲戚邻人的同时，再赚取一些报酬养家。再早一些，杨登福是推土机司机，闽宁村的荒漠戈壁都是他和伙伴们一起推平的。

三十来岁的杨登福，原籍西吉县火石寨乡，土坯房建在一道山梁上，吃粮吃水走路都很困难。高中毕业那年，杨登福高考失利，应聘当上自治区林业研究所的一名合同工。在银川工作期间，他学会了开推土机。再后来，玉泉营雇用司机时，他来到玉泉营。闽宁村开发建设时，他有了用武之地，继续当推土机司机。推平闽宁村大地，他带着全家落脚到了闽宁村，率先在村里搞起小商业经营，开起餐厅。餐厅交由妻子经营，他自己买上面包车，专门跑出租。那时闽宁村的钱不好挣，跑出租、开餐厅，顾客赊欠的多。又能怎么样呢？移民都很清苦，杨登福热心肠，好面子，餐厅倒灶是迟早的事情。

闽宁村脱离西海固，整体移交属地永宁县那天，杨登福记得很清楚。2000年11月11日，按照自治区人民政府决定，迁出地西吉县、属地永宁县的负责人，来到闽宁村开了个会，办理了交接手续。永宁县接收了一批干部、职工、教师和医务工作者。杨登福清楚地记得这天，原因是发生了一件令人啼笑皆非的事情。

半下午，闽宁村交接仪式正在举行。杨登福歇了业，专门跑来看热闹。忽然，有人跑到活动现场来找他，说有个得了急病的青年要赶紧送医院。杨登福瞧见病人时，病人额头冒汗，疼痛难忍，就躺在土坯房前满地打着滚儿。问了一句，得知病人尿结石。杨登福连忙发动昌河车，急匆匆奔向了银川城。那时，通往银川的一条沿山公路，被过往的运煤重卡轧得坑坑洼洼，凹凸不平。车子在激烈的颠簸起伏中跑了二十公里，病人的疼痛感忽然消失了。原来，病人的结石在颠簸中竟碎掉了。

这段好笑的经历，让杨登福记住了这天的事情。杨登福是个党员，高中毕业，见过一些世面，很清楚闽宁村早一天交给属地，对闽宁村发展是有好处的。而他，无论什么时候，出租车要开好，村里的餐厅要经营好，自己才能把日子过好。从他心里来说，闽宁村移交到什么地方都是有道理的，他只求赊欠的客户少一些。

与杨登福相熟的王瑞刚，也是个清清瘦瘦的男人。

王瑞刚比杨登福小几岁，王瑞刚压根没上过一天学。很长一段时间，王瑞刚只会写自己的名字。虽说清瘦，可他眯缝的小眼睛却透出机敏。闽宁村正式剥离西海固，移交属地管理的那天，王瑞刚承包的第一个工程交了工，领回了尾款。说起来，王瑞刚的故事有些传奇，他身上有着一代西海固儿女共通的情愫……

故乡高崖村，坐落在西吉县兴坪乡高高的山崖上。高山顶上把家安，老先人取的村名倒也确切。这是个苦焦的地方，一条烂泥河从村庄的山脚下流过。烂泥河是一条连牛羊也不能饮用的苦水河，两岸淤着厚厚的红胶泥，土地里长不出庄稼。十六岁那年，听说西海固人跑到新疆，就能吃上大米和西红柿，王瑞刚按捺不住。在一个风雪夜，他和同村几个年龄相仿的少年结伴出了山，一路向着新疆走。走新疆，这是一条"主流"的路。早些年，很多西海固人最大的出路就是跑到新疆去谋生。他们翻山越岭出了西海固，一路徒步，一路乞讨，进了兰州城。接着，又瞅准机会，从兰州扒火车去乌鲁木齐。到乌鲁木齐的那天，异常寒冷，他们几个手脚冰凉，难以忍受。站前广场上积雪未消，有很多负责招工的人，穿着棉大氅，手里举着一个写有招工字样的大纸板。招工的人都在高声大喊着："只要肯吃苦的口里（内地）人，海麦斯（全部）都收下！"

听说在新疆下煤窑能挣到很多钱，他们几个少年没有多问，就跟人去了煤窑。在米泉一个叫沙沟的地方，他们埋头在井下苦干了三个多月的活儿，老板却迟迟不发工资。不仅这样，老板和管事的态度变得越来越糟糕，总是凶巴巴的。有天深夜，几个心怀悲凉的少年，趁着无人注意时，揣着几只馒头逃出煤矿。他们徒步四个小时，走出了矿区，终于找到了一条公路。重回乌鲁木齐时，已经是五月了，竟然下起了很大的雪。熙熙攘攘的劳务市场上，有个回族老汉看上了他。老汉每月给七十元，让王瑞刚住家帮忙干农活。王瑞刚没得选择，跟着老汉去了米泉县红旗公社解放村。

雇主老汉是个热闹人，通情达理，人称"老神仙"。

"老神仙"精瘦精瘦的，六十岁左右，蓄着山羊胡子，每天带着王瑞刚下地干活，种田放羊。日子久了，都看得出这个少年很踏实，"老神仙"十分喜悦，就很优待，主动帮着给西海固寄了书信和钱物，而王瑞刚也真的感受到了家庭温馨。半年下来，解放村的人都认识了西海固来的王瑞刚，都说他是个攒劲儿的好小伙子。

解放村的生活的确是一段美好的时光。这户人家里，有个小姑娘，就是"老神仙"最小的女儿，和王瑞刚同岁。两人在日常接触中，彼此产生了好感。邻居知道了，就撮合着要让"老神仙"把西海固来的少年招成上门的女婿。"老神仙"的心思是什么呢？王瑞刚根本揣摩不透，他不敢奢想，只想打工赚钱寄回西海固穷苦的家。

"娃娃，你是不是想吃仙桃！"有一天，"老神仙"笑着问。

王瑞刚的脸红到了脖子上。

当天深夜，王瑞刚睡不着，心里不免想多了。是不是"老神仙"歧视自己呢？第二天清早，他不辞而别，踏上了去伊犁的长途班车。这么做，他是想告诉大家，自己不想当上门女婿，更不想吃"仙桃"，他是西海固出门务工的儿子。

后来的经历证实，王瑞刚这次倔强的出走，完全是一场重大失误。离开解放村，他跑到特克斯挖贝母。到了特克斯，人家叫他是盲流，处处受歧视。贝母没挖成，就在特克斯帮人打土块。那时，西海固的少年很可怜啊！背井离乡上新疆，有人永远回不来了。他没有挖贝母，就是听说有个盲流进山被人抢了。直到二十年后，他得知自己误会了"老神仙"，自然也就错过了"老神仙"的一番美意……

闽宁村成立时，王瑞刚背着一摞凉皮赶来投奔。

这一年，他的儿子出生了。闽宁村的各项建设开始了，他开着一辆运输车运送建筑材料。万万没有想到，生意竟然十分火爆。王瑞刚有了收获感，他的眼前亮堂了起来，心情越来越好，就连脑子也越来越活了。闽宁村大建设结束后，正要移交属地管理时，王瑞刚又看到新商机，帮助移民建房子。他摇身一变，成了包工头，整天带一群移民，给需要盖房子的移民建房。大约十年间，闽宁村的房子怎么也盖不完。这是什么原因？他们帮人盖房子，第一茬盖起的是土坯房。隔几年，移民群众的经济条件变好了，就开始修建第二茬砖瓦房。再接着，生活又发生了一些向好的改变，第三茬又得盖平房或者楼房。移民居住条件的变化，就在王瑞刚的翻修重建中。

闽宁村升格建镇了，政府越发重视劳务产业。王瑞刚闻风而动，立即成立了劳务派遣公司。自此，他每年带着三百多个移民青年养家肥田，在银川地区务工。闽宁镇有组织的劳务产业，就从此时起步。而劳务产业，至今仍是闽宁镇的铁杆庄稼。

现在的王瑞刚，有了自己的书柜。王瑞刚的书柜里，摆着《新华字典》和专业养殖的书籍，还摆放着四五十本红彤彤的荣誉证书。鲜艳的荣誉证书，有镇上和县上颁发的，也有市和自治区评选的。那些年，他多次被自治区人民政府评为全区优秀农民工，屡次被评为优秀劳务组织者。我们翻看证书时，他愉快地逐一介绍。

刚搬到闽宁村时，王瑞刚家也种过双孢菇。福建科学家林占熺带着移民种菇时，王瑞刚的妻子在自家庭院里搭建起一座大棚。可在外忙碌的他，却提出了反对意见，说闽宁镇上的老百姓总不能全都去种植双孢菇吧？还得有人去开辟其他产业吧！王瑞刚并不否认双孢菇对闽宁镇移民的启蒙意义。多年之后，王瑞刚选择了二次创业，问路科技，建成了闽宁镇上一家现代化的大型养殖企业。

不论杨登福还是王瑞刚，与年轻时代相比，如今略有发福，好在身材并未走样。杨登福曾担任福宁村党支部书记多年，自己又从事工程承包。他们两个就是闽宁镇移民自觉奋发的形象，当年和他俩一起的瘦汉子，还有很多，他们都在为改变家庭面貌而努力。时至今日，瘦汉子们早已不再年轻，而他们永远不会忘却奋斗的青春。

19. 铁女人

闽宁镇上，刚强的女人，都被称为铁女人。

张桂花眼里的铁女人，光名字都能说出一长串儿。镇上能够撑起半边天的女人，马红梅必定算是一个，李英梅也是不遑多让。

在闽宁村即将脱离西海固，要交到银川地区管理的当口，二十七岁的李英梅搬到了闽宁村。走出西海固的那一天，天没亮，李英梅带着三个孩子搭上一辆雇来搬家的农用三轮车，离开了祖辈生存的西吉县马莲乡巴杜沟村。说是搬家，又有什么可以搬的家当呢！男人在外几年，杳无音信，她和三个孩子相依为命，家徒四壁。搬到闽宁村，这个家，就被她装进口袋，就被她拎到手上。

天黑透时，长途班车开进了闽宁村。

李英梅只看见夜色笼罩下的闽宁村，黑黢黢的，路口亮着几盏瓦数很小的路灯。各家各户没有院墙，微弱的光透出窗户，洒在一条水泥路上。她怀里抱着一个孩子，身上背着一个孩子，手里又牵着一个孩子，跌跌撞撞地打问亲戚的住所。在闽宁村，有一个很好的传统，安居的人一定会接应之后搬来的人。刚来第一个晚上，李英梅和三个孩子就挤住在亲戚家的一间土坯房，潦草地度过了第一个晚上。

半月之后，天转暖了，亲戚邻人帮着她盖土坯房。天公作美，没有落一场雨，也没遇到一场沙尘暴，她和帮手起早贪黑忙了十天，眼见两间土坯房挨着邻家就要建成了。要上梁，修屋顶，可是没钱了。花掉的几百元，是她全部的家底。盖房盖到关键处，竟然没钱买椽子，怎么办？毫无办法，她跑到周边老乡家求情，连赊带欠，凑齐了建筑材料。土坯房有了屋顶时，她和孩子们也就有了栖身之所。

搬进新居，钱粮全无，眼下的生活该咋过？

搬进自家土坯房的一天晚上，李英梅躺在炕上像热锅上的烙饼，翻来覆去睡不着。心情急躁，焦虑到了极点：一个人支撑着家庭用度，三个孩子都很小，生活怎么办呢？闽宁村的亲戚邻人也十分困难，自己盖房借债，再没法开口借钱借粮。天亮，邻居女人拎着半袋面粉送来。一向刚强的她鼻子一酸，眼泪哗啦啦滚落下来。

闽宁村人就是这样，聚在了干沙滩，相互疼惜得很。

李英梅早年读初二时，是全校女子百米冠军，现在她要和贫困进行一场赛跑，决心摆脱贫困对自己的撕咬。一天清早，她把三个孩子安顿给亲戚邻人，独自步行去玉泉营农场打零工。迎面遇见周边老住户，就问："我是闽宁村人，你们需要干活儿的工人吗？"她的想法很简单，打零工当天就能拿到报酬，有了钱，她和三个孩子吃的喝的都有了。打问了好几个路人，也没有遇见一个雇主。这时，她灵机一动，捡来一块硬纸板，又向沿街商店老板借来一支笔，歪歪扭扭地写出三个字：打零工！

李英梅坐在街道的树荫下，把这块硬纸板抱在怀里，往来行人都能看得见。半小时之后，农场的一个退休职工来到她跟前，聊了起来。这个退休老职工说，自己家里种植了几十亩玉米，正愁着请不到除草的工人，决定请她。可是，这个老人抠门得很，每天只给她七元钱的报酬。岂料，她没多想，就同意了。即便工价低，又特费劲儿，可她仍然要去做。她要带着三个孩子在闽宁村生存下来，必须得有经济来源……从这个雇主的玉米地头上，再到闽宁村，单趟差不多有七公里路程。

秋季里，玉米成熟了，穗子遍地红，她一头钻进地里掰玉米棒子。乏了累了受到委屈了，一想到三个孩子，一想到锅里没有了米面，她浑身又满都是劲儿。这个下了狠心的女人，一定要让日子过下去，吃下的苦头也就说不完了。每天忙完地里的活儿，回到家，浑身湿漉漉的，脱掉的衣服能拧出水珠……

抠门的雇主看不下去了，给她涨薪，又送她一辆二手自行车。

玉米地里忙完，农闲了，李英梅家迎来了一群福建"亲戚"。

这些福建人，进了土坯房，嘘寒问暖，亲热地表示着关切，为首的不是别人，就是常来闽宁村的福建省脱贫办负责人林月婵。在李英梅借来的小板凳上落了座，林月婵听李英梅讲述近况。

"打工一天七八元钱，工价低了点儿！"林月婵心疼地说。

"现时工价就是这样。"她坐在边上，有些拘谨地回答。

"种植双孢菇呢?"

"家里没劳力,就我一个人。"

"咱们妇女同胞打工,没有技能,不成!"林月婵微笑着说,"打零工,虽说能解决你眼前的困难,可这并不是长久之计。像周边的几家酒庄,都在搞科学种植,我想,你可以考虑去周边酒庄试一试。等你掌握了科学种植,就是一名产业工人。有了一技之长,葡萄酒庄反而离不开你⋯⋯"

几天后,李英梅打工的地点变成了葡萄种植基地。扶贫办的干部领着把她送到田间地头上。那时,葡萄开始越冬,她跟着专家学冬剪。冬剪,是围绕葡萄藤的主干来工作的,任务是影响和控制葡萄来年产量和质量。她是一个种植庄稼的能手,现在真的从事起了特色种植。从冬剪、埋土开始,再到第二年的出土,她认认真真地学习着种植流程的每一个细节。不清楚时,就向专家请教。和很多打工的邻人不一样,她进了种植基地,如饥似渴地学习着种植技能。

第二年冬剪时,大田里有鸟雀喜悦地叫着,她忙碌着剪枝。这时,企业主找到她,客气地说:"有个事,和你商量一下。"

她心里一怔:莫非是自己做错了什么?

对方看着她疑惑而紧张的神情,哈哈笑了起来,"你做劳务经济人吧!不得不承认,你已经是一名出色的种植能手了。从明年开春起,由你组织工人来上班,你数人头赚钱,但要带领工人科学种植"。

成为一名企业主之前,这是李英梅的第一次蜕变。

张桂花常说马红梅、李英梅她们是铁铁的铁女人。而她,何尝不是一个刚强的女人呢!张桂花虽然跛瘸弯腰,但有两样本领,其一是精干女红;其二是擅长传统小商业经营。她丈夫老李,跟着福建科技工作队一起工作。搬到闽宁村没两年,脱了贫,日子过得红红火火。成为闽宁镇上第一批脱贫的移民。然而残酷的命运又一次张开了獠牙。闽宁村建镇时刻,她家却再次因灾返贫。

张桂花家到底经历了什么呢?

"我心理上十分憎恶汽车!"张桂花说,"家门中的年轻人,在汽车上出事的特别多。我儿子李斌也殁在了汽车上。娃娃跟我一起搬迁,从闽宁中学念书出来，和他爸爸一起跟福建科技工作队在菇棚里忙。闽宁镇人知道，娃娃性格温顺得很，言语不多，上进心强。唯独在学习驾驶上，娃娃跟我起过争执。我不让娃娃触碰汽车，娃娃坚决不同意。闽宁村建镇前，娃娃拿了个驾驶证，在沙石场开双桥车。"

闽宁村建镇时刻，张桂花家到底经历了什么呢？

她儿子李斌，个头不高，本事大，平日里乐于助人，亲戚邻人都说出了个人才。二十岁出头的李斌，能吃大苦，帮沙石场老板开双桥车没几天，就跟着走了内蒙古。去的那天，正好立秋，贺兰山脚下很冷。到了内蒙古干活儿的地方，已是零下十几摄氏度。他们夜里扎着帐篷住，忙碌四十天，一天能得三百元报酬。儿子回到家，浑身上下脏兮兮的，头发长得像个野人，先把挣来的恭敬地递给妈妈张桂花手上。

回到家，闲不住，儿子第二天又开双桥车出门。那天，沿山公路下了很厚的雪，张桂花劝说不住，煮了两个鸡蛋，让儿子吃了。儿子跳上车，开着大车轰隆隆出发了，她就倚门而立，远远瞅着，直到双桥车一拐弯，看不见了，再回家门。夜里十一二点，张桂花不见儿子回来，根本睡不着，就使劲儿地等……日子就这么一天天过去了，半年后，儿子神奇地把沙石场老板的二手双桥车买了回来，变成了自己的。

紧接着，提亲的媒人纷纷登门。

儿子和闽宁镇上一个女孩很快成了婚。婚后，儿子卖掉双桥车，又换成一辆小轿车，专门在闽宁镇上跑出租车。儿子勤谨得很，生活也简朴，每天都到晚上才收车回家，口袋里准会净挣上个一两百元钱。可他在外面的餐馆连一碗面也舍不得吃，回来时饥肠辘辘的，又准会给妈妈拎着一袋水果。进了门就喊："妈，我饿坏了！"

"你挣钱着呢，饿了时为啥不在外面吃？"张桂花心疼地问。

"外面饭，比不上妈做得好吃。"儿子笑着回答，"妈，我真舍不得花钱在外面吃饭。我不怕旁人笑话，开车路上捡一个矿泉水瓶子都会收集到后备厢，既环保，又能变钱。咱们从西海固的平峰梁上过的苦日子，我不敢忘！"

儿子能这么说话，张桂花心里温暖。

出现重大变故的这天，是中秋节的前一天。当时，儿子决定到银川市区去经商，准备租赁个门面房，经营一家水暖店。需要凑集资金十五万元，儿子的资金有缺口，张桂花觉得这是个好事情，决定想方设法成全儿子。张桂花的人缘广，这一点，比丈夫老李强。她四处请托找人说话，说妥五万元贷款。8月13日晚上，张桂花提出："眼看要过中秋节了，咱们明早八点去一趟银川城，办个人情，中午看望帮忙贷款的人。"

儿子点了点头，说应该这么办。

第二天清早，儿子独自急匆匆出了门。

张桂花急了："说好的，今天开车去银川呢！咋变卦了？"

儿子没回头，说了句："有两个福建人走火车站，我得送。"

半个小时后，张桂花在自家百货店里忙碌着，正接待着邻人。忽然接到电话，她惊讶地接到信息：儿子在沿山公路出了交通事故。在银巴路口，一辆从内蒙古方向驶来的依维柯，违章撞翻了儿子开着的出租车，同车三人当场罹难……

这场突如其来的变故震惊了闽宁镇。送别时刻，镇上但凡跑车的大车司机、小车司机都来了，闽宁中学的校长李养斌也来了。那一天，戈壁滩上停满了车，站满了送别的人，张桂花一家的不幸，就是全镇人的不幸。张桂花感到一丝欣慰的，是李校长对儿子的评价："李斌乐于助人，是中学的好学生，是镇上的好青年。"

半年之后，张桂花觉察出了些许端倪。她对儿媳妇说："你把娃娃留下吧，我帮你拉扯娃娃长大，你还年轻，我支持你改嫁。"没多久，跛瘸的张桂花，把儿媳妇送出家门，专心拉扯着襁褓中的小孙子。孩子没有奶水，就喂牛奶和面糊糊。说来也很奇怪，小孙子既乖巧又懂事，从来不在她面前哭闹。一天天下来，小孙子就像门口的一株株树苗，茁壮地长大了。悲痛的日子里，几个相熟的福建技术员，每天晚上都来店铺里，陪着老李和张桂花坐一会儿。不知说什么好，大家就埋头抽烟……

因灾返贫后，张桂花出现了幻觉，她常常趴在窗户上，看着沿街过往的车辆发呆。深夜里，她有时会听到重卡轰隆隆的响动声，迅速打开房门，却不见儿子的身影。很多年，张桂花吃不进去饭，喝不进去水，只靠喝可乐过日子……跛瘸弯腰的她必须振作起来，她要把孙子拉扯着长大，她要把奶奶活成妈妈的样子。

20. 墓里愁

父亲殁了的那天早晨，他正酣睡在父亲脚头。

西海固深处一个初春的清早，温热的土坯房里，十五岁的雁路揉着惺忪的睡眼正从炕上爬起身来，一眼就瞥见父亲悬在屋梁下。抱着父亲冰冷的躯体大哭时，他总觉得六十岁的父亲在和自己开玩笑，一定还会醒过来。父亲离别时，没说一句话，只在枕边搁了一张皱皱巴巴的纸条。纸条上歪歪扭扭地写了一串人名和数字，每一个人名，对应一组数字。纸条就是父亲离世的谜团，解开它，是在多年之后的闽宁镇上。

雁路的老家，在西吉县群山环绕的苏堡乡苏堡村。记事起，他先记住了一条河流。河流弯弯，水面波澜不兴，像镜子映出河畔人家。西海固人把这条河流不叫河，而是称为苏堡堰，狭长的苏堡堰很大，是一条苦水河，牛不饮、羊不喝。一百年前，海原大地震过后，绵延十几公里的苏堡堰横空出世，把原本相连的苏堡、沈家嘴、吊岔、梦湾、红土川几个村庄隔开了。村落隔河相望，距离很近，人若走动，非得绕着苏堡堰多走四五公里山路。父亲母亲从来不让他接近苏堡堰，总吓唬他说："苏堡堰，会吃人！"其实，父母说得也没错，冬季看似冰面坚硬，出门走捷径的人，稍有不慎就会坠落冰窟。

无论如何，父亲都是一个刚强的西海固汉子。父亲名叫王宗仁，年轻时长期担任村里的干部，个头高，人威武，更像军人。在乡里，父亲正派公道，落了个好名声。农闲时挑个货郎担子出山进山，路上遇到个事情，三五个壮汉也拦不住。1979年，雁路出生时，父亲翻山越岭在外帮人挑货物赚取报酬。回家时，走到村口，听说女人生了个儿子，扔掉肩头的货郎担，任凭货物散落了一地，他却飞也似的跑回家。父亲给新生的雁路取了一个小名：福社。福社，意思是说孩子生长在幸福的社会主义大家庭。

在西海固，父亲是种地的好把式。四十亩山地，产不出多少粮，原因是天旱。即便偶尔下雨，山地也存不住雨水。旱田倾斜度大，雨水从山头裹着泥土往下冲，田地就变得像娃娃哭过的脸颊，刷出一道道泪痕，水土流失严重。乡里人总想多垦荒多种粮，甚至在极为陡峭的山坡上垦荒。虽说山地没产量，但耕种起来很吃力。雁路跟父亲去下地，上山爬坡，瘦驴也懒得多走一步，而人却刷新着吃苦纪录。

雁路引以为傲的，是父亲能办两件事。其一，当亲戚邻人种植小麦、玉米、胡麻和糜子时，父亲就在山地上栽种西瓜和向日葵，早早从事起特色种植。其二，每年夏收，村里人在打麦场自发比赛垒麦垛，看谁家麦垛垒得又高又漂亮。麦垛从平地上垒起，一寸一寸地变高了，高过了一人，还得往更高处垒。这时，父亲手里捏着一把两股铁叉，扎着麦秸往麦垛子上扔，一叉子接一叉子。父亲一弯腰，一起身，顺势把胳膊一甩，脱离叉子的麦秸就在空中掠出一道弧线，稳稳地垒在麦垛最高处。众人来看，父亲兴高采烈，说把这个麦垛垒成塔的形状，麦垛就变成一座塔；又说，垒个雨伞的形状，麦垛又变成雨伞。父亲劳动时，操持着田野上的一切，立时变成了乡村艺术家。

父亲活着时，村里人叫雁路——墓里愁。

雁路生性胆小怯懦，见人害羞，加上父亲年岁大了，亲戚邻人总忧愁他的将来。在十二三岁时，村里人叫他墓里愁，意思说父母有一天不在世了，躺在棺材里都会替你担忧。邻人里头，第一个人叫他墓里愁，他觉得是心疼他。接着，大家都叫他墓里愁，他就觉得不是什么好话。不过，这话听多了他也就变得麻木起来。有时，有人叫到他当面，他什么话都不说，扭头就走。那时，六个姐姐已出嫁，两个哥哥已分家另过，只有雁路陪在年迈的父母身边，种着旱田过着困难的生活。

西海固人是很讲究人情礼仪的。父亲的身体一直硬朗，殁的前一天下午，事情有些蹊跷，先是家里来了一个亲戚。亲戚是从三十里外的戴家嘴村翻山越岭徒步赶来的，进了土坯房，先献上白糖和曲酒，喜悦地报告，半月之后，家里有一桩儿女喜事，请来参加。亲戚说罢了，放下两份礼，一份礼是给父亲的，另一份礼是给大哥的。亲戚一来一回，六十里山路，得从清早走到晚上。匆匆忙忙说完话，亲戚又起身急急地回了戴家嘴。父亲很重视，立即打发雁路到大哥家送礼，叫大哥准时参加。

岂料，大哥说，要出门打工，没法去参加。

雁路返到家里，给父亲回了话。

父亲和绝大多数西海固人一样，把土地看得重，也把亲人邻里情分看得重。坐在土炕上抽烟的父亲，忽然变得沉默了起来，似乎心情很糟糕。自从大哥二哥分了家，他俩各有山地十几亩，紧紧巴巴能解决个温饱。父亲母亲和雁路生活在一起，手里有四十亩旱田山地。几个姐姐陆续出嫁后，旱田山地的数量就显得多了起来。有时，两个哥哥认为父亲偏心。而父亲总说你俩慌啥着呢，还不到安排的时候呢！

当天晚上，读初中三年级的雁路原本要写作业。可父亲说，今晚早些睡。就这样，父子两人熄灭灯，并肩躺在土炕上，也没多说一句话。夜里，雁路忽然醒了过来，看见月光透过窗户洒在卧室的地面上，就和白天一样明亮。很困，他看着皎洁的月光，也没翻身，接着又睡着了。直到第二天清早，吃惊地发现了轻生的父亲。

送别父亲的日子，是1996年的春天。那时，西海固连年大旱刚过，村上很多人家青黄不接，新粮还没下来，开始借粮吃。雁路和母亲的情况尚可，走南闯北，挑着货郎担子翻山越岭的父亲，最后留给家里的是两袋子小麦。母亲和他背着小麦去磨面，连瓤带皮都磨掉了，不分白面黑面和麸皮，两袋子小麦变成了杂合面。

到第二年夏季，四姐和四姐夫一家搬到了闽宁村。

辍学的雁路，也跟着姐姐姐夫来到了闽宁村。起先，帮姐姐姐夫盖房子。姐姐家在西邵，就是今天的闽宁镇园艺村，当时的戈壁滩里到处都是地窝子。雁路给姐姐家盖房子干活儿时，总走神，喜欢盯着眼前往来的火车看。村里的树木很少，能清晰地看见百米之外火车的铁轨像一条长蛇，蜿蜒远去。火车轰隆隆来时，冒着滚滚黑烟，大地都会出现强烈的震动感。瘦骨嶙峋个子高高的他，就站在屋顶上，细细地数着火车的车厢，猜想着火车是单数车厢还是双数车厢。说起当时的闽宁镇，都是风和沙的故事。有一天，贺兰山刮起的大风汹汹而来，站在架板上砌墙的雁路，被风吹着打了个趔趄，竟然从高处架板上重重地摔倒在地面上。

"如果你因失去了太阳而流泪，那么你也将失去群星了。"吃了不少沙子的雁路，对未来没有太多幻想。劳碌之余，抱着泰戈尔《飞鸟集》反复地诵读。泰戈尔笔下那些清丽的小诗，溪流、海洋、沙漠、戈壁、黑夜、白天、自由和向往，就萦绕在脑海。诗句发散出的哲理，慰藉着他孤独的内心。偶然，他学着泰翁写诗。

不多久，福建科技工作队来了，姐姐姐夫开始栽种双孢菇。别人家栽种一座大棚，他和姐夫搭起两座大棚。福建专家黄国勇队长手把手教，姐夫勤快，也很聪明，一学就会。搭建双孢菇大棚时，雁路两手上扎出了血泡。虽然每天干活儿很卖力，可他对双孢菇并不在意。三个月后，到了收获季，姐夫带着他去交蘑菇，几筐雪白的双孢菇卖了五六百元。第二天，还要采，还有的卖。

跟着姐夫种蘑菇、卖蘑菇，雁路认识到了很多菇农。谁家忙碌时，他会跑去临时帮忙干一会儿活。手脚勤快的他，常常穿梭在东家西家的菇棚里，很受邻人欢迎。他发现，大棚里早上采一茬，晚上也能采一茬，采完再隔十几天，又能继续采着卖钱。外出打工，干一天，才十块钱，和种双孢菇不能比。含苞待放的双孢菇，最受蘑菇贩子的喜爱，吃起来鲜美可口。而姐夫觉得，蘑菇太小的话分量不够，总想着让自家蘑菇长大一些再卖。可蘑菇长大了，却容易开花，开花的蘑菇卖不上价。姐夫得出经验，不能贪心，也不能贪大。

雁路真心觉得，特色种植了不起。又想起父亲，种四十亩旱田山地，不抵福建技术员指导的巴掌大的一片菇棚收益高。其实，算得上乡里能人的父亲，一生都在和贫困苦苦抗争，直到最后也没能改变。在闽宁镇，他看见了科技的力量，福建人帮扶的力量。姐姐姐夫两口子，脸上笑容也多了。此时，父亲决绝离去的谜团解开了。

之前，雁路认为父亲的离去，是父兄矛盾。

而现在，他意识到根本原因只有两个字：贫困。

昔日的困顿和贫穷，就沉沉压在父亲心头。双孢菇丰收的日子里，姐姐姐夫和他坐在土坯房里说起了往事。这时，雁路弄明白了父亲遗留的那张皱皱巴巴的纸条。纸条上，那些人名和数字，实际上都是父亲生前欠下的债务。临别，父亲以这种方式把偿还债务的愿望托付给了女儿。父亲欠下的债务不多，都是零零碎碎的，无非是借了东家几块钱，借了西家十几块，欠得最多的只有一例上百元钱。

闽宁镇近水近路又近城，雁路看到了另一个天地。因为双孢菇，他跟着姐姐姐夫一家人在这里扎下了根。姐夫第一批种植双孢菇，赚了钱，有了生存的基础，接着买了辆"时风"牌三轮车。那时，"时风"牌三轮车广告很凶猛，就叫时风时风路路畅通。而雁路和姐姐姐夫也真的看到了一条路。姐夫很勤快，既种着双孢菇，又开着三轮车带村民去周边葡萄园打零工。因为有了"时风"牌三轮车，姐夫变成了劳务经纪人，每天清早外出打零工，叫上村里十几个人，雁路也跟着。再后来，姐夫花了十几万元买回一辆大翻斗车，还给人拉石头、拉沙子，还在种植双孢菇的同时跑运输。农闲，他们又去周边的乡镇跟集市，跑甘城子、李俊镇、黄羊滩，摆地摊，贩卖布料和衣服。

给青年雁路插上梦想翅膀的，有福建双孢菇，也有宁夏酿酒葡萄。1999年开春，姐夫带着雁路去了银广夏。银广夏，是当年宁夏地区一家知名度很高的上市公司。银广夏的二基地，是酿酒葡萄种植基地，就在十几公里外的甘城子。他跟姐夫，还有很多移民群众去了这里打工，给种植基地修剪葡萄，在地里锄草浇水，到了采摘季又搞采摘，冬季埋葡萄，开春时给葡萄出土。忽然之间，雁路当上了产业工人，很快熟悉了赤霞珠和雷司令的品种特性。有事可做，有钱可赚，雁路也在闽宁镇落了户。

有一回，有个短发干练、领导模样的男子来到基地。进了园区，这人看见一条沙砾路上汩汩地淌着水，感觉很浪费，心里就生气。正好雁路迎面走过来，对方竟破口大骂："黄河水到处乱淌，也不管，你眼睛瞎了吗？"干活儿的雁路很无辜，刚要解释，那人又喋喋不休："你们闽宁村人，从西海固来，缺水的日子忘了吗？"这时，种植经理急急忙忙地跑过来，承认与产业工人无关，是自己疏忽大意。

葡萄架下，这的确是一场奇妙的相遇。此时，原本怒火中烧的男子变了脸，不好意思起来。伸手握住雁路的手，用力地长久地握着："小兄弟！对不住。"这人不是别人，正是银广夏董事局主席陈川，当年宁夏一位极具魅力的儒商。陈川年届六旬，是个诗人。这一老一少两个热爱诗歌的人相识了。读到雁路的涂鸦之作，陈川很愉快，欢迎他来身边工作。陈川喜欢书画和收藏品，而雁路一见倾心。在陈川的熏陶下，他发奋读书，喜欢上了书画，不久之后开始辗转全国，踏上了书画收藏之路……

在闽宁镇上，在这个近水近路又近城的地方，当年的墓里愁开阔了视野，鼓足了生活勇气。雁路创办了自己的公司，过上惬意而自尊的生活。他的两个儿子在读中学，已经长到他投奔闽宁镇时的年龄。推开在闽宁镇园艺村的家门，他迎我进去时，我看见了满屋子的名人书画。琳琅满目的藏品，既有成龙、李连杰在内的影视明星墨迹，也有像陈忠实、贾平凹等上百位文化名家的书画作品。

带着梦想，像雁一样飞跃人生的山与海。

收藏李双江的书法作品，只因父亲爱听广播里的《拉着骆驼送军粮》，收藏赵忠祥作品，缘于几个姐姐都很喜欢赵忠祥……每一件收藏品，都是一段故事。雁路不紧不慢地讲述自己的收藏时，我们仿佛被带进了这样的意境：一个瘦削的闽宁镇青年，背起装满枸杞的挎包，推开土坯房大门，站在公路边上等待进城的班车，进了银川，又转火车，走向西安、北京，在繁华都市中寻觅和收藏。

21. 李校长闯祸

挂职两年多的卓金贤副县长，在 1999 年夏天回了福建家乡。走的那天很匆忙，黎明时他请司机开车载着他看了一眼闽宁村。他心里有些遗憾，新修的水利工程和铺设的道路多多少少都有瑕疵，主要原因是大家对戈壁土壤没有把握。上午到银川，自治区党委组织部欢送福建省首批支援宁夏干部工作队。依依不舍地回家路上，卓金贤第一次感觉到，福建和宁夏相隔两千多公路的路途不再遥远。

闽宁情，山海情，从此牢牢扎根在卓金贤的心上。

卓金贤回到福建莆田，不多久，困扰他两年来的皮肤病不治自愈，嘴唇上时常干裂的现象也消失了。以后二十多年，卓金贤与那些身在莆田的宁夏人保持着良好联系，他们中很多都是来自西海固地区的务工人员。回到福建的卓金贤，担任了莆田县委副书记，分管教育工作，而他此时还有一件重要的事情得做。

这件事，与教育有关。在宁夏挂职期间，经卓金贤牵线搭桥，西吉中学与莆田二中结对共建单位。莆田中学履行帮扶协议，接收七名西吉中学的高中一年级新生到莆田二中去读书，异地"留学"两年，体验东南沿海的生活和学习氛围。七名西海固学生的一切开支全部免费，莆田县还发给一定的生活补助，有专门的教师对他们进行一对一的辅导。回到福建家乡，卓金贤去莆田二中检查工作，看望了在莆田二中就读的七名学生。他亲切地嘘寒问暖，鼓励孩子们珍惜机会，苦学知识，将来建设大西北。临别，又叮嘱几名学生遇到困难可直接找他。卓金贤引以为豪的，是这七名学生最终都被重点大学录取，其中两人分别考取北京大学和清华大学。

接替卓金贤，赴西吉县挂职的福建干部是沈国顺。

沈国顺是福建省第二批援宁干部工作队成员，职务是西吉县委常委、副县长，同时分管闽宁村。沈国顺经历着卓金贤的经历，初来时的气候差异、生活习惯、土话难懂，仍然困惑着第二批福建挂职干部。沈国顺住在卓金贤住过的那间宿舍——西吉县政府办公楼的一间屋子里，夜里冰冷而孤独。饮食不习惯，沈国顺常常吃着方便面，又因流鼻血而去求告医生，每次下乡工作说话时还得打起夸张的手势……

夜里和妻子通电话，沈国顺倾诉心事。倒是妻子果决痛快："你应该想一想，第一期挂职的卓金贤同志是怎么挺过来的！更应该想一想，西海固的老百姓是怎么生存下来的！你在西海固挂职，家事不用你费心，我全力支持你。"

和卓金贤一样，沈国顺一遍遍往闽宁村跑。

然而，闽宁村移民对沈国顺的印象并不深。沈国顺来到闽宁村工作期间，积极为移民区争取建设资金，忙碌着建设防洪工程，组织农田建设，完善村组之间的电线线路。但在几个月之后，沈国顺再也不来闽宁村了。敏感的移民透过这个现象分析出，闽宁村应该很快就要脱离西海固，移交给属地永宁县管理了。

稳定移民区，教育工作也是关键。

闽宁中学，福建省投资建设的第一所学校，闽宁村移民区最为气派的建筑。学校建成揭牌时，正值自治区成立四十周年大庆。福建省党政代表团来到闽宁村视察，时任福建省委书记陈明义与自治区领导共同出席了闽宁中学揭牌仪式。

建校之初，迁出地西吉县选拔精兵强将，前往闽宁村办理基础教育。李养斌，这个身材健硕肩膀很宽的青年，从西吉县苏堡中学校长任上调进闽宁村。李养斌虽说当时只有三十来岁，但他早已是一位管理经验丰富的校长，曾受到党和国家领导人接见。然而，当他怀揣办学梦想走进闽宁村时，校园的见闻却深深震撼到他。

颇有气势的教学楼是有了，可学校没有大门，操场地面也不平整，校园里没有一丝的绿意。风从贺兰山缺口刮来，就会一股脑儿撞到教学楼的外墙上，顷刻之间，浮土漫天遍野地散开。教室的很多窗户玻璃都破了，一问，才知原来是风卷着沙砾砸碎的。学校每一间教室里，既缺桌子，又少板凳，学生坐在一块块空心砖上，或是盘腿席地而坐，静静地听着老师讲课。全校二十多名教职工，四百多名学生，总共十二三间教室，每一间教室都很拥挤。教师没有办公场所，课前备课与批改作业只能在家里完成。偌大的校园里是有一间实验室，可实验室里一件设备都没有。

办学场所为何如此拥挤无序呢？

首先，闽宁中学和附近的小学合在一起办学。其次，移民陆陆续续从西海固搬来，移民子女也是陆陆续续地进校。随着搬迁移民规模扩大，学生数量在不断快速增长，给学校管理工作带来了巨大困难。李养斌不愧是自治区级优秀校长，根据形势做出判断，中小学必须尽快剥离，分别办校，按照目前移民搬迁情况预测，将来闽宁村恐怕还得再办一所中学。

对李养斌的预判，很多人不以为然。然而事实证明，他是很有远见的。

李养斌没有想到，孩子们从贫困山区迁到川区，还得坐在地上上课。为了配套桌椅板凳，李校长使出了浑身解数。

对闽宁中学来说，这是个尴尬的时期。迁出地西吉县又远，属地永宁县尚未接管，就在这个"交而未交，管而未管"的真空期，闽宁中学必须自己来解决自身的办学困难。李养斌跑到了银川城，求助在银川工作的西海固同乡，设法解决桌椅板凳的短缺问题。他很多年不曾联系的朋友和同学，他都想着办法联系到了。最后，在大家的帮助和说服下，宁夏大学和宁夏教育学院同意提前淘汰一批桌椅板凳，交给闽宁中学。课桌和椅子拉回来了，学生们端端正正地坐下来听课、学习，再不用席地而坐。这是一个让老师和学生感到欢愉的时刻，而在这个本该感到欢乐的时刻，李养斌却轻松不起来。

桌椅板凳问题解决掉了，办学空间拥挤怎么办呢？

这时，闽宁村移交到了属地永宁县。李养斌心想，问题应该很快就能解决。恰好，属地领导来闽宁中学视察，参观完毕，见到拥挤的教室，就对李养斌说："李校长啊！很多移民走出大山，吃苦受累来闽宁村拓荒，最大的动力可以说就是为了下一代。因此，咱们闽宁中学一定要振奋精神，苦干实干，把教育往扎实办。最起码不能拖全县的后腿，一定要办出让人民满意的教育。"

李养斌听到"拖后腿"这个词，总觉得耳根子被人捣了一拳。

迁出地西吉县为了办好这所初级中学，下了大力气，在全县各乡镇遴选优秀教师，为的就是要把这学校办好，为的就是让移民在闽宁村扎下根，安心生活。听上级领导把话说到了这里，李养斌也就接着话茬说，学校目前面临的困难很多，但最紧要的困难只有一个。

"那你拣最紧要的困难讲嘛！"上级领导笑着说。

"初中小学一起上课，人数多，教室少，不够用。现在，闽宁村只要来一拨移民，闽宁中学就会进一拨学生。"李养斌汇报说。

这位上级领导愣住了，背着手，面露为难之色。接着，这位上级领导摸着脑袋，扭过头来笑容可掬地说："这样吧，我提出一个方案。闽宁中学办学，可以把学生分成两批。每天上午，中学生到校上课。到了下午，小学生再来学校上课。但凡不上课的时间，学生就分批在家里写作业，就是再盖一栋闽宁中心小学的教学楼，总得有时间啊！依我看，闽宁村的基础教育就先采取这种办法来办。"

满怀希望的李养斌听到这里，失望至极，忍不住落泪了。

"领导，你的话，我听不出一丁点儿感情！"李养斌伤心地说。

此话一出，四周空气凝固了，领导的随员大惊失色。

"领导，你今天在这里讲的是外行话。"李养斌接着说，"如果闽宁中学上课还得分出个早晚两拨，那么，我们何必又要搬迁出西海固大山呢？党和政府把我们带到闽宁村，让我们吃上黄河水，这里就是我们的家，我们再穷不能穷教育。教育怎么能凑合呢？你是一定级别的领导干部，又讲出这样的话来，闽宁村的基础教育还怎么发展？"

李养斌把领导狠狠地顶了回去。

尴尬至极的氛围中，领导匆匆结束调研。顶撞了领导的李养斌，事后十分消沉，他的心情糟透了。相熟的人都说，"李校长啊！你闯下大祸了。"李养斌倒是毫不在意，大约过了一周之后，永宁县教育局拨给闽宁中学一笔办公经费。学校拿着经费，在对面租赁了几大间平房，成了临时教室，把一部分学生分流过去，缓解了办学压力。

闽宁村升格建镇时，李养斌又在忙另一件事。

电脑，当时在银川已经普及，而闽宁中学的学生还没见过。学习电脑知识，使用电脑学习新知识，是每一个闽宁中学学生的梦想。李养斌校长怎能无动于衷呢？思来想去，他不能让移民的孩子输在起跑线上，闽宁中学应该有自己的电脑。可是，学校办公经费严重短缺。他和其他校领导商量了几次，又一趟趟跑银川，和一家家电脑销售商联系。

银川的电脑经销商很热情，一遍遍地介绍着产品，正当可以成交之际，李养斌却提出了购买方案：先赊后付。这一下，把电脑销售商闹得哭笑不得。经过多次走访，最终，有一个电脑销售商接受了闽宁中学的采购方案——先付一半资金，而另一半资金必须在一年到两年之内还清。购买合同签了，可先付的一半资金也得十几万元，这笔钱仍然没有着落。到哪里去找呢？

李养斌和几位校领导商量一番，通过个人贷款的方式凑够了预付资金。闽宁中学终于拥有了五十台崭新的电脑。看见学生们坐在电脑桌前，随手轻轻地移动鼠标，屏幕上就会打开一个世界时，李养斌的脸上满是欣喜。之后两年，为了偿还垫资贷款，李养斌缩衣节食，平日里不敢花钱，人情往来能避则避。直到现在，他都没有告诉妻子这件事。

听完这段往事，我表达了自己的敬意，李养斌却谦逊地说"这不是什么大事，顶撞领导，借贷赊账，一切只是为了孩子。"

当我看见李养斌时，总能想起戈壁小学拓荒劝学的陈校长。闽宁村建镇的那年，超期服役的陈校长退休了，离别移民区，去了银川城。而他的文化坚守与精神坚守，又传递到李养斌这一代教育工作者身上。再后来，银川地区的教育界看到一个崛起的闽宁中学。李养斌说，当闽宁镇这个地方默默无闻不为众人所知时，大家首先知道了这个移民区的教育质量是顶呱呱的。闽宁镇人有闽宁镇人的文化坚守，也有他们的精神坚守，苦涩与困顿也难掩激情和风度。

2002年9月29日，闽宁镇举行了挂牌仪式。

当天，闽宁镇上来了很多嘉宾。正值葡萄的采摘季，对于李英梅和很多产业工人来说是一年中最忙碌的时刻。镇政府门前在开会，李英梅正坐在自己的二手中巴车上，从镇政府门前飞驰而过时，瞥见挂牌仪式会场涌动的人群和热闹的现场。她急忙叫司机掉转车头，停了下来。闽宁村升格建镇，对全体移民来说是一件大喜事，李英梅怎能漠不关心呢？她远远地听到女干部林月婵亲切熟悉的声音。一下子又想起林月婵两年前光临自家土坯房的情景，那时家里连个坐的板凳都没有，对比今昔，忍不住热泪盈眶。

升格建镇，对于西海固移民来说，标志着一个新阶段的来临。谢兴昌、陈宗礼、杨登福、刘昌富、李志云、王瑞刚、李英梅、雁路、李养斌，这些曾经只靠土里刨食的农民，如今分布到各行各业。戈壁滩上那个隐藏在地下的小村落，已经破土而出，成为银川周边一个欣欣向荣的城镇，

闽宁人用双手改良出四万多亩荒漠戈壁，特色种植从单一的双孢菇产业，延伸到酿酒葡萄种植和枸杞种植。牛羊肉加工业、餐饮业、农产品销售、运输业、肉牛养殖业等个体私营经济已经起步，许许多多以前想不到的新产业和新业态，也都纷纷出现在了闽宁镇。如今，全镇六村，发展形成特色种植、特色养殖、农业光伏、劳务输出、新兴旅游这五大产业。近七万人的闽宁镇，2020年人均可支配收入从建村之初的五百元攀升到一万四千九百六十一元。

当我第一次踏上闽宁镇这片热土时，便捷的交通令人印象深刻。一小时之内，闽宁镇人既能赶到银川高铁站，也能赶到银川河东机场。二十多年过去了，早年穴居地窝子的日子恍若隔世，僻居深山的移民终于接入了现代文明，曾经的梦想在这里变成了现实。更重要的是，小镇接通了福银高速，沿高速路向东南方向就能抵达福建海边，相隔四千里的山海之间，有了一条血脉相连。

第五章　紫色梦

近些年来，闽宁镇所在的贺兰山东麓，开始被世界公认为最适合种植酿酒葡萄和生产高端葡萄酒的黄金地带，相关产业发展步入快车道，以福建商人陈德启为代表的上百家酒庄的经营者，和一群移民正在共同打造一项杰出产业——将这里建成全国最大的酿酒葡萄集中连片产区。一个人，十万亩，福建人陈德启成为栽种酿酒葡萄最多的中国人。因地制宜，实现产业升级，成为新时期闽宁镇经济发展的必然选择，人们开始追逐着紫色梦想，葡萄成为很多闽宁镇移民致富的紫宝石。而这仅仅是开始，几年之后，宁夏回族自治区要实现葡萄酒产业综合产值一千亿元的目标。

22. 嬗变瞬间

和传统小农经济千年不变的结构不同，现代农业结构调整的速度是惊人的，刚刚接受了双孢菇的闽宁镇人，不得不接受新的变化。这次带来变化的，还是福建人。

电视剧《山海情》结尾处，闽宁镇正在举行一场葡萄酒推介会。剧中闽宁镇成长起来的干部，已是县委领导的马得福，高举酒杯，向各界宾朋致辞："我还是忍不住要夸一夸我们的葡萄酒，我们闽宁镇地处贺兰山东麓，北纬 38.5 度，拥有世界上种植酿酒葡萄所需的全部优质条件。我们的纬度好，日照时间长，降雨量小，昼夜温差大，沙质土壤矿物质含量丰富，通透性强。懂酒的人都很清楚，美酒佳酿，七分靠种，三分靠酿，闽宁镇的酒葡萄产业得天独厚。这些年，我们拿回了很多国际大奖……"

马得福在剧中倾情推介贺兰山东麓的葡萄酒，生动而实在。

现实中呢，我在闽宁镇，也亲耳听县上和镇上的干部这么对人讲"看色泽是红酒世界之最，抿一口唇齿留香三小时"。

如今酿酒葡萄开始取代双孢菇成为闽宁镇经济版图中最为重要的组成。

讲起这次转变，菇农带头人刘昌富心情颇为复杂，他皱了皱眉，额头拧成了梅花状。

"我和福建双孢菇是生死之交！"他掰着手指头，细说往事，"这是真感情，我为双孢菇挨过贩子的打，跑过很多路，还差点儿丢掉性命。最危险的一次，不是坏人把改锥插进我的大腿，而是在全镇产业调整的节点上。"

在刘昌富被菇贩子们打伤后不久，闽宁镇蘑菇种植业发展进入了高潮，按照县上提出的打造设施园艺示范县的发展目标，流转土地一千亩，创建菌草园区，双孢菇大棚扩展到一千九百八十四栋之多。

菌草种植园区需要改造菇棚的竹竿，需求量大，银川市场上的竹竿价格偏高。镇政府为压缩开支，委派菇农刘昌富跑一趟四川，为菇农采购一批物美价廉的竹竿。那些年，刘昌富为卖双孢菇跑了全国很多地方，算是见多识广的出门人。

这回，刘昌富背着包，独自去了四川。出门第五天，2008 年 5 月 11 日，一个平静的下午，他站在四川省北川县擂鼓镇一片长满竹子的山坡上，接到了副镇长打来的电话。副镇长急切地催促："老刘啊，不能再拖延了，两天之内必须运回竹竿。两天之后，若还运不回来，镇上就近采购。"刘昌富接完这个电话，内心十分焦急。

此时，车只装到一半。

帮他装车的几个四川竹农说，下午闷热，得回家休息，活儿明早再干。刘昌富一听傻眼了，头上冒着汗。接着，他心急火燎地去找当地种竹合作社。播鼓镇深山里的竹农很讲究，夏季午后都要休息，怎么说也不肯出力干活。通过种竹合作社，刘昌富好说歹说，最终与几户种竹大户谈好价格，对方勉强答应帮忙装车。他雇请到一辆超长的大双桥车，司机有两个，看他着急，就挽起袖子帮忙。忙碌到 5 月 12 日凌晨 2 点多，竹竿装满。两个司机提出天亮之后下山，而刘昌富执意连夜赶路。

这天的事情说来很奇妙。两个司机，一个姓黑，一个姓白，两人都是宁夏西海固老乡。他俩跑到四川送完货，返回时不愿空车跑回来，就在北川县城的一家货运信息部等着雇主。不出两个小时，竟然遇到了同乡刘昌富，他乡闻乡音，感到很亲切。当他们给双桥车装满竹竿之后，两个司机认为天黑山路险，又累又饿，不愿走夜路。出门这几天，忙碌个没停，他俩想在播鼓镇先睡一觉，等天亮吃过早餐再走。

死里逃生的这天，十分蹊跷，全镇菇农都在焦急等待着刘昌富。刘昌富因为镇上催促，又对两个老乡说了很多好话，撒给每人一包中华牌香烟。黑氏白氏叼起中华烟，不再坚持己见，黑夜里在大山中谨慎寻路。

出山不顺利，屡次遇堵车，刘昌富心急火燎。

第二天下午 2 点钟，出了四川，进入陕南地界。眼前出现了一栋三层小楼，这是一家专门招呼往来司机的餐厅，两位司机和刘昌富在这里停车歇脚。此时，刘昌富心里舒了一口气，他完全可以如期把竹竿运回镇上，绝不会耽误蘑菇园区建设。他背着手踱着步子去餐厅订餐，白师傅爬在车下检查车辆，黑师傅打一盆水洗脸。

进了餐厅，刚落座，屁股颠了起来。

大地摇动了起来。

刘昌富扭头就跑："地动了！摇开了！"

两位司机脸色惨白，反应过来时，已经是人能站稳时。三人一碰面，就往车上跳，而餐厅的那栋三层小楼已经发生了坍塌。白氏技高人胆大，开车沿路就往家的方向跑，拐弯时也不减速。提心吊胆跑了几个小时，到了关中平原。惊慌失措中，刘昌富和两位司机在车上接到准确消息，汶川发生了大地震。

回到家，刘昌富内心久久不能平静。

刘昌富从电视新闻上看到，他买竹竿的北川县，是汶川地震的重灾区之一。过了半个多月，他忍不住了，就给卖竹竿给自己的四川人打电话，但没打通。半年后，黑氏白氏两位师傅结伴再次跑车去四川，途经北川县擂鼓镇时，特意打来电话告知：那天，他们连夜装竹竿的地方，早被震坏了！罹难的负伤的老乡也多，那片竹林也毁了，产出的最后一批竹竿，搭建起了闽宁镇菌草园区的菇棚。刘昌富望着菇棚百感交集。

让菇业带头人刘昌富难过的是，由于结构调整需要，第二年年底，一度鼎盛的双孢菇产业戛然而止。

闽宁镇菌草园区拆棚时，刘昌富流泪了。破碎的塑料膜在风中乱飞，飘在眼前，落在脚头，他一片一片地捡拾起来。尽管万般不舍，刘昌富清楚，这次拆棚意味着双孢菇产业的大面积种植，已成为闽宁镇的历史。园区周边，当年菇农栽种的杨树和槐树，已有碗口般粗壮，也许只有它们能真正明白刘昌富这些年来对双孢菇深厚的感情。

产业调整已箭在弦上。武河村人在酿酒葡萄种植方面的成功，鼓舞了全镇移民加速产业调整的信心。

刘昌富知道，贺兰山东麓种植酿酒葡萄由来已久，至少可以追溯到二十世纪八十年代的初期。但闽宁镇地区的酿酒葡萄产业明显晚了许多，像巴格斯酒庄，创建于闽宁村成立的第三年。在此之后，中粮长城云漠酒庄、宁夏类人首葡萄酒业、德龙、立兰在内的一批酒庄相继成立。听到武河村移民种植的酿酒葡萄获得成功后，刘昌富感到很吃惊。跑到武河村去看，刘昌富嗅到了酿酒葡萄的清香。

更让刘昌富吃惊的是，武河村的酿酒葡萄种植面积已经达到三千多亩。再一细问，连续几年，武河村人把自己种出来的酿酒葡萄，在收获季交到周边以及内蒙古的酒厂，连年获益。原来，早在建镇那年，武河村的村干部就开始动员大家种葡萄。当时，大家并不容易接受把葡萄树栽进自家种小麦的田地里。

再追问，这是武河村一个十分艰难的起步……

"栽种葡萄和栽培双孢菇是一个道理！"村干部登门入户来动员，"搞特色种植，比打工挣钱，比地里种植小麦和玉米要强多了。只要咱们把土地集中起来，栽种酿酒葡萄，细心管理，最后统一销售，准能成功！"

"土地都特色种植了，吃的粮，咋解决？"乡亲们不以为然。

村上干部继续劝说大家，说村里发展栽种酿酒葡萄，单打独斗干不成事情，非得集中连片来种植。村人们听烦了，连连摇头，基本上表达出了同样的担忧："把那玩意儿栽种到地里，第一年没收益，第二年没收益，第三年才挂果。这就是说，大田里不种小麦不种玉米，连续投资三年，再看葡萄挂果如何？种出来有没有酒厂收购都成问题！听说，栽种葡萄，冬天得埋土、春天要出土，麻烦得很，比照顾婴儿还费心……"

干部还想再动员，村人起身打着哈欠，摆摆手，不谈了。

这一年，武河村动员种酿酒葡萄失败了。但在几个月后，好消息传来：国家葡萄酒市场逐步与国际接轨，宁夏成为继河北昌黎、山东烟台之后，第三个成功申报国家地理标志的葡萄酒区。自此，宁夏在全国酿制葡萄酒产业中显现出重要地位。宁夏产区的核心区就在贺兰山东麓，而像国内著名的张裕、王朝、长城以及国际著名的葡萄酒生产商保乐力加、轩尼诗已经相继落户。这些企业大多位于闽宁镇地区。这个好消息，鼓舞了人心，地方政府出资雇了一辆中巴车，载着乡亲们去考察。没想到，这次考察让大家感到很振奋，意外的是当初反对最激烈的几个村民，破天荒地提出要在自家土地上尝试一下特色种植。

转年开春，村干部带领二十多户移民，在连片的田地里栽种了酿酒葡萄。他们谨慎地选择了赤霞珠，为保证苗木成活率，又请长城云漠酒庄的技术员来指导……第三年，武河村种出来的酿酒葡萄，完全达到酿酒葡萄所需，附近一家酒厂收购了他们的果实。武河村拉开了移民种植葡萄序幕，这项产业也开始引起移民的重视。

闽宁镇开始全力发展酿酒葡萄产业。

县上拿出了详细的规划，镇区福宁村的耕地全部改为种植酿酒葡萄。村党支部书记杨登福带着工作人员挨家挨户上门动员种葡萄，组织群众开始建设万亩酿酒葡萄园区。尽管已经有了成功的先例，然而一部分人还是存有抵触情绪，担心不懂技术，种出葡萄没销路。为了让移民掌握种植技术，村上聘请技术员来办培训班。由于措施到位，福宁村克服困难，用三个月时间，动员整合出六千亩耕地栽种葡萄。

此时，闽商陈德启怀揣紫色梦想，已经扎根到贺兰山下。

23. 海边商人，山下栽树

闽商陈德启，在闽宁镇人的传说中变得神乎其神。

谈起陈德启，能人刘昌富说话的调门也一下高了八度，"这个福建人了不得！一个人种了十万亩。人家一来，一眼就瞅准了贺兰山东麓的戈壁滩，说是要在戈壁滩上种出世界上最好的酒葡萄，要酿出最好的葡萄酒。结果，还真就干起来了！"

都说陈德启名气大，到底有多大呢？

每一次到法国波尔多旅行，波尔多酒庄的企业主就会围上来，众星捧月般，把他从头到脚仔细打量一番，又会发出一声感叹："呀！原来你就是那个栽种酿酒葡萄最多的中国老板啊！那一刻，陈德启多少是有一些得意之色的。在波尔多，仅有几十亩、百余亩种植基地的园区很多，这样规模的园区也会自称酒庄。在波尔多的企业主、酿酒师眼里，都不曾见过拥有十万亩种植园区的企业家，因而吃惊。

因为出名，他成了各路媒体热捧的对象。粗壮敦实的陈德启，皮肤黝黑，说话抑扬顿挫，富有感染力。在关于他的视频节目里，他都会做出这样一个招牌动作：蹲在葡萄苗木的地头上，随手抓起一把黄土，埋头尽情地去嗅，继而冲着镜头深情地说："能嗅出这片土地清香的味道。"同一个动作，同一句话，同一个表情，被他重复很多遍。

这让人感到了浓浓的商业广告味道。见面问他，不料他说："的确是真情流露啊。"

索性，我们就从这位闽商与贺兰山下这片土地的感情说起吧。二十多年前，闽宁协作一开始，福建省并没有完全依赖财政，而是尽可能调动起社会上每一份力量，包括鼓动福建企业来到宁夏找市场。十几年前，闽宁村升格建镇之后的一个夏季，福建省组织一支商务考察团来到宁夏。陈德启响应号召随团考察。几天后，考察团的企业家纷纷离开了，而陈德启却选择留了下来，他觉得宁夏这个地方很不错。没过多久，他便带着自己的团队专程来到宁夏，进行了第二次细致考察，设想着在贺兰山东麓从事葡萄酒产业。之前，他经常去法国购买红酒。虽然对葡萄酒有一些研究，但酿酒葡萄是怎么种植出来的，他并不清楚，只对葡萄种植的土壤和品种有些粗浅了解。

第二次再来宁夏考察，路过永宁县时，县长约他见个面。

陈德启一行进了县政府，县长把他迎进会议室。接着，滔滔不绝地介绍起当地种植酿酒葡萄的优越性。说着，县长用手指着墙壁上的一张地图给陈德启看，说这地方就是种植酿酒葡萄的好地方。陈德启站在地图前，粗看一眼，把手指随意地落在地图的山麓边。县长笑着说："呀！你手指的地方，有十万亩土地，你要看吗？"

陈德启点点头，笑着说要看。

不再多说什么，他上了县长的车，众人风驰电掣般来到贺兰山下。看地，看到的就是戈壁滩，连通着贺兰山的戈壁滩，一丁点儿的绿色都没有。看完地，车子奔跑在回城的柏油路面上，他和县长在车上谈价。第二天，签合同。现在的陈德启，常常会想起和县长在地图上比画着的那一幕。他说，那的确是一个随意的动作，但却把自己和这片土地紧紧联系在了一起。又说，自己与贺兰山下的这块土地有缘。

合同一签，土地到手，陈德启此时忽然想起了一件事。他带着采集到的土壤，乘坐飞机立即去了法国。在巴黎，他请专家化验了土壤，又请波尔多种植专家鉴定。那些法国种植专家说："你买到手的土地，是世界上独一无二的。"

土地有了，陈德启住在了贺兰山下。然而，他要在砾石遍布的戈壁滩上种出葡萄、酿出葡萄酒，绝不是一件容易的事情。来到贺兰山下的第一年，陈德启带人平田整地，开始基础建设。这是个艰难的开端，南北跨度十六公里的漫漫戈壁滩上，没有一条路，没有一棵树，就连建筑材料都得靠工人肩扛臂抬。陈德启和他的助手要开辟出第一片种植葡萄的地块时，几乎调动了银川地区所有能够调动的机械。

"要种出酿酒葡萄，非得先改良土壤。"陈德启说，"不是讲贺兰山东麓的土壤矿物质含量高，纬度线好，日照好，海拔适宜，具备了种植酿酒葡萄的一切要素吗？即便这样，也得像移民一样扎扎实实地改良土壤。因为，种植酿酒葡萄还需要优质黏土。平田整地时，上百台挖掘机和粉碎机同时作业，轰鸣声不绝于耳。每天大车进进出出，从几十公里之外运回新土，再把新土铺到平整过的沙砾地面，形成新的作业面。"

闭眼一想，这该是怎样一个让人由衷地感到震撼的场面。

陈德启立志要扎根贺兰山下。

残酷的现实告诉他，这并非一件容易的事。

困难大到想不到！陈德启来到银川，不住市区，就住在贺兰山下，就和工人一起住在戈壁滩上的彩钢房里。那是一个夏季的深夜，沙尘暴忽然光临，彩钢房里酣睡的他忽然被一阵巨响惊醒。原来，是彩钢房的屋顶被沙尘暴掀走，重重地落在屋外。缺口处，密密麻麻的细碎沙砾砸下来，空气中立时充满呛鼻的味道。突如其来的一幕，惊呆了陈德启，等他回过神来，匆匆逃出了彩钢房。圆圆的月亮不见了，天地没有一丝光亮，他只好躲进汽车里，静静地坐着等到天亮。没有人知道，这个难眠的夜晚，蜷缩进汽车里躲避风沙的陈德启是怎样的心情，又想到了什么？

第二天清早，沙尘暴退去，整个园区灰蒙蒙一片。工人们来了，帮着整理彩钢房，加固被沙尘暴掀翻顶部的屋子。这时，陈德启无意间听到干活的工人在讲："这个福建老板挺实在的啊！鬼都待不住的地方，他偏来！"

陈德启听见了，偷偷笑罢，盘算起一件大事。

这件大事，比他栽种酿酒葡萄还要重要！

孤独而朴实的闽商陈德启，相信一点，自己若想要稳稳当当地站在贺兰山下，就得从事大规模的植树造林，就得自觉自发地行动起来。没有大树的护佑，幼小的葡萄树是无法生长起来的，有了大树，葡萄树才不至于受到风沙的摧残。没多久，陈德启采购回来第一批新疆杨，栽种到了田间地头。这批新疆杨过于羸弱，他又采购到三年以上树龄的大树。转年，才从法国和意大利采购回酿酒葡萄苗木三百多万株。白杨树隔出了一片片五百亩的地块，地块里就是新栽种的葡萄苗木。就这样，辽阔的荒漠戈壁出现了很多齐整的地块。陈德启下了狠心，每栽一株葡萄树，必种一棵白杨树。

"贺兰山下风沙大，每个地块五百亩，四周种上白杨树，形成一个大网，这样才能改善它的生态。"陈德启说，"为什么我们要造这么多林？

葡萄需要良好的生态环境。良好的生态环境下，葡萄长得健康。种出健康的葡萄，才能酿出好的葡萄酒，没有好葡萄，拥有再好的酿造技术也没用。"

他像早年拓荒的闽宁村人一样，勤勤恳恳地操持着田地里的事情。在狭长的贺兰山东麓，这位闽商每年栽种葡萄苗木是有季节性的，可是栽种绿化树却是不分一年四季的。他像早年拓荒的闽宁村人一样，勤勤恳恳地操持着田地里的事情。很快，他不但开辟出了大片育苗林，还从外面大量采购优质苗木。贺兰山下栽树，春季秋季两个时节容易成活。到了冬天，陈德启也停不下来，他请教专家，打问老农，竟然在冬季时也要栽种绿化树。冬季里，苗木在休眠，把树栽下，借用洒水车浇灌。起初，黄河水还没有引到种植园区，他出资派车不停地从外面运水，又买来农家肥施。一番精心照料，他们在冬季栽种的白杨和国槐竟然成活率很高。

几年之后，六百万株白杨和国槐，密密匝匝地挺立在种植园区。每年开春之时，人们总会吃惊地发现，园区里又增加了成片成片的绿化树。园区通道两侧，田间地头，手手相挽的大树绿叶飒飒，笔挺地高耸于云天之间。大树，葡萄种植园区的安全罩，就是一道生态线。陈德启栽种的白杨和国槐，长得飞快。陈德启的初心，本来是在贺兰山下打造著名葡萄酒品牌，让人们能够喝到健康有机的葡萄酒。在他还没有酿出一滴酒之前，却先拿回了全国绿化模范单位荣誉称号。

陈德启爱葡萄苗木，也爱白杨与国槐，热情又痴狂。

"平日里，陈德启温和友善，几次暴怒只为树木。"电工老杨说，"我们起先觉得非常奇怪，为啥这个企业家总是这么喜爱树苗？比如，路边的白杨树，某一棵被刮倒了或是被蹭伤了，园区主管林带的经理没有觉察到，可他很清楚。有一回，电视台有一个记者追问为啥热爱植树造林？陈德启看了一眼这个记者，没吭气。也是，这个问题很可笑，好比在问你为啥要吃饭。可是这个记者锲而不舍，改变策略，换了个口吻接着追问，说陈董事长你为啥对这些树苗这么好呢？陈德启一下子就被逗乐了，回答说："这些白杨国槐和葡萄苗木一样，都是自家的小孩子。"

有一回，闽宁镇上的一个司机开着拖拉机，来给种植园区输送有机肥。这个拖拉机手很年轻，二十来岁的样子，车开得心急火燎，拐弯也不减速，一不小心就把一棵成人胳膊粗细的槐树蹭破了皮，撞弯了腰。陈德启正好看见了，很生气，严厉地批评了这个司机。接着，陈德启自己找来一根绳子，把这棵树拉直了，重新加固了一番。忙罢，他站起身，盯着这棵槐树仔细地看，又笑着问别人直不直。

陈德启的那句话，也成了电工杨臣干活儿时的口头禅。园区林带的树木长得飞快，有几棵树，眼看着就要接近变压器的线路了。这时，非得把树梢截掉。电工在截树梢时，陈德启看着很揪心，可是又不得不截。不截，很容易就会导致跳闸断电。以后，每当干这种活儿时，几个机灵的电工总是避开陈德启，以免他看见了难过。

"认真一点！距离适中就好。"每次截树梢时，站在地上的杨臣总会叮嘱踩在梯子上的同事，"不要伤害了董事长家的小孩。"

起先，大家听到这句话时，觉得很好笑。慢慢地，也就变得不那么好笑了。园区工人的记忆里，温和的陈德启有过一次暴跳如雷的经历。暴怒的陈德启，不为别的，还是为了自己的孩子——早年栽种的那些树。

有一年夏天，园区边上挨着沿山公路的一批白杨树长高了。黄羊滩变电所要派人来截树梢，陈德启提出自己动手来截。这批白杨树生长多年，绿叶飒飒，长得笔直，已经形成了一条防风固沙的林带。按照要求，树梢离开高压线一定距离，是没有问题的。陈德启提出自己派人动手截，一方面是不放心变电站的人，另一方面是为了防止林带遭到破坏。没过多久，陈德启出差在外。黄羊滩变电站派来了一拨民工，截掉了这批大树。这些民工，下手很重，截掉的根本不是树梢，而是把大树截成一米来高的树桩子。一天之内，一条防风固沙的林带消失掉了，一片树叶也没留。

大树变成了树桩，杨臣看见了，心里嘀咕："要出大事了！"

果不其然，陈德启出差回来，看到成片的树桩子，怒不可遏。打电话把企业管理人员都叫到现场，生气地逐一询问："这究竟是怎么回事呢？为什么不阻拦呢？难道你们都不知道吗？我们在这片戈壁滩上种活这些树容易吗？这是防风固沙的林带，为什么要砍成这样呢？即便是要截树梢，也得把大树修剪得漂亮一些吧！"

管事的经理报告："为了用电安全，我们之前说过，要支持用电安全。可是，变电站派来截树的人，没有通知我们企业。干活的工人为了图省事，没按照规定办事，把大树都截成了一米高的树桩，截得太低，竟然一片树叶也没留……"

"该死！该死！都该枪毙掉！"陈德启跳起来骂。

大家第一次见到陈德启当众骂脏话，说了很多激烈的言辞。那天，陈德启被气得脸色发青，伤心到浑身颤抖。

与陈德启一起并肩工作在这里的闽宁镇移民很清楚，在砾石遍布的大地上，要想栽活一棵树是很不容易的。当年为栽活这些树苗，大家费了很大的劲儿。比如，树苗一旦下到地里，天天都得滴灌。两天或三天不浇水，幼小的树苗就变得干蔫，树叶就会发黄直到枯死。被截成树桩的都是成活十年以上的大树。十年以上的白杨树，在闽宁镇地区算得上是大树。

没过多久，供电部门派人来道歉，陈德启拒绝见面。

陈德启耿耿于怀，很难原谅，因为他对这片土地爱得深沉。

紫色的梦，葡萄的梦，陈德启们追逐的梦，艰辛而苦涩。他们不但要与风沙抗争，还要与其他自然灾害做斗争。葡萄挂果了，最怕冰雹，冰雹一旦砸下来，种植园区大面积减产就在顷刻之间。每一场冰雹过后，葡萄叶子被打掉了，很多果实被打掉了。每到这个时候，陈德启的身影就会孤独地晃动在田野上，一句话也不说，仔细地察看着。除却冰雹，陈德启还与贺兰山泄下来的洪水苦苦对峙了许多年。

每当贺兰山一下暴雨，陈德启准会睡不着。山里下暴雨，山外看不见，对他而言更是一件极恐怖的事情。他的种植园区以及南北跨度十六公里的防洪大坝，必须得经受起新一轮的考验。尽管这道防洪大坝修建得很牢固，深约五米，宽达八米。可山洪一泄下来，洪水自西滚滚而来，卷着泥沙和石块一股脑儿冲将过来，一旦冲过防洪大坝，突破了这道防线，冲进种植园区，会产生三方面的危害。其一，洪水会冲毁原本开出的葡萄沟，灾后又得重新开挖。其二，每逢雨季，可以说到了酿酒葡萄的成熟期，这一时期的葡萄喜湿怕涝。种植园区向来靠滴灌，沙土一直渗漏，葡萄的根部也在吸收。可是一经洪水淹过之后，就会坏事。其三，洪水越过防洪大坝，靠近防洪大坝的葡萄苗木就会被泥石流埋没，有的苗木会被连根拔起。这对园区来说可谓灭顶之灾。

人性总是在大灾大难面前才会闪现出它耀眼的光辉。这个会为一棵小树苗心痛肉疼，为了树冠被锯暴跳如雷的商人，在洪灾面前却视金钱如粪土，做出了一个让人动容、感佩至深的决定。

　　某年7月末的一天，一场暴雨从早下到晚，仍然没有停止的意思。傍晚，山洪开始泄了下来。洪水卷着泥沙灌进防洪大坝，很快，防洪大坝竟然支撑不住了。洪水明晃晃的，水位线在不断地升高，一旦溢出防洪大坝，准会淹没掉前方的种植园区。可是，防洪大坝与排洪沟的连接处，恰恰横亘着一座孤坟。说来很离奇，这座孤坟就孤零零杵在要害部位——防洪大坝在孤坟脚下流过时，出水口很小，过水量有限，整条十几公里长的防洪大坝排不出大量的洪水。而防洪大坝，已是岌岌可危，眼前的这一座孤坟却牢牢挡住了防洪大坝接通排洪沟的最后一公里。

　　孤坟，就这样拦截了洪水的去路。

　　谁家的孤坟，陈德启说不清楚，也没人能说清楚。

　　陈德启自从来到贺兰山下创业，创设德龙酒庄后，吃了不少苦头，但从未想过自己会与一座孤坟较上劲儿。那天暴雨下得很大，事情很紧迫，经理张天景、铲车司机杨阳率先赶到现场。他们从青铜峡调来挖掘机和装载机，六台机器，对这座孤坟的周边进行挖掘，以扩大防洪大坝的出水口，好让洪水排到泄洪沟去。孤坟所在的一座土山包逐渐变得越来越小，孤坟脚下的过水量逐渐变大了起来，洪水哗啦啦流向了泄洪沟。

　　"停下来，不要刨了！"陈德启赶到现场大喊。

　　"董事长，再刨一刨，肯定淹不了园区。"铲车司机杨阳说。

　　"没错！都觉得这是一座孤坟，无主的坟。"陈德启说，"可我们既没有权利迁这座坟，也不能刨人祖坟，我们不背这个骂名。"

　　"打问了好几年，也没找到是谁家的坟。"经理张天景一脸无奈。

　　陈德启做出了一个悲壮的决定：立即停止挖刨。

　　现场的情形变得越来越糟糕，大家着急到直跺脚，可是一点儿办法都没有。按照工人的设想，六台机器设备，如果挖掉这个小土包，两个小时之内就能完成，而防洪大坝的水也能及时流动到泄洪沟去。可是陈德启宁愿自己受到经济损失，也不愿意这么干。这时，在贺兰山东麓查访的县长赶来了。陈德启和县长就在边上，眼巴巴地看着防洪大坝的水位一点点升高。这时，陈德启又提出，用铲车推土加高防洪大坝，以防止洪水淹到种植园区。六名司机忙又忙碌了起来，可这并非一个很好的选择。

山上下来的洪水太多，防洪大坝排水不畅，根本支撑不住。

临时加高堤坝的办法，也根本不管用。黄昏时分，靠近泄洪沟连接处的防洪大坝，发生两百米坍塌，大股洪水冲毁了紧挨着的一条园区公路，接着又掠过园区公路涌进种植园区，冲向处在成熟期的葡萄苗木。陈德启见状招呼了一声：快撤退！此时，现场已经变得很危险了，司机开着铲车、挖掘机、装载机快速离开。

转眼之间，园区变成了一片汪洋大海。

洪水漫过之后，种植园区受损数百万元之巨。大家重新加固堤坝，清理凝固在堤坝底部的淤泥；重新整理园区的葡萄沟，填种缺失的葡萄苗木。直到2018年，在县政府的帮助之下，陈德启找到了这座孤坟的亲属。困惑陈德启多年的这座孤坟迁走了，防洪大坝与排洪沟无缝衔接，完全打通了。以后，暴雨再大，山洪再大，陈德启的内心再也不会感到恐慌，山洪冲破堤坝淹没园区的事情再也没有发生过。

陈德启善待了孤坟，虽然连年受损，但却赢得了美名。

时间一天天过去了，贺兰山东麓逐渐改变了容颜，原本的戈壁滩变成了绿洲。陈德启的十万亩有机葡萄种植基地，就种植面积而言单体规模世界第一。他自豪地说连片十万亩，世界上绝无仅有；十万亩全都是有机种植，也是世界第一；就不讲年份的种植区而论，也是世界第一。说到质量的稳定性，陈德启也说自己是世界第一。问他为什么这样断言？他手指着葡萄园，笑着说，整片的戈壁滩变平整了，同样的土壤结构，阳光都能照射到，质量具有稳定性，不像丘陵地带种出来的葡萄，果实参差不齐。

陈德启持续多年投资之后，德龙酒庄终于酿出了第一批葡萄酒——贺兰神。这一瓶瓶精心种植、悉心酿造的红酒，屡次外送盲评，总能神奇般捧回一个个国际大奖。实际上，当第一杯葡萄酒从橡木桶里出来时，陈德启就坐在成排的白杨树下，设宴招待了产业工人。那天，美酒管够，陈德启和很多产业工人一起醉倒了。

"年轻时，我过着穷困潦倒的日子。二十来岁到泰国创业，没有尊严。"那天，醉意阑珊的陈德启，举起高脚杯，动情地向产业工人倾吐衷肠，"是闽宁协作把我调派到了贺兰山下的这片戈壁滩上，我们认识了，以后一起并肩把日子过好。今天，这一杯葡萄美酒，是我们共同酿造出来的。我们的葡萄是世界上最优质的苗木，我们的酿酒设备是世界上最先进的，我们的土地是世界上最适宜酿酒葡萄生长的……全世界酿酒葡萄种植，都是要讲年份的。比如，法国某一年过于干旱，或者过于涝了，都会酿不出好酒。你让天不下雨，是绝不可能的！全世界红葡萄酒唯一不讲年份的，年年都好的，就是咱们贺兰山东麓。我们降雨量小，葡萄所需的，我们用滴灌来控制。全世界人工来控制种植质量的只有宁夏……我们要做高端的葡萄酒，天然条件达到了，只不过法国人有品牌。"

人们唤醒了这片沉睡的大地。砾石遍布的戈壁滩不再瘠薄，流淌出了一瓶又一瓶的葡萄美酒。

陈德启的十万亩葡萄种植园区，已经迎来创利时期。五百万瓶葡萄酒，每年浩浩荡荡地漂洋过海。阳光下，戴顶草帽的陈德启还是和以前一样，蹲在地头上查看着一株葡萄的藤蔓，扭过头，黝黑的脸上绽放着笑容。他自若从容的神情里，袒露出贺兰山东麓的欣欣向荣。

24. 宁夏之子

这人间的情义，就混合在遍地葡萄的清香里。

每当太阳衔在贺兰山顶，一寸一寸跌落山后时，工人们开着轿车行驶在园区的柏油路面上，准备回到闽宁镇上的家。他们已在酒庄吃罢晚饭，回家就是休闲时光。此时，大家准会看见陈德启迎面走向葡萄种植园区。夕阳红彤彤的柔光下，不带随从，手里只捏一把剪刀的陈德启，形单影只，嵌进了贺兰山东麓的硕大画卷里。

"杨阳你不敢忘了，董事长六十多岁了，和咱们是患难的亲情。"杨臣叮嘱儿子，"几万亩的葡萄种植园区，就缺董事长每天剪那几刀吗？不是！陈董事长是真心热爱这个地方。咱们下班回家，能走亲能访友，坐下来聊天。董事长一个人从福建来到闽宁镇，下班肯定会有孤独感，他只好去园区看苗木。"

服务闽商企业将近十年，杨臣不但脱贫了，家道还变得殷实了。感激陈德启，是他发自内心的由衷表达。杨臣，五十来岁，闽宁镇原隆村移民，德龙酒庄的一名电工。他妻子杨淑兄是酒窖的管理员和接待员，儿子杨阳是园区的铲车司机。一家三口，共同服务在陈德启企业，这种现象在陈德启那里很多。对于这位福建企业家而言，他很喜欢接纳整个家庭来酒庄上班，这样对园区来说会稳定一些，对移民家庭的带动性效果明显。在陈德启身边工作的杨臣，两手的老茧早已蜕去，而往昔的苦涩依然难忘……

杨臣老家在隆德县奠安乡杨沟村，祖祖辈辈都生活在山腰上。杨沟村，四面环山，走出家门就是悬崖，进进出出都得翻山越岭。尽管这个杨沟村属于西海固地区，但它位于六盘山深处，依靠种地吃粮仍是一件非常困难的事情。天旱时，缺粮，落雨时，太涝。他的记忆里，全村的山地小麦和胡麻从来没有过丰收的时候。老家的居所是土坯房，没有像样的家具，细细的椽子裸露在外，透着凄凉与寒酸。他是个勤谨人，长年累月在外打工。他跑过新疆，跑过内蒙古，在工地上干一些出卖体力的苦活儿。一到秋收时节，就和结伴外出务工的同乡不顾舟车劳顿奔回家里。

当年，生态移民的消息传开了，杨臣很开心。乡政府工作人员说，整村要搬出去，每一户的劳力都得熟练掌握一门手艺。四处打工二十多年的他，报名学习了电工。乡政府安排他们集中到乡上一处废弃的学校里，又请来专家讲课。他心里清楚，学会一门手艺出了山，强过给人到工地上去打工。更何况，很多工地上已经有机器人在砌墙了。他认真学习每一节课程，苦学三个多月，顺利拿到了毕业证。

搬家的日子渐渐临近了，八十岁的父亲顾虑重重。

"你们搬出去，我先不搬了。"父亲山羊胡须瀑布般抖动着，"我在家里种上两亩地，多多少少打些粮食，你们在外混不下去了，好有个退路。"

"哪怕我到闽宁镇上讨饭吃，也得让你老人家先吃饱！"杨臣说。即便这样，他还是说服不了故土难离的老父亲。老父亲年轻时不是这样，而是一个走州吃州、过县吃县的刚强之人。父亲知道，很早之前就有一些乡邻搬迁到了平原上，可是种种原因，陆陆续续还是有人重新回来了。老父亲觉得，搬迁出去只会更困难。

搬家的前一天，杨臣心里苦闷极了，就去乡上与朋友道别。在朋友家，他喝了酒。到半下午，骑着破旧的自行车回了十公里外的家。硬化后夹生的进山路，仍然不好走，天上下起了雨。他不慎滑倒了，扶起自行车，踩着泥泞推着车子走。想着固执的父亲，心里的忧愁感立即加重了。第二天要搬家，今晚必须说服父亲。进了家门，浑身被雨水淋透了，衣服裤子沾满泥巴，他径直走进父亲卧室，扑通跪在父亲脚头。

雨水泪水泥水和在一起，顺着他的脸颊滚落下来，砸到了父亲的布鞋脚面上。四十来岁的杨臣号啕大哭："老大（老父亲）！我们一家子都要搬到银川去，总不能把你老人家一个撂在山里头吧！西海固一百万人搬出去了，日子都过好了，还能饿死咱们家？你老人家明天若是不搬，我们全家都不搬了，咱就守着六盘山。"

父子两人，一对沉默的农民，不曾有过多少知心的交流。而在这天晚上，他说出了四十多年加起来也没有对父亲说过的话。父亲看着他的样子，心软了，就说："娃，你不要哭泣了，我跟你搬，我跟你到闽宁镇……"

第二天下午4点多，经过七个小时的长途奔波，杨臣和全村二十四户乡亲乘坐大巴车来到闽宁镇原隆村。各自的家当，都运载在尾随的大卡车上。移民进原隆村村口时，县上、镇上的干部，还有驻军官兵列队两旁，敲锣打鼓，夹道欢迎这支生态移民群众的搬来。杨臣在半路上心里暗暗在想，不问明天，今天的晚餐在哪里呢？结果，当他拿着钥匙打开自家的新居房门时，惊讶地发现政府已经给通好了水和电，发给了一只电磁炉，厨房还摆放着馒头和蔬菜，墙角还有米面，开水能喝上，热饭能吃到。这时，部队官兵帮助乡亲们搬家，不一会儿就把各家老老小小安排得妥妥当当。

杨臣八十岁的老父亲笑了，就说这地方能坐人（生存）。

而此时，杨臣的心里倒是有些不安了起来。第二天，一觉醒来，老父亲在院子里平整土地，说是准备栽树种花。他感到有些迷茫了，想着家是搬出来了，人均六分土地根本看不见，已经被流转掉了。要在原隆村扎根，非得成为一名产业工人。又想起搬迁之前，老家的干部就是这么宣传动员的，因此培训搬迁户掌握劳动技能。这时，他揣着怀里的电工培训毕业证，去了村委会。说来也巧，村干部要带大家去德龙酒庄应聘。

凡是去的村民，当天都有收获。

酒庄人事经理捧着杨臣的结业证，看了又看，想了又想，才带着略有疑惑的神情说："老杨啊，园区目前还不缺电工。"而杨臣觉得，经理似乎觉得他年龄偏大，技术未必过硬。他这么想的时候，经理又说，保安岗位上缺人，一月两千六，你愿意干吗？他当即表示愿意试一试。就这样，他成了德龙公司的一名保安。

当了园区保安的杨臣，多少有些不甘心。总觉得，自己苦学新技能，但却没用上，实在是一件遗憾的事情。因为在老家参加电工培训期间，他热衷于捣鼓电路，总在课堂上受到教员的表扬。他守着园区的大门，每天看着眼前沿山公路上车来车往，听着车轮沙沙的响动声，总觉得是电流在奔跑。想当电工这件事，想多了，他竟有怀才不遇的感觉。这种感觉涌上心头时，他又暗暗自嘲：一个农民嘛，有事做，很好了。

三个月后的一天，杨臣忽然有了一展身手的机会。那天，上班时，他的手机急促地响了起来。人事经理客客气气地说："老杨，请你来一下。"他跑去一看，原来是电工组在处理电路故障时，几名年轻的电工忙碌大半天，迟迟不见好。见了面，人事经理也不多说什么，让另一个电工把护具脱下来交给他。他穿戴上护具，利利索索地爬上了一根高高的电线杆，竟然仅用三五分钟便排除了电路故障……活儿干罢了，人事经理当场宣布："从今天起，老杨调到电工组了，每月工资按照四千元走。"

杨臣最大的本领就是干事踏实，又能办好别人不能办好的事情。到了电工组，就拿爬杆一项来说，很多技校毕业的年轻同事会恐高，不敢爬。他虽说年龄偏大，可他是在大山里生活了半辈子的人，多大的沟渠，多高的山包，都爬遍了，因此爬杆时脚下生风，"噌噌噌"就能从地面攀爬到十几米高的位置。人事经理欣赏他，遇到棘手的事情总会让他去解决，而他总会想方设法完成好。有一天，人事经理让他介绍一个酒窖清洁员。他支支吾吾半天不吭声，又主动说把妻子带来，请单位给个试一试的机会。

妻子杨淑兄，人精干，有眼色，把酒窖整理得纤尘不染，上上下下很满意。虽然杨淑兄不识字，但到了酒窖，很快学会了很多关键字，像赤霞珠、梅鹿辄！学会这些字，她就能清楚每一只橡木桶里是由哪些品种的葡萄酿造的酒。时间一长，董事长陈德启发现了杨淑兄，就让她不仅担任保洁员，还在酒窖里灌酒，专门服务来品酒的宾客。起先，杨淑兄觉得自己干不好这些工作，陈德启知道后，当众鼓励她："是闽宁镇的移民种出了世上最好的酿酒葡萄，酒窖接待的这活儿，也一定能够干好！"

没多久，杨淑兄凭着细心与认真，成为酒窖里的业务骨干。时间又过了两年，企业公开招聘铲车司机和挖掘机司机，杨臣、杨淑兄夫妇俩的儿子，就是杨阳，正好从技校毕业了。杨阳在技校里学到了新技能，他不但会开铲车，还会开挖掘机。通过企业技能考核，杨阳也来到闽商陈德启的身边，开始服务企业。至此，他们一家三口共同服务于这家企业。不用细算，他们家每月工资就一万多元钱。

渐渐地，他们一家人熟悉了闽商陈德启。

"陈董事长就住园区，一年到头回不了几次福建。"杨臣说，"记得董事长总讲，闽宁两地是一家，一起来做事，只要踏踏实实干，每一个职工的家庭都一定能够富裕起来。他给全体员工提供一日三餐，解决了吃饭问题。这些年，从不拖欠员工工资。不夸张地说，借陈德启的种植园区，解决了一批闽宁镇移民的就业。"

产业工人心里，六十多岁的陈德启是一棵孤独的大树。

陈德启一年到头回不了几次福建，绝大多数时间就住在园区，充满激情地思考着葡萄酒产业的事情。种植园区每年用工量在两千人以上，产业工人每人每年约三万元到四万元的收益。陈德启绷紧了神经，小心翼翼地经营着。多年前，他把自己在山东和江苏的企业分别交给儿子、女儿，专心致志地停留在贺兰山下。按照规划，他的十万亩种植园区，未来不仅是葡萄和酿酒。一旦实现，就可以解决上万人的就业。

有一天，酒庄来了一位白发苍苍的九旬老太。

老人身材瘦削，精神很好，尽管年岁已经很大了，但身板挺得很直。每天清晨和傍晚时分，有人陪着老人在酒庄转悠，或在种植园区的白杨树下散步。老人和蔼，常常会主动和产业工人打招呼，说几声关切的暖心话。可是，偌大个园区里，竟然没有一个产业工人能够听得懂。老人说的是福建晋江土话，使劲儿听，仍然听不明白。杨臣第一次遇见老人时，总觉得十分眼熟，接着就弄清楚了，她是陈德启的母亲。

陈妈妈慈爱，偏偏与大家交流有障碍。

陈德启常年回不了福建的家，老母亲就跑到宁夏来看他。

"九十多岁的陈妈妈，跑来看六十多岁的儿子，只因为儿子带一群闽宁镇上的移民在贺兰山下干事业。"杨臣说，陈妈妈来看望儿子，有时夏天来，有时冬天来。有一回，大家问候陈妈妈，陈妈妈也听不懂。老人家着急了，又表达不出来，就把给儿子带来的福建腌菜，给了问候她的产业工人，让众人一起品尝。每次看到陈妈妈，杨臣和同事的心里都很感动，也特别踏实。

"陈妈妈来宁夏探亲，工人为何感到踏实？"我不解地问。

"说明陈德启董事长真的在贺兰山下扎根了。"杨臣说，"这也说明，陈董事长是要把葡萄产业做成百年基业，这样，我们就能跟着他持续发展。他总对大家讲：'我是一个坚守信念的人，我要带着移民朋友一起做成百年基业。'有一年，中央电视台把陈德启评选为大地之子年度人物，我们看了节目，就说他也是宁夏之子。"

产业起来了，树木长大了，陈德启变得沧桑了。每当太阳衔在贺兰山间，一寸一寸地跌落山后时，在斜阳红彤彤的柔光下，六十多岁的陈德启准会捏一把剪刀，缓缓地走进葡萄种植园区，仿佛嵌进一幅画卷里，立时变成一个孤独的长者。

实际上，闽商陈德启来宁夏时，刚从泰国回来没几年。他先在江苏投资建设了一个食品厂，厂址就在天目湖的边上，专门做出口。另一个产业在山东章丘，就是出大葱的那个地方，从事房地产开发。江苏和山东的两个产业所赚的钱，都被他拿到了贺兰山下。每年都在投资，直到现在，投资二十多亿元，还得持续。他坚信，贺兰山东麓的葡萄酒产业，用不了多长时间就会变成上千亿元产值的大产业。

有时，陈德启与员工闲聊，偶尔也会说起自己的过往。"呀！老杨啊，等你休假时若是旅游到了江苏的天目湖，你就去吃鱼头，就能看到天目湖的山顶上矗立着一个姜太公垂钓的雕像，那地方是我建的。我几年没回去了。"

杨臣难忘这样一个场景。他第一次开着崭新的轿车，载着妻儿下班时，路过园区大门口，碰巧遇见独自散步的陈德启。放缓了车速，落下车窗打招呼。陈德启弯着腰，仔细瞅着他们一家人，黝黑的脸上满是喜悦。他们一家，是陈德启企业接纳的第一个家庭。以后在杨臣的推荐下，原隆村陆续有二十几户移民家庭整体来到这家企业上班，成为企业的固定工人。他们中，有的是父子，有的是夫妻。

不久前，有一部纪录片来闽宁镇拍摄，在贺兰山下一座烽火台取景。有这样的一小段镜头映进了我们眼帘：陈德启爬到土坡的半腰间，回头嘿嘿嘿地笑，伸出自己一只手，拽着后面正在爬坡的杨臣，使劲儿拽了一把。画面里，他俩就是一对亲密的兄弟。这温情的暖流，透过杨臣，传递到了每一个产业工人心上。

25. 好酒是种出来的

紫色梦想，葡萄梦想，与闽宁镇移民发生着密切关联。

当人们大谈贺兰山东麓葡萄酒时，很容易忽略掉一个特别的群体。这个群体，就是闽宁镇移民。都说，葡萄酒的酿造是从种植好每一株葡萄开始的，这个产业用工量大，种植园区讲求精耕细作。闽宁镇乃至整个贺兰山东麓，这个著名产区无法离开产业工人的有力支撑。像法国波尔多，常常出现用工荒，他们聘请到东欧工人，而美国产区主要依靠墨西哥工人。闽宁镇上，倘若移民一个月不出工，这个产业就会垮掉。

"在巴黎，搞比赛，法国人排起长队品鉴我们的酒。"

"这是中国的骄傲！也是我和闽宁镇移民的骄傲。"

这些年，闽商陈德启得出一个感受，很深刻，他说贺兰山东麓葡萄酒产业的发展，最根本一条是离不开产业工人的支撑，离不开闽宁镇移民的支撑。陈德启的园区很大，西靠贺兰山，东临沿山路，北界西夏陵，南衔原隆村，延绵十几公里，很狭长。在这个超大规模的种植园区内，出现了很多劳务经济人，他们每天带着镇上的移民来园区上班。每一个劳务经济人都能组织起一支二三十人或更多人数的队伍。劳务经济人不但是一支劳动力量的组织者，还是园区种植理念的传达者，在确保种出好葡萄的前提下赚取报酬。我在陈德启的种植园区里，认识了劳务经济人毛璞和毛琪兄弟俩。

兄弟俩，都四十岁出头，哥哥沉稳寡言，弟弟活泼热烈。第一次见到毛琪，他挽着裤腿露出小腿肚子，穿一双沾满泥巴的胶鞋在葡萄地里跑来跑去，跟他们一起干活的产业工人都叫他毛老二。我们也喊他毛老二，他愉快地应着。他和哥哥毛璞，都是闽宁镇上有名的劳务经济人。十几年了，他们每天都会带领上百名产业工人，在周边的工厂、农场、园区忙碌着。毛琪忙罢了，我们就坐在田埂上，面前和背后都是密密匝匝的葡萄架，脚头的滴灌不停滴着水珠，水珠打湿了葡萄根蔓，一点点渗进土壤。毛琪不紧不慢地给我们讲起了产业工人的事情。

1997年夏天，闽宁村一成立，少年毛琪就从老家隆德县跑来。当时，主要是帮着亲戚家盖房子。亲戚家房子盖好后，他却不愿意再回老家了。他老家隆德县好水乡庙湾村，山大沟深，交通不便，架子车都拉不进田地里。他说，父母老实本分，耕种一辈子，吃苦受累只混了个肚子饱。少年人有着很多的憧憬，他想留在闽宁村，近水近路又近城，以后种庄稼进城务工都会好很多，因而只想移民闽宁村，开创新生活。

记忆里，政府最初的办公区是几间砖砌的平房，极为简陋。整个戈壁滩上，有一些砖包房和土坯房，东一家、西一家，人们栽种的树苗三五棵。大风一刮起来，能见度十分的低，人在心理上感觉凄凉得很。但是，这里毕竟是平整的川地。毛琪借住在亲戚家的土坯房里，白天骑一辆自行车去周边农场打工，干一些锄草的活计，每天赚个几元钱。三年后，他攒了一笔钱，在镇区福宁村修建了自己的几间土坯房。

有了自己的土坯房，也就等于落户了。闽宁村升格建镇那年，是冬季，毛琪在外面拉回来五百斤煤炭做饭取暖。可是，没过多久，这些煤炭用光了。天寒地冻，工地上无事可做，只好枯守在冰冷的土坯房里。毛琪很急躁，索性出门去沿山公路上捡煤渣。沿山公路当时很窄，还是两车道，每天往来运输煤炭的大货车很多，路面被轧得坑坑洼洼，路基两旁会洒落一些煤渣。毛琪务实，只想熬过这个冬天，扎下根来，因而他不觉得捡煤渣有失颜面。第一次去捡煤渣时，他从镇区顺着沿山公路向北走了三公里，两个小时，竟然捡回六十斤煤渣。背着半麻袋沉甸甸的煤渣往回走时，他确信这个冬天是可以挺过去的。每隔两天，他都会上一次沿山公路，捡拾撒落在公路两侧的煤渣。就这样，毛琪解决了那年冬天的取暖问题。在这个过程中，他有时也捡回一些矿泉水瓶子，一只瓶子三分钱，他一天竟然也能捡回两三元的。

毛琪在闽宁镇上苦寻机会时，老家亲人的生活也不如意。

"不过，我哥在老家办了一件轰动四邻的大事。"毛琪咯咯咯地笑着，"那年，我哥毛璞和嫂子在老家结婚。我哥我嫂是中学同学，我嫂子大学毕业之后，我哥毛璞仍然穷追不舍，尽管一波三折，可他俩还是走到了一起。说起来，我哥毛璞当时穷得出名，但穷困潦倒并不妨碍他是个很有本领的人。他拜访了一回老丈人，老丈人竟没要一分钱彩礼。这在西海固来说，是一件了不起的事情。当然，他俩婚礼办得也很简单，我哥带我嫂搭班车进了一趟固原城，在商场花一百二十元钱买了一件红彤彤的大衣……他俩结婚之后，第一件事就是要改变现状，很快离开了老家，投奔到了闽宁镇。"

"兄弟同心，其利断金。"这话用在毛家两兄弟身上很恰当。自打这时起，毛琪和哥哥毛璞在闽宁镇开始了新起点、新奋斗。起初，他们给移民群众修建房子，干些承包活，闲暇时也打零工。有一天，哥哥毛璞发现周边的葡萄园区都在运输和采购有机肥料，而且需求量很大。于是，两兄弟就从贺兰山的另一面——内蒙古阿拉善运输有机肥料回来，专门供应给葡萄园区。几经往来，他们就和种植园区的人熟络了起来。当时，闽宁镇地区以及贺兰山东麓的葡萄园区多了起来。毛琪和哥哥毛璞发现，各个葡萄种植园区用工量大，可是零散用工不好管理，种植园区都很头疼。于是，这兄弟俩成立了劳务派遣公司，专门组织和管理工人，带着产业工人去种植基地劳动，全程参与葡萄种植。

"产业工人的工作，每天都是定量的。"毛琪说，"大多时候，只忙碌半天，会有一百二十元钱的劳动报酬。所有的种植园区都在讲求科学种植，每天工作怎么干，园区种植经理会安排给劳务经济人。之后，劳务经济人传达给产业工人。有了劳务经济人，用工单位与产业工人实现了对接，种植园区用人有保障，工作期间工人有秩序。"

毛琪黝黑的脸上，透着真诚，坦率地讲述着亲历。

起初，闽宁镇的大多数劳务派遣公司都不怎么规范，他也一样。他们的劳务经济人生涯刚开始时，交通安全意识比较淡薄，这给县交警大队造成了很大的苦恼。最早，他俩买回来几辆二手面包车运输，工人去种植园区常常有超员现象。那段时期，这种现象很普遍，产业工人上班下班途中并不安全。这样，引起了县交警大队的重视。隔三岔五，县交警大队的工作人员就会来到沿山公路上进行检查。因为存在安全隐患，毛琪常常会遭到扣车的处置，有时也会被叫去谈话。交警批评他："怎么回事啊，你不但车辆破旧，还经常超员超载，这样下去是不行的。"

"想买新车，可钱还没攒够。"毛琪也有苦衷。

总被交警批评心里很不是滋味，可工作还得继续干下去，他思来想去，索性和哥哥商量后，贷了一大笔款，更换了车辆。他们报废掉老旧的二手面包车，买回几辆崭新的中巴车，自此禁绝了超员现象……经营慢慢地规范起来了，交警也不再感到头疼。镇政府看到很喜欢，有一次还奖励了五万元钱。

追逐着紫色梦想，毛琪的生活发生了变化。现在的他，粗略一算，每年大约有二三十万元的收益。得益于贺兰山东麓葡萄酒产业的发展，伴随着用工量的不断增大，毛琪每天都在忙碌中感到很充实。每年，他们只有春节前两个月时间，是一段长长的休闲日。此外，他和产业工人总是忙碌在种植园区的田间地头。即便这样，偶尔还会感到用工荒。闽宁镇上，像毛琪这样的劳务经济人，大大小小，还有几十名之多。

遇到劳动力缺乏时，毛琪最当紧的任务是动员和招募产业工人。闽宁镇所辖六村，福宁村人生活殷实一些，大多依靠沿街经营商铺，很多人不必去当产业工人。即便这样，毛琪他们仍得想办法。就有了把一个懒汉转变成产业工人的故事。

懒汉五十来岁，成为勤谨人之前喜欢喝酒打麻将，就是不爱劳动，女人娃娃成天跟着生气。有一回，这家的女人找到毛琪，哭着说让毛琪把懒汉带出去干活。毛琪正缺产业工人，决定帮帮这家人。于是，他在第二天早晨5点半准时把懒汉拽到车上，又把懒汉带到了种植园区。懒汉蹲在地头上，先是看着大家干。毛琪说，你今天来了，就干会儿锄草的活儿吧，干到大家一半的工作量，算你全天的报酬。懒汉心想，来也来了，就跟着干一会儿吧。懒汉抬起屁股，捏着锄头，在毛琪的指导下锄草。懒汉疏于劳动，尽管动作有些迟缓，但干起活儿来却很细致。上午11点，准时收工。毛琪按照约定，付给懒汉一百二十元钱报酬。懒汉接过钱，心里很欢喜。第二天早晨5点半，又准时来找毛琪。就这样，这人逐渐变得勤谨了起来，还把几个酒友叫来了，当上了产业工人……

毛琪给我说这些的时候，锄草声越来越近。我们一扭头，瞥见了六十五岁的王天才。我们起身跟他招呼，王天才直起身来，杵着锄头，笑着回应了我们一声。已到花甲之龄的王天才，脸上看不出多少暮色。通常来葡萄种植园区的产业工人，多是以移民妇女为主，年龄都在四十多岁或五十多岁，而王天才显然年龄偏大了些。可是，他每次一到种植园区，干起活儿时轻松又利索，仿佛青春回来了，一点儿不输年轻人。

　　"为什么还要出来当产业工人？"我们很吃惊，追着问。

　　王天才笑了笑，没有不自然，反倒很坦然。他杵着锄头，笑着说："早年生活在西海固，穷困得很，我前半辈子一直打着光棍。结婚时，都四十多岁了。我女人天生残疾，万万没想到，她争气得很，给我一口气生养了三个健健康康的儿女。目前，女儿出嫁了，小儿子在读大学。我说明一下，政府虽然给我家很多帮助，但我有劳动能力，不能在家清闲着。种植园区的活儿是定量的，不费劲儿，我给毛老二说了好几次，请他带上我，毛老二最后同意了。虽然我年龄偏大，可这些活儿力所能及。"

　　王天才老人的小儿子，目前在银川读大学。老人自嘲，自己是闽宁镇上一个十分粗糙的农民，而小儿子热爱文艺，偏偏在舞蹈方面很有天赋，还得过很多的奖。因此，王天才要把儿子供读出来，好让儿子大学毕业后能去从事喜欢的舞蹈艺术。王天才早年吃过贫困的苦头，以至于他结婚晚，生养孩子晚，供读孩子晚，他说自己只能把自己活成四五十岁的父亲的样子。这样的话，孩子走向社会时会容易一些。

　　无论如何，王天才都是一位让人感动的父亲。只要每天按时出工就有钱赚，猫腰钻进葡萄地里的王天才，工作时和工友一起挥锨抡锄，一起给葡萄苗木剪枝定型、抹芽，又会一起迎来采摘季。忙到中途，坐下来，休息时，他和大家一起有说有笑，家中的病妻、读书的儿子，总能让他鼓足干劲儿，因此他在干活时从来不会落在大家的后面。王天才熟悉了每一种酿酒葡萄的品种和习性，什么是贵人香、什么是赤霞珠、什么是梅鹿辄，和我们聊天时他就一样一样地指给我们看。显然，这位在西海固老家种植山田旱地的庄稼汉，而今早已是闽宁镇上一位经验丰富的产业工人。

　　"没有闽宁镇移民，这个产业很难发展起来！"毛琪说，"在贺兰山下，劳动力给这个产业带来很大的红利。就拿采摘季来说，世界著名产区至今无法实现机械化采撷，葡萄采摘都得依靠人工完成，人工才能保障颗粒质量。在法国、美国和澳大利亚，采撷一吨葡萄大约花费一千八百元人民币。而在我国，普遍为两百多元。反过来说，这个产业也帮助到了闽宁镇移民，使移民群众在家门口实现了增收的愿望，让人们安心生活了下来。"

这的确是一个让人感动的细节。

毛琪从业多年，内心的感受丰富了起来。在闽宁镇，类似他这样的劳务经济人还有很多，他们每年有组织地转移就业好几千人。葡萄种植园区里，多数产业工人是女性。她们在家扮演起母亲的角色，对长辈孝顺，对子女有期待，乐意在家门口就业。日复一日，年复一年的辛勤劳动中，她们有了产业工人这个响亮的称谓。产业工人通过勤劳的双手，支撑起整个家庭用度，也成就了贺兰山下的葡萄酒产业。

26. 女酿酒师

酒窖里，女工端着的果盘跌落一块饼干。刘莉看见了，走过去，弯腰把落在地上的饼干捡起来，顺手送进了自己嘴里。酒窖环境整洁，陈列橡木桶的地方，也是中外宾朋前来观览和品酒的场所，用纤尘不染来形容，毫不为过。担任生产主管多年的刘莉，不必事事亲自去做，但每天都得过问酒窖里的每一处细节。围绕贺兰山下的葡萄酒产业，许多闽宁镇移民释放出了智慧和潜能，从而有机会呈现出人生的另一面。

四十岁的刘莉就是这样。个头不高，朴实干练，她是从移民妇女中成长起来的酒窖管理者，也是一名葡萄酒的生产者。很难想象，早年种惯山地作物的农妇，竟然完成了漂亮的蜕变。她先是从四百多公里外的西海固大山深处搬迁到闽宁镇上，接着，又从酿酒葡萄种植园区的一名清洁女工成长为葡萄酒的生产主管。

"很多人说我是电视剧《山海情》里的白麦苗！"刘莉不急不缓地说，"白麦苗从女工再到葡萄酒企业的生产主管，和我的经历确实有一些相似之处。可是，白麦苗的形象是被艺术化了的。其实，我们这些移民妇女的故事没那么浪漫。非要我说，我就讲讲这些年的经历吧，就讲讲自己与贺兰山东麓葡萄酒产业的缘分吧。"

从前，刘莉的性格很内向。很多年前，高考失利，她死心塌地地回到了大山里面，变得沉默寡言起来。时隔不久，经人撮合，她嫁给了一个有梦的山里人——男人的右臂上镌刻着一个大大的"梦"字。婆家在隆德县的温堡乡，是宁夏回族自治区最为南端的一个乡镇，犹如一块"飞地"镶嵌在甘肃省的包围之中。南与甘肃庄浪县接壤，西面北面都与甘肃静宁县相邻。算起来，温堡乡还是隆德县人口最多的一个乡镇，人多了，耕地就少。每逢天旱时，婆家人吃饭都成问题，可这还不是最关键的。

刘莉和丈夫生活在山顶上，不仅种粮难，吃水更难。

村里有两眼泉，一个是青石缝，一个是红石缝。这两眼泉，都是高山上滴落的水珠汇聚在一个平处的水槽或水坑里的。青石缝里跌落的泉水，可供人饮用，刘莉去挑水时得排队等上好几个小时，之后才能从水坑里舀出两桶水。新挑回家的水沉淀一会儿，水桶的底部就会出现些许黄泥。把清澈的泉水倒进水缸里，烧开了喝，口感竟然很好。青石缝里的泉水甘甜，但十分有限。村里人都有一个共识，青石缝里的泉水是不能用来洗衣服的。刘莉和村里的妇女要洗衣服时，就去红石缝里挑水。红石缝里滴落出来的水，既混浊，又苦涩，牛羊都不吃，而人也是不能饮用的，通常就用来洗衣服。

吃水都困难的刘莉，变得越来越沉默了。

胳膊上刻着一个"梦"字的男人，要带着她移民搬迁。

就这样，刘莉茫然地来到了闽宁镇上。

刚搬来时，有梦的男人并没有留在镇上，而是去了周边远一点的地方打工，刘莉带着儿子和女儿生活着。女儿到了闽宁中学去读书，寄宿制，每周回一次家，当时儿子刚刚七岁，在原隆村开始读小学。刘莉看着亲戚邻人每天都在忙碌，自己心里很着急，就跟邻居的女人去了银川市西夏区打工。早晨去，晚上回，帮助建筑工地清理建筑垃圾。干上几天，零工结束，又去黄羊滩给人掰玉米。由于中午不能回家，上小学的儿子只能自己照顾自己，每天中午就吃一顿方便面凑合着。刘莉这么外出打零工，根本照顾不到儿子，也压根顾及不到儿子的学习，因而就想在家门口找点事情做。

说来也巧，那时村口的立兰酒庄招聘几名保洁员。刘莉跟着邻居去应聘，当天就和大家一块儿清理起园区路面上的卫生。扫了两天地，生产经理撞见了她，就问："怎么称呼您呢？"刘莉笑着："文刀刘，茉莉花的莉。"生产经理听完，说你应该读过中学吧。刘莉点点头。接着，生产经理就叫她去酒窖，她很疑惑，做什么呢？

打塞！

打塞，就是灌酒，把酿出的酒灌进酒瓶子里。那时，立兰酒庄第一批红酒出来，产量非常少，机器设备还没更新，得人工打塞。工作时，非得手脚并用，又得讲技巧，得人工控制好葡萄酒的高低液位。这个看起来并不复杂的工作，很多人干不好。能干好的，觉得辛苦，索性就说自己家里有事情，不来了。生产经理讲了讲要领，刘莉听明白了，就埋头操作了起来。没想到，她干得很顺手。一天下来，只觉得胳膊发酸。临下班前，生产经理对她说："谢谢你，刘莉，你今天帮我们大忙了。"

刘莉听蒙了，说声再见，回了家。

她觉得，工资和出力是等量的，自己必须认真，何况她很珍惜家门口的这份工作。打塞的活儿一连干了十天，刘莉每天都能挣到一百二十元钱，她很开心。接着，又开始了自己的保洁工作，勤勤恳恳地整理着园区卫生。

刘莉被企业看重，只在一个细节上。转眼到了8月底，这时到了葡萄酒的榨季。所谓榨季，就是酿造葡萄酒的季节。种植园区的产业工人把葡萄采摘回来，送进酒窖，从人工框里倒出来，进行振动串选。先把烂叶子拣掉，再对葡萄进行人工粒选，把没有除干净的果梗清理干净。最后，把葡萄输进一只很大的不锈钢罐里。这个过程，就叫进料。进料的葡萄，就是经过了千挑万选之后进入最终环节的葡萄。这些葡萄都是参与酿造葡萄酒的。而被淘汰下来的葡萄，都会被清理出去，喂给牛羊。

刚来不久的刘莉，有幸参与了这个环节。她和一群女工在拣选葡萄时，机器传输带上进料出现了误差——细小的葡萄皮，堵塞了通道，红外线感应失灵。在场的人看见了，可没人敢过问，刘莉心想：这机器只认设置，而它遇到问题时，像是一个傻子。她就上前用工具挑开了堵塞物，机器立即恢复了正常运转。刘莉这个细小的动作，恰巧被进门的酿酒师邵总和左总看见了，他们也注意到了她。

榨季结束了，酿酒师邵总和左总找她谈话。

"刘莉，你愿意留在企业长期服务吗？"左总问。

"长期服务？是不是春节放假也能领到工资？"刘莉说。

"是的！"左总笑了，"各类保险都有，过年也发工资。"

刘莉感到非常开心，她和一拨姐妹成为酒庄的第一批员工。随后，首席酿酒师带她参与酿酒的全过程，教她测量比重和观察温度。她每天都能学到新知识，酵母怎么加，什么节点加，每一天的工作都是一场现场教学。刘莉是一个有心人，每天都在本子上记录着要点，把每个环节的要领和心得都写出来。此时，她了解到对酒庄而言，种植环节固然重要，但酒窖的榨季也是至关重要的。对于做葡萄酒而言，一年之计就在于榨季。她发现，酿酒师邵总这个阶段每天都不回家，日日夜夜住在酒庄。她们也会上夜班，跟酿酒师一起忙着酿酒，对刘莉来说这就是难得的学习机会。

在日复一日的忙碌中，刘莉跟着走完了第一个榨季，走完了酿造的工艺全流程。这段极为忙碌的时刻过去了，她吃惊地发现，原本漂亮靓丽的左总变得有些土气了，而酿酒师邵总也忙到顾不上细修边幅。又了解到，她所在的酒庄虽说不大，但在当年支付了移民五百多万元的劳务费。产业和村庄，就这样发生着密切关联。一年之后，刘莉被酒庄提拔为生产经理。酒庄的生产经理负责什么呢？可以说，葡萄从地里采摘回来，送进酒庄，再到酿造整个环节直至交给销售人员，生产经理都得负起责任。酒庄化验员是化学专业的大学生，也安排给刘莉管理，每天化验结果都得报给刘莉。

六一儿童节当天，儿子感冒了，刘莉感到很不安。

刚刚成为酒庄管理人员的刘莉，责任心比以往更强了，她必须为企业负责。孩子忽然生病了，她决定向公司请假。可左总却说："你带孩子去输液，忙完了，继续回来上班，就不要提请假的事了，还算全勤。生产车间的事情，你得兼顾。"接着，左总愉快地告知，次日下午有一个高规格接待。刘莉说上午带孩子输液，下午准时参加。她是生产车间主管又兼着酒窖品酒间的接待，想着要做好这次接待。

第二天临近中午，刘莉忙完孩子，急匆匆地赶回酒庄。进厂区大门时，看见了两辆公务用车开出了园区。她心想，坏了，接待工作很可能已经提前结束。来企业一年多，第一次遇到一个高规格的接待，而她这个生产车间主管却不在。在企业这样一个重要时刻，她却没能参与进来，一想到这里她就感到很遗憾。

进了门，只见左总和同事们在用餐。

"刘莉，快来吃饭。"左总说。

"左总，我吃过了。"刘莉回应了一声。

那时，刘莉的心里很不是滋味，鼻子一酸，眼泪仿佛随时都会流下来了似的。她第一次感到了脆弱和无助，在企业最忙碌的时候，身为生产主管的她却不在岗位上。即便这样，企业负责人仍然关切着她。想到这些，她就趴在化验室的一张桌子上，伤心地哭泣了起来……这时，左总找了过来，拽着她，去了餐厅。

说起来，把葡萄变成酒，的确是一个漫长过程。

"照顾小孩子，小孩子会说话，可葡萄酒不会说话，热了冷了，总在发出一些暗示，不断提醒着我们下一步应该怎么去做。"刘莉像照顾自家孩子一样，照顾着车间里的每一瓶葡萄酒。酿造过程，她对葡萄酒实际上要比自家孩子更用心。

每一粒进入最终环节的葡萄，大致都会经历这样的过程才有机会变成葡萄酒——采摘下来的葡萄，经过严格的串选之后，被剪掉了黄叶和烂梗，最终通过输送泵进到罐里，经过干冰冷浸渍，启动发酵，接种酵母。半个月后，进行热浸渍，实现皮渣分离，开始了第二次发酵，被称为瓶乳发酵期，也得大半个月。接着，灌进橡木桶，到了进桶陈酿阶段，这个过程得十二个月到十八个月的时间。陈酿过程，会有倒桶的过程，大约四个月倒一次桶，总共会倒三次到四次。这时，就得提取上清液，清理酒泥。陈酿结束，就到了出桶，还会经过过滤的工艺。罐装处理之后，就变成了一瓶瓶葡萄酒。可这些葡萄酒，还得进行半年以上的瓶储，之后才能走向市场。

"闽宁镇的葡萄变成美酒，差不多得三年时间。"刘莉说，"一系列工艺走完，再到消费者喝到这酒的时候，就得三年，这是一瓶酒的历程。闽宁镇的葡萄酒，贺兰山东麓的葡萄酒是世上最好的，大家不应该嫌它贵。"

高规格的接待没能参与，而刘莉，亲历了一个重要瞬间。

那是秋季的一天，中外宾朋会聚贺兰山东麓，品鉴着闽宁镇地区的葡萄酒，立兰酒庄的葡萄酒获得了一项金奖。正在酒窖里忙碌的刘莉，忽然接到上级的电话："刘莉，我们一批红酒将要出口到法国波尔多，现在要准备贴标。"

"出口到波尔多？"刘莉惊讶地问，"我没听错吧！"

"是的，我们产品要出口波尔多！"上级在电话里很兴奋。

"哇！真的吗？"

"是真的！"

刘莉那天总觉得自己听错了，在电话里问了好几遍。那天，上级也不烦她，她问一遍，上级就重复答一遍。刘莉确信这是真的，又兴奋地告知姐妹。闽宁镇的葡萄酒，要出口到法国波尔多。虽然数量不大，但这的确是个叫人振奋的消息。

他们出口到波尔多的第一批葡萄酒，品种是霞多丽，不多，两百件，大约一千多瓶。激动的刘莉，之前并没有掌握葡萄酒出口的流程。这时，她才知道，葡萄酒出口时海关检测很严格。酒精度认证必须准确，比如是十五度，只能是十五度。第一遍贴标完成之后，刘莉忽然接到上级的电话："你把标给贴错了！"

"不可能吧？"刘莉说。

"未成年人不可饮用，这句话，得去掉。"上级笑着说。

此时，刘莉第一次弄清楚，这句话对法国人来说是带有歧视性的。接到任务的第三天，是一个清晨，这批葡萄酒被运出了酒窖，装到了货车上。货车沿着酒庄门前的路，缓缓地拐过了一道弯，上了去河东机场的高速公路。那一刻，倚门而立的刘莉，感觉到所有的努力都是值得的，她觉得酿酒师邵总了不起，左总了不起，产业工人了不起，自己也很了不起。以前，总听人说中国人从法国波尔多进口葡萄酒，从未听说中国葡萄酒销往国外的消息……刘莉越想越激动，法国波尔多真的有了闽宁镇地区的葡萄酒。看着运送葡萄酒的车子消失在眼前，她蓦然觉得，仿佛自家孩子考上了大学，走向了远方和未来。

这些年，刘莉技能精进，人们开始称她是酿酒师。

跟着首席酿酒师忙碌了很多年，刘莉的感觉很好。准确地说，每年8月到10月都是贺兰山下各个酒庄的榨季。每一个榨季，尽管他们在工艺上大的方面没有调整，但细节上每年都会进行细微改进，变得更好。比如，在倒罐环节上，采取全程采用氮气保护的方式。这批酒出来之后，受到了许多国际专业品酒师的称赞。她记得，灌装的时候这批葡萄酒就已经呈现出年份感，鲜亮又有光泽。懂葡萄酒的人清楚，越是年轻的葡萄酒，颜色越鲜红，反之颜色就是深红的，年份越久，颜色就会发生变化。

说来也巧，灌装的第二天，来了一个法国酿酒师。酒庄管事的邵总、左总都不在，打来电话叫刘莉接待。满头金发的外国酿酒师进了酒窖，一句话不说，品酌了一口，眼睛里立即放着光。开口第一句就问："这是哪个年份的酒？"刘莉说："是本年度的。"老外很惊讶，那表情仿佛在说这是不可能的啊！刘莉就说："我是生产经理，不会搞错。"

"Are you Liu Li?"（"你是刘莉？"）老外惊喜地问。

刘莉笑着点点头。

"You can't make a mistake."（"你没有搞错。"）

显然，这位法国酿酒师之前是听说过刘莉这个名字的。这位酿酒师笑了笑，主动友好地和她握手。接着，询问酿造细节，刘莉毫无保留地讲述了这批葡萄酒的酿造过程。外国酿酒师听罢，若有所思地点着头，又通过翻译告诉刘莉："你们在酿造过程中，很好地保证了葡萄的香气；在倒罐时没有发生扩散性氧化现象，保证了颜色的鲜艳度；另外一点，你们园区种植出来的酿酒葡萄的品质是非常好的。"

以后，很多国内外酿酒专家来了，都会对这个年份的葡萄酒赞不绝口。大家几乎询问了相同的问题，酿造过程中改进了哪些操作？刘莉确信，专业的人都会有相似的认识，他们提出的问题大略也是一致的。而细节，多么重要啊！她忽然想到，贺兰山下的葡萄酒产业的创新，就是这些星星点点的创新。

贺兰山下的葡萄酒产业，虽说无法离开移民群体，但在现实中，工人的流动性很大。刘莉在工作中对大家要求严格，原本的邻里姐妹，偶尔会变得关系紧张。她们会提出一连串的疑问，酒窖门窗已经很干净了，为什么还非得用牙签来剔、用酒精擦拭？有时，有的姐妹会认为刘莉过于较真。刘莉没有解释过，但后来，大家都明白了，这个行业本身对工人的要求极高，流动性和淘汰率也很高。跟刘莉一起到酒庄上班的女工，都很稳定，收益也好，企业也很满意。只是前不久，一位跟她工作六年的大姐主动辞职了。这位年近六旬的大姐，家里添了一个小孙子，回家抱孙子去了。

紫色的梦，葡萄的梦，就是移民的产业梦想。我去了原隆村刘莉的家，别致的小院整洁而静谧，院里几棵果树绿叶飒飒，散发出果木青葱的幽香。她丈夫，如今是一名劳务经济人，每年从开春到初冬带一群产业工人忙碌在葡萄种植基地。去时是傍晚，刘莉在厨房，男人在墙角喂鸽子。推门发出的吱嘎声，惊飞了一群鸽子，鸽子扑扇着翅膀盘旋在头顶。它们携着哨声，破空而去，划出一条长长的弧线，像是刘莉和乡亲们一长串的逐梦痕迹。

27. 葡萄架下的智慧

中国葡萄酒的未来在宁夏。

杰西丝·罗宾逊，世界葡萄酒大师，这是她由衷的感叹。而当她这么认为时，贺兰山东麓的葡萄酒已远销包括德国、美国、比利时、加拿大、法国、新加坡、丹麦、澳大利亚、西班牙在内的三十多个国家。

离开闽商陈德启的德龙酒庄，顺着沿山公路再往南，就是闽宁镇原隆村，就是立兰酒庄。道路两侧全是密密匝匝的林带，白杨国槐风景树，泛黄泛红又泛绿，它们一起融进了一条长长的百万亩葡萄带。与德龙酒庄相比，立兰酒庄是一个小型酒庄。在宁夏，葡萄酒是一个朝气蓬勃的大产业，短短几年时间，仅闽宁镇地区就已出现了十几个国内、国际著名商标，如轩尼诗、西夏王、类人首、巴格斯、贺玉等。如果说闽商陈德启的开拓，提振了人们对产业的信心，而精耕细作又是共通特征。

邵青松，立兰酒庄的首席酿酒师，英俊帅气，言语温和。

十几年前，比闽商陈德启稍晚一些，邵青松怀揣着酿出世界上最好的葡萄酒的美好初心，与行道两旁的火炬树一起扎根在闽宁镇上。第一个年份的红酒酿出时，他们的酒庄迎来了一拨来自世界各国的四十多位酿酒师，既有法国和英国的，也有美国和比利时的。邵青松在他们酒庄设了一场晚宴，热情招待了这些国际上的行业同道。在轻松愉快的交流氛围中，觥筹交错，一位美丽的外籍女酿酒师频频向他致意。临近晚宴结束，这位外籍女酿酒师用力地握住他的手："邵！我很想留在贺兰山下。"

"为什么呢？"邵青松笑着问。

"这是一个杰出的产区。"外国女酿酒师说，"尽管我们昨天才来到这里，但贺兰山下带给了我奇妙的感受。作为一名酿酒师，能够留在一个杰出的产区，并且在这个杰出的产区做出一番业绩，酿出杰出的葡萄酒，应该是让人振奋的事情。"

"您的这个决定的确很突然！"

"在美妙的土地上，酿造美妙的葡萄酒，就是酿酒师美妙的梦想。"外籍女酿酒师举起的高脚杯，映出了她兴奋的笑脸。

外籍女酿酒师对闽宁镇、对贺兰山东麓的一往情深，使邵青松感到意外。他当时以为，这个外籍女酿酒师似乎有了醉意。不多久，又有四十多位来自法国、奥地利、瑞典、葡萄牙、英国、意大利、西班牙等十几个国家的酿酒师，陆续来到贺兰山下。这些外国酿酒师留在贺兰山下，与当地酒庄酿酒师共同切磋酿酒技艺。再之后，许许多多的外籍酿酒师来了，很多人来了就不走了，他们干脆接受酒庄邀聘，就留在了贺兰山东麓。此时的邵青松，忽然理解了当年那位外籍女酿酒师的热情。她来到贺兰山东麓，感到这是一个酿酒师出成绩的地方，因而很振奋，乐意留下来。

在邵青松的眼里，2021 年开年热播剧《山海情》，生动有力地向外界传递出了贺兰山东麓的葡萄酒大产业。基于这个原因，宁夏两百多家酒庄的订单不断，他们酒庄的网络订单也是应接不暇，销量猛增。但他觉得，剧中更应当把外籍酿酒师对闽宁镇、对贺兰山东麓的青睐表达出来——他们远离家乡，选择留在这里，就是要忙碌在这个杰出的产区，在良好的产业氛围中创造出奇迹，酿出世界上最好的葡萄酒。

葡萄美酒夜光杯，欲饮琵琶马上催。
醉卧沙场君莫笑，古来征战几人回？

唐人王翰的《凉州词》，是邵青松熟知的一首诗。酒筵上，甘醇的葡萄美酒盛满了戍边人精美的酒杯。而在邵青松眼里，葡萄美酒夜光杯，讲的是葡萄酒的一条产业链，诗句中有热衷于葡萄酒的人，还隐藏着种植葡萄的产业工人和酿酒师。

"犹如是酒，依然有葡萄的痕迹。"

勃朗宁夫人的这句话，似乎就是送给产业工人的。

酒庄的灵魂是酒，酒的灵魂是土地，土地的灵魂是人。葡萄酒好的产区来自好的土壤和环境，好的葡萄酒都是种植出来的。与闽商陈德启的观念一样，邵青松认为闽宁镇地区葡萄酒产业的发展，紧紧依靠着闽宁镇移民。十年前，他们的酿造出来的第一批葡萄酒在贺兰山东麓葡萄酒博览会上摘得金奖，跻身四强，成为激烈角逐中的一匹黑马。邵青松那时就想，即便有优秀的酿酒师，若无产业工人，这个产业仍然很难发展。围绕酿酒葡萄种植，离土地最近的产业工人，总是持续着星星点点的创新。

闽宁镇上，葡萄种植是一个精耕细作的过程。

与邵青松相熟的柳发明，是闽宁镇上的一个移民，也是一个劳务经纪人，几年来定向服务于邵青松的立兰酒庄。这个原本工地上的小工，现在已然是葡萄种植专家。对于葡萄的种植工艺全流程烂熟于心。每年3月下旬，柳发明带着几十名产业工人来到地头，追随着葡萄的生长，劳作在每行二百八十米长的葡萄地里。

"种植基地精耕细作，能到哪种程度呢？"柳发明说，"我们的酒庄保证每一粒葡萄不外购，每一粒葡萄不外销，全部采用有机种植，把握了葡萄的安全关。每一瓶葡萄酒，都有可追溯系统，能够追溯到每一块葡萄种植地块。"

每年3月20日左右，大地渐渐泛绿时，柳发明他们把冬天埋在土里的葡萄树小心翼翼地刨出来。4月初，按照架形来绑树，下旬就是第一次抹芽。关于抹芽，贺兰山东麓各个酒庄的方法并非都是一致的。柳发明他们会把根部的芽子抹掉，只在葡萄树的上部留下两只强壮的芽子。他们这里，葡萄树从根部往上一米之内不留芽。第二遍抹芽，也称作是定枝，等于是完全确定了今年结果的枝条。优胜劣汰的过程，似乎有些残酷。到6月初，把葡萄枝蔓引绑到架上，那时，芽子已经长大了，敞开了，遇见刮风天，很容易折断，因此必须尽快引绑上架。6月下旬，园区锄草工作展开。那时，葡萄架下的野草飞快地生长了起来。半个月后，锄草结束，而葡萄已经到了分藤的时候。虽说新的藤蔓已经长到一米多长，但很嫩，产业工人会对它进行修剪，俗称摘芯。这时，葡萄进入膨大期，已经坐果的果实是绿色的小颗粒，只有一粒红豆那么大。要让果实有营养，就得让一棵树的营养回流到果实，非得剪掉疯长的附梢。葡萄果实的膨大期，禁绝打农药，果实靠着树的本身营养生长。好的品质，只追求质量，并不在意产量。

最激动人心的时刻，应当是葡萄的转色期。什么是转色期呢？就是葡萄从绿色变成紫色的过程。带着产业工人忙碌在田间地头，柳发明对转色期有着深刻的体会。他说，那只是短短几天的事情，是眼睛能够看得清楚的变化。第一天看，那一株葡萄树的果实是绿色的，但到第二天再看时，它会奇迹般地变成淡淡的粉色。又隔一天，这种淡粉色又会变成淡紫色，渐渐地，葡萄的颜色变浓了。一周之后，淡紫色就会变成黑紫色。贺兰山东麓的酿酒葡萄是紫色的，准确地说是黑紫色的。

采摘季会持续一个月，大约是9月中旬到10月中旬。每天早晨5点，柳发明他们必须保障大量的产业工人进到园区，从事采摘。采摘的过程，也是个技巧活儿，男人手上劲儿大，很容易捏碎了果实，因此又必须出力适中。每天忙到上午11点，就算一天的工作量结束。采摘季结束，种植园区的工作仍没有结束。到了10月下旬，种植园区的冬剪工作开始，来年选择什么架形，要结哪些果实，都由冬剪来决定。立冬之际，就是葡萄埋土之时。埋土工作结束，再有两个月就是春节。

……

星星点点的创新，有时就体现在葡萄种植上，那是产业工人的智慧，那是闽宁镇移民的智慧。而邵青松觉得，这种创新有时竟是革命性或颠覆性的。比如，困惑整个产业多年的埋土和出土，在探索中有希望发生改进。

贺兰山下，各个葡萄种植园区，冬天埋土，春天出土，是工作的常态，这个环节长期没有被突破。不独是贺兰山东麓，中国北方地区的葡萄酒产区，葡萄品质普遍较好，但葡萄苗木在冬季反而要被埋进土里。葡萄苗木的一出一埋，代价很大，不仅很费工时，往往还会因为操作不慎而压坏葡萄老藤，这些烦琐的过程明显削弱了葡萄产业的优势。在现实面前，如何把劣势和短板进行突破，科技工作者和产业工人绞尽脑汁。大家思考的，是如何改变酿酒葡萄越冬时埋土以及开春出土的方式。

酿酒师与科技工作者的争论也就开始了。

"我们要立志研发出适合冬天不用埋土和出土的品种。新品种研发能够成功，就是几年或十几年的时间。有了新品种，就能解决掉冬天葡萄苗木埋土再出土的烦琐流程，有助于产业发展。"科技工作者说得很有信心。

酿酒师则提出了自己的顾虑："即便新的苗木品种研发出来了，葡萄果实还有没有原来的口感和香感？会不会变成另一种饮品？不得而知。但在我们的视野范围，赤霞珠、西拉在内的几类品种，长期风靡世界，而这几个种植品种就是从几千个品种里脱颖而出的，可谓是久经考验的酿酒葡萄苗木。"

邵青松在内的更多的酿酒师看来，改变品种是没有希望的，葡萄酒应该遵循和保留葡萄的特性，用葡萄的本质去赢得人们的味蕾。他坚持认为，应该紧紧抓住流行的品种，找一种适合的种植方式。这样，不会改变葡萄的糖酸度，酿出来的酒也不会游离于消费者对于好的葡萄酒的认知。否则，任何努力都无济于事。

说干就干，邵青松决定在田间地头上去实现创新。他能凭借的，只有深耕在这片土地上的产业工人。他们决定在改变架形上找到突破口，免去每年冬季埋土出土的烦琐。贺兰山东麓葡萄酒产区，种植的架形最早是独龙架，之后又出现了"厂"字形。尽管架形出现了很多种，但到冬天埋土时，一些很粗的老藤总会被压折了。

到了冬季，就是他们进行试验的时期。他们把葡萄主干的高度，从原本的六十五厘米逐渐下降，努力让葡萄的根向着大地深扎。每降低一厘米，都是尝试，都是邵青松和产业工人进行推理的过程。几年努力，他们把一部分苗木降低到四十厘米，变成了现在的单干双臂的架形。他们研发出的单干双臂的架形，在每年冬剪过后，竟然免去了葡萄下架，也不用压倒，可以直接埋土。开春之后，又免去了葡萄的上架。这样，架形很稳定，既减少了劳动力，又减少了流程，更减少了对葡萄苗木的伤害。相比传统的架形，产量低了不少。独龙架的亩产量不会低于八百公斤，而单干双臂的亩产量不会超过五百公斤。显然，新的架形很大程度上限制了产量，可酿酒葡萄要的就是葡萄的品质。

尽管无法解决葡萄埋土出土的问题，但仅凭这一星半点的架形创新，同样改变了和促进到这个产业的发展。在辽阔的酿酒葡萄北方埋土种植区，一个革命性的创新出现了。邵青松和柳发明他们申报了专利，是他们的尝试和探索让葡萄苗木免去了上架下架。尽管新架形是一个开放的专利，但却体现出产业工人的创新价值。

柳发明，这个朴素的闽宁镇青年移民，变成了一个顶呱呱的葡萄种植专家。很难再去想象，多年前他辗转在银川、兰州和乌鲁木齐，为了生活而四处奔波，只是小工的他，总想着在建筑工地上赚取酬劳。而现在，柳发明通过移民搬迁，来到了平原上，开始与酿酒葡萄种植结合在了一起。在自己村庄的门口，在长满葡萄的大地上，他拥有了一份属于自己的事业，内心也因此变得惬意轻松起来。他自己也说，这是个脱胎换骨的变化。和他一起发生变化的，还有很多早年一起的务工青年。

"在宁夏可以酿造出中国最好的葡萄酒。"多年以前，《纽约时报》评选全球必去的四十六个最佳旅游地时，给出了这么一条去宁夏的理由。

这里所说的就是闽宁镇地区，就是马鬃一般的贺兰山的东麓。夜幕降临时，当你从沿山公路经过，就能看见贺兰山如同马鬃一般在翻滚。贺兰山脚下，无数的紫色葡萄沉沉地缀在藤蔓间，在酿酒师眼里，它们就是一杯又一杯的美酒。葡萄美酒是种出来的，酿酒师最能体会到产业工人的重要性，他们认为产业工人有力保障了葡萄酒的品质。就拿给葡萄绑蔓来说，松一点，紧一点，都有可能起到相反的作用。再拿给葡萄抹芽来说，一株几只嫩芽，如果产业工人粗心，很可能就把不该留下的芽儿保留下来。对于闽宁镇乃至整个贺兰山东麓来说，这个产业需要更多像柳发明这样懂技术的产业工人。

紫色葡萄，成为闽宁镇移民致富的紫宝石。几年之后，宁夏回族自治区要实现葡萄酒产业综合产值一千亿元的目标。移民与葡萄，二者的结合，唤醒了沉睡的荒漠戈壁，染绿了原本荒芜的田园大地。闽商陈德启，这个栽种出十万亩葡萄的福建人，他的名字，终将夺目地镌刻在这个大产业开端的时刻。有人说，陈德启用实际行动提振了产业信心；也有人说，陈德启带动了产业的蓬勃发展。而陈德启引以为自豪的，是他看到了美酒佳酿香飘万里，看到了贺兰山东麓百万亩葡萄长廊的日渐形成。

"戈壁滩上种出了世界上最好的葡萄酒，想起来就让人激动！"陈德启说，自己当年若不开发这片戈壁滩，很有可能会闲置很多年，或许今天仍是一片不毛之地。可是，这块戈壁滩要比种庄稼的地值钱多了！最关键的，这片戈壁滩变成了绿洲，产生出了良好的经济效益，改变了生态环境，还带动了经济发展。

贺兰山下，这片古老而神奇的土地上，一群闽宁镇移民每天在这里精耕细作。闽商陈德启、闽宁镇移民以及两百多家酒庄，正亲历和创造着一项杰出的产业。每一株紫色的葡萄，都是生命的怒放，都是火热的青春……

第六章 金沙滩

　　沧桑之变，事在人为。二十多年过去了，干沙滩变成了金沙滩。闽宁镇的发展，某种程度上讲，就是产业的发展，就是产业的更新迭代。抓产业，成为干部群众最重要的一件事情。知名度很高的移民谢兴昌，总是一字一顿地说："我们干部群众，艰苦奋斗，硬是把昔日一个光秃秃的烂戈壁滩，建成了今天一个亮灿灿的金沙滩。"金沙滩上，有五大产业，有着很多常人想象不到的新产业。依靠它们，六万多个移民书写出了一首如诗如画的减贫史诗。在长长的关于国家和时代变迁的画卷里，闽宁镇最动人的莫过于一群人的命运流转。2021 年，乡村振兴的开局之年，闽宁镇上诞生了一家上市企业……

28. 闽商十三家

　　和谐的大家庭
　　我们是相亲相爱的人
　　有缘相聚在一起

用爱连起彼此的心

和谐的大家庭

我们是相互帮衬的人

风风雨雨一起走

今生今世不离分……

时光在你来我往的足音里流淌,升温了互学互助的闽宁兄弟情。二十多年来,一茬茬福建干部来到闽宁镇,与当地干部群众并肩奋斗。如今,挂职镇上的是李辉钦。李辉钦喜欢这首《一家人》的歌儿,这首歌儿被他发在微信朋友圈,又置顶在他的"李镇长赞闽宁"公众号里。工作之余,他穿一身笔挺的西装,精神抖擞地出镜,拍摄一些小视频发布,卖力地宣传着闽宁镇地区的旅游资源:"闽宁(镇)打卡第七站!来闽宁(镇)打卡镇史馆、红树莓、美食街,还有一处地方值得你去体验,闽宁会议中心酒店!闽式楼阁建筑,典雅气派,独具风情,星级布草标准,闽宁(镇)全境别无二家。舒适典雅的休憩环境,于飘窗前看闽宁(镇)全境,再酌一杯贺兰山东麓的葡萄酒,让您身心放松,畅想惬意……还可以品尝到福建特色的酱油水黄花鱼……"

光鲜热情的李辉钦,真心爱上了闽宁镇。真心爱上的地方,一定会有难忘的故事,一定会有刻骨的情感。对李辉钦来说,就是这样。他的原单位是福建厦门旅游集团,来到闽宁镇不久,就与镇上干部一起亲历了一场生死瞬间。

这是一起突发事故。那天,李辉钦和镇党委书记张文接待福建厦门的商务考察团。接待车辆自青铜峡甘城子往闽宁镇方向走,头车停在一处路口等红绿灯,他和镇党委书记就坐在这辆头车上。忽然,对面一辆重卡直直冲了过来。重卡司机疲劳驾驶,忽然在行驶过程中睡着了两三秒。就在这两三秒,飞驰的重卡就撞上了这辆头车。顷刻之间,车辆安全气囊打开,司乘人员都被撞得飞了起来。李辉钦年轻,反应快,他和张文先把司机拽到后排座位。这时,发现车头已被彻底撞烂。

"糟糕!车门打不开。"

"根本出不去!"

他们三人惊魂稍定，却怎么都推不开车门。

后车的福建客人，砸开后备厢，他们三人依次爬了出来。

"先去医院检查吧！"福建客人心里急，很难过。

"我们换一辆车，请大家继续参观。"李辉钦和张文说。

福建来客行程紧促，他俩得抓住机会使劲儿推介。为了表示身体并无大碍，他俩甩着胳膊跺着脚，坚持陪着福建客人考察产业。客随主便，他们一行人顺沿山公路向北走。进到闽商陈德启的酒庄时，李辉钦感到了腿脚疼痛，而面部明显肿了起来。强忍着疼痛和不适，他俩一瘸一拐地完成了这次接待。

远道而来的福建客人，是福建建发集团有限公司董事长。确切地说，这位董事长虽然是第一次来到闽宁镇，可他领导的这家世界五百强企业已经与闽宁镇发生了联系。闽宁会议中心，镇上的第一家星级酒店，就是这家企业投建的。

忙完接待，效果很好，李辉钦却病倒了。

负责处置车祸现场的交警告诉他："重卡再侧一点撞过来，就是车毁人亡的大祸。"卫生院的医生说："是皮肉伤，但得休息几天。"回到单位，李辉钦面部肿胀，腿脚跛瘸，像是被人刚刚狠揍过一顿，又感到嘴巴因碰撞而鼓出来了，浑身酸痛，疲乏到没有一丁点儿力气。同事和办事群众用异样的眼神睐着李辉钦，而一向注重仪表的他，决定请假休息两天。他这么想时，上级勒令他休假。

挂职干部工作期间遇险的事情很快传开了。回到宿舍的第二天清早，相熟的老乡来看望他，关切地询问伤情。李辉钦的宿舍是在新镇区一处开放的闽东居民楼里，没安大门，也没围墙，这里是福建挂职干部、援宁技术人员驻地。农民老谢来了，送来了水果，说了几句宽慰话，挽起袖子帮他煮起了稀粥。李辉钦心里感到很温暖，有一种想流泪的感觉。

"挂职两年，收获的是经验，更是感情！"李辉钦说。他这么认为时，只想着怎么多干些工作，怎么能干好自己的工作。和前几任福建来的挂职干部一样，他被授任了实职，担任闽宁镇的副镇长，负责闽宁协作、招商引资以及文旅规划等方面工作。李辉钦干事的积极性高，很活跃，热情参与助力农业，直播带货。应闽宁镇禾美电商扶贫车间一群姐妹的要求，他利用业余时间开展这项工作。

"白天忙完本职工作，晚上去原隆村搞直播。"李辉钦说，"连续三个月，利用晚上在抖音搞直播带货，像着魔了一样，总想给闽宁镇农产品代言、搞推广。当时扶贫车间开了一个号：李镇长赞闽宁。直播几次之后，我常常接到陌生电话，都是联系对接项目的。禾美扶贫车间的电商直播带货，就是这时逐渐红火起来的。虽然参与直播带货时间很短，但我们让闽宁镇在真正意义上迈进了电商时代。"

点开抖音上李镇长赞闽宁首页，跳出来的就是置顶的一个他第一天直播带货录制的小视频。李辉钦穿着笔挺的西装，手里抱着闽宁镇的特产，面对镜头侃侃而谈："大家好，我是银川市闽宁镇人民政府副镇长李辉钦，银川，西靠贺兰山，东邻黄河水，有塞上江南美誉。闽宁镇因脱贫而生，因脱贫而建，地处贺兰山东麓旅游观光带精华位置，是一座独具特色的戈壁小镇，也是贺兰山下一颗闪亮明珠。今晚8点，我将在抖音直播间，为闽宁镇扶贫助农产品代言。欢迎朋友们来到闽宁镇，为闽宁镇助力！"

那段时间，李辉钦忙碌在镇上禾美电商扶贫车间。有一次，忽然从门外走进一拨人，为首的一个人就静静地站在边上观看他的直播推介。间隙，他用余光发现来人竟是来镇上调研的福建省委书记。李辉钦顿时额头冒汗，使出浑身的劲儿，滔滔不绝地介绍着枸杞、红枣、黄花菜和金丝皇菊。

李辉钦日日夜夜思考着产业落地。

实际上，每一批福建来闽宁镇上的挂职干部，都会在转移福建产业到闽宁镇上下很大的工夫。有时夜里思考着产业的事情，就会睡不着。早在2016年，福建漳州台商投资区与宁夏永宁县结对共建，漳州台商投资区角美镇与闽宁镇结对，角美镇各村与闽宁各村确立联系。至此，闽宁协作延伸向基层互助。黄嘉铭，福建省第九批干部援宁工作队成员，是建镇之后，第一个来闽宁镇挂职的福建干部。两年时间，在这位福建干部的牵线搭桥下，引来两家福建企业落户闽宁镇。支持和转移福建企业到闽宁镇投资兴业，使闽宁协作迈出了造血式帮扶的根本性转变。一个东部的镇，一个西部的镇，牵起手互学互助，从单向扶贫走向互惠互利，拉开了闽宁协作全新探索。

李辉钦忙碌一整年，为镇上引进了两家福建企业。宁夏捷能通教育科技有限公司的开业，标志着最新一家福建企业落户闽宁镇。这家福建企业依托厦门捷能通光电科技有限公司，是一家专注于 LED 教育照明的产品制造企业，也是国家高新技术企业。企业产品用于对校园的整体改造，如今已在全国各省、直辖市、自治区得到推广应用。这家厦门企业一来，扎扎实实地为闽宁镇移民提供了四十多个就业岗位。

截至 2021 年年初，闽宁镇上的福建企业达到十三家。福建企业在闽宁镇地区，帮助三千名移民群众在家门口实现了就业。李辉钦坦率地说："跨越两千多公里，把福建企业转移到闽宁镇，并不是一件容易的事情。通过闽宁协作，为了把一个好项目落地，闽宁两地很多干部都在努力。就拿最新进驻闽宁镇的这家厦门企业来说，双方人员你来我往跑了八趟。对很多福建企业来说，来西部，面临着新市场的开发。但从土地和用工来讲，比起福建省内减少了投资，可企业仍会慎重考虑市场。对于闽宁镇人民政府来说，总希望有优质的企业进驻，解决当地用工，扩大安置移民的就业。因此，政府会要求进驻企业，尽可能多地提供就业岗位，真心真意接纳移民群众。"

落地一家企业困难很大，而李辉钦却拒绝了很多家。

"有个养虾的福建老板，慕名专程来到闽宁镇。他向我们提出了自己的设想，要在闽宁镇养虾。我们立即回复：不适合！他说，自己养虾多年，经验很丰富，保证带着移民群众只赚不赔。我们还是说：会产生污染，不欢迎！"李辉钦介绍。多年来，闽宁镇一直都在积极地从事着人居环境改造，再引进污染企业，说不通啊！时不时，他总能接到很多企业的咨询电话，对方都会表达出落户镇上的愿望。有做医疗设备加工的企业来找他，他直截了当地回绝，说闽宁镇的招商引资有取舍，也有坚持。

李辉钦来闽宁镇挂职，两年来，压根没有午休时间。他常常和各村干部群众交流，积极帮助移民解决困难。闽宁镇吸引力大，外来人口很多，他听说有一个老哥住在福宁村，前几年被汽车轧伤了，性命是保住了，可人却瘫痪了。李辉钦去家访，得知这人瘫痪了，仍然自强得很，和妻子靠手工编织维持生活，供养三个孩子读书。

见了面，这人笑着对李辉钦提出诉求："李副镇长，我户籍在西海固，但我在闽宁镇生活多年。我写了申请，希望镇政府帮助我落户闽宁镇。如果我身体健康，肯定不会提出这个要求。我落户闽宁镇了，就能享受到一些保障……你今天来家访，我感到很开心。你若是不帮我，要不了多久，我老婆很可能会跑掉。"

李辉钦看到这人的两腿肌肉在萎缩，很揪心。

"西海固老家的乡亲们全搬了，去了别处，可我喜欢闽宁镇。如果不是车祸，我日子也好。"这人补充了一句。

"老哥，我争取办好你的落户。"李辉钦动情地说。

出了这户人家的门，李辉钦的心里沉甸甸的。经过一段时间努力，他把这户移民的事情办妥了，解决了他们家的落户问题。接着，李辉钦又提出给这户人家做一个手工艺品展示柜，放到镇区旅游景点上，各项费用由他自己来出……

不像很多乡镇，闽宁镇是一个节奏很快的地方，对李辉钦来说就是这样。日复一日的忙碌中，他压根无暇顾及福建家中，一年到头也回不了一两次家。李辉钦原本是福州市一名大学教师，为和妻女团聚，辞职后去厦门参加工作。没过多久，组织上派遣他来到闽宁镇上挂职，一家人又天各一方。有一回，妻子带着两个女儿从厦门来宁夏探望，在闽宁镇上陪他四十天。这四十天里，他休息了一天，只陪妻女看了一眼近处的贺兰山。夜里，有时他在宿舍忙着案头工作，黏人的小女儿就在他脚头玩耍。等他忙完，再看时，小女儿已经趴在他的腿上甜甜地睡着了。

闽宁镇上，十三家福建企业扎根到了当地，闽商在闽宁镇累计投资超过三十亿元，涉及特色种植、纺织行业、生产制造等多个类别，帮助三千名移民在家门口就近上班。李辉钦相熟的闽商许上等，是富贵兰宁夏实业有限公司的负责人。多年前，许上等带着福建晋江人引以为傲的纺织服装产业，响应闽宁协作的号召进驻了闽宁镇。许上等的企业，稳定解决了六十多名移民的就业。许上等习惯了闽宁镇上的生活，他的妻子和孩子都来到了宁夏。吃惯了西北饭菜的许上等一家，索性把户籍迁到了离镇上不远的首府银川。

落户银川，也就意味着扎根了……

29. 斑斓的大棚里

闽宁镇的温棚，是让人倍感奇特的地方，在这一片片狭小的天地里，有人变成了养蝎子养花养蚯蚓的能手，有人种出了羊母奶草，并且把这种草变成了高档化妆品。对镇上的第二代人来说，父辈早年在西海固种植山田旱地的日子，已经变得遥远而模糊了起来。如今，父辈们闻所未闻的现代农业，让闽宁镇园艺村的设施温棚园区变成一个生长着致富梦的地方。马雅玲，园艺村妇女，朴实干练，四十岁的样子。说起来，她算是地地道道的闽宁镇第二代移民。如今，她和村里二十户乡亲从事着有机蔬菜种植。我去时，一棚青葱的绿意里缀满红彤彤的果实，她正忙碌着采摘西红柿。市场对有机蔬菜要求严苛，她的土地目前还没改良达标，而科学种植仍然让她尝到了甜头。她的西红柿口感好、糖分高，保存周期长，远销福建和北京。凭着观念和技术，她在大棚里创造出了可观的利润。

"你六个大棚，纯收益能到二十万元吧？"我问。

"搁在去年，肯定不止。"马雅玲笑着说，"去年西红柿价格普遍较高，而我今年卖到每斤两块五。我们科学种植，比普通大棚的综合种植成本降低了百分之二十，产量比普通大棚增加了百分之二十。七个月的种植周期，我的六个大棚，每个大棚的产量大约会在十五吨，细算下来，这个愿望是完全能够实现的。"

"保障你愿望实现的，是什么呢？"

"福建来的林晓红教授和科学技术啊！"

马雅玲算完这笔经济账，又是一阵开心的笑。

很多年前，她跟父母搬迁到闽宁镇，就扎根在园艺村。闽宁中学毕业后，她读了一所经贸学校，接着去上海一家电子厂打工。工作的同时，参加成人自考，读完大学。到成婚年龄，她又嫁回闽宁镇，嫁给了同村的同学何志强。婚后，她接了父母的班，喜欢上了农业。最早带着马雅玲从事特色种植的，是福建人。十年前，福建商人蔡宝来到闽宁镇从事有机蔬菜种植，种植区就在闽宁中心小学的东面。这位福建企业家从福州带来了一拨技术员，驻在园区三个月，专门传授种植技能。这时，马雅玲第一次接触到了有机蔬菜种植，她跟着福建技术员学管理、学技术，种植西红柿、辣椒、芹菜、小油菜、小青菜之类的。这项种植技能对马雅玲来说是十分陌生的，可她必须学会。为了生活，她不但学会了种植技能，还掌握到一般的病虫害防治知识。

渐渐地，马雅玲真心喜欢上了有机蔬菜种植。在管理大棚的过程中，她总会思考着如何节约成本，如何才能把蔬菜种好。工作中，她与福建人建立起友谊。以后，她被企业聘任为经理。董事长和总经理常常不在，就由她负责。

有一年，记得正好要过一个什么节日。企业领导都不在宁夏，已经过了给工人发工资的日期，很多工人焦急地打问着，等钱过节。马雅玲打电话给领导，拨打很多遍，终于接通了。那边信号很差，她听不清楚，说着说着就断线。

"已经过了好几天，工资不发，工人积极性就会降低。"马雅玲觉得，工人要过节，多等一两天也等不起。思来想去，她拿出自己的储蓄卡，刷出十七万元帮助企业垫付工资。几天后，企业领导回来后大吃一惊，说了很多感激话。

搬迁到闽宁镇二十多年来，马雅玲家向来重视特色种植和特色养殖。她说，婆家娘家刚搬来时，就跟着福建的林占熺教授种植双孢菇，像电视剧《山海情》里演的一样。镇上的产业调整以后，家里又养牛又养羊。她跟着福建企业家忙碌了几年，又响应镇上的号召自行创业。她在田地里忙碌着西瓜育种，种植一种可以打种子的西瓜种子。种植出来的西瓜种子，会被种子公司以每公斤四百元价格收购。

直到有一年冬季，村里鼓动大家从事有机蔬菜种植。

园艺村设施农业园区，就在村庄的东面，村上腾出来一批建成的大棚，交由农户来承包种植。村两委在微信群里动员：想种植的，快来报名。园艺村的这批大棚，是属村集体经济，以每年每座大棚一万元的价格承包给农户。这一万元承包费，包含了种植户第一批种子和必备设施。算下来，每座大棚的承包费也只有六千元钱。说来奇怪，农户在微信群里热烈地讨论着，可就是没有人去村"两委"签约和缴费。

"马雅玲，你是致富带头人，现在就由你来带个头吧！"分管农业的副镇长说，"你打种子的西瓜种植很成功，过去也有种植有机蔬菜的经验，一定能带好这个头。虽然说想试干的农户多，但大家实际上都没动静。"

"我种打种子的西瓜，与人家种子公司有产购合同，也积累了种植经验，忽然退出不好吧。"马雅玲说出了顾虑。

"你进大棚，镇上来协调种子公司。"

……

就这样，马雅玲开始了有机蔬菜种植。她一个人承包了六座大棚，又在微信群里招呼着大家：这件事情能做！很多农户得到消息，就说一个女人承包了六座大棚，男人有什么不能承包的呢？很快，二十户人实实在在地参与了进来。距离元旦只有半月了，村上急急忙忙带着种植户搞培训。在镇区的澎湖湾休闲度假区封闭学习三天，请来专家讲授种植技术，又集体乘坐大巴车到中宁、中卫和固原等地观摩。

此时，马雅玲认识了林晓红。

林晓红，福建漳州城市职业学院园林园艺系教授，是受福建省漳州科技局派遣，以援宁技术干部身份来到闽宁镇的。林晓红与马雅玲相识了，林晓红决定追踪马雅玲的大棚。这次培训回来后，马雅玲她们开始收拾大棚，先用大水漫灌棚里的田地，深翻一遍再撒肥，又用旋耕机旋耕一遍，最后起垄。忙完已是元旦，应该种植什么呢？时间有些晚了，她和种植户在四十多座大棚里全部栽种了西红柿。

林晓红教授一来，发现了大棚里一个很大的问题。

"雅玲啊！这些大棚建得很标准。可是，园艺村这些土壤很贫瘠，土壤贫瘠了就会影响产量和质量。在贫瘠的土地上要种出有品质的西红柿，很困难，但是科技的力量能够帮助到我们，现在就有两个办法。"林晓红说。

"教授，您是专家，您说吧。"马雅玲虚心求教。

"第一个办法，是把土壤改良到符合有机蔬菜种植条件，这需要三年甚至更长时间，种植户等不起。另外一个途径是寻找合适的生物菌肥。"

马雅玲信任林教授，使劲儿地点着头。

初来乍到，林晓红教授很快与马雅玲这些种植户打成一片。林晓红在网上购买了大量的环保袋，分发给种植户，教大家把发黄脱落的果蔬叶和果皮收集起来，制作成环保的肥料，不但节约了购买化肥的成本，还有助于土壤改良。不久，又在银川物色到一家生产生物菌肥的企业。可是，包括马雅玲在内的种植户，都没有使用过这种产品。为了鼓励大家，林晓红自掏腰包购买到一批生物菌肥，让大家尝试。

马雅玲能够体会到，真的要把西红柿种好，的确不是一件容易的事情。林晓红来到大棚里，带着她一起忙碌。经常会在电话里提醒："冬季温度过低，得想办法提高地温，抵御严寒的天气。即便太阳出来，大棚的棉被也只能起到一定位置，大棚的外部不能结冰花。一旦结了冰花，棚里的苗木就会休眠，不再生长。"

她们俩，小心翼翼地照管着幼苗，可问题还是来了。

春节刚过，有两座大棚因为设备原因，连续两天接近五十摄氏度的高温。很蹊跷，天下过一场大雪，棉被上落了厚厚一层，马雅玲试着先扫大棚顶部的积雪。又按起了卷帘机给大棚揭棉被，可卷帘机没卷起来，竟折断了。找人来修，处理好，已是两天后。此时棚内温度接近五十摄氏度，湿度表瘫痪了，疫病泛滥。

大惊失色的马雅玲一边拔掉烂掉的苗木，一边把情况告知了林晓红。那时，林晓红正在福建家中，急切地告诉她，迅速把整个苗木的叶子清洗一遍。为了救下这座大棚，她按照林晓红教授的办法去做了。最终，这座大棚被救了下来，但不幸的是，三分之一的苗木还是不幸感染了疫病，只能拔掉。林晓红从福建家中回到闽宁镇，第一件事情就是来到园艺村，继续追踪园艺村设施农业园区的大棚。

"雅玲，天气晴朗时，棉被不宜卷到很高。否则，棚里的作物很容易打蔫。还有，你这六座大棚，滴灌时需要区别对待。你这几座大棚，虽然处在一个地块上，但前半部都是沙子，而后半部又都是土，有土的地方蓄水时间长，你十天可以打一次水。但你大棚的前半部，都是沙子，你三天就得打一次水，不然就会干旱。"林晓红教授在大棚里及时发现问题，及时提醒马雅玲，再让马雅玲告诉全体种植户。

种植三个月后，马雅玲的大棚开始采摘。

让人们意想不到的惊喜出现了，尽管人们对于有机蔬菜种植的要求非常严苛，可马雅玲按照林晓红教授的要求采用生物菌改良土壤，土壤虽然没有达到种植有机蔬菜的要求，但西红柿口感也非常好。糖度很高，放半个月表面没有大的变化。唯一不好的，是种子是菜西红柿品种。马雅玲很激动，她把一串生长出八个的西红柿，连梗条一起剪下来，专门送给了在镇上的林晓红教授手中。

"菜柿子种出了水果柿子的味道！"林晓红教授激动地说。接着，林教授又发现，马雅玲大棚里的西红柿，明显要比别人家同期种植的西红柿挂果多、个头大、颜色鲜。算下来，比别人家的西红柿又早成熟了半个月。

第一茬西红柿采摘下来，林晓红教授介绍她联系到福州一家蔬菜商。她给这个福州蔬菜商人寄去了西红柿样品，没几天，对方提出空运一吨到福州。对方明确说，这个菜种得的确很好，但不能算是有机蔬菜，因此给出每斤两元五角的价格。马雅玲在自己的大棚里，只需要按照要求装箱，各种运费都由对方承担。没过几天，又有五吨产品运到北京……

"感激福建的林晓红教授，她才是大棚里的头号功臣呢！"马雅玲对大家说，她这么认为是有充分的理由的。林教授科学种植和传统办法相比较，优劣十分明显。在园艺村的设施农业大棚园区里，像马雅玲这样实现科学种植的大棚，比普通种植的大棚经济效益明显高出许多。其一，每个大棚的综合种植成本降低了百分之二十。其二，每个大棚的产量相比增加了百分之二十。这百分之二十的增量，在一千斤以上。其三，在售价上，科学种植出来的西红柿售价每斤在二块五，而另一种卖到了一块五六的进了菜市场。

再一细究，马雅玲不得不承认这种科学种植的结果。

"一座棚，两万斤！如果没有林教授教我们提高农肥质量，就无法实现高产。比如，我们对西红柿苗木进行了浸根处理，对根部进行益生菌施肥，再到枝叶喷洒，把每一件工作做到细处。通过这次尝试，我们感受到了科技的力量。"

马雅玲信心十足，正思考着引种种植桑果、樱桃和车厘子。

"和林晓红教授讨论了好几次，着手要干！她很支持。"

"听说林晓红教授快要回福建了！怎么指导你？"我说。

"呀！这好办嘛。我可以和林晓红教授视频啊！她对我进行远程指导。你不知道，教授是个热心肠，为了指导我们种植西红柿，她凌晨 1 点多还会给我打电话，那时我很吃惊，但教授告诉我，应该怎么做。她很关心我们，只要她想起来了，就要我赶紧做……"

因为种植大棚的事情，马雅玲一心扑在了西红柿苗木上，忽略了孩子读书。正在读小学五年级的孩子，原本在全班排名前儿，但在最近一次的测试中，数学成绩尚可，而语文压根没及格。班主任老师很生气，在电话里劈头盖脸地把她训了一顿，说家长都钻到钱眼里去了，孩子读书一点也不操心，也不督促。

"你不要忘了，教育也是咱闽宁镇人的产业。"班主任的这句话，一下子刺到马雅玲心上，她觉得有那么一点点委屈，大棚里的工作又让她丝毫不敢松劲儿。后来，每到放学时，她便停下手中活计，早早关了大棚，回家陪伴孩子读书。

30. 一树火红

闽宁镇上，人们既种枸杞，也栽红树莓。红树莓和枸杞，都是一树的火红，也都是移民增收的产业。烈日催熟的枸杞，让晾晒的院落从 6 月一直铺红到 10 月。火红的颜色，火红的热情，带来了年年岁岁的希望。

枸杞，很早就被誉为宁夏之宝，让宁夏人骄傲了很多年。而红树莓，则是闽宁镇培育的一项新特色种植产业。让这新作物在闽宁镇扎下根来的竟是个农民出身，自学成才打败了洋专家的土专家。

"你非要这么干，我明天回德国。"罗伯特愤怒地说。

"依您的经验，树栽不活啊。"海都社不甘示弱。

地头上，移民海都社与德国专家罗伯特较上了劲儿。罗伯特是来自德国的大名鼎鼎农技专家，这些年走过了很多国家，专门指导红树莓种植。在闽宁镇，罗伯特第一次听到了反对声。罗伯特身高一米九几，海都社只有一米六几，两人鼻子贴鼻子争论着。尽管语言不通，他俩就用手使劲儿比画着，谁也劝不住。肥胖的罗伯特长着棕色的头发，碧蓝的眼睛，咆哮起来像一头凶猛的狮子。

这一场激烈的争论，成就了一项新产业。

闽宁镇就是这样一个地方，与栽培双孢菇、种植酿酒葡萄一样，红树莓产业也凝聚着移民的汗水和智慧。这里的土地有着别样禀赋，不仅是酿酒葡萄种植的首选之地，还是种植红树莓的绝佳地区。红树莓，既是增收效果明显的特色农产品，又能改善贺兰山东麓生态环境。现实中，闽宁镇的红树莓产业，不仅栽种出了增收的新希望，还为闽宁镇地区增添一处休闲风景区。如果不是因为移民海都社，红树莓产业或许就没有今天红火的光景了。

海都社，闽宁镇原隆村移民。早年，他和家人从固原市原州区开城镇黑刺沟村四组搬迁到闽宁镇原隆村。生活在老家西海固时，他长期在晒不上太阳的井下挖煤，腰椎间盘突出十分厉害，重体力活儿已经不能继续再干了。搬迁到原隆村，似乎无事可做，只见很多亲朋好友纷纷转成产业工人，自己也逐渐明白了，农业产业将与他今后的生活紧紧相连。他跑到村委会，打问着用工信息，想请村主任老马帮自己对接劳务。一见面，两句话，就说清楚了。这时，老马手机响了。

"马主任啊！咱们村上有人懂电吗？"

"红树莓基地出现了一点儿状况。"

"明天要栽苗木，准备工作今天还没做好。"

边上的海都社，听见老马手机里传来清脆的女声。

老马听电话的时候，扭过头来，瞅一眼他，仿佛在问：你懂电吗？他使劲儿点了一下头。老马在电话里，立即回复对方一句，说村里有个人可以试一试。说罢，就打发海都社去村口的红树莓种植基地。这个种植园区流转到村里将近三千亩土地，用工量大，按照村上与企业的协议，企业用人必须充分考虑村里人。海都社骑着电动车，出了原隆村，走过沿山公路，往东走两百米，看见了几座房子和一片荒地。

地头上，海都社见到了车秀珍。车秀珍，这片荒地的新主人，她穿一双旅游鞋，和几个工人站在大田里商量着栽树的事情。可眼前，田里到处漏水，蓄水池的电路断掉了。工程队的两个年轻电工推测，烂掉了一根电线接头。原因找到了，可他们忙碌大半天，总是修不好电路。又提出，过两天抽干水再修。

车秀珍皱起眉："按计划，明天得栽树。"

两个电工不吭气了。

这时，海都社插话："今天应该能修好。"

车秀珍听见后，请他试一试。

海都社挽起了裤管，光着脚丫子下了水。那时是4月中旬，闽宁镇上乍暖还寒，水下有些冰冷。下到最深处，水竟漫到裤腰带上。他摸索着，忙碌了二十来分钟，接上了断开的线路。忙完爬出蓄水池时，他浑身湿漉漉的。电工一按开关，好了啊！临近傍晚，他冻到浑身不停地抖，跳上电动车要回家。

董事长车秀珍看在眼里，很感动，客客气气地说："海师傅啊！我们热烈欢迎你来园区工作。你带工，凡事不必亲自干。明天开始栽种树苗，请带几个移民朋友一起来。我们给你先定四千元的月薪，你看好不好？"

红树莓，海都社没有接触过。但他很快了解到，红树莓苗木不高，耐寒抗旱，在东北地区有着大面积的种植。红彤彤的果实，很像草莓，药食同源的植物，又被人们称为生命之果或黄金之果。车秀珍的老家在东北，她喜欢火红耀眼的亮色，少女时代见惯了漫山遍野的红树莓果实，心里喜欢极了。退休之后，车秀珍决定在贺兰山下种植红树莓，开辟一个集种植、加工和休闲观光于一体的新产业。可是，闽宁镇地区究竟是否适合种植红树莓？流转到土地，直到遇见海都社时，她心里仍不确定。

第二天，海都社带着几个移民来上班。

他们参加了种植园区的平田整地，铺设水管和栽种树苗。这年，他们栽种了一千亩红树莓苗木。就在栽种树苗的时候，德国专家罗伯特来了。罗伯特身材高大，又很胖，是企业专门请来的种植专家。头一回见面时，董事长车秀珍郑重地介绍："罗伯特先生是我们从德国请来的红树莓管理专家，今后由他指导我们科学栽种。"

大家热烈地鼓掌，接着，罗伯特成为这批产业工人的领导。因为车秀珍强调，罗伯特先生叫大家怎么做，大家就听从罗伯特先生指导。于是，大家跟着罗伯特干。那时，海都社具体负责灌溉的事情，可没过多久，一半树苗濒临枯死。他内心感到恐惧不安，尽管如何浇灌，他都是听从德国专家罗伯特的，可苗木一旦发生大面积死亡，恐怕他自己也很难说清。这么一想，就感到十分担忧。

他请翻译告诉罗伯特，这样管理会出大问题。

罗伯特很生气，又请翻译转告：不必操心。

海都社没辙，去找车秀珍，反映苗木出现死亡现象："董事长啊！按罗伯特的方法，我们园区可能会出问题。我过去在西海固老家种粮，旱田里，青苗要是耷拉着脑袋，这肯定是活不成的，是要绝产的。现在，我感到害怕……"

"种植上有罗伯特。"车秀珍笑着说，"你们听专家的。"

几天之后，园区里一半苗木枯萎了，原本发黄的树叶枯萎了，干巴巴打着卷儿。海都社、车秀珍和工人们全都傻眼了，请来德国专家罗伯特，任务就是保障苗木的成活率，可现在苗木出现大面积死亡。原因究竟何在？罗伯特本人也说不清，仍坚持己见，说是闽宁镇的气候原因所致，谁来提意见，他都会不高兴。

海都社决定自己钻研，尝试着解决这个问题。

他扛着一把铁锹，攫取土样，又通过肉眼对土样进行分析。经过观察，他惊讶地发现，种植园区虽然都是荒漠沙砾土壤，但这种土壤还分为好多种。比如，他一铁锹掘下去，有的地块是黑土，有的地块是黄土，有的是盐碱地，有的是沙石地。已经栽种的这一千亩土地上，竟然是由四种细分的不同的土质构成的。相对地，沙石地上种苗木会困难大些。他断言：问题出在土壤上，也出在灌水时间上。

罗伯特的要求是，每个地块，每次灌水两小时。理由是，红树莓本身就是属耐寒抗旱的植物，并不喜涝。而海都社觉得，罗伯特并没有把握好闽宁镇的土壤。闽宁镇土壤，是千年未垦的大地，根本存不住水分，就像当年干渴的西海固。正午时刻，他坐在田埂上盯着地块在发呆，阳光炽烈，他能看到大地的水分在蒸发。

海都社跑去再找罗伯特，竟然激怒了罗伯特。

罗伯特说，苗木死亡是气候因素。

海都社说，这与气候因素无关，与土壤和灌水有关。

"海，干脆你来当这个专家吧！"罗伯特咆哮着。

说这话时，罗伯特没收了挂在海都社腰上的泵房钥匙。

晚上，罗伯特回了银川住宿。海都社悄悄来到园区，要用自己的办法拯救苗木。他觉得夏季里太阳晒，晚上风大，土壤里的水分更容易消散。于是，他小心翼翼地从通风口钻进了泵房，偷偷地给地块灌水，尝试延长灌水时间。这一切，他都瞒着罗伯特。罗伯特对灌水是有严格要求的，而海都社觉得，每次灌水两个小时是无济于事的，水分一半会渗漏，另一半经过风吹日晒会蒸发掉。他把灌水时间提高到十二个小时，是罗伯特灌水力度的六倍。每次灌水时，他认真地写下笔记，记录灌水的起止时间。

偷偷摸摸给大田里灌水，像给饥饿的孩子喂夜食，还不能被旁人发现。不过，黑夜里给大地淌水是一件极为辛苦的活儿。海都社得四处走动着，查看有无漏水，遇到突发状况就得一个人处置。实在忙不过来了，就把妻子和女儿叫来一起干。一忙碌，往往就是整整一夜。妻女是没有报酬的，只是帮他的忙，而他，是要证明自己的判断，救下这一大片红树莓。女儿有时会抱怨，这么干，又不被理解，指望什么呢？可他觉得，救活树苗，让这个产业在村口发展起来，就能安置更多的村民来就业。

大约十天之后，快枯死的苗木活了过来。

郁郁葱葱的原野上，海都社冒着风险，通过尝试，把苗木救活了，他用自己一个人的坚持创造了不可能。车秀珍、罗伯特还有林业局的科技干部都很吃惊。这时，海都社拿出工作笔记，公布了自己的灌水数据。红树莓种植园区的树苗成活率，从原先的百分之五十提高到了百分之九十以上，这个亮眼的成绩，与德国专家罗伯特无关。自此，罗伯特与海都社的关系变得很糟糕，彼此见面互不理睬。

罗伯特公开表示了对海都社的不满。

可海都社不在意，他只想努力干好工作，当好一名产业工人。针锋相对的那一段时间里，罗伯特提出园区不必除草，车秀珍也相信了。因为，在东北，很多园区并不在意除草环节。除草，意味着企业要增加人工成本和种植成本。海都社却提出了不同意见：闽宁镇土壤和东北有区别，园区的草必须清除干净。

"罗伯特带来的是东北经验。"海都社说，"这不适合闽宁镇。"

经过试验，他们发现，除草增加了成本，但提高了产量。

到了年底，德国专家罗伯特黯然离开中国。

罗伯特先前讽刺地说，海都社才是种植专家。而在罗伯特走后，产业工人海都社真的当上了红树莓管理专家，他被企业聘任为生产经理。在大田里一战成名，他又被请去四处传授经验。有一回，他给原隆村的技能培训班讲了课。

"福建双孢菇告诉我们，种地不容易致富，发展产业才是出路！我们走出西海固，要在闽宁镇上获得持续不断的发展，必须掌握技能，必须依靠产业。现在，我们有一个共同的名字就叫产业工人。特色种植，我们要听专家的，但不能完全相信。有时，还得结合实际情形来处理问题。面对一个园区，你得研究每一个地块。黄土多的地块禀赋好，沙石地石头会多一些。你是男子汉，我是男子汉，我能扛起两百斤的麻袋，你未必……"这一次，海都社第一次讲述了与罗伯特的故事。

借着这个开端，红树莓种植区扩大了。因为先前获取的种植经验，扩大种植时已经没有了任何风险。车秀珍、海都社他们，不但在戈壁滩上真的种出了红树莓，还把果实变成各类饮品，走进了城市里的大超市。紧接着，他们在种植园区北面，投资建设了澎湖湾红树莓生态旅游区。闽宁镇上的澎湖湾，集住宿、餐饮、休闲、采摘于一体。澎湖湾，一枚巨型的红树莓果实矗立在大地上，一列绿皮小火车横卧一侧，一片人造湖边上散布着一座座别致的小木屋，餐饮区怒放着上万盆各色花卉……短短几年，红树莓从种植到深加工，再延伸到旅游休闲，已是一个现代产业园区。对于海都社在内的上百名产业工人来说，他们就近在这里获得了一份稳定的工资性收益。

"游山玩水，赏花踏青，烧烤垂钓，逗鸟喂鱼，一家人共度周末，哪个方式最适合？来闽宁镇，无须远行，千亩树莓，采摘品尝，绿色生态，美味健康，鸟语林，体验鱼随影动、鸟逐身行的悠然自得，打卡彩虹滑道，体验两耳生风的刺激滑行，约起三五好友，来一场别有韵味的吃货之旅……"抖音平台上，李镇长这样推介这里。

红树莓，一树火红，与枸杞一样变成闽宁镇的一项产业。

31. 红安格斯诞生记

闽宁镇上，这座现代化的肉牛养殖场里，落满的鸟雀常常和牛儿抢食吃。渐渐地，厂区就成了鸟儿的天堂，喜鹊、麻雀和鸽子，总是萦绕在树梢或食槽，叽叽喳喳的。人若一抬手，呼啦啦惊飞一大片。鸟雀吃了不少牛料，可企业主王瑞刚不让撵，驱鸟器不让用。王瑞刚，我们先前说到过，就是闽宁村成立之前，那个一度流落新疆的少年。在新疆米泉红旗公社解放村打工时，他差一点就当了雇主老汉"老神仙"的上门女婿。只因"老神仙"笑着问他——"娃娃你是不是想吃仙桃呢"而害羞，竟不辞而别……很多年前，王瑞刚像鸟雀一样在长路上四处觅食，他懂得颠沛流离的苦涩，于是善待这群越冬的鸟儿。

"兄弟啊，你把电视剧《山海情》看完了吗？"

"里头，马得宝的原型一定有我呢！"

"我说出来别人不信，而你是最清楚的。"

王瑞刚开心地说着笑着，眼睛眯成一条细线，喜感中透出率真和坦荡。二十多年过去了，他仍是一个瘦汉子。年岁增长了，皮肤有些黑，一直嘿嘿嘿地笑，说电视剧把闽宁镇宣传美咧，又自顾着说起《山海情》里的各种细节。还说："哎呀，编剧来找我聊了半小时，匆忙走了。电视剧一播出，马得宝走新疆下煤窑、搬到闽宁村种蘑菇、包工程，这个原型就有我嘛！这些，你之前都写过，你最清楚……"

又说，自己养肉牛的事儿，比电视剧精彩多了。

建镇时，王瑞刚忙碌着承包工程，创办了瑞刚劳务派遣公司。红火时，两三百人跟他在周边务工。与此同时，闽宁镇的特色养殖产业开始姗姗起步。典型的就是肉牛养殖，比如，玉海村的庭院经济一下子就发展起来了，家家户户都在养肉牛。当时，干部群众意识到，单靠种植庄稼解决温饱没问题，但要想获得发展非得通过产业来改变。在镇政府支持下，移民获得银行贷款，在庭院里建牛棚，发展肉牛养殖产业。极盛时，玉海村各家各户养四五头以上的肉牛，而养牛大户的存栏数量则在二三十头以上。一个牛圈，牛的数量就是家底。渐渐地，肉牛养殖在闽宁镇成为特色养殖产业的大品牌，直接改变了很多家庭面貌，有人翻建了新的住房，有人把孩子供到大学……直到今天，肉牛养殖既是闽宁镇的传统，也是闽宁镇的重要产业之一。

王瑞刚为何要从事养殖产业呢？

对他来说，这个选择的过程是痛苦的。

"早些年，承包工程能够赚到钱，可氛围很不好。"王瑞刚皱着眉头说，"寻人问路，得说很多央求的话，很多时候得不到回应，每走一步困难大、挫折多。每次请人去酒店吃饭，去什么地方，要吃些什么，要花多少钱，都得被请的人说了算。被请的人，每次会指定某个酒店，还提前声明，不让带烟酒。吃一顿饭，花多少，算多少。我很不适应，也很不理解，自己没开豪车，会被对方笑话。吃完饭，我有打包的习惯，也被对方笑话。最不理解的，是每一次请人吃完饭，想干的工程项目总泡汤。"

有一天，王瑞刚请人吃饭，大事情就发生了。

指定酒店的消费很高，几个人吃掉了一两万元。临结束，王瑞刚还像往常那样，招呼服务员打包。这时，被请方一个大腹便便的男子不高兴了，借着酒意，竟然说了一些侮辱人的话。王瑞刚尽量克制容忍，只想结束了赶快回家。说来奇怪，那人说着一些不中听的话，可被请的人竟然没有一个阻拦的，反而跟着哈哈大笑。王瑞刚勃然大怒，忽然站起身来，使出浑身的力气掀翻了面前硕大的酒桌，残羹和酒水洒落一地。在场的人立即惊呆了，他们停止了嘲讽的笑，不约而同地看着一个全然陌生的王瑞刚。

"我是闽宁镇人，你们不知道我们的苦和难！"王瑞刚火冒三丈，"大夏天里，我背着一沓子凉皮来到闽宁村拓荒盖房。一沓子凉皮，连着吃三天，顿顿吃，天天吃，即便是搁馊了也得吃。我是过了苦日子的人，即便当了老板，也是很不容易的。今天吃这顿饭不论花多少钱，我出得起，但不能浪费。打个包，怎么了？"

说完这句话，他扭头就走。

陪着王瑞刚出门办事的姜武，是公司的一名工程监理，也是一个退伍兵。姜武和他在前台结完账，又叫他消消气。王瑞刚不吭声，沉默了好一阵子，最后说："唉！我们今后不搞工程了，今天和他们决裂了，咱们今后做实业吧。"

"能往哪方面靠？"姜武笑着问。

"养牛！今后要求就要求科技，就要求知识。"王瑞刚说。

长期从事工程监理的姜武，以为王瑞刚说的是笑话。几天后，王瑞刚叫他结伴开着车子匆匆踏上了外出考察的行程。这一趟，出门一个多月，他们先跑新疆、青海和甘肃，接着又跑内蒙古、东北和山东，专门考察北方地区的肉牛养殖企业。以后，承包工程的业务一笔没做，一心一意为创办一个现代化的肉牛养殖企业而奔波。

承包工程的王瑞刚，要变身肉牛养殖专家，而工程监理姜武，也得转变成现代化养殖场的场长。肉牛养殖，对他俩来说很陌生，转型过程并不顺利。记得第一次收黄牛时，在市场上看到牛儿壮硕，腿部腱子很高，就收回一大车。第一天，看着这批牛儿挺好，直到第二天发现端倪，两头牛儿无精打采，病恹恹的，抽血一化验，还真有问题。没过多久，他们第一批花高价收回来的牛，竟然塌价了……

村里的乡亲们瞧见了，就说："隔行不取利，你得干工程！"王瑞刚不这么想，在自己所在园艺村流转到三百多亩土地，扎扎实实建起了养殖园区。没有上过一天学的他，开始通过网络来学习肉牛养殖技术，又联络科技工作者。

"要求人，只求知识，只求科技！"王瑞刚是这么说的，也是这么干的。建厂之初，他与银川市科技局建立了良好的联系，又请中国农大、宁夏农大、宁夏农科院的教授来指导。从这时起，他接触到了一群清廉的科技干部和农技人员，总觉得他们辛苦而实在。有时，科技工作者下乡来养殖园区工作，忙过午饭的点儿，大家要么就回闽宁镇上，要么就在园区里吃一顿简单的工作餐。王瑞刚发现，科技干部和农技人员很好相处，他们吃着十分简单的饭菜，不会浪费，在意的，是怎样让养殖大户把肉牛养好。

一座现代化的肉牛养殖园区建成了，存栏肉牛五千头，就叫宁夏犇旺养殖场。成片的牛舍，齐整而有序地分布在平整的原野上，七纵八横的园区内部道路两侧，栽种着密密匝匝的榆树和柳树，空余处又种上了苜蓿，既像园林又像兵营。这里一草一木，都让人感觉到园区是扎扎实实做起来的，摆出了要打持久战的姿态。

"最精彩的就是肉牛的品种改良。"

"发情期的母牛，最难管理。"

"兄弟，你别失笑！我慢慢给你讲嘛。"

肉牛养殖的第一年，王瑞刚存栏三百多头。那时，专家学者建议说，一个现代化的肉牛养殖园区，必须走自繁自育兼带育肥的路子。第一步，怎么走？非得进行品种改良。王瑞刚听得进去，决定以品种改良保证牛源和质量。

改良红安格斯时，就是一次重大尝试。

闽宁镇上的红安格斯，是澳大利亚的安格斯和本地秦川牛的杂交。秦川牛，就是闽宁镇人常说的黄牛。在这里，秦川牛充当了牛妈妈的角色，安格斯牛则担当起了牛爸爸的身份。改良的第一头小牛，生产时，是那一年元旦来临前几个小时。下午下班了，牛妈妈却表现得不淡定了，情绪急躁，费劲儿地走来走去。牛妈妈肚皮鼓得很大，连尾巴都翘起来，奶包也已经很明显了，显然是临产状态。

养殖场的厂长姜武大叫："要生了！"

原本要下班的十几名产业工人，都不回家了，就喜悦地围着牛妈妈，屏住呼吸，都在静静地观察着，要亲眼见证第一头改良小牛的诞生。半个小时后，新生命降生了。王瑞刚咧开嘴嘿嘿地笑，眼睛眯成了一条线："这个牛娃娃生下来，咋跟它妈妈不一样呢？哎呀！咋跟它爸爸长得也不一样呢。"而姜武发现了端倪："咱们本地秦川牛四肢粗健，体形方正，这头小牛更漂亮，很明显，比一般新生小牛要重。"

新生的小牛，立即住进了"ICU"，脚下垫起很厚的稻草。每天，大家给小牛喂三次奶，牛妈妈也很照顾小牛，可是奶水不够，王瑞刚和姜武又给小牛添加了牛奶。大家又担心小牛会感冒发烧，总是小心翼翼地精心照顾着，直到三个月后断奶。昔日的工程公司老板和工程监理，把自己的情感全部投注到了一头小牛身上。新建的厂区环境优美，小牛顺利长大了。对于王瑞刚、对于闽宁镇来说，这头小牛具有划时代的历史意义。

小牛出生时三十六斤重，长到二十三个月时，体重高达一千六百五十斤。这比改良之前的黄牛，增重至少五百斤以上。王瑞刚舍不得卖这头牛，它体形好，又温驯，意义非凡，专家学者来了看一眼都会喜欢上。可是，它走动都吃力了，犹豫再三最终还是卖掉了。第一头改良牛离开园区时，被装到了卡车上，这牛儿竟然回过头来，冲着王瑞刚和姜武他们流下了眼泪。王瑞刚和全体员工站在园区的路边上，依依不舍地送走了它。

这就是第一头红安格斯。

秦川牛和安格斯结合之后，有了一个全新的品种。

王瑞刚深耕牛圈，继续钻研，努力缩短母牛胎间距。

红安格斯母牛生完第一胎之后，又过五十天，必须抓紧时间进行人工授精。王瑞刚算过这样一笔账，如果基础母牛生完一胎，经过产后恢复，再配下一胎，就会实现一年生产一头犊牛，这样养殖母牛的经济效益才能显现出来。怎么做到这个有序衔接呢？王瑞刚必须学会仔细观察母牛，了解母牛的发情期，一旦确定了母牛在发情，必须及时人工授精。不然，这头基础母牛又得在牛圈多养二十天。

母牛发情时，会有一系列的迹象。

王瑞刚要提高园区的经济效益，必须一丝不苟地进行钻研，牢牢地抓住这个宝贵的时刻。红安格斯母牛发情时，行为表现有很多。比方，忽然不好好吃草了，情绪变得急躁了起来，抬起头满圈乱叫。王瑞刚透过这些行为表现，能准确判断出红安格斯母牛是否发情。这时，最忙碌的往往就是繁育员。

繁育员，专门给基础母牛做人工授精。繁育员也是由王瑞刚培养起来的，这个工作岗位很重要，技艺得精湛。繁育员接到工作任务后，会定时对母牛进行人工授精。这是一个转瞬即逝的时刻，从观察到发情的迹象，再到完成人工授精，最佳的授精时间在八小时之内。如果繁育员错过授精时机，又得苦苦等到下一个月。母牛是否怀孕？还得依靠 B 超检测。在对基础母牛进行人工授精第三十五天，给牛做 B 超。怀孕的母牛，都要隔离开喂养。到了九个月之后，就是分娩期，也是王瑞刚的忙碌时刻。

"我们必须掌握好母牛发情期。"开会时，王瑞刚总叮嘱。

"还得熟悉接生环节。"姜武常常这样要求大家。

王瑞刚和姜武，必须实现全面而彻底的转型。在他们看来，优秀的养殖能手，不但要掌握基础母牛发情期，还得保障好接生这个最末的环节。接生时刻，往往是最揪动人心的瞬间。说来奇怪，母牛的孕期和人是一样的，二百八十二天。偶尔，母牛之间相互打斗就会导致流产和早产，只是发生率很低。他们的红安格斯，很温驯。不过，他们遇上这种事情就会很伤心。辛辛苦苦养一年的牛，就靠生产一头小牛带来经济收益，如果半途发生夭折，自然就会让大家感到悲伤和难过。

母牛生产时，如果是顺产，往往是前蹄和头部一起先出来。有时出来一只蹄子，王瑞刚就会知道，这头牛十之八九是胎位不正。这时，他和姜武就得用手拽着蹄子。如果小牛仍然出不来，怎么解决呢？他们又会把这只已经出来的前蹄送进去，再两条腿同时找见，和头部一起往外拽。有时，小牛的脑袋在前面，或者屁股在前面，都可以顺利生产下来。帮助牛妈妈的工人，就被称为人工助产师。

但凡遇到一头母牛难产时，全体职工都会来帮忙。往往是，几个人撸起袖子围着一头母牛在忙碌，七嘴八舌地出着主意。王瑞刚和姜武一样，都成了人工助产师。紧张关头，王瑞刚先是指挥着大家干，一着急，自己就会出手相助。小牛平安降生了，现场的人都会很开心。王瑞刚并不是一个很好的助产师，有时母牛难产，他伸手去帮助，什么也摸不见。牛娃堵在中间了，或是横着的，都是十分糟糕的状况。实在不成，他们只得选择保护母牛。如果遇到小牛夭折，每个人都很难过，而王瑞刚会气得原地跺脚。

闽宁镇上，王瑞刚科学养殖肉牛，起到了积极的表率作用。银川市科技局顺势而为，支持两套国内先进设备。其一是母牛发情检测系统。母牛发情时，这套检测系统就会把信息直接反馈到王瑞刚、姜武他们的手机上，机器对工人起到了重要的提示作用。其二是自动饲喂系统。喂牛时，定量的饲料足够了，警报就及时提醒。这套系统有很大的学问，如果每头牛超量吃掉一斤，对于养殖企业来说是就是一笔不菲的额外开支。而这套设备，还会通过监控测算出牛的体重在内的各项生长指标。

而今，王瑞刚肉牛养殖规模在银川地区排名前三。

和闽宁镇上的很多肉牛一样，他们的肉牛也远走北上广，而且市场上供不应求。王瑞刚企业紧接着实施了"扶母还犊"项目，与闽宁镇园艺村散养户合作，形成互惠互利的养殖新路径。王瑞刚给乡亲们提供怀孕的母牛，牵回家饲养，等牛犊长到半岁大约三百斤，王瑞刚再以高出市场价回收，由企业对牛犊进行科学育肥，再出栏。这种形式，不仅提高了散养户的经济收益，同时保障了王瑞刚养殖企业的安全。王瑞刚很清楚，如果自己跑到外地去收购肉牛，偶尔就会遇到不太好的。扶母还犊的形式很见效，村民李占斌、王军、辛文武是养牛的能手，参加了这个项目，他们牵回去五头基础母牛，分别生下五头小牛娃。说来很巧，当时肉牛价格好，大半年，每人纯获利十万元。

带动散户发展肉牛养殖，是王瑞刚的愿望。

王瑞刚的另一个身份，是银川市科技特派员。银川科技局委派的，他很在意自己的这个身份，他说，这意味着必须带动周边村民一起发展这个产业。现在的王瑞刚，偶尔还会想起早年承揽工程时四处求人的遭遇。"我们把饭碗端到了自己手里。"他每次对人感慨时，总会感到内心的踏实。他要求的，是知识，是科技。

全国各地的养牛人圈子里，有一个不成文的惯例，同行远道来考察，必然要管一顿简单的饭。王瑞刚外出考察，常常受到这样的接应和待遇。养牛人请他吃饭，不是那种奢华的场面，多是家常菜甚至是一碗面，而他觉得踏实而亲切。每到这时，他就想起当年自己在豪华酒店掀翻酒桌时，与人决裂的无畏与勇气。

鸟雀见了王瑞刚不躲避，就萦绕在他头顶，叽叽喳喳，啁啾个不停，像是给他演奏一曲大合唱。这些进到园区与牛儿一起争食的鸟雀，王瑞刚从来不去驱赶，而鸟儿也就这样机灵地回应着。一片养殖园区，三万多棵树木，看不见一寸裸露的土。王瑞刚在这里种下的松树、柏树、槐树、杨树和柳树，早已变成波涛汹涌的绿。

闽宁镇福宁村的肉牛养殖，和玉海村一样，在银川地区赫赫有名。福宁村，有自己专门的养殖小区，养殖小区形同一个村民小组，这里集中了一百二十多家养殖户，就坐落在闽宁镇的最西端，离贺兰山很近。养殖小区走的也是集约式科学养殖的路子，甚至还建有一个肉牛交易市场。我们去了养殖小区，很奇怪，但却找不见养殖大户的人影。能看见的，只有各家各户院落里高高的码放齐整的草垛。

"如今养牛，谁还二十四小时守在牛舍啊？"养殖小区里，遇到的一个老汉告诉我，"大家把牛舍建在养殖小区，人差不多都住镇上。牛饿了，有状况了，会通过监测系统快速发到养殖户手机上。手机接收到了情报，大家才来牛棚。"

肉牛养殖，闽宁镇人的一项传统产业，一项特色养殖产业。起先移民群众通过政府担保贷款，获取资金，从事起养殖。差不多将近二十年了，这项产业一直都是移民增收的重要来源之一。肉牛出户进园，集约式科学养殖，有助于疫病防治，有助于减轻个体经营户风险。逗留在养殖小区时，我看到了养殖环境的变化，想到的仍是闽宁镇第一头红安格斯牛的诞生——宁夏秦川牛与澳大利亚安格斯牛杂交改良的新品肉牛，移民群众创造的这鲜动的一幕，理应被写进闽宁镇产业发展的大事记。

32. 六百商户一碗面

闽宁镇是一个诞生创富传奇的地方。

镇区所在地福宁村，居民接近两万人，是全镇六村人口最多的一个村庄。在这里，沿街个体经营极为活跃，六百多家经营户各显神通。这几年，来闽宁镇地区旅游的人多了起来，沿街的个体经营，发挥出了提升生活水准，拓宽增收渠道的功能。六百多商户，繁华了镇区。

闽宁镇大门牌底下，北侧，是刘进忠经营的一家面馆。刘进忠凭借这一碗面，迅速地从贫困走向了殷实。四十来岁的刘进忠皮肤白净，清瘦高大，喜欢摄影和篮球。总是乐呵呵地笑着，眼睛眯成了一条线。和我握手，他粗糙的手掌像是带刺的树皮。我问他手上的老茧都蜕掉了，怎么还这么粗糙呢？他说，吃过大苦的人，手一辈子都糙。他经营的西吉米氏餐厅，生氽面和干拌面早已声名远播。每到饭点，一栋两层楼上上下下坐满了食客。每天半下午，大厨兼老板的刘进忠才能解下围裙歇息。

餐厅窗台上摆着一盆花，我叫不上名字来。花很低矮，但却开出了一朵又一朵紫色的花瓣儿，玲珑剔透。刘进忠瞅一眼花，回头笑着说："2011年，我从西海固搬到闽宁镇，算来整整十年了。比起大多数移民，我搬来时已经很晚了。刚来时，我在闽宁镇上还是一个穷汉。穷到啥程度？毫不夸张地说，孳障（可怜）得很，口袋里没钱时，连一碗面都吃不起，小孩子也跟着大人饿肚子……但是，闽宁镇这个地方好，吃苦就能赚到钱。我们沿街搞个体经营，没多久，就把家庭面貌改变了。"

实际上，刘进忠还是个少年时，就已四处打工，为摆脱贫困而努力。他的打工经历，是很多西海固人四方漂泊的故事。二十岁那年，他应聘到西吉县城一家销售摩托车的公司。每天上班，他的工作任务是骑一辆摩托车翻山越岭，像邮递员一样各乡各村跑。和邮递员的工作不同，他要把农民赊欠的尾款一笔一笔地替老板收回来。刘进忠耐性大，逢人总是好话一连串儿，总能完成任务。2007年春季的一天，他回村里休息，与妻子在老家的山田旱地里种豌豆。在忙碌的过程中，一不小心从地头的山梁上跌落下去。髋骨摔伤，伤情很重，一住进县城医院，多年的积蓄很快就化为乌有。治疗到一半，没钱了，他索性中断治疗。回到村里躺在自家土炕上缓了一年。结果，不治而愈。而那时，家里已是山穷水尽。他没回县城，不愿再干清欠的活儿，决心去北京打工，看看外面的世界。

离乡时是一个黎明，他和妻子早早就动身，把行囊背到身上。十二岁的女儿小荣送他们走到土坯房的门口，他和妻子站在初春的冷风里，一遍遍叮嘱着小荣。此别之后，辍学的小荣要扮演起妈妈的角色，给弟弟妹妹做饭洗衣……他俩不敢去看熟睡的小儿子，小儿子还不满两周岁。这样的离别，让人牵心，也让人无奈。

出门打工的路，很不好走。他俩搭乘拖拉机，迎风越岭，天亮到西吉县城。在县城，换乘第一趟去银川的长途班车。下午时分，在银川南门汽车站下车，又扛着铺盖卷换乘公交车去火车站。晚上，他们手持无座车票，挤上了火车。没有座位，他们在汗流浃背中一路站到北京西站。到北京，已是第二天上午。从山村到首都，他们一天之内辗转两千公里。进了首都，两人头重脚轻，眼前全是林立的高楼，不曾识见的繁华，硕大的广告牌上写着——北京欢迎你。他们乘着地铁快速地穿行北京城，到站下车，他发现妻子没来得及下车，就被上车的人挤进了车厢。还好，他们唯一的一部手机带在妻子身上。在一名热心民警帮助下，他和妻子在下一个站点上顺利地会合了。

北京奥运会日渐临近，首都到处很繁忙。他们辗转昌平，应聘到小汤山的一家鸡肉厂上班。按照公司的要求，先参加体检，等待好几天之后进了厂。那段时间，他们借住在当地一户回族人家，白天在企业忙忙碌碌打工，到了晚上才能回到租住的民房里休息。晚上来不及做饭，吃一顿泡方便面填饱肚子，过着极尽凑合的日子。

在鸡肉厂上班，刘进忠和妻子干着切肉和串羊肉串的活儿，成天跟生肉打交道。工作的气氛很紧张，日子就在忙碌和对家乡的思念中度过。两个多月后的一天，鸡肉厂的广播忽然开了声，语气粗暴地喊着话："宁夏西海固地区来的工人请注意，你们中间有人偷鸡肉吃……"他听完，很生气，心里特别不是滋味，心想偷鸡肉吃的人就能代表宁夏西海固吗？为什么非要打倒一大片儿呢？他愤愤不平，非要去跟企业领导理论，妻子劝都劝不住。他一较真，和企业领导吵了一架，当天领上工资带着妻子离开了北京。回到银川城的当天中午，他扛着行李走在站前广场上，忽然大地摇晃了起来。两三分钟之后，街道两侧挤满黑压压的人群，焦急又惊恐。此时，汶川发生了地震。

苦涩的打工生活，并没有让他的家庭变得宽裕起来。2011年冬季，刘进忠和妻子带着儿女来到了闽宁镇，租住在福宁村。那时，他们一家人的生活仍然清苦。刘进忠给我讲述到这里时，就像个做了错事的孩子，惭愧地说："刚搬到闽宁镇，全家人的生活特别困难。孩子满身的衣服和鞋子，总共不超过二十块钱，都是游商贩卖的那种地摊货。儿子还小，跟着我到了街道去转，总嚷着要吃小笼包子。我身上掏不出钱，孩子在身边一闹，我的心里就很冒火，一巴掌拍过去，孩子哇啦哇啦哭了起来。"

在闽宁镇上，刘进忠做出了人生中重大的选择——2012年春节刚过，他和妻子在闽宁镇上找活儿干。从早晨跑到下午3点，没遇见合适的活儿，肚子却饿得咕咕叫。他俩进到一家餐厅，要了一碗生氽面吃。两人饿了大半天肚子，为什么只要一碗面？妻子图省钱，非说不饿。服务员把一碗面端上桌子，他俩推来搡去谦让着。最后决定，问服务员要一只空碗分着吃。女服务员用鄙视的眼光瞧着，把一只空碗甩到他们面前……从这家餐厅里走出来，他对妻子说，咱要尽快拔掉身上这层穷皮。当天下午，他独自乘坐长途班车回了西吉老家。那时他想，自己要在闽宁镇开家面馆，微笑服务。

这个赌气的决定，让他经营起了面馆。那一天，刘进忠匆匆回到西吉县城，开始学习面食技术。很多年前，他在西吉县城打工时，有一家米氏面馆很可口，全县人都知道，老板米氏是他的朋友。米氏和面、醒面的流程与众不同，先是把面团放在案板上用一根木头杠子使劲儿地轧，一团面轧上半小时，做出来的面条非常筋道。一碗面端上餐桌，食客很欢迎，可以说百吃不厌。他跟米氏学习了一个月，带着技术和两千元的借款，重新回到闽宁镇。他们在镇区的沿山公路边上，找到了一间几十平方米的房子，开设了西吉米氏面馆……沿山公路上过往的大货车司机很多，一碗面最先吸引到了大车司机。每天上午9点多，一些大车司机不等开张，就会准时砸门叫他做饭，生意就这么慢慢好了起来。两年时间，他白天晚上埋头干，一天也没停歇过，挣到了三十多万元。

刘进忠越说越兴奋，眼睛里放着光，不知不觉跷起了二郎腿。他说，自己接下来的光阴就好过得多了。当时，福宁村鼓励人们沿街开店，从事个体商业，村里老支书杨登福常常给移民群众做动员工作。刘进忠心一热，拿着挣来的三十多万元，又贷又借，凑足一百万元，在镇上购买到一套三百多平方米的营业房，把面馆扩大经营。他们家庭面貌的改变，就在短短的两年之间，现在这家面馆的营业额每天稳定在四千元。

就这样，穷汉变成了富汉。好几年过去了，他仍然保持着创业的劲头。他家的餐厅很漂亮，宽敞整洁，一件大尺幅的"诚信赢天下"字画挂在墙壁上，进进出出的客人一眼就能看得见。他说："这幅字画是闽宁镇农民书法家马学乾写的，要价一千六百元，我看内容好，也不还价，就把马先生的字画请了回来。我没有读过几天书，可我对知识很敬畏。十几年之前，日子很穷，我花一千三百元买了个二手照相机，媳妇知道了跟我生了两个月的气，总是指责我乱花钱。现在，我花钱请幅字画回来，我媳妇反而感觉到很高兴……最近，我和媳妇考虑最多的是大女儿刘小荣。刘小荣很早就辍学，照顾着弟弟妹妹，我们觉得亏欠。我们要给她找个好主儿（好婆家），在她嫁人的时候，给她多陪些嫁妆，再帮她开家面馆。"

在刘进忠的讲述中，我能感受到他的思想变化。他说自己的理想，就是要让女儿刘晓红和儿子刘浩然读完大学，接着再继续读下去。"家里不培养几个大学生，脸上不光彩，心里也遗憾。儿子今年读六年级，在闽宁镇角美小学，学习成绩特别好，总在第一名和第二名之间跳来跳去，老师说他有领导才能，让他当了班长。我昨天刚刚奖励他，花两千多块钱买了运动装和篮球，他感到很开心，这会儿和同学打篮球去了。说来很有趣，我小时候没有念过几天书，也不认识几个字。可随着年龄的增长，我对知识越来越重视。打工和创业的经历让我看到，有知识的人和没知识的人，完全不一样。我们闽宁镇这地方很奇怪，移民一是抓产业挣钱，二是抓孩子的文化课学习，这两样是最重要的事情。"

午后的阳光变得温柔了许多，刘进忠一脸灿烂，每一道皱纹都在欢笑。这种愉悦的气氛里，让我感动的不仅仅是刘进忠，还有窗外沿街浮动着的一张张笑脸。来闽宁镇地区看风景的人多了，六百多家沿街个体经营户变得比以往更加活跃。很多像刘进忠一样的移民，依靠镇区的便利条件，自我发展，拓宽了增收渠道。

刘进忠给我看过一张照片，是他和工友干活时的场景。头戴安全帽的工人们站在高高的钢筋架上，有人擦拭着汗水，有人埋头绑钢筋，也有人瞅着镜头笑。拍摄这张照片时，他想再过些年拿给孩子看，让儿女知道父辈是怎样奋斗过的。照片拍摄地是一个叫王洼的煤矿。十几年前，春节临近，煤矿上迎接上级检查，雇用刘进忠他们火速修建原煤仓。他们抢着加班干，苦干整整一个月，每天只睡三个小时觉。那段时间，他觉得自己吃完了一辈子的苦，流完了一辈子要流的汗。

33. 巧媳妇的蜕变

海壖村，海，是大海的海；壖，是指周围地势较高但却开阔平坦的地方。海与壖，连在一起意思就是一片广阔而平静的海。西海固群山深处，这是一个气势磅礴的村名，寄托着祖辈对大海、对外界的热情向往。仔细去想，西海固的先祖中真的不乏具有烂漫想象力的人物。这个村名，听来似乎比喊叫水乡这样的名称更有内涵。很多年之前，海壖村的人整体搬迁到了闽宁镇原隆村，海壖村也就变成了西海固一个消失的村庄。现在，离别海壖村的女儿，在闽宁镇上利用电商平台连接起世界。

海燕，白净端庄，昔日海壖村的女儿，今天闽宁镇的移民。她和四十六名姐妹的工作就是不停地接单，接着备货、打包、贴单和发货。最多时，每天线上销售一万五千单。稍有闲暇，她就坐到摄像机前，变身带货主播，滔滔不绝地推介闽宁镇和宁夏特产。海燕工作的地方，是闽宁镇原隆村的闽宁禾美电商扶贫车间，就在自己村子。

"闽宁镇的土特产根本不够卖。"海燕落落大方地介绍，"闽宁镇的特产，像福宁村的火锅底料、园艺村的西红柿、玉海村的蜂蜜、木兰村的枸杞、武河村的红提……我们都在销售。可是，只一个闽宁镇的特产，量上是非常有限的。现在，我们不但销售闽宁镇上的特产，还在销售全宁夏的优质特产。比如，红寺堡的黄花菜、中宁的金丝皇菊、中卫的硒砂瓜、永宁的牛奶，等等。像牛奶主要供应社区，最多一天出过八千件。"

这份亮眼的业绩单，听着就让人咂舌。

闽宁镇原隆村的广场边上，一座占地三千平方米的长条形两层房屋，就是闽宁禾美电商扶贫车间。我去时，远远看见门前停靠的旅游大巴，进进出出的都是前来参观的游客。沿着人流走进去，先看见各种归置齐整的发货仓，还有消费体验馆里琳琅满目的产品。这里展示着宁夏枸杞、大米、杂粮、黄花菜、红枣、当归、黄芪、党参、牛奶、苹果、葡萄、西瓜，还有福建海边的很多特产，比如闽西的山珍和菌菇，闽南地区的海鲜，甚至还有杨梅干、芒果干、萝卜干、豆腐干和沙茶酱。络绎不绝的游客，每天在线下会为这家电商车间展示区贡献超过两万元的销售额。

"我们既卖宁夏特产，也卖福建特产。"海燕喜悦地说，"我们与宁夏全区的一些传统企业、扶贫企业以及合作社建立联系，又通过福建援宁干部工作队对接福建市场，还在福建、漳州设立了两家宁夏特产直营店。同时，福建特产在宁夏以及宁夏周边的销量很好，常常卖断货。像福建的沙茶酱，我们起初没有信心，认为没有人吃，很可能在宁夏没有市场。采购了一批，卖光了，再来一批，也卖光了。像杨梅干、枸果干、豆腐干、萝卜干这些福建小特产，全都供不应求。"

这个乡村里的电商车间，是一群巧媳妇创造的传奇。

带领海燕她们迈出第一步的，是返乡创业女青年徐美佳。

徐美佳，三十来岁，个头不高，清瘦清瘦。这个西海固的女儿，早年毕业于宁夏师范大学，后来当上了泾源县六盘山镇的一名村干部。"十二五"期间，自治区在搞生态移民搬迁，继续把一部分西海固人迁往宁夏北部的黄河边上，徐美佳有幸参与了这项工作。而让她感到很不理解的，是有的人搬到了平原上，住进了新房子，可还是会重返老家。起初，她觉得这是移民缺乏劳动技能，对新的生活没有信心。后来，她深刻理解到，对于移民新村而言，不能让移民单打独斗，要建立一个产业兴旺的安居平台。

意识到这一点后，徐美佳走上了创业路，她转型成了一名网络创业培训讲师。不久，她和团队接到青海省乌兰县旅游局邀请，任务是帮助当地家庭宾馆经营者进行电商辅导。地点在茶卡盐湖，一个旅游资源丰富的地方，当地家庭宾馆很多，这些经营者习惯了举起牌子沿街拉客。这个现象曾多次遭到新闻媒体曝光，严重影响到青海旅游的整体形象。乌兰县下了很大决心，尝试着尽快改变现状。徐美佳到了乌兰县，这才发现自己领受到的是一项天底下最困难的任务——茶卡新村一百四十七户全是安置的牧民，巴音村三十二户也是一样，老乡既不上网，也不知道马云，拒接使用支付宝。

"呀！徐老师，你人好，我信你。"老乡说，"你让我们在网上销售住宿，顾客把钱交到网上，我的钱在网上丢了该咋办呢？如果你能给我写个字据，就说，如果钱在网上丢掉了就由徐老师负责，这样，我们才敢试。"

徐美佳哭笑不得，为了推进工作，只好给一户户老乡立字据、按手印、写保证书。接着，又手把手教老乡上网络平台。通过线上销售，家庭旅馆的经营状况好得出奇。两个年度的销售旺季结束了，茶卡新村和巴音村出现了一批优秀的家庭旅馆，像村主任的家、老丁的家、远方的家等，每月营业额都在十万元以上。服务期满，顺利完成任务的徐美佳和团队，带着青藏高原圣洁的哈达和祝福，依依惜别了茶卡……

闽宁镇的扶贫干部闻信，欢迎徐美佳团队回闽宁镇。

"你的电商车间建在什么地方都是建！"镇上的杨副镇长对徐美佳说，"可是车间建到咱们闽宁镇上，那就不一样了。咱们都是西海固人，对移民是有感情的，对不对？你在青海的这段经历，让我们确信你的实力。你来了，多多少少能解决一部分留守妇女就业。让她们既能照顾到家里老小，也能在家门口赚钱，多好！"

"回到闽宁镇，物流成本明显变大。"徐美佳提出了顾虑。

而镇上干部也提出了"三免三减半"的优惠政策。又说，原隆村农贸市场搬迁了，老市场的房屋略微经过改造，就可以运行。徐美佳看到这一点，和另外三个合伙人商量一番，也就愉快地决定了。接着，镇上干部又特别补充了一条："回到闽宁镇创业，你必须降低招工门槛，真心真意地接纳留守妇女。"

第一次和姐妹们见面，徐美佳大吃一惊。

那天，村主任带着留守妇女和徐美佳见了个面，算是介绍双方认识。招聘到的原隆村四十六名女工，全部都是留守妇女。所谓留守妇女，是指因为照顾老人和孩子，无法外出务工而待在家里的妇女。徐美佳一询问，得知她们识字不多。想从中物色一名库管，徐美佳就问："姐妹们，谁会使用电脑？"

在座的姐妹们，没有一个吭声的。徐美佳再问一遍，还是没人吭声。在场的村主任站起来，焦急地打量着一个个小媳妇，鼓励大家要敢说话。这时，角落里有一个二十来岁的小媳妇站起来，小声说："我叫马丽乔，前几年，在银川的拉面馆打过工，站过吧台，使用过几天收银设备。这样，我算不算会使用电脑呢？"

徐美佳愣住了，接着说："算！你来干库管吧。"

这的确是一个十分艰难的开端。要带领一批留守妇女创业，而从事的又是电商，竟然没有一个妇女会使用电脑。徐美佳有耐心，手把手教大家，学习电脑是从开机关机开始的，学习电商的第一步是从识字开始的。为了带领姐妹们早日进入工作状态，她买来了好几本新华字典。海燕和库管马丽乔一样，识字不多，连物流单也不会填。不夸张地说，海燕之前连电脑都没有触碰过，很多的知识都是在车间学起的。面对实情，徐美佳感到特别苦恼，想在银川请几名技术人员，可大家都不愿来乡村。

电商车间运行的第三天，镇上和县上的领导来原隆村，顺道看看。调研的干部前脚刚踩进大门，女工全都不见了。越往前走，一个人影儿也不见，海燕和马燕不见了，库管马丽乔也不见了。干部们疑惑地问："呀！你们车间怎么空荡荡的啊？我们连一个工人也看不见。"徐美佳很费解，找了一圈，把四十多个姐妹从犄角旮旯里拽出来，再问大家："为什么躲啊！"姐妹们低着头，挂着笑，捂嘴说："见人啊，羞得很！"

海燕来电商车间上班时，小学三年级学历的她，把识的字都还给了语文老师。徐美佳很有耐心，就一点一点教给姐妹们。海燕记忆最为深刻的，是车间运行不到一个月，徐美佳的两个合伙人匆匆忙忙撤退了。这两个合伙人为什么要走？他们对这事没有信心，一方面认为留守妇女纪律性差，车间管理很费劲儿；另一方面，又认为带着一群不识多少字的留守妇女从事电商，很难干出一番业绩。

徐美佳不受影响，她紧紧抓住了闽宁协作的大平台，线上线下，齐抓并进。在线上，同时策划推出了李镇长赞闽宁、闽宁巧媳妇两个网络直播账号。在闽宁镇挂职的福建厦门干部、副镇长李钦辉，连续三个月，利用每天晚上时间参加助农直播。在线下，她又求助于已回到福建的援宁干部，在厦门和漳州创设了两处闽宁镇特产直营店。无论线上线下，福建援宁干部工作队的老队员和新战士，都责无旁贷地成了带货官。

闽宁巧媳妇，是一支直播带货团队。

几乎没有任何的过渡期，这群巧媳妇就火了起来。巧媳妇第一次上直播时，是徐美佳和海燕两个人一起出镜的。先前，听说要上直播带货，海燕看了不少别人的小视频。直播开始了，那天很凉爽，可海燕浑身都是汗，紧张到脸皮都发麻，手心里黏糊糊的。徐美佳道完开场白，海燕登场了，她鼓足了劲儿，用带着明显的西海固口音的普通话说："欢迎你来到巧媳妇直播间，感谢你支持巧媳妇。你来了，不一定买巧媳妇的产品，点一个红心，加一个关注，就是对我们最大的支持。"

接着，海燕擦一把额头的汗，推介起一款枣片。

"美味的枣片，九块九，促销价，买一赠一！"海燕从摆在面前的果盘里，颤抖着手捏起一块枣片，送进嘴里，再咬出嘎嘣嘎嘣的响动。这时，她看见房间里出现了一个叫宁夏灵儿的网友。她又不失时机地说："欢迎宁夏灵儿来到我们房间。"宁夏灵儿，这个网名好听的主顾成了巧媳妇的第一个铁粉。直到现在，宁夏灵儿仍然常常光顾直播间。海燕的第一次出镜直播，在不安和笨拙中持续了一个小时。

海燕的经历很简单。从海埂村搬到闽宁镇，刚来没几天，去了银川市区打工，在一家烧烤店里当上服务员。干了一年，回家结婚，婚后，生了两个丫头。她娘家在原隆村南二区，婆家在原隆村南一区，丈夫是一名大工，就在银川地区的建筑队上忙碌着，她在家里带着两个孩子，直到应聘来到禾美车间。不过，往昔点点滴滴的生活，还是给了她不少的感触，直播时，她开始穿插进自己的感受——

"我的名字虽然叫海燕，大海的海，燕子的燕，可在三十岁以前，我不但没有看见过大海，也没有坐过飞机，更没有机会像燕子那样去飞翔。我的老家在西海固的海埫村，那是一个大山环绕的地方，过去非常缺水，可祖先取名海埫村，就是期盼着水的滋润。搬到闽宁镇，我们在家门口做起电商，这才有机会和大家相见相识。去年，我跟公司领导第一次去了福建谈生意，第一次看见了大海。那天，我们从闽宁镇的家出发，再到银川的河东机场，用了不到一个小时。取票时，公司领导买了一瓶水给我，我没喝，进站安检时，才知道不让携带液体。机场工作人员要没收掉这瓶水，我可是一万个舍不得啊，就像《人在囧途》里的王宝强，一口气喝光了那瓶水……记得那是一个灯火璀璨的夜晚，飞机在厦门机场降落时，先从海面上缓缓划过，我看见了平静的海面。飞机像燕子一样贴着海面，让我感到十分惊悚，可海也美得吓人！飞机稳稳地降落了，我真的看到了大海……回到家，两个女儿问我：妈妈你真的坐飞机了吗？真的看到大海了吗？我说是！两个女儿又说，长大也要坐着飞机去福建那边看大海。"

海燕在一次次直播中，找到了另一个自己，变得自信又从容。

不多久，巧媳妇直播团队建立了起来。

海燕、马燕、摆喜叶、穆文芳在内的六姐妹，直播时轮流出镜，每个人面对网上的朋友早已不再羞涩，都能独当一面，一两个小时总在滔滔不绝中度过。闽宁镇的特产，宁夏的特产，就在她们的推介中走向了远方。而那个先前使用过收银机的库管马丽乔，还负责起了采购工作，杀价本领超强，常常让供货商感到心在疼。早年不曾触碰电脑的姐妹，可以很好地管理起七个淘宝店。对于所有姐妹来说，她们习惯了钉钉打卡和人脸识别，即便徐美佳在外出差，一切工作也都有条不紊……还有什么比带着一群半文盲状态的留守妇女建立一支强大电商队伍更让人感动的事情呢？

电视剧《山海情》热播后，订单猛增。

巧媳妇直播带货团，被网友要求回忆过去的事情。

摆喜叶，一个像剧里女主水花一样的女人亮相了。带货直播时，摆喜叶给网友讲些什么呢？网友说，想听变迁的故事。摆喜叶讲自己早年在西海固的生活，讲缺水，讲婚后生病的丈夫。丈夫起初患有胃病，但因为缺医少药，没能及时治疗，小病竟然养成了大病，以至于丧失劳动能力，而公公婆婆年龄已经很长了。孩子出生刚满月，摆喜叶不得不出门去打工，赚钱养家。移民搬迁后，来到闽宁镇上，两口子当上了产业工人，全家的生活条件和精神面貌明显好转了起来……

巧媳妇讲故事，总能把网友听哭。她们如实说，刚来电商车间时，不识字，总觉得做不好，内心常常感觉到自卑。在学习识字、学习电脑、学习带货中一天天度过，既有了一份自己满意的收益，而家庭地位也在大大提高。夫妻之间没有了吵闹，花钱不再经过丈夫批准，家庭也变得比以往和睦了起来。

"六个巧媳妇，都是叫水花。"网友纷纷说。

自信的巧媳妇，在直播中风格大变，而淳朴的底色不变。

直播带货的房间里，网友名字千奇百怪，生僻字常常出现。巧媳妇的识字数量实在很有限，很多时候并不能准确叫出网友名字。直播开始之前，海燕、马燕她们常常得先翻字典，把产品介绍中的生僻字弄清楚。记不住，再用拼音标注。

有一回，一个叫大犇的网友进了房间。

海燕不认识大犇的犇字。

"牵三头牛来的朋友，欢迎你！"海燕急了，这么问候。

没想到，这一句，惹得网友留言占满屏，热闹得很。

接着，海燕又坦率地告诉大家："巧媳妇，读书少，识字有限，这个字还真是没有叫出来。不过，这位朋友，巧媳妇下次一定会准确叫出您名字。请大家放心，这次的直播结束后，巧媳妇回家一定会翻字典，一定学会这个不认识的字。"

"巧媳妇就是水花姐。"网友又是一阵点赞。

直播间里，巧媳妇还向欧美国家的朋友介绍中国乡村生活。

……

跃过人山人海，闽宁镇一群有梦的女人站在了舞台上。2021年春节前，徐美佳和巧媳妇直播带货团队应邀去福州。这次福建之行，巧媳妇不谈生意不观光，只为参加录制福建省春节联欢晚会。与她们一起走上舞台的，还有两度援宁的福建干部张延能。张延能在宁夏闽宁镇和西海固，工作奋斗了四年之久。

"在闽宁镇，我是看着这些巧媳妇成长起来的。"张延能动情地说，

"起初，这些巧媳妇见人不敢大声说话，见人说话就害羞，扭头就躲开。但她们勤劳，她们质朴，她们聪明，每一个巧媳妇都是电视剧里的水花。现在的她们不一样了，学会了化妆，还擦口红，甚至可以做电商直播带货了，最近在车间还做起了旅游接待。"

张延能讲述着巧媳妇，像是对人隆重地介绍着自家姐妹，徐美佳和海燕、马燕使劲儿点着头。是的，在村子的电商车间里，她们获得了自信，她们感受到了生命的可能，她们触摸到了这个巨变的时代。张延能说得一点都没错，不知从何时起，在村里电商车间的边上已出现好几家化妆品专营店和养生馆。

34. 我们上市了

林占熺教授回来了！

2020 年初夏，闽宁镇第一项产业的引路人、福建科学家林占熺故地重访。消息像是插上了翅膀，很快就传遍了全镇。阔别多年，这位年近八旬的科学家，脸上生出了些许老年斑，走路有些蹒跚了，而精神依然矍铄。在园艺村刘昌富家，林占熺与闻信赶来相见的乡亲们说着知心话。这次迎接林占熺回家的，是银川市科技局局长韩蕃璠。林占熺回到闽宁镇，任务是要与科技工作者、乡亲们一起破解一道眼前的难题。

在闽宁镇地区，在自治区以及周边省区，肉牛养殖量逐年增大。与此同时，受到自然条件限制，苜蓿草产量远远不能满足养殖产业需求。加之受到新冠肺炎疫情影响，科技工作者认为必须和养殖户共同思考，积极应对随之而来的草荒。对于科技工作者而言，他们希望通过林占熺教授的巨菌草来解决养殖户的难题。果不其然，几个月后，草荒的表现越发明显：宁夏第一批进口苜蓿草运到。这五百吨苜蓿草来自遥远的美国，一路乘风破浪，先是运抵天津港，又改用汽车运回宁夏，再分销给肉牛养殖企业。

林占熺回到闽宁镇，栽种下一片巨菌草。

首批试种植的，仍是当年首批栽种双孢菇的刘昌富。

"昌富啊！你忙什么呢？"林占熺问。

"居家防疫，静坐家里，不给国家添乱嘛！"刘昌富笑着答。

"你带头栽种巨菌草吧!"林教授说,"今年是个特殊年份,必然会发生草荒,你带头栽种巨菌草,咱们一起来应对草荒问题。"

刘昌富使劲儿点了点头,立即决定要做这件事。巨菌草,对刘昌富和早年闽宁镇上的双孢菇种植户来说并不陌生。现在,林教授动员刘昌富栽种巨菌草,他一下回想到十几年之前,闽宁镇以及整个银川地区发生过的一次草荒。当时,镇上双孢菇种植户制作培养料时,四处找不到稻草和麦草。菇农们惊讶地发现,周边地区的草料也是奇缺。实在没有辙了,林占熺教授迅速动员菇农栽种巨菌草。说来奇妙,巨菌草一引进闽宁镇,一种到大田里,几个月后就缓解了草荒。在园艺村,一个栽种巨菌草获利的菇农老汉,走在街上说起自编的顺口溜:"巨菌草,巨菌草,幸福草,脱贫草……"

林占熺重回闽宁镇,不多久,刘昌富种下两百亩巨菌草。

"我是银川市科技局的科技特派员,我一定要带好这个头。"刘昌富说,"二十多年来,我相信福建科学家,我相信科技的力量。2020年5月上旬,我把第一批巨菌草苗子种下,幼苗当时高出地面二十厘米。没多久,巨菌草就飞快地长了起来,很快超过二米。这个时候,韩蕃璠和银川市科技局的几个干部又来了,在我的地头上组织召开了一次现场观摩会。三十多个参加人,每一个人都是肉牛养殖大户,可以说,全银川地区的肉牛养殖大户都来了。肉牛养殖户为什么这么踊跃?大家都意识到了,草荒问题在今后可能会变得更严重,若要改变草荒现状,就得动脑子,想办法。"

到2020年年底,刘昌富种植巨菌草赚了三十多万元。

这笔收益,对刘昌富来说,说是意外也非意外。半年时间,巨菌草长到五米多高。收割时,肉牛养殖户最迫切,直接从地头上运走了草料。刘昌富得到了经济收益,栽种巨菌草的信心更大。在福建技术员的指导下,他又租赁大棚开始在闽宁镇上育苗,同时又跑回西海固老家做动员,动员西海固地区的养殖大户栽种巨菌草。岂料,出了一趟门,竟在宁夏全区签订了上万亩种植巨菌草的苗木合同。

"林占熺教授与韩蕃璠都很关心我们。"刘昌富说,"没想到,巨菌草一种上,来帮助咱的科技干部韩蕃璠也是半个福建人。她起先是国家派来的博士服务团成员，来到宁夏，再没离开，她与林教授有很多的话题。因为巨菌草，林教授回闽宁镇的次数变多了。每次停留上大半天，察看巨菌草生长情况，又和科技干部交流。林教授年龄大了，不是二十年前的他了，常常会感到疲倦，有时就躺在我家客厅沙发拐角处闭目养神半小时。老人家的个头不高，沙发那个拐角正好能躺下他……"

林占熺回来了，巨菌草种起来了。

闽宁镇上，让人振奋的好消息接踵而至。

2021年4月13日，晓鸣农牧，闽宁镇成长起来的一家特色养殖企业在深圳敲响了上市的钟声。这是闽宁协作二十多年来，闽宁镇自觉的力量，是科技的力量，也是移民区蓬勃乡上的力量。这一天，犹如当年的福建双孢菇扎下根一样，都将铭刻在闽宁镇的发展进程中。当天，新华社以《高科技孵化蛋种鸡 晓鸣股份"破壳"上市》进行报道：

13日上午9时，宁夏晓鸣农牧股份有限公司在深交所鸣钟上市，成为我国资本市场"蛋种鸡"第一股，也在宁夏创业板上市实现零的突破。

据了解，宁夏晓鸣农牧股份有限公司位于《山海情》拍摄地的闽宁镇，是集祖代和父母代蛋种鸡养殖、蛋鸡养殖工程技术研发、种蛋孵化、雏鸡销售、技术服务于一体的科技型蛋鸡制种企业，产品销售覆盖全国。

蛋种鸡如何通过科技孵化破壳上市？

据了解，近年来，银川市科技局支持宁夏晓鸣农牧股份有限公司在蛋种鸡高品质熟化饲料上深耕精做，给予百万元支持，组织企业实施"蛋鸡高品质消毒饲料生产工艺的集成、研究与示范"项目，对易霉变饲料原料（玉米）进行"初清筛+TAS组合清理筛+色选机"的清理工艺研究，通过对比对辊式粉碎与锤片式粉碎设备对饲料原料的粉碎效果，研究玉米粉碎粒度和破碎粒度对蛋鸡生产性能、蛋品质及消化器官指数的影响，研制安全优质高效蛋鸡饲料，并生产相配套的不同熟化工艺的高效环保饲料配方，建立蛋鸡饲料生产设备和工艺集成再创新的产业化应用新模式，年可节约饲料生产成本5%~10%，饲料合格率提高5%以上。

宁夏晓鸣农牧股份有限公司董事长魏晓明表示，作为蛋鸡制种的国家高新技术企业，公司始终坚持技术创新和管理创新的"双驱动"发展，技术创新是提升企业竞争力的关键核心，也是提升产品性能和品质的核心要素。在银川市科技局的助力下，公司持续集成新技术、新设备与养殖和孵化环节深度融合应用，推动新技术的产业化应用，年可推广高品质良种高产蛋鸡近1.5亿只，促进了宁夏蛋鸡种业的高质量发展。

银川市科技局局长韩蕃璠说，"十四五"时期，银川市科技局将进一步加大科技投入，拓宽科技投资覆盖面，通过支持设立创投基金，引导金融机构加大对科技型企业的信贷增信支持，努力打造人才市场、资本市场、资金市场、保险市场、技术市场相互补充的科技金融服务体系，助力更多的银川市科技型企业在新环境中行稳致远。

昔日的闽宁村，今天的闽宁镇，真的不一样了。

二十多年来，在福建宁夏两省区干部群众的努力下，这片穷荒绝漠的干沙滩变成了亮灿灿的金沙滩。科技兴镇，产业兴镇，让一项又一项农业科技产业融进了闽宁镇，持续助力乡村振兴，也使得这个移民小镇焕发出了强劲活力。实际上，没什么值得惊讶的！七十多年来，敢于创造的中国人让很多人间奇迹诞生在荒漠戈壁。

闽宁镇上，最动人的是一群移民流转的命运。

王瑞刚，闽宁村初创时期的拓荒者之一，如今闽宁镇上的养殖大户。他们家兄弟姊妹很多，没有一个参加政府工作的，也没有一个上过学的。两个儿子读完大学后，大儿子考上事业编，在邻县上班，他觉得体面，感到很幸福。

"改变命运，非得把自家命运和国家连起来，起点要高！我们闽宁镇人，富起来就要更好地报效国家。没有党的好政策，谁也好不起来。"富裕起来的王瑞刚，时常对人这么感慨着。他会考虑很多与养殖产业无关的事情，前几年，他动员镇上的姐姐和姐夫，坚持让两个外甥报名参军。两个外甥去了西藏，成为边防军人。说来很巧，外甥守卫的地方，就在卫国戍边英雄团长祁发宝管辖下。

父母殁在了闽宁镇，西海固老家的村庄，人都搬迁了出来，变成了草山林海。王瑞刚说，闽宁镇就是自己的老家，埋葬父母的地方就是故乡。如今，他在养殖园区四周栽种出的三万多棵白杨与国槐，已是郁郁葱葱。

他说，自己有一天终将老去，而这些大树都是闽宁镇的大树，也都是闽宁镇人的大树。

刘昌富，我们还得说说他。闽宁镇上的第一批菇农，早年宁夏大学中文系的一名辍学生，可移民生活并没有埋没他的才华。年近六旬的他，大江大河走遍。他正在镇上筹备创设一座宁夏闽宁镇福建科技扶贫胜利纪念馆。他说，这是心上的表示。

几年前，大儿子考上大学，刘昌富提出与妻子一起去送。妻子没有出过远门，生怕花钱。而他思谋着一场长长的旅行，眉头一皱，拧出一朵梅花状："哎呀！咱家第一个大学生是你生出来的，是你养出来的，也是你教育出来的！你是妈妈，功不可没，送儿子去读大学是我们家一个重要的时刻，你得去！"

到了长沙，刘昌富把儿子送进学校，自个儿立即变成了一只快乐的飞鸟。他带着妻子爬了一回岳麓山，接着一路上到韶山，探望了毛主席故居。韶山峰顶，他感叹起生活的变化，回想起往日情景时，忍不住潸然泪下。接着，他连哄带骗，偕妻一路南下，去了广州再到深圳。他捏着早已办好的港澳通行证，一脚就踩到了香港和澳门……这次出远门，没能刹住车，他带妻子在南方各地游逛了一个多月。

"我们现在摆脱贫困了，生活富裕了，进入了小康。我们还不满足，还要到中康，还要到大康。走进大康，那时间，老百姓最终就是活得健健康康。"刘昌富说。罢了，又郑重其事地补充说，自己小儿子大学毕业了，跟他种巨菌草。

张桂花，越活越显年轻了。五年前一个清早，她在家里下楼梯时，不慎崴伤了脚，被丈夫老李送进闽宁镇卫生院。检查完，医生万分震惊："哎呀！你的脚崴得妙。一不小心让我看清了你跛脚弯腰的病，这原本就不是大病，很容易治好。"

两个月后，张桂花站直了。出了门，脚下生风，她震惊了相熟的亲戚邻人。跛脚弯腰五十年，原本是命运和她开的一个玩笑。早年赤贫的老家西海固，医疗条件乏善可陈。我见张桂花那天，她哭了，又笑了，从容说起殁在沿山公路上的儿子……儿子读小学时，一些同学不懂事，经常说：李斌，你妈是个跛子！这话让儿子受了很多委屈。如今，漫长而苦涩的时光已经结束。与她相依为命的孙子长大了，已在县城读高中。而她，每天忙碌着经营商店，门前就是夜市，也是全镇最繁华的地方。她的侄女田春苗，本书开篇时在福建务工的那个西海固女工，仍然生活在福建，经营着一家快递公司。确切地说，田春苗在务工期间认识了一个莆田籍工友，她后来嫁给了这个工友，落户福建莆田秀屿区忠门镇……

闽宁镇年轻一代中，很多人通过读书改变了命运。在全国各地，都有闽宁镇子弟的身影。这些年，也有一些返乡的大学生，在镇上开办了科技公司。虎子，本书第一章里四处借粮的小孩虎子，如今是闽宁镇上的著名电商。

虎子在西海固借粮的事情过去没多久，他们举家搬迁到了闽宁镇。在镇上，虎子和妈妈投靠了舅舅，借住在舅舅家的院子里，搭了个窝棚栖身。再后来，虎子家落户福宁村养殖小区。镇上政策好，组长人心好，他们家也搞起了养殖。没几年，圈里就有了二十五头牛和一百多只羊。长大成人的虎子，有了想法：既然把牛羊养到这么一个规模了，自家就应该开一家牛羊肉批发铺，自产自销。他参加了电商培训，没多久，把店铺在闽宁镇上开了起来。现在，虎子每天晚上都会坚持在快手上搞直播，开一场直播，能卖掉三头牛。

在武河村，有一个移民老王，常来虎子店里买牛肉，两人熟络了，成为忘年交。有一天虎子路过老王家，进门喝茶歇脚，碰巧遇见老王的女儿王金花。王金花大学刚毕业，虎子和她一接触，聊得很投缘。没多久，两人悄悄成了男女朋友。到了谈婚论嫁时，虎子不寻媒人，也不愿意迂回，自个儿单枪匹马找到老王。

"老王，今天，我最后一回叫你老王。"虎子挠着头说。

老王一听，很吃惊，以为虎子有啥事想不开。

岂料，虎子顽皮地说："过去咱俩是朋友，现在，你老王要升级了！你要当我虎子的老丈人了！今后你吃牛肉，不用买了！"

老王听完，哈哈大笑。

没多久，虎子娶了王金花。

……

沧桑之变，事在人为。贺兰山下，闽宁镇上，福建宁夏两省区干部群众用二十多年时间，把一眼望不透的干沙滩建成了绿油油的金沙滩。闽宁镇，这片远离大海的金沙滩，实际上也有自己的海，那是光伏产业。阳光下，蔚蓝色的连片的光伏板浩浩荡荡地向西铺上了贺兰山……

　　上市企业，星级酒店，养生会所，音乐餐厅，星光夜市，汽车专卖店以及搏击运动俱乐部，闽宁镇汇聚起林林总总的新元素、新气息。每到夜幕降临时，古色古香的新镇区，霓虹闪烁，夜市和红酒一条街上游人如织。此时，闽宁镇上呈现出与首府银川一样的流光溢彩。恍惚间，宛若置身某个江南古镇。二十多年前，初来时穴居地窝子的移民，用一盏微弱的煤油灯照亮眼前。干沙滩变成金沙滩，这个变，仿佛就在夜色亮度的流变里，当年有灯的日子，只能证明人们顽强地存活着，现在的流光溢彩，才叫幸福。

　　是一群人命运的流转，让金沙滩变得名副其实了起来。

第七章　守护

融入市场经济的闽宁人，并没有丢掉西海固崇文重教的传统，如今让他们引以为自豪的，不仅是五大产业，还有另一项大"产业"——基础教育。闽宁镇人热衷于谈论孩子的教育，说起来总是不分场合，牛棚里谈，生产车间谈，葡萄种植园区也谈。

1998 年秋季，福建宁夏两省区投资共建的第一所初级中学闽宁中学成立，一批教师随着移民而搬迁。办出高水准的基础教育，是闽宁镇如今实现了的梦想。自福建省教育支援宁夏工作开展以来，闽宁镇一直是重点地区之一。一茬接一茬的福建支教老师，成了闽宁镇基础教育长期存在的一支力量。如今，在这些"园丁"的精心培育下，闽宁中小学教育质量在当地已经名列前茅，闽宁人实现了办出高水准基础教育的梦想。

35. 别样的"产业"

许多年前，让外界最先知道闽宁镇的是戈壁滩上崛起的教育。

边凤鸣老师是闽宁中学的最早的创立者之一，朴实的边凤鸣老师，读书在银川，教书在西海固，闽宁村成立后随着移民和学生同时搬迁过来。

刚来闽宁村时，和在银川教书的朋友聊天，听到的都是些让她泄气的话。"还真没听说过能把教育办好的移民吊庄。""很多家庭没有稳定解决温饱，学生的教育困难大。""戈壁滩上，累死教师，怕也难见起色。"她内心并不认同这些说法，却也没有足够的底气和对方争论。

至今她清楚记得1998年9月21日，闽宁中学揭牌成立当天的情形。

在察看了福建科学家林占熺团队搭建的双孢菇试验大棚后，福建省党政代表团来到刚刚建成的闽宁中学。不到三十岁的边老师，漂亮干练，校长让她承担了接待工作。来宾在一间教室坐下来休息，她端茶倒水，进进出出忙碌个不停。

福建省委书记陈明义亲切地勉励她："青年教师要努力付出，为闽宁村培养出优秀的学生。"

无意间，她又听到今后要选送福建教师来闽宁村支教的好消息，心里忽然就坚定了一个信念：有福建宁夏两个省区的关心，师生和家长不松劲儿，这里的基础教育一定能够办出名堂，甚至会赶超周边地区。

揭牌仪式结束了，师生搬进教学楼。匆忙的缘故，每一间教室里还都弥漫着粉刷后的潮湿气息。教学楼有了，可四周沙滩还没来得及平整，连一棵树都没有。教学楼是闽宁村最高的建筑，亮灿灿地矗立在零星的土坯房中间。戈壁滩上最高的建筑，往往会最先遭受沙尘暴的袭扰。沙尘暴一起，卷起的沙砾噼噼啪啪往楼体上砸，顷刻之间，窗户玻璃全碎了。漂亮的教学楼，缺少基本的教学设备，教师自制黑板教学。边老师教英语，她的黑板是找村里木匠用一块木板制成的，很精致，表面涂了锅底黑。

"甘肃会宁是著名的高考状元县，闽宁村就近学会宁！"

"教师学会宁，学生学会宁，家长学会宁。"

"过上三年五年的，咱们的基础教育一定能办好。"

时任校长李养斌，给教师开会时总这么说。那时，挂职的福建干部卓金贤也说："教育和双孢菇一样，都是闽宁村的产业，要好好抓。"办基础教育，无论是就近学会宁，还是当成产业抓，边老师都是热情赞成的。她记得，刚毕业，参加教学工作的第一天，在西吉县城当领导的父亲就特别叮嘱："你当上了一名人民教师，就一定要设法教好学生，可别误人子弟。耽误了一个孩子，实则是真正毁灭了一个家庭。"

闽宁中学开课了，边老师绷紧了心弦。

每天，她早早起床就往学校走。两脚踏进校园，就能看见几个熟悉的身影在教学楼下晃动着。那是早到的校长李养斌、副校长王世德，他们就像看护庄稼地一样，走来走去，一边在前院捡拾大风刮来的垃圾，一边督促学生到校参加早读。学校领导如此，师生岂能无动于衷。冬季规定到校时间是6点半，可不到5点，各班就有学生陆续到校，开始了一天忙碌而紧张的学习。起初冬季不供暖，学校允许每一个教室架一台火炉。课间，学生在教室生火取暖、烧开水，每个教师穿一件军用大氅跑到操场上跺脚晒太阳……

建校之后很多年，大多数教师在中午仍然是不休息的。

"没有别的途径，我们的孩子非得通过读书改变命运。"边凤鸣说，"中午，大多数教师不回家，都在利用午间时间给不回家的学生开小灶。我也这么做，把两个班中午不回的学生集中起来，讲一些犄角旮旯里的知识点。倘若教师不苦教，就像一匹马套到了车辕上，马不出力，车轮不转，与周边学校的差距就会越来越大。"

教师苦教，学生苦学，从建校之日起就成为一种传统。

边凤鸣难忘一个名叫凤梅的女学生。

当时，闽宁中学还没有实行寄宿制。有一次，女学生凤梅出了车祸，摔伤了头部，治疗结束返校后，记忆力明显下降，认识她的老师感到十分惋惜。可是，令边老师没有想到的是，凤梅很上进，比以往更加努力了，总在设法把成绩不断地提升上去。早晨跑操的时候，凤梅一边跑一遍盯着手掌看，课间去卫生间，也会盯着手掌和胳膊。边老师发现，凤梅的手上写满了英语单词与数学公式，胳膊上还写着一长串儿的古文。

"凤梅，你为啥弄得脏兮兮的？"边老师关切地问。

"老师，有些内容，我记不住，就这样硬记。"凤梅说。

"像数学公式，需要去理解！"

"我理解不了，先背会，记牢了，再理解。"

把知识点写到手心里和胳膊上，就能随时随地学。边老师发现，没有晚自习时，离家远的凤梅也不骑自行车回家，就徒步走，边走边背诵。这个勤奋的学生，利用好了一切可以利用起来的时间，走路学、跑操学、上洗手间学，就在日复一日地学习中，补齐短板。教师和家长都没有想到，这个因车祸受伤而导致记忆力减退的学生，竟然在中考时一举考上银川市的六盘山中学，又经过三年备考，考上了一所重点大学。

边凤鸣老师吃惊地发现，班里像凤梅这样的学生很多。

有一天下午放学后，边老师骑一辆自行车从镇区到园艺村看望亲戚。路上，她看到了不可思议的一幕：班上的一群男女学生结伴徒步往园艺村走，他们一边走着，一边盯着胳膊和手心瞅，又放声地背诵："一价氢氯钾钠银，二价氧钙钡镁锌，三铝四硅五价磷……"反反复复几遍下来，大家都背会了，接着背诵新学的英语单词。边老师很好奇，就推着自行车，悄悄地尾随学生，她总想了解一个究竟。

学生们一路走，一路背诵，琅琅书声响彻云霄。

四十分钟后，到了园艺村村口，学生发现了边老师。边老师笑着，和学生一起进村，这时她看见学生的手指上、手背上、手心上、胳膊上，写满了各样的内容。既有数学、英语、化学、物理，还有密密麻麻的古文。学生们在放学路上，边走边背，等回到家，很多知识点也都了然于心，不但能背，还会默写。这个时候，同学之间，一个是要考一个的。而当他们大声齐背时，嘹亮的声响传得很远……

边凤鸣老师却从中听到了感动，听到了移民区的未来。

这个未来并不遥远。闽宁中学开办第十年，边凤鸣和全校教职工看到了希望。那是2008年夏天，全县二十几所初级中学的中考录取数据公布：闽宁中学在本年度的中考录取率排名居于全县第二名，六百分以上的考生四十九名。其中，有八十五名学生被银川市六盘山中学和育才中学录取。闽宁镇大事记上，记录了这么一条。

"闽宁中学一跃而上，跻身全县基础教育夺目的位置。"边凤鸣动情地说，"当时全县乡镇中学没有合并，类似的初级中学有二十几所。也是这一年，闽宁中学的英语成绩全县第一。当时的闽宁镇知名度很低，不像现在的闽宁镇，可以说，银川市区的人知道闽宁镇，就是从学生娃娃的基础教育上开始的。从教师来说，做到了无私忘我，全神贯注，以后每年中考，闽宁中学都保持着全县前三名的好成绩。"

闽宁中学打了一个大大的翻身仗。

校长激动到两手在发抖，开了个教职工大会，公开说："每一次到县教育局开会，咱们学校总是受到批评的那一个。这一回，不一样，局长把闽宁中学美美地表扬了，我个人反倒觉得不自在。我们要保持下去，形成传统。教师和学生，要吃人间最大的苦，塑造闽宁镇基础教育的精神。教育兴，人才出，就是闽宁镇的未来。"

这一年，县长来闽宁中学调研，捏着学生的成绩单，很激动，竟然流泪了。县长看着成绩单哭了的这一幕，被很多人记住了。二十世纪八十年代初期，县长刚从大学毕业，就奉西吉县的指派，参与西海固首批移民搬迁，建立中卫大战场滩移民区，之后又在银川远郊建立玉泉营吊庄。说起来，这个县长对戈壁滩、对吊庄移民是深有感情的，以至于当了县长之后，看到移民子弟的成绩单，还忍不住潸然泪下。接着，闽宁中学就有了第一个考上北京大学的学生，就有了第一个考上清华大学的学生……闽宁镇子弟，这些移民的孩子通过考学走出去的很多，如今遍布全国各地。

边凤鸣老师坐在办公室里，给我讲述毕业生的流向。

说着说着，又说起自己两个女儿的事情。两个女儿大学毕业后，都回了闽宁镇，参加了教育工作。说来奇怪，大女儿读大学时学工商管理，县上招考教师时，语文成绩考了个第一名。小女儿读大学时学英语，参加县上教师选拔，也考了全县语文第一名。她认为，两个女儿早年读书打下了基础，基础教育的确让孩子受益了。

这些年，投奔闽宁镇的移民越来越多。

闽宁中学生源激增，教学压力越来越大。到 2014 年，闽宁中学一个班级安排六十个学生，竟然还多出二百多名学生没教室上课。校长没辙，去相邻的闽宁中心小学借教室。可闽宁中心小学也出现了生源激增的现象，即便这样，小学还是腾出一栋教学楼，交给闽宁中学用来办学。教学场地是有了，可怎么把这批三百多名学生搬过去成了一个大问题？学生娃娃个性强，普遍表达出不愿去小学上课。

"为啥呢？"边凤鸣问学生。

"我是中学生，去小学上课，没有仪式感。"学生说。

"学校有困难，但很快会建闽宁二中。"

"除非边老师你去，我们就跟你到小学去上课。"

就这样，边凤鸣带着学生去了闽宁中心小学。

　　转年秋天，闽宁二中建成，边凤鸣跟学生来到闽宁二中。学校位于闽宁镇新镇区，与闽宁中学只隔了一条沿山公路。新校园占地近一百亩，是古色古香的闽南风格的建筑。闽宁二中分成教学区和生活区，教学区包含有三栋教学楼、办公楼、综合楼、风雨操场、报告厅。和闽宁中学一样，闽宁二中现代教学设备一应俱全。每一个来支教的福建老师都会由衷感叹：超过了福建乡镇中学的平均水平。

　　"有一个值得注意的现象。"边凤鸣说，"闽宁中学在读学生一千八百多人，如今闽宁二中在读学生也达到一千八百多人。闽宁二中建校时，福建漳州台商投资角美镇，捐资三千万元创办了闽宁第二小学，这所小学的名字又叫闽宁镇角美小学。到现在，闽宁中心小学、闽宁第二小学，也是生源激增。"

　　什么原因呢？

　　边凤鸣老师思考过，闽宁镇这个地方吸引力大，不仅西海固人自发搬来生活，周边外省区的人也搬来。仔细一算，全县接近四分之一的人口集中居住在闽宁镇。和产业一样，基础教育同样稳定着人心。基础教育，就是闽宁镇人的另一种产业，透过这个产业，也让人们看到了闽宁镇的勃勃生机……

　　见边老师那天，是个星期天的下午，闽宁镇下起了一场春雨。走出学校综合楼，操场上湿漉漉的，住校生三三两两地返校。我在雨幕中向西看，是一些闽东风格的居民楼，居民楼边上就是大片的白杨，绿叶飒飒的白杨漫卷着爬上了云朵飘浮的贺兰山，像极了一幅仅有水与墨的画卷。边老师和学生的笑意里，干燥了一冬的闽宁镇，雨水中发散出潮湿的气息。这种气息里，大地上的青苗正在发芽生长。

36. 摇动另一棵树

　　教育的本质意味着，一棵树摇动另一棵树，一朵云推动另一朵云，一个灵魂唤醒另一个灵魂，这句话一直盘桓在福建支教老师许忠向的心中。二十多年前，闽宁协作一开始，人们就坚信教育能够斩断穷根，是阻断贫困代际传播的利器。三尺讲台上，来来去去的福建支教老师，就是孩子们第一次看到的海。

这些年，福建省每年都会派遣一批优秀教师来到闽宁镇。确切地说，福建支教老师活跃在闽宁镇，也忙碌在西海固。许忠向，五十来岁，浓眉大眼，嘴唇宽厚，鼻梁上的镜片很厚也很亮，像隧道里散出的光圈。看起来，他更像是一个西北人，遮一顶橄榄帽，裸露的小臂黝黑，与上身浅色短袖衬衫形成强烈的对比。很多人支教，期满就回去，而许忠向一来，在闽宁镇和西海固一停就是许多年。

许老师来自福建莆田第十八中学，现任闽宁中学化学教师。起先在微信朋友圈看到，许忠向仿佛是一个烂漫的人，很爱写诗，既写给自己学生，也写给认识的女性朋友，就随机发表在朋友圈。我见到他时，他却变成了一个沉默的人，问一句，答一句。他一开口，普通话里夹杂福建口音，有意放缓着语速，似乎怕我听不懂。许忠向的任务是，带着先进的教学理念，与当地教师互学互助，补齐当地教育短板。

第一年秋天来宁夏支教，许忠向去的地方不是闽宁镇。

自治区教育厅分配他和另一名教师，去了一个叫红寺堡的地方。红寺堡，全国最大的一个移民安置区，青葱而苍茫，虽然植被郁郁葱葱，但远处却是起伏延绵的山包，空气里透着干渴的气息。来红寺堡第三中学报到的当天，干燥炎热，他俩嘴唇干裂，汗流浃背，很不适应当地的气候。先过"气候关"，是福建支教老师来宁夏首先要闯过。那天，他俩安顿下来之后，到学校门口买了一捆矿泉水。拎着往宿舍走的路上，太热了，索性坐在一棵树下乘凉。半下午，他俩喝光了二十四瓶矿泉水，竟然还都没去上厕所……

第二年夏天，教育支宁工作队顺利完成支教任务。在回福建的路上，许忠向用三十个队员的名字，写了一篇小诗《雁南归》——"杨梅红时，海燕南归；友茂朋盛，平贵西征；铿杰奋勇，德全名菲。兴长业势壮，礼彬彬兮德馨……振忠报国之日，家振业兴之时。"这篇小诗很简陋，别人看不懂。能读明白的，只有支教队员杨海燕、李友茂、郑平贵、张铿杰、李德全、陈兴长、詹彬彬、李振忠、卢家振在内的支教老师。因为，这些支教老师的名字都被隐藏其中。写下来，是纪念自己的支教生活。

210

对许忠向来说，这并不是支教生活的结束，而是开始。回到莆田市一个月后，有一天下午，他正和朋友在自家门前一棵巨榕树底下玩象棋，忽然接到教育局电话。他急忙去了一趟教育局，局长拍着他肩膀，用商量的口吻说："原本有一个报名参加第十九批支宁的教师，家里临时出了状况。老许啊，你能不能……"

"没问题！"许忠向愉快地说。

等走出教育局局长的办公室，他转念又想起来，这件事情还是应该与妻子商量一番。回到家，他说给了妻子，妻子沉默着，最后点了点头。重返宁夏支教，青年教师大约需要两种条件支撑。其一，父母放得开，自己可以远走他乡。其二，小孩子相对独立。许忠向满足了这两方面的条件，父母都已谢世，儿子在读大学，牵挂会少一些。

两个月后，到9月初的一天，许忠向和队员们从福州出发，乘坐飞机飞向了去往银川的航程。许忠向拉下帽檐，两臂交错相抱，昏昏欲睡。忽然，广播里飘出一个甜美的女声："尊敬的旅客朋友们，非常荣幸地告诉大家，今天我们机组搭乘了三十位特殊的乘客。他们是福建省第十九批赴宁夏支教的老师……"接着，空姐来到支教老师面前，把一束束康乃馨送到了包括许忠向在内的每一位老师手中。

许忠向享受这种感觉，睡意全无，一路上开心地笑个不停。

自福建省教育支援宁夏工作开展以来，闽宁镇一直是重点地区之一。这次，许忠向被教育厅分配到闽宁镇。当天中午，闽宁中学的校长带着车子来银川接。出了银川市区的北京西路，车子一拐弯就上了沿山公路，顺着山路往南走。许忠向看到了延绵起伏的贺兰山，还有沿途一望无际的葡萄种植基地。二十分钟后，进了闽宁镇，镇区秩序井然，交通便利，是个美丽的城镇。有很多房子，既有闽东风格，也有闽南味道。看见一排排大厝，许忠向感到十分亲切。心想，远离大海的闽宁镇上，竟有家乡的气息。

和许忠向一起的几位支教老师，被分到闽宁中学和闽宁二中。住宿的地方，被安置在闽宁镇中心小学的周转房。这里是一处装修简陋的楼房，地面铺着二十世纪九十年代常见的那种瓷砖，样子很陈旧。教师们一住进来，看着整洁的床铺被褥，又觉得条件比想象中的要好。大家住进来，手机联不上网。许忠向给校长打电话求助，不一会儿，两名工人来了。时值晚饭时间，工人一听他们是福建支教老师，很开心。

"这么远的路程，福建老师来了，太好了!"

"你们把福建的先进理念带来了。"

两名工人焦急地打问着，又热情地赞美着。

接着，他俩又打问许忠向是教什么的。许忠向回答，说自己教化学。岂料，两个工人立即停下手中的活计，你一言，我一语，说起忧愁和所想。

"老师啊，我儿子读初三，化学差一些。"

"我儿子也在读初三，贪玩，成绩可以，化学较差。"

"若是您教我家娃娃，请多关照……"

两名工人如获救星，滔滔不绝地说着心事。接着，又向许忠向仔细介绍起孩子，接着又请教家庭教育问题。许忠向不好打断，因此，维修的活儿干完，已是黑夜。两个工人不分场合与轻重地说着孩子，显然打搅到了初来的许忠向。临别，两个工人毕恭毕敬地弯腰行礼。这个举动，让许忠向很感动。他觉得，闽宁镇应该就是尊师重教的地方。来的第一天，两个与他素不相识的工人，让他感受到了移民对教育的期待。

第二天傍晚，许忠向和另外几名支教老师结伴去镇上街道。水果店里，老板一听他是福建支教老师，咧开嘴笑，说福建的亲戚来了，先尝，先尝。称重之后，许忠向拎着水果要付钱，却发现店老板已经把收款的二维码吊牌藏了起来。接着，把他一把推出门，硬是不收他的钱。回到学校，学生远远地看见福建老师，竟远远站定，等着向福建老师问好。许忠向向学生回礼，于是就频频冲着学生笑。

闽宁中学，这所校园的硬件设施建设得很好。徐忠向走进校园的第一天，明显感觉到学校的硬件设施建设超越了福建省内很多乡镇初级中学。从中可以看出，政府在教育事业上的投入是巨大的。校园食堂里，每天的菜品种类相比福建的校园来说少了些，但量很足，学生营养跟得上。许忠向后来明白了，这与饮食习惯有关。

每天课余，许忠向总见捧着书本在教学楼下诵读的身影。

"同学，为什么课间十分钟也要学?"有次，他在楼梯拐角处遇到一个学生，忍不住打断这个正在背诵英语单词的学生。

"明年要参加中考，而我想考育才中学。"这个同学羞涩地说，"目前我的英语成绩还是差了些，我得把分数一点一点地提起来。育才中学和六盘山中学都在银川，我们考上了，读高中三年，国家会免掉一切费用，还会提供生活补助。进了这两所学校，就会减轻父母的经济负担，通过努力就能考个好的大学。"

"爸爸妈妈做什么呢?"许忠向问。

"都是产业工人，爸爸在葡萄酒庄，妈妈在服装厂里。"

随着教学工作的开展，许忠向深刻感受到了闽宁镇对基础教育的重视。他认为，福建和宁夏两省区的学生，明显有着很大差别。闽宁中学的学生，普遍单纯。他们学习的目的性十分明确，把书本知识学通吃透，在考试中不断提高成绩。现在的用功读书与今后的就业，似乎已被他们联系了起来。可以说，谈不上有多少的课外生活。但是福建学生，涉猎最多的是课外知识，这对教师形成了一种挑战。

"福建教师与宁夏教师在一起，互学互助。"许忠向坦率地说，"福建支教老师没有三头六臂，知识都是一样的，两地教师水平也是旗鼓相当，可两地教师各有特点。比如，考虑问题角度会有不同之处。我们有机会共事共处，有机会坐在一起交流和讨论教学问题，就是一个共同提高的过程。我接触到的闽宁中学教师，谦逊严谨，这种扎实作风值得好好学习。可严谨的另一面，往往容易使人缺乏灵活性。"

多年的支教生活，许忠向爱上了宁夏的羊肉和面片。但留恋的，自然还是他福建家乡的味道。他们几个支教老师一起合伙做饭吃，常常做家乡的饭菜，偶尔也做宁夏的揪面片。宿舍楼里，一张破旧的课桌上，铺了张油布当餐桌。开饭了，大家就围在餐桌前，或站或坐，消灭着眼前的一桌饭菜。晚上是学生自习时间，他溜达出宿舍，惯性地走进教室。这时，有疑惑的同学就会向他请教，而他就会俯下身来。

支教老师一茬接一茬，来了，走了。

而许忠向却选择继续留下来。

我夸他有情怀。

"不算什么，就是热爱，正好能离家。"他憨憨地笑了，"支教老师里，有很多典型的人物故事，让人十分感动。不论在闽宁镇，还是在西海固。比如，我来闽宁镇那年，厦门来了一位支教女教师，也到了闽宁中学，她也姓许。她来支教，还带着自己正读六年级的儿子。为什么带着儿子？她报名参加了福建省教育援宁工作队，已经上班了，家里有事情，孩子却没人照顾。她又不能临时打退堂鼓，又不好意思给单位讲，索性把儿子接到闽宁镇，就在闽宁中心小学借读。坚持了一个学年，最终完成了支教任务。这位女教师在闽宁镇支教时，工作上拼劲儿很足，当时学校缺少音乐教师，她一个人带了十几个班级的音乐课。她编排出的一场舞剧，一届学生接一届学生传了下来。"

……

我读到过另一位福建老师对支教往事的回顾，同样感人："支教的时间很快过去了，返回福建的那一天，自发来到火车站送别的学生的眼泪打湿了我的心……在我看来，学生朴实真挚的感情无与伦比，那是我一生中取之不尽的财富，这是任何荣誉都无法比拟的……吸引我两次报名支教的，是那一双双明亮的、充满求知渴望的眼睛，是那份朝看日出、暮听蝉鸣、享受教育带来的快乐的同时，也坚守着这份不变的教育梦想……"

这段文字里，这份情绪里，也一定洋溢着许忠向的情感。

支教宁夏，成了许忠向生命里一种走不出的情结。这些年，他和妻子聚少离多，平日里只是通过微信视频慰藉别离之情。实际上，妻子也曾专程来闽宁镇省亲探望他。周末休息，他陪妻子逛遍贺兰山东麓，妻子喜欢一望无际的大平原，喜欢宁夏旅游风景区，也喜欢上了黄河边上柔软的沙子。可没住几天，就在干燥和不适应中匆匆返回了福建。妻子回福建莆田那天，他发微信朋友圈说："在有限的人生中，应该多做一些有意义的事情。"再看配图，不见妻子，只有他一个人站在街巷上，抿着嘴在欢乐地笑，从容又倔强。

闽宁镇上，走过了一茬又一茬优秀的福建教师。这些优秀的福建儿女，满腔热忱地投身到闽宁协作，融进了山海相连的人间温情。化学老师许忠向有时会想，一朵云朵推动另一朵云，自己做到了吗？而在学生对大海的热情向往中，他感到心里踏实了起来。

37. 少年心事当拏云

对海的热情向往，改变着山的孩子。

许许多多的移民子弟，通过读书改变了命运，开始了有别于父辈的人生。我们不挑不选，说说偶然遇到的王金虎。王金虎，第二代闽宁镇人，一名年轻的民警，他和同伴曾经驾驶游轮漂泊在海上。看完海，回到家，梦想成真，这个率真的大男孩当上了一名人民警察，成为闽宁镇的坚守者。和很多闽宁镇的孩子一样，二十多年前，王金虎心田里种下梦想时，既与山有关，又与海有关……

闽宁村成立时，王金虎五六岁，跟爸爸妈妈从西吉县王民乡小湾村搬到了平原上。搬来时，虽然有福建省在帮着做基础设施，可对移民群众来说，告别赤贫的家乡，来到一片光秃秃的戈壁滩上，仍要过一段比老家更艰苦的拓荒时光。每天吃饭没油水，一天三顿就是吃不完的洋芋。不过，这时的王金虎已经成了一名家庭劳力。他稚嫩的小手接过父亲递给的一根羊鞭，赶上几只小羊在村口吃草。

村里的孩子很小的时候就很懂事，这些大约都是移民生活的赐予。有一回，王金虎和发小嬉戏玩耍时，一群毫无观念的小羊儿竟然蹿进了刚冒出头的玉米地里啃。一小片青苗很快就这么被毁掉了。主人家发现了，十分生气，随手牵走了几只小羊，吓得他站在路边哇哇大哭。刚搬来的移民在戈壁滩上种粮食，粮食金贵得很。父亲听说，急急忙忙跑来和人家说赔偿。可是，青苗的主人无论如何都不同意，只是一个劲儿地批评着几只小羊。这个邻居特较真，批评小羊时竟然忍不住流泪了，对羊只糟蹋青苗的行为深恶痛绝。也是，移民要在戈壁滩上种粮，的确是一件不容易的事情。父亲内疚，脸上无光，不知所措，噼里啪啦地狠狠揍了王金虎一顿。幼小的他，挨了一顿打，自此明白了田地里栽种庄稼不易，放羊做活儿时必须得专注，绝不能三心二意。

转年，父亲把他送进武河村简易小学。所谓简易小学，就是几间砖木结构的相连的小平房，细细的椽子，封闭性不好，风大时沙子会飞进来，会钻进学生眼睛里。实际上，这些房子是村部腾出来的。王金虎上学那年，这所小学三十多个学生，桌椅板凳都不够。没有黑板，老师别出心裁，自制一块黑板，没有粉笔，老师敲碎了电池，取出一根黑色碳芯比画着。课本和练习册都缺，学生就趴在大地上写字。老师每次检查作业，就低头看大地。尽管条件艰苦，可每隔一段时间，都会进一拨新同学。

王金虎对读书发生兴趣时，福建的叔叔阿姨送来了文具盒和练习册。文具盒里，有钢笔、圆珠笔、铅笔和橡皮擦，还有漂亮的图案，练习册一人一小沓。自打那时起，他和小伙伴就不用每天趴在大地上写字了。再后来，有一回，自治区教育厅厅长来检查工作，村主任老马毫不犹豫地抱住了厅长的腿。不久，村里盖起一栋小学教学楼。有趣的是，幼小的王金虎下定了决心要好好读书时，并不是因为村里有了崭新的教学楼，而是因为福建叔叔阿姨送来的漂亮的文具盒。

"少年心事当拏云"。

福建叔叔阿姨送来的漂亮文具盒上，就镌刻着这么七个鲜红的字。王金虎不理解这句话的含义，还专门问了语文老师。语文老师不假思索，愉快地解释："这句话讲的是，我们每一个闽宁村的孩子，在自己很小的都时候都应该树立起远大的志向，并且要为这个理想而刻苦攻读，将来成为一个有益于众人的人。"

少年人应该有凌云壮志。可读了书，究竟要做什么呢？这时，他忽然有了一个梦想。诞生这个梦想的瞬间，也是一个平常的日子——有一天，闽宁村的警察马旭东，一个皮肤黝黑且瘦小干练的年轻人，来到家里找父亲商量事情，似乎是为协调处理某一户人的家庭纠纷。忙罢，马旭东起身就走了，却把一顶警帽落在了桌子上。王金虎捧着帽子，盯着闪闪发光的警徽看。忽然，他就想，长大了就要当一名人民警察，像马旭东叔叔一样……

北京奥运会开的那一年，王金虎中考失利了。

仅仅一分之差，没法升学读高中。

父亲送他去闽宁中学复读，而王金虎感到十分害羞。第一次中考失利，实际上是有原因的。哥哥十五岁那年辍学了，跟人结伴跑到福建打工，打电话给家里总说在外混得还是很不错。福建打工间隙，当保安的哥哥利用业余时间读了三年夜校，拿到一张中专文凭。那时 MP3 很盛行，哥哥买了一只邮寄给他。每天上学，他把耳机挂耳朵上，听着歌，一副很时髦的样子，同学见了都眼羡。有个伙伴说："我咋就没一个在福建打工的哥哥呢？"就这样，读书的事情有些松劲了。中考失利的消息传来，他想和哥哥一样去福建。父亲坚决不同意，涕泪横流，把他拽到闽宁中学去申请复读。

校长办公室门口，排起了一条长队。

复读生的名额是有限的，家长都在为孩子争取。校长李养斌，就是自己背着贷款给学生采购电脑的那位教育工作者，一看王金虎的成绩单，脸拉得老长。边上的老师说："校长！这学生成绩挺好，是个好学生，只差了一分。"

"差一分，能算好学生吗？"李养斌淡淡地说。

接着，李校长抬头打量了一番王金虎，又把他叫到窗户跟前。往外看，窗外操场上都是新生，正如潮水般地拥进校园。那时，闽宁中学变成了一所很大的学校，随着西海固移民陆续迁来，生源不断增加，在校学生已接近两千，出现了办学压力。

"你咋就不多考一两分呢？"

"你复读，任务就是把分数不断地提高。"

"闽宁镇的娃，书念不成功，没知识，将来路窄得很。"

李养斌一脸嗔怨，一脸不屑，一脸期待，喋喋不休地说着。

批评罢了，数落罢了，学校同意接纳王金虎。这时起，他发奋读书。第二年，王金虎以优异成绩考取银川市育才中学。育才中学和六盘山中学，都是国家帮西海固子弟创设的学校。这两所学校，办学地点在银川市区，但对西海固以及吊庄的品学兼优的学生，免除一切费用，甚至还会发给一些生活补助。闽宁镇人朴素的意识里，但凡孩子考取了银川市育才中学、六盘山中学，三年之后，必然会考一个好的大学。

到育才中学读书，是王金虎第一次进银川。闽宁镇离银川市区四十多公里，牙长一截的路，可王金虎从来没去过。开学报到那天，他和父亲一路打听，一路摸到了学校。银川育才中学的校训"知识改变命运，勤奋成就梦想"就醒目地闪耀在眼前。第一次进城的他，心理上难免有些自卑，这是与市区同学明显差距而带来的。这时，他理解了闽宁中学李校长说的话，闽宁镇孩子只有读书才有希望，今后的路才不至于很窄。

和闽宁中学一样，育才中学有着很好的求知氛围，学生比学赶帮超。三年时间，王金虎回闽宁镇的家只有六次，一个学年只回两次家，一次是放寒假时，一次是放暑假时。近在咫尺的家，不回，时间都用在了学习上。平日里，他比别的同学睡得晚，起得早。平时换洗的衣服，都是父亲从家里送到学校的。在同学看来，他的生活毫无乐趣可言，而他知道自己必须努力读书。高三那年，他每天晚上 10 点半下自习，休息半小时，又开始学习，直到凌晨 1 点。而到了早晨 5 点半，他又会起床背诵。

参军或是从警，仿佛自古以来就是男子汉的梦想，王金虎心里有一个从警的梦想。偏偏到了考大学时，眼睛近视了，没法读警校。而高考分数出来，他是完全能读个全国最好的警校。在现实面前，他不得不做出别的选择，去了海边。

就读的大学，就在大海边上。

东方有大海，有大海的地方，离福建近，离梦很近。向往大海，就是因为福建叔叔阿姨送来漂亮的文具盒，小小的礼物，就是梦想的种子。学校离大海三公里，大一军训结束，他们几个宁夏同乡约在一起去看海。看海的那天是凌晨 3 点，出了学校，他们沿香樟树形成的一条甬道徒步向东走。因为要去看大海，他们晚上没睡觉，都在兴奋地想象着。走完香樟树下的甬道，来到堤坝上，先看见一片礁石。

宽大而平静的海面沉在夜色中。忽然，海面上呈现出一条线，白亮白亮的，蔚蓝色的海面开始缓缓出现在了眼前。一轮红日跳跃着，浮升到了海面上，清晨的大海是碧红的，也是蔚蓝色的，海和天是连接在一起的。他们朝着大海不住地人喊，尽情地释放着对海的热情向往。又幻想，拥有一种神奇的力量，把海水引到西海固……又想起了文具盒，又想起村里来的福建叔叔阿姨，还有支教的福建老师。

大学临近毕业，王金虎登上了一艘邮轮。那时，学校与一家国际知名邮轮公司合作，接纳在校优秀毕业生参加工作。企业给出年薪二十万元，和王金虎签了约。这意味着，他可以乘坐邮轮，走不同的航线，去很多的地方。有一次，邮轮过福建，他想起了闽宁镇。那天说来巧得很，他接到了闽宁中学段老师的电话："你们这些孩子，考上了大学，一个接一个地离开闽宁镇，可总得有人回来吧！不然，谁来建设闽宁镇呢？"

段老师又告诉他，最近县上招考民警，有镇上的事业编，视力要求放宽了。一瞬间，他又想起了警察马旭东叔叔，还有那颗闪亮的警徽。手机上查询了报名要求，心情很激动，等邮轮靠岸时，他毫不犹豫地上了岸，向公司递交了辞职申请……不多久，他信心满满地回来了，从福建回到家乡的哥哥，已过上了宽裕的生活，盖起一栋别致的二层小楼。哥哥自打在福建当完保安，读完夜校，回来就在村里经营一家手机店。那段时间，生意很好，闽宁镇人从没手机到用上功能机，又从用功能机向智能机转变。

参加完招考，等通知的一个月里，正好是暑假。王金虎倒是不急不躁，在他心里，有一件大事要做。他和几个一起毕业的大学同学商量一番，联合起来，准备给武河村的孩子在暑假补课。既讲书本知识，又讲他们看到的福建，也讲他们第一次看见大海的心情。村党支部书记支持他们的想法，立即把党员活动室腾了出来，由他们辅导二十名学生。忙忙碌碌一个月，他觉得自己交还了一桩心事，内心感到很满足。

王金虎当上了一名人民警察，被分配到闽宁镇派出所。记得第一天去上班，他穿着笔挺的警服，对着镜子仔细地整理着装。读书，改变了他的人生，可他真的变成了像当年来到家里的警察马旭东一样。但凡生活在镇上的福建籍人士遇到困难，他和同事总会很有耐心地去帮助。他说，既是工作，也是情分。此时，他对文具盒上那句——少年心事当拏云，有了自己的理解。他觉得，就是做一个有益于众人的人，好好服务社会。

说来也巧，参加工作的第一天，带王金虎参加学习培训的，就是老警察马旭东，当年落下那一顶警帽的主人。此时，曾经英姿勃发的马旭东，背驼了，腰弯了，比以往更消瘦了，已经临近退休的年龄。老警察马旭东在前面走，王金虎在身后紧跟着，前脚踩着了后脚跟，忍不住就笑。马旭东扭过头来问："你傻笑什么呢？"王金虎仍一个劲儿笑，心里默默地说："你影响了我，我要接你班，而你并不知道，我就不告诉你。"

38. 父亲的惆怅与欣慰

相比教师的辛勤付出与学生的刻苦攻读，家长的热情同样叫人感动。基础教育，成为闽宁镇人生活里必不可少的一个重要话题。谈论起学生的事情，闽宁镇人总是那么不分场合，牛棚里谈，生产车间谈，葡萄种植园区里谈。福宁村九组移民孛云峰，就是这样的一个人，偶有闲暇，就谈教育，和人说起来总是没完没了，一会儿哭，一会儿笑。

孛云峰的庭院里，长满了各样的果木。一棵桃树上，被他嫁接出樱桃、李子和杏子，结出四种不同的果实。尝尽各种滋味，就是孛云峰的人生写照。五十多岁的他曾经过着极尽凑合的日子，现在的他唯独对教育耿耿于怀。他生养了两个孩子，又收养了两个孤儿，年龄最小的一个养女，叫小婷，目前在读小学六年级。

"这些年，能打倒我的，只有孩子的一张成绩单。"孛云峰说，"我这大半生当中，仿佛就是为了四个孩子而活着。不论怎么说，我大小算是一个农民企业家。可是每当娃娃学习成绩不好时，我心理上总会感觉到低人一头。娃娃成绩起来了，即便我经济上哪怕稍微比别人逊色一些，仍然有高高在上的感觉。娃娃成绩不好，我心情就十分烦躁，会感到极度困惑，就和当年生活在西海固大山里头一样，会有缺衣少食的感觉。说白了，娃娃学习成绩不好，当年贫困无助的绝望感就会涌上我的心头。"

就像菇农刘昌富一样，孛云峰也是个黑脸大汉，说起话来也诚恳。闽宁镇上，这个走南闯北、刚强惯了的致富带头人，为孩子读书，流过许多次泪。每次流泪，孛云峰都是一手捏着孩子的成绩单，抬起手背擦眼泪。孛云峰是闽宁镇上公开评选出来的"闽宁好人"，他从来不打骂孩子，只是情到深处，不止一次地对孩子哭诉起往事……

孛云峰讲起的往事，是从自己新婚之夜亓讲的。

"当时生活在西海固，我高考失利了，从马建中学回到村里，跟父亲一起劳动。村里人叫我父亲是孛半夜。父亲是一名村干部，要强得很，最终被一场疾病打垮了。孛半夜，是我父亲的外号，为啥得名？他勤谨得很，总是天不亮就去田地里劳动。和贫困斗争毕生，父亲临终连温饱也没解决。为了供我读书，父亲和全家节衣缩食。去世前，父亲预感不妙，托媒人给我说了一门亲事……几年后，我结婚。结婚当天，是初冬一个寒冷的日子，而我却想着怎么能活下去呢？第三天晚上，是个后半夜，我等家人睡着了，从土坯房蹑手蹑脚溜出来。出了大门上坟园，我给父亲上了坟，趴在坟头伤心地大哭。哭完，我扔下新婚的妻子，借着月光徒步走出了西海固。"

孛云峰在新婚蜜月，为何一个人悄悄出走？

说起来是一件极其伤感的事情。结婚前，孛云峰的母亲生病了，他通过媒人求告：先把亲事成了，这样母亲就能吃上一顿热饭。媒人一心想成全，先找到他的未婚妻，说家里现时十分困难。未婚妻说，看上了孛云峰这个人，一切从简，只要买一辆自行车就可以。有了自行车，她能骑着自行车回三十公里外的娘家。得了这个信息，孛云峰寻思着：没有钱，这一辆自行车能不能先不买呢？能不能先把媳妇娶进门。

他揣着奢想出门了，徒步往丈人家走，想说个情。

走出家门没几步，路过周吴小学门口时，遇上了宋老师。

"孛云峰你要干啥去？"宋老师问。

"我一分钱彩礼拿不出来，还想结婚。未婚妻说，只要买个自行车就成！我想去丈人家里求告：不买自行车，先结婚，成不成！"孛云峰挠着头。

宋老师听了很吃惊，连连说："肯定不成！彩礼你没给老丈人，一辆自行车应该有。结婚是人生大事，咱不能太寒酸了，西海固人的礼数不能乱……今天我借钱给你，但你得保证在一年之内还回来。我想办法凑二百元借给你，你拿上这二百元钱，买一辆自行车是绰绰有余了。"

孛云峰千恩万谢，告别了宋老师，口袋里有了二百元钱。接着走，走到了田坪乡，碰巧在路上遇见昔日的一个发小。发小是一名木工，经济条件很好。发小家与孛云峰家有着世交的情谊，听说孛云峰一心想结婚，还没一分钱彩礼，觉得草率。说罢，拿出三百元，不由分说塞到手上："多少就这些钱，你先办事，一年之内还我。"

在宋老师和发小的帮助下，孛云峰如愿以偿，结了婚。简朴的婚宴上，孛云峰招待亲戚邻人时总走神，他盘算一番，各种外债达到八百元。欠下的大债是要及时还，从今往后日子怎么过呢？新婚之夜，他背负千斤重担进了洞房。

"当时的八百元是个啥概念？今天我打个电话，能借出八十万元。但在当年，这八百元没有地方能借出来。"孛云峰说。他心里的忧愁，心里的压力,没有向新婚妻子说。但他信誓旦旦地对妻子说过,保证要她过上好日子。

孛云峰结婚第三天,忽然失踪了,他去哪里了呢?

他一路向北,一路乞讨,过了黄河,到了内蒙古阿拉善。那时身上一毛钱都没了,阿拉善地广人稀,遇到一户人家时,他连敲门的力气都没了。草原上的高姓人家搭救了他,给他吃给他住,让他生存了下来。孛云峰人机灵,又勤谨,先给高家拓土块。接着,又四处转着看,看谁家门前堆放着砖块,就询问是否盖房子。他承包起给牧民盖房子的活儿,要价总比别人低。活儿承包到手,他再找来几个工人一起干。每天傍晚,工人下班,他一个人连夜加班干,一天只睡五个小时觉。草原上,孛云峰吃尽了苦,流尽了汗。

逃离西海固时是个冬天,回西海固时也是个冬天。整整一年后,孛云峰拎着一只黄挎包回来了。进了村,村里人不认识他,将近一米八的他,瘦到一百斤,头发长得像个野人。走到自家院子里,妻子在土坯房前煨炕,手里捏着一把晾干的牛粪。妻子一扭头,手里的牛粪跌落了,盯着孛云峰半天没有说出话来,眼泪哗啦啦地淌。

"一年了,你跑到哪里去了?"妻子问。

"我出门寻钱去了!"孛云峰说罢,把妻子一把拽进土坯房,再把黄挎包里的钱全都抖落到了土炕上。上千元人民币撒了一炕,妻子惊呆了。没人相信孛云峰能挣这么多钱,母亲来了,和妻子一起追问,钱是从正途上来的吗?

闽宁村成立的第二年,要建市场,村上找不到愿意承包的工队。孛云峰带着一伙西海固的兄弟来了,承包了建设四十九间平房的活儿。刚来的第一天晚上,就和工人们睡在荒滩戈壁上,天亮时,黄沙把人都埋了,鼻子耳朵嘴巴里灌满了沙子。没办法,他们赶紧学着移民在大地上掘出几个地窝子……孛云峰带人把简易的市场建起来时,福建宁夏两省区投资共建的闽宁中学也亮灿灿地矗立在了戈壁滩上。

"我看见了学校就高兴!立即决定自发移民,搬迁到闽宁村。"孛云峰说,他和很多移民一样,吃了人间最大的苦,就想着把孩子带到平原上,让下一代人能在平原上种庄稼,就想让下一代人能多读书,学到技术，生活得轻松一些。

自发搬迁到闽宁村，孛云峰先是办起了建材预制厂、养殖场，以后又办起了农家乐，甚至还开办了乡村养老院。开建材预制厂时，他感觉能赚钱，就鼓动亲戚邻人一起干，别人也就开办了预制厂，也跟着赚到了钱。挣到钱的孛云峰，对子女的教育抓得很紧。他要让孩子们弥补自己心中的缺憾，接受大学教育。

孛云峰一番苦心，先是改变了自己儿女的命运。儿子在宁夏师范大学毕业，当了一名私立学校的教师，儿媳妇是银川人，在一家医院工作。女儿毕业于宁夏大学，学的是葡萄酒专业。起先，孛云峰对女儿学这个专业很反对，认为女孩子学酿酒没出息。不过，贺兰山东麓百万亩葡萄带渐渐红火起来时，他又有了新想法。

"哎呀，女子啊，爸爸有个想法。"孛云峰说，"你学的葡萄酒专业，我之前不怎么看好，可现时不一样了，葡萄酒渐渐成了咱们宁夏人的大产业。因此，我觉得你应该把这个专业学精吃透，我建议你去法国留学，去波尔多看看。"

"爸爸，您说真的吗?"女儿惊叫一声。

之前，女儿也有同专业的师兄师姐去了法国留学。两年下来，学费生活费下来得三四十万元，她想去，但一直没敢给爸爸吭声。孛云峰说，只要你肯钻研、愿意学，我当然支持让你留学。说罢，他把一张银行卡递给女儿。

两年后，孛云峰的女儿留学法国归来，进了贺兰山东麓的一家葡萄酒庄。如今，女儿已经成为一名技艺精湛的酿酒师，也是一名种植园区和酒庄的管理者。家庭的很多变化，就在短短几年之间。女儿拎着亲手酿的葡萄酒，孝敬孛云峰。孛云峰品一口，咂巴着嘴，总嫌味道还不太好。女儿说："这款年份的酒在国际上获过大奖。"他瞅一眼，自顾着说："任何时候都不能骄傲! 还得不断提升，像提升考试成绩一样。"

养子旭飞大专毕业，孛云峰带着搞起了养殖。有一天，他吃惊地发现旭飞跟着客户学会了抽烟。他生气地说："你怎么也抽烟?"旭飞说："大爸，我今年二十三岁了。"他思来想去，就说："从今天起，我戒烟，你也跟着我戒。"为了给旭飞带个头，他一狠心，真把抽了三十年的烟给戒掉了。戒烟最困难时，他心里烦躁，旭飞哭着说："大爸，你不要戒烟了，你抽吧！我戒掉就是了。"最后，父子俩把烟都给戒掉了。

李云峰和妻子收养小婷时，小婷出生才三天。小婷管李云峰叫爸爸，管李云峰妻子叫妈妈。养子旭飞没有读大学，是他的一个心病。为了培养小婷，他索性让妻子带小婷去银川。为此他在银川买了房子，让妻子陪养女读书。

在福宁村，与李云峰相熟的老赵，也是一个热衷于教育的人。李云峰说起老赵来，总说他俩是往日里共患难的好兄弟。搬来时，相识于闽宁村修建市场时期，他俩分包着干了几个小工程。接着又都成了一个村子的人，比邻而居。

"家家户户重视学生读书，说出来让人感到吃惊。"李云峰介绍，"近邻的老赵家，有三个孩子，为了培养孩子读书学习，他们费了很大的劲儿。落户闽宁镇没几年，老赵在生意上遇到了麻烦事，被人欺骗了，损失也很大。即便在这种情况下，老赵贷款筹资，在小学的对门租赁场地开起一家书店，让他妻子经营。可是，书店不挣钱。为啥要开？听老赵讲，不为别的，只为诱惑娃娃学习。果然，每天下午几个娃娃一放学，准会跑到书店找妈妈，一进书店门，翻上几页书，娃他妈高兴，老赵也高兴，我听了很感动。"

闽宁镇基础教育的崛起，有着家长的期待，有着家长的付出，有着家长的牵肠。孩子学习成绩下滑时心头就会涌起早年贫困无助的绝望感，开个书店不为赚钱只为培养自家孩子的学习兴趣……这种热烈的情绪，像是一团火焰，升腾在父亲的心田。都说可怜天下父母心，仔细一想，还有什么比这更让人感动的呢？

39. 缤纷厚重闽宁镇

西海固文化氛围浓厚，书法、绘画、文学创作、各类民俗活动等在人们的生活中一直以来占有重要位置。移民将这些传统文化带到了这片新的热土。支宁女教师梁冬梅深深地被这一切吸引。梁冬梅老师来自三明六中，这是福建省一所省级示范学校。如今，她在闽宁二中教生物，一同支教的还有一位福州来的郑守德老师。每到周末休息，他们准会约着镇上的朋友去爬贺兰山。

梁冬梅喜爱贺兰山，常说"三字经"——爱死咧！爱死咧，是闽宁镇人的口语，简洁而又热烈，一如闽宁镇人的胸怀。

福建海岸线漫长，尤其是家乡闽中地区的山很多，平原极少，压根就看不见像闽宁镇这么空旷平整的陆地。生活在贺兰山下的平原，让梁冬梅觉得舒畅惬意。

梁老师喜爱贺兰山，可她更喜欢了解山下村子里的事情。每到周五，梁老师提前联系家访，她希望能在一年的支教生活中深刻了解这片土地。在每周一次的家访中，梁老师逐渐观察到一个现象。这个发现，加深了她对闽宁镇的爱。

"同学们，马上是周末了，谁邀请我去家里做客呢？"梁老师笑着说，"如果有同学乐意让我去的话，现在就请给我递纸条吧，请写清你的家庭住址。"

过了两分钟，几个学生陆续递来纸条。纸条末尾，学生们还不忘写出：热烈欢迎梁老师到我们移民的家里来做客。

到了周六日，梁冬梅老师骑着一辆自行车，离开校园，沿着贺兰山下四处拜访着一户户农家。每一次，只要遇见了一个学生，学生就会带她看遍半个村庄，看遍村里的产业。她渴望了解风土人情，而家访，与许多移民家庭近距离交流，就是便捷的方式。就在这样一遍遍的踏访中，她逐渐感受到了闽宁镇大地的丰厚。

有一天，梁老师在一名学生的引领下，走访了原隆村的十几户农家。她惊讶地发现，移民家的庭院和小屋都很整洁，家家户户的墙壁上都挂着装裱过的书法作品。在一面墙上，贴着红彤彤的奖状，还挂着好几幅书法作品。这些书法作品，都是遒劲有力的小楷，看上去似乎是出自某一位大家之手。梁老师是练过书法的，她能读出字里行间的味道。忍不住，她打问这几幅作品落款署名的李建平是谁？

"老师，李建平是我哥哥！"学生说。

"你哥哥的作品？"梁老师很吃惊。

"是的！我哥哥目前在六盘山高级中学读书……"

闽宁镇的孩子缘何把书法作品写到如此漂亮？

"梁老师，这不算什么！"李爸爸解释，"我们老家隆德县，和甘肃通渭一样都是全国闻名的书画之乡。在老家，学生娃娃写好书法是一个基本功，中央电视台介绍了好多次。老家人虽然世世代代居住在山里头，但也常说：一等人忠诚孝子，两件事读书耕田。尽管我们从大山里搬迁了出来，可练习书法这个传统没有丢弃。"

"李建平怎么学起书法的？"梁老师追问。

"建平六七岁时，喜欢上了书法。"李爸爸说，"我们老家在隆德县奠安乡马坪村，每一次带着娃娃回去了，走到亲戚邻人家里，建平的两只眼睛就会盯着墙上的字画瞧，瞧得十分仔细。我大字不识几个，觉得奇怪，就买来字帖让他临摹，他就很自然地练习起来。建平上了小学之后，仍然练，主要还是利用周末时间练书法……五年前，春节临近，我带建平去了中宁县一个叫渠口的地方。街道上有个亲戚摆摊给人写春联，建平就跟着写，结果，买春联的人非要买孩子写的。摆摊的对面，是渠口派出所，派出所的所长看见建平在写字，不由分说自掏腰包五十元钱，把建平写的一副春联买走了。拿上春联，这个所长赞不绝口，使劲儿地说写得好！建平得了这个鼓励，学习书法热情很高。"

梁老师又了解到，每当春节临近，孩子总想在闽宁镇卖春联，可李爸爸坚决不准。李爸爸觉得，学生娃娃卖自己写的春联，又是卖给相熟的人，是一件很丢人的事情，亲戚邻人很容易认为家长是见钱眼开。可是，建平很不开心，索性跑到中宁县亲戚家，又在街头摆起摊位卖春联。一副春联，长的卖三元，短的卖两元。没想到，建平书写的春联很受欢迎，每天写出三百副春联，从早写到晚，一连写三天。除夕日的傍晚，建平回到闽宁镇时，手里竟然拎着一塑料袋零零碎碎的钱……

逐渐地，梁冬梅老师发现了一个现象。

自己的学生中，普遍都把字写得很漂亮。即便某些成绩差些的学生，也能写出一手漂亮的钢笔字。随着梁老师家访活动的深入，她发现闽宁镇的六个村庄里，几乎家家户户都热爱书法，很多移民家的客厅、卧室里的墙壁上都挂着字画。很多的学生家长，年轻时或许没怎么读过书，可这并不妨碍他们热爱和收藏字画的热情。

不可无敬畏心，不可无恻隐心；不可无羞恶心，不可无辞让心；

不可无是非心，不可无公正心；不可无忠恕心，不可无自责心；

不可无恋友心，不可无发奋心……

梁老师见到最多的，是一幅用小楷恭录的西海固贤哲人物所写的《省己格言》。这篇格言长文三百多字，以孟子的"四心说"为起始。梁老师喜欢这幅字画的内容，第一次听人逐句释义时，就很热爱。她觉得，自己看到了西海固的风度。

"闽宁镇人热爱书画成风，这个现象福建看不到。"梁老师这么感叹着。她说，移民家庭挂着的很多书画作品，并非出自大家之手。可是，作品的内容一定是他们喜悦的，写字的作者也一定是他们认可的。挂在墙壁上的字画，有时就是人们的家风，就是人们向往的为人的准则。既然如此，书法大家的内容在这里难有市场。有一次，梁老师去镇上餐厅，巧遇一场婚礼，看见一对新人收到了亲朋馈赠的十几幅书法作品。更神奇的是，由于收到了很多书法作品，司仪灵机一动，临时增加一个品鉴作品环节，人们开始评头论足。对梁老师来说，这样的婚礼现场前所未见，至今想起来仍觉得不可思议。

以后，梁老师又发现很多让人喜悦的现象。在镇上，回族爱唱的花儿与汉族喜悦的秦腔并存，社火与说唱，剪纸和围棋，还有人们对文学的普遍热爱，都深深扎根在闽宁镇。拿文学来说，移民的重要迁出地西吉县，是全国首个文学之乡。而在镇上，文学依然是一道灼眼的光芒。在梁老师身边，就有很多同事在业余从事文学创作。与她相熟的边凤鸣，是一名热衷于文学创作的英语教师，而闽宁中学教师马凤鸣，因为创作业绩斐然，不仅担任了银川市作家协会副主席，还是镇上出现的第一位中国作家协会会员。

"最让我感到惊讶的，是一些村里的妇女。她们虽然双手粗糙，可一到农闲时也会用笔写下心得，冷不丁就发表到公开出版的文学刊物上。我两个班的学生中，有好几个学生的妈妈喜欢文学。我了解到，全县文学创作的主力也是闽宁镇人。这的确是一个普遍而积极的现象，我看到了这个现象，可我没法解释。"梁老师笑着说。

梁冬梅老师骑着自行车家访时，每次路过某一个村庄时，都能看到一座宽大的戏台。戏台，是闽宁镇上各村自乐班演唱秦腔的地方。一打问，人家告诉她，在老家时哪怕再穷，村里也是得有一座戏台的，安家到了闽宁镇，秦腔要唱，戏台就得有。她相信，闽宁镇呈现出来各样的传统文化的气息，都是人们对原住地西海固地区的固有文化的传承。经过易地扶贫搬迁，在远离故乡的土地上，人们依然坚守着自己心中与故乡的血脉相承的联系。梁老师这么想的时候，她的心里就会充满感动。

林林总总的文化传承，最具观赏性的是社火表演。可是，梁老师看不到，因为这项活动往往会被安排在春节。春节期间，社火表演因为新冠肺炎疫情被取消掉了。若是搁在往年，菇农刘昌富就是园艺村里的社火队领头人，大家叫他春官或议程官。正月里，每到半下午或是掌灯时分，各村像刘昌富这样的文艺能人，就会分别带一支社火队活跃在村里，走在村街的主干道上，甚至是走在每一条巷子里。这时的刘昌富，一身古装打扮，手里捏着一把羽毛扇，夸张地抖动着长长的胡须，逢人就说吉祥话。而尾随他的，是一支长长的社火队伍，有划旱船的、踩高跷的、扭秧歌的。

此时此刻，春官是说笑逗乐、博人一笑的担当。

围观群众考验着春官的智慧，也考验着春官的应变能力，这应当是社火表演最为精彩的地方。按照活动规则，围观群众不用开口，只要用手指着某一种物件或某一样东西，春官就得触景生情，立即喊出一长串儿赞美和祝贺的话，这些话就叫春官词。喊出来的话，必须朗朗上口，必须押韵有节奏，这样才能让围观群众信服。记得有一回，春官刘昌富率领着一支社火队路过一户人家门前时，主人抱出来一只大西瓜，忽然拦住了社火队的去路，存心刁难春官。刘昌富瞥见了，收腹提气，张大嘴巴，喊出了即兴编出的一句春官词：

这个西瓜圆又圆
黑籽红瓤在里面
瓤瓤吃，皮皮褪
吃着吃着汁流外

寥寥数语，几十个字，刘昌富随口就把一只西瓜说得淋漓尽致。西瓜的形状、内部结构以及吃时的情形，都包含到了里面。这户人家的主人高兴了，认可了，就把这只大西瓜塞到社火队员的手上。说唱的天赋，口头的应变，都是乡野民间的智慧，就流淌在日常生活中。实际上，优秀的春官还会即兴说起时政，能够起到良好的宣传效果。每一次，镇上的社火表演都是在热烈而欢愉的氛围里结束的……

无缘亲历这项活动的梁冬梅老师，有时会在手机上搜索视频观看，有字幕的视频画面总会惹得她捧腹大笑。闽宁镇上，与基础教育相得益彰的就是传统文化。每当周末休息日，她骑自行车独自穿行在各个村落时，就会这么想。

福建女老师梁冬梅，爱死咧的闽宁镇，就是这样一个多彩的地方。如果说，基础教育夯实了闽宁镇的根脉，承担起了阻止贫困代际传播任务，而传统文化，则呈现出了闽宁镇的精神风貌。浓郁的传统文化，谨严的基础教育，让梁老师对这里多了一分疼惜、爱恋与敬重。

第八章　未了情

2020 年 11 月 16 日，西海固传出好消息：宁夏回族自治区人民政府发布公告，同意西吉县正式退出贫困县序列。至此，宁夏西海固八个国定贫困县区全部实现脱贫摘帽，此举标志着宁夏区域性整体贫困问题得以解决，历史性地告别了绝对贫困。闽宁镇人的重要迁出地，改变了往日的模样。而闽宁对口扶贫协作援宁群体，作为西海固减贫战争的一支力量，被中共中央宣传部授予时代楷模称号。

福建与宁夏两地人民追求共同富裕的梦想开始变成了现实。两地人民除了在事业上携手进步，他们也走进了彼此的感情生活，月老在山与海之间牵起了一条长长的红线。第一批从大山走到海边的女工，年龄最小的也已四十岁了。闽宁镇上，几位女儿家向我们袒露了那些美好的往事。

40. 彩虹飞架山海间

重情的女儿家，二十年，走不出的山海情。

王文娟就是这样。在被闽宁村戈壁小学校长陈宗礼劝返西吉老家读中学后，高考时，仅以一分之差与大学生活失之交臂。对她来说，去福建就成了一条出路。

王文娟去福建务工，因为另一个老师。

这位老师是福建来的支教老师，名叫郭瑞鹤，当时供职于福建莆田秀屿中学。郭老师年轻热情，对山里人充满热情。来支教的第一天，他看到白崖中学的围墙塌掉了，一所高级中学竟然没有安装大门，感到很吃惊。几天后，郭老师问福建家里要了一笔钱，出资修缮了白崖中学。王文娟读高三，郭老师是一名数学老师，严厉又尽责，日日夜夜陪伴着毕业班的学生。在郭老师的帮助下，大家数学成绩提升很大。课余，郭老师会对学生讲福建，讲起海边的风土人情，还会拿出家乡的照片给大家看。王文娟第一次看见大海，就是从郭老师带来的一沓照片上看到的。照片上，太阳照耀在翻卷的浪花上，近处有散落的贝壳，而远处海面波光粼粼，一望无际的蔚蓝色与天相接……

高考失利了，县政府组织女孩去福建务工，王文娟和几个同学结伴报了名。县政府把她们集中在县城，进行了两天的安全教育，接着由一名副县长带队，送她们去福建莆田务工。父母同意她去福建打工，也是因为支教的郭老师，郭老师有过一次家访。王文娟一家人对福建的认识很简单，简单到只知道福建有郭老师，有大海，没坏人。到8月底，她们这批八百名女工乘大巴车走了六天六夜抵达福建莆田。

按计划，这批女工将被集中安置到莆田德基电子有限公司。

这时，赫赫有名的小董出现了。小董，全名董成壁，二十来岁，英俊帅气，和很多西海固男子一样，也是清清瘦瘦的，腰间别着一只传呼机，左手捏了个手机，右手拿了个小灵通。和王文娟她们见面打了个招呼，董成壁就开始忙前忙后安置这批女工。董成壁是宁夏西吉人，西海固派驻福建劳务工作站的站长。劳务工作站的工作大致分两部分，前期对接福建宁夏两地劳务部门，搜集福建优质用工信息，点对点输送西海固女工来福建。后期跟踪服务在福建各地的务工人员，处理各种或大或小的琐事。比如，女工需要调换工作岗位时，生活上遇到困难时，小董都会出面相助。

王文娟到的这天，一起意外事件发生了。

当天早上，她们进厂时，是上班时间，王文娟看见女工潮水般走在厂区。那些女工穿着 T 恤衫、牛仔裤以及漂亮的鞋子，有的留着长长的披肩发，有的烫着漂亮的鬈发，时尚而阳光。而王文娟身上穿着的，还是母亲手工缝制的绣花的长袖衫，脚上穿着一双崭新的粗布鞋，她立即就有了一种很不自信的感觉。她和姐妹们脸上个个自带"红二团"，人家女孩的脸白皙水嫩。而她们，外人一看就知道是刚从山里来的。

"没什么好羡慕的！"欢迎她们的企业代表说，"莆仙（莆田）水土养人，你们工作生活上一段时间，皮肤就会变得白净，比她们还要漂亮好看。"

企业代表安排好了她们的宿舍，又送来了企业工装。

"大家好！蒲仙很乐……"企业代表给王文娟她们叮嘱着。

"蒲仙很乐？"王文娟没听懂，很疑惑。

听到第三遍，她揣摩出："蒲仙很乐"就是——"莆田很热。"

企业代表完整的意思是，宁夏西海固的姐妹们远道而来，辛苦了，现在天气很热，请大家换上企业灰色的工装短袖。西海固话遇上了福建话，一开始，两地的语言沟通还真成了问题。说话的人和听话的人，都不轻松，的确是一件很不容易的事情。有时，真有鸡同鸭讲的感觉，而这就是山海相逢时一个个细碎片段。

西海固女工刚刚被分进宿舍，不到中午吃饭时间，一件紧要的事情发生了。事情就发生在女工宿舍，这批新来的一个女工，还没来得及办理进厂手续，或是因为长途跋涉而劳碌晕厥倒地，反正是叫不醒，情况十分危急。

董成壁没敢多想，立即叫来救护车，将人送去医院。

尽管现场有点吓人，可谁也没想到会有多么严重。但凡女工初来福建，由于长途跋涉而劳累而病倒的，有，但不多。很多西海固女孩刚到莆田，都会出现水土不服的现象，像呕吐腹泻，感冒发烧就很常见。遇到这种情形，一般休息一两天就可以自行好转，或者吃点维生素就会立即缓解。可是，今天这个女工出现的状况非比寻常。让董成壁大感意外的是，这个女工被送进莆田县医院，没多久就被转到了重症监护室。第二天，医院传来一个可怕的消息：这个病人患的是脑瘤，并且已经发展到晚期。董成壁很着急，以临时家长的身份急切地打问着医生。医生十分严肃地告诉他："要救人，必须尽快手术，医疗费用预计十五万元，而手术成功的可能性只有一半。"

董成壁慌了神，王文娟和姐妹们也慌了神，他们谁也没经过这样的大事儿。当年的十五万元绝非是一个小数字，即便对于城市工薪阶层来说也是一样，对于西海固贫困地区的一个山里人家更是天文数字。董成壁赶紧联系西海固老家，在隆德县政府帮助下，找到了这名女工的父母，在电话里告知了这里发生的情况。而让他感到震惊的是，女孩的父母并不惊讶。几经追问，董成碧弄清楚了实情——女孩名叫张彩虹，几年前患上了脑瘤。之前在固原和银川的大医院都看过，都说女孩的病情很严重，依照自治区的医疗水平，做手术成功的概率非常之低。于是，张彩虹父母放弃了治疗。

"你女儿患有疾病，为啥让走福建？"董成壁在电话里问。

"娃娃没出过门，没见过大海。"张彩虹母亲说，"送娃娃去福建打工，就想着她这辈子还能看一眼大海，心情会好一些。"

张彩虹的大病不宜再拖，医院提出至少得花掉十五万元的医疗费。张彩虹的家在隆德县奠安乡的一个小山村里，父亲常年有病，丧失了劳动能力，只靠母亲耕种十几亩山地为生。这个家庭里里外外加起来，整个家底只有上千元，对于这样的一个家庭来说，无论如何是拿不出这笔救命的医疗费用的。董成壁的这一通电话打了两个小时，电话里，张彩虹的父母没有一丝怪怨的意思，反而提出放弃治疗。

董成壁挂掉电话，鼻子一酸，流泪了，感到很痛苦。

问题应该怎么解决呢？董成壁是西海固驻福建劳务服务站的负责人，女工来了，他得完全负责解决一切疑难问题，服务每一个在福建务工的女工。按照劳动服务站与用人企业一贯的约定，西海固女工来到福建，一旦生病，企业是要为员工垫付医疗费的。可这种垫付医疗费，也仅限于感冒发烧之类的小病。而现在，张彩虹第一天刚到福建还没有办理进厂的手续，更重要的这是她一场由来已久的大病。董成壁思来想去，理性地认为从情理两方面来讲，张彩虹的脑瘤大病与用工企业无任何关联。

看着病床上纤细瘦小的张彩虹，董成壁想起了自己的妹妹和侄女，张彩虹和他妹妹以及侄女差不多的年龄，差不多的身材，又一起来到福建务工。不及时治疗，这是一个转瞬即逝的鲜活生命，若治，张彩虹还有一定希望。董成壁想着想着动情了，他必须要为这个女孩去奔走，去争取生存的一线可能。而能救她一命的，只有这家企业。于是，董成壁硬着头皮跑到这家企业办公室，直接去找人事部经理。

"哎呀！小董。事情不应当这样处理。"人事部经理听完，连连摇头，"福建和宁夏手拉手，是国家的一项决策部署，你们服务站帮助我们企业解决用工荒，这也是一件好事。可这个叫张彩虹的女孩子，她得的是一场大病并且是之前就有的大病。更何况，她来了，还没有办理进厂手续，还没有在流水线上服务一天。你提出让企业来出资帮她看病，是很不合理的，这么大一笔钱是不应该由企业来负担的。"

人事部经理的话，在董成壁听来，无可挑剔。

王文娟和伙伴们已在流水线上开始了实习，正在学习生产一款紧俏的计算器，忙忙碌碌中仍然焦急地盼望张彩虹传来好消息。董成壁走出了人事部经理办公室，内心感到无助而茫然。既然决定了要挽救张彩虹这个年轻的生命，他也不在乎脸面问题了，硬着头皮，拖着像是灌满铅的双腿，四处寻找着企业董事长。去之前，他分析，企业董事长很可能会慷慨解囊。董成壁从三方面进行分析，其一，这家企业的董事长为稳定西海固工人的心，专程派人去西吉县请来两名厨师。平日里，对西海固工人向来很关心，比如员工生日时，会放上半天假，想吃什么，都由员工自己动手，十分优待西海固工人。其二，这家企业董事长响应闽宁协作十分踊跃，热情很高，在自己企业里腾出几间办公室，专门交给西海固劳务工作站办公使用。其二，这家企业经营状况长期很好。

董成壁办公就在就这家企业院子里，因而，他找这位董事长也很便捷。守在办公室门口两天，他终于见到了董事长林平基。林平基是印度尼西亚归侨，四十来岁，几年前回到福建莆田故乡创业，以几十万元资本起家，在莆田江口镇五星村创办了这家莆田德基电子有限公司，生产计算器。产品因款式新颖，质量可靠，订单络绎不绝。

林平基了解西海固的困难。

"小董！你说，我该怎么做呢？"林平基哭笑不得，"我觉得，人事部给出的意见是没问题的。毕竟，这名女工患大病在先。"

"林总，我思来想去，能救张彩虹的人只有您。"小董一开口，竟然哭了，"她家给的意见是放弃治疗，而放弃治疗就意味着这一条生命的消失。您和您的企业不救张彩虹，能说得过去。可您不帮，世上再没人能救得了这个可怜的女孩。"

林平基埋头思考了几秒钟，随手拨通了财务部电话。

董成壁破涕为笑，激动过了头，伸出双手用力地握着林平基的手："林总，我知道虽然您生意做得好，钱也多，可让您很无辜地拿出十五万元，实际上是很不合适的。这十五万元钱真的是一大笔钱，我一辈子都没见过这么多钱，谢谢您的仁义。以后，无论到了什么时候，西海固人都会记得您的好！"

"医疗费用我全包了，上手术签字你去。"林平基笑着叮嘱，"咱们莆田的脑外科还是很厉害的！抓紧手术，快去救人。"

董成壁临出门时，回头弯腰向林平基深深地鞠了一躬，表示了诚挚的谢意。接着，与企业财务人员去了医院。很快，十五万元医疗费打到了医院。董成壁颤抖着双手，代表亲属签了字。就这样，昏迷当中的女工张彩虹，在并不知情中被推上了手术台。忐忑难安的董成壁，焦急难安的王文娟，都知道这是考验生死的瞬间。

事情向好处发展了，张彩虹的手术竟然十分成功。在企业所请护工的照料下，她在莆田医院养病四十天后，能够独立行走了，精神也逐渐恢复了起来。在莆田，张彩虹真的治愈了可怕的脑瘤。这时，她父母从西海固辗转来到莆田。

病愈的张彩虹，要回西海固了。

在董成壁的带领下，张彩虹和父母来到了企业，拜访林平基。他们一家人见到林平基时，不管不顾地跪在了林平基面前。林平基吓了一跳，赶紧请他们坐在沙发上。他们千恩万谢地说了一大堆感激的话。董成壁也一样，激动地对林平基说着感激的话。而林平基看到女孩转危为安，彻底治愈了脑瘤，心里也很高兴。不过，林平基忙着要去省城福州见客户，安顿了一下助手，急急忙忙就出了门。

第二天，林平基的助手带着张彩虹一家，去城外看了大海。又请他们吃饭，接着又取上买好的火车票，送他们踏上了返回西海固的归程。对张彩虹而言，这的确是一个奇妙的旅程。到福建去务工，一天活儿没干，福建企业家帮她治好大病，把她从死亡线上拉了回来。病愈，又看见了心心念念的大海，她健健康康地回了西海固。

西海固的女儿张彩虹，真的成了一道飞架山海之间的彩虹。福建企业家林平基救助张彩虹的事迹，一经传开，振奋和温暖了西海固在福建省各地的两万名务工人员。而当人们说起闽宁协作，说起西海固务工人员在福建时，这件小事情很容易被忽略掉。但这起救助的温情故事，所产生出来的积极的社会效应是难以估量的。自此，到福建去务工成为西海固子弟的首选。董成壁扎根莆田，日日夜夜忙碌在劳务工作站，跟踪服务在福建的西海固工人。这些年，西海固一次又一次解决了福建企业用工荒。

张彩虹返乡了，王文娟和伙伴们感动落泪。

"闽宁协作中，最能直接体现出互惠互利原则的，就是劳务输出。"董成壁说，"这是双赢的，互惠互利的事情。当福建省的一些重点企业大量招聘时，就是用工荒的时候。每到这时，来自西海固的年轻工人都会有力地填补空白。毫不夸张地说，我们一次性可以向某个重点企业输送两千人或三千人，可以立即解决一个大企业的用工难。二十多年来，西海固工人去福建不是三三两两，而是成批的、有规模的、有组织的。另外，西海固的工人没有给福建当地政府和企业，造成烦恼和压力。"

而今，四十多岁的董成壁，身体发福了，不再是个清瘦的帅小伙，而他依然兢兢业业地服务在福建，每天不停地奔波在莆田、厦门、泉州等地，帮助西海固务工人员解决各种实际困难。不知为什么，年轻的工人仍然叫他小董。而小董却告诉我们，这些年，西海固赴闽劳务人员超过八万人。每个年轻工人在福建的服务年限稳定在五年左右，即便回到家乡，他们观念早已改变，有了自己的向往和追求。没有谁再会回到过去的状态，每一个人都在新环境中开始继续拼搏，在拼搏中发展。

海边的生活就是这样。

歌德说，这世界要是没有爱情，它在我们心中还会有什么意义！这就如一盏没有亮光的走马灯。是的，女工爱情必不可少地出现了。彩虹飞架山海间，梦里不知身是客。王文娟内心细腻，她通过亲历的见闻，感受到了海边的温情。走福建时，她连身份证也没来得及办，但有两地政府的担保进厂政策，就能一刻不误地来到福建。张彩虹回了西海固，而王文娟在流水线上的故事刚刚开始。

41. 福建青蛙

"友谊就好比是一颗星星，而爱情只是一支蜡烛。蜡烛是要耗尽的，而星星却永远在闪光。"这话是大仲马年轻时说过的。有个福建男孩追求王文娟，而她机警，总认为爱情离她很远，又会想起这句从书中读到的隔了一个多世纪的话。

王文娟想起福建时，总会回想到一个瞬间。

这是她和丘望相遇的时刻。

"你看过电视剧《山海情》吗？"王文娟说，"电视剧里，女工白麦苗经历的流水线，去看大海回来已是深夜挨训，再到被福建男孩追求，这一系列过程，就是我个人和很多姐妹的亲身经历。电视画面直观，引起我的很多回忆。"

现实中的女工王文娟，前往福建务工时，田春苗那些早期女工都已成长为有名的优秀女工。她们中，有人成为班组长，有人成为生产经理，变身企业管理人员，也有个别女工荣膺全国百佳进城务工优秀青年。在福建，虽然大家不在同一个企业，但大多集中在莆田市区，距离不远，节日放假时就会见面。王文娟一进企业，就被安排到了流水线上，由两名师傅带着学习生产技能，先从打螺丝、焊接芯片上的连接线学起。王文娟心灵手巧，学什么知识都很迅速，没几天，她就能在几秒钟之内焊接起一条线。对女工来说，速度决定产量，产量决定工资。王文娟第一次知道了什么是流水线，细碎的零件会不断发生变化，在不同工种的女工手里变幻着，往下走，最后就会变成一台台计算机。

王文娟，人漂亮，悟性好，勤学苦练，三个月后率先得到了企业提拔，成了一名拉长。在生产企业里，拉长这个岗位大约相当于一个组长。原本带自己干的师傅，忽然变成了自己的手下。有天，她拖着一小推车计算机外壳往车间走。忽然，车筐一斜，计算机外壳跌落一地。正当她弯腰捡拾时，后面蹿出来一个小伙子，上前帮她捡。忙完了，她一抬头与小伙的目光撞到一起。说谢谢时，对方英俊的脸上满是愉快。

"呀！你的名字很好听。"小伙瞥见她的工牌，笑着说。

"我的名字叫青蛙，认识你，很开心。"他接着说。

"青——蛙？你的名字叫青蛙？"王文娟听完，仍不住笑了。

"邱望。邱少云的邱，看望的望。"男孩笑着解释。

她仔细一看，他工牌上的名字叫邱望。

邱望大大咧咧地笑着："不只是你搞错了，我早已经习惯了。我说我叫邱望，可你们宁夏来的工友总听成青蛙，搞得我很伤心哪。"

……

邱望是这家企业的一名管理人员，也是莆田本地人，他家就在企业的不远处。他们俩以后的接触，是从每天的晨会上开始的。有一回，开会时，邱望不留情地讲出了流水线上出现的一些不合格的工艺。其中，涉及王文娟小组。一散会，她不高兴，很快就把邱望堵住了。说邱望过于小气，一点儿面子都不留。邱望哭笑不得，说工作方面一丁点儿都不能马虎。过后，邱望就到她所在的工段上去指导，而她机灵得很，很快就熟练掌握了正确的要领。以后，王文娟小组的工作质量有了很大提升。开会时，不断得到车间主任和生产厂长的表扬。渐渐熟悉了，王文娟和姐妹们就给邱望取了绰号——福建青蛙。

工友之间的友谊，就在交往中加深。

邱望，很细腻，也很友好，认可王文娟的工作能力，也钦佩这些远离家乡的女工。有一次开会时，邱望没看见王文娟。一打听，说是感冒了。邱望竟然不淡定了，买了些水果和药品，就往女工宿舍送。再见邱望，王文娟感到很意外。细心的邱望很快搞清楚，王文娟喜欢吃香蕉，于是他时不时就会拎着水果送来。再后来，邱望变成了一个王文娟高兴他跟着高兴、王文娟生气他跟着生气的男生。

渐渐地，王文娟感到邱望看她时眼睛里有一团火。

不过，她能真切地感觉到，邱望有着南方男子的细腻，身上没有一丁点儿的大男子主义。她偶然遇上个感冒发烧，邱望总会停下手中的工作，帮她买药。有一次，还送她一只水杯。邱望不仅送了水杯，每天早晨来时，还要殷勤地帮她打开水。起初，她很反对，但也没用，邱望总是乐此不疲。他送水杯那天，还笑着对她说了一句："王文娟啊，你是水杯我是水！"他嬉皮笑脸，又说这是同事的友谊。

王文娟拿他没办法。上班时间，他们一起走在去领备料的路上，邱望会津津有味地讲述起电视剧里的故事。那时，电视剧《281封信》讲的是一段爱情故事。他们追着剧，猜想着主人公沉浮的命运。流水线上的时光，就这样一天天过去了。

很多次，邱望约她去看海，她一直都没同意。

真正和姐妹们一起去看海时，是到厂很久之后。看海的前一天晚上，王文娟激动到彻夜失眠。来到福建，在没有看见大海的日子里，她们能嗅到海的气息，也能感受到拂面的海风。在这个难得的休息日，企业组织她们去参观妈祖庙。大巴车路过海边时，她第一次看见了大海的样子。就像在西海固时，在照片上看到的那样，太阳照耀在翻卷的浪花上，近处有散落的贝壳，而远处海面波光粼粼，一望无际的蔚蓝色与天相接……

王文娟一步一步走向海边时，内心浮升起来了的是一个成语：海纳百川。沙滩是软绵绵的，海水是有温度的，她们脱掉了鞋子，光着脚丫子奔跑着，你追我赶，尽情呼唤，就像一匹匹脱缰的马儿飞奔在草原一样。好不容易安静下来，女孩儿们就看着潮起潮落，又捡拾着漂亮的贝壳。福建的海，无边的海，辽阔的海，就这样接纳了王文娟她们尽情地呼唤，她们悦耳的欢声笑语，还有她们的青春年华。

那是一个让人十分难忘的时刻。在莆田凤凰山公园，她们一群女工第一次看见老虎、狗熊、孔雀、金丝猴、鸵鸟、羚羊、骆驼、狮子，还有大乌龟。每一种动物，在她们眼里都是那么新奇，都是西海固的女儿之前没有遇到过的。女工王文娟乘坐了碰碰车、旋转木马，开心地玩耍着，仿佛一下子就补缺了自己的童年。

春节企业不加班，也会放假，可西海固的女工不回家。遥远的路途，长途的跋涉，谁也不会轻易往西海固老家跑。这样的日子里，她们就会一遍遍跑去看大海，去凤凰山、南山寺和马祖岛。万家欢聚的时刻，女工得到宽慰的就是打工收益，一张张带着体温的汇款单，寄回到西海固的就是一种很能长人精神的东西。2000年初来时，王文娟月薪大约能拿到一千三百元。这个收益，绝对赶上西海固一个精壮劳力。以后，她的收益随着时间的推移仍在发生着变化。务工五年，她寄回家里六万，第一次改变了家庭面貌。

王文娟的皮肤变得白皙起来时，她觉得自己是一个新莆田人了。她这么想的时候，董事长林平基在开大会时也这么说了。繁忙的工作之余，女工在福建的生活也变得色彩斑斓起来。有一天，流水线上传出消息说，凤凰山公园今晚会来大明星！像刘德华他们都会来到莆田，会有个演唱会。王文娟听完，很激动，下班忙完，已是晚上8点，她和三个女工悄悄地溜出了厂区，乘坐班车赶到凤凰山公园。灯火璀璨的凤凰山公园，人流如织，她们四个人买了门票跑进去，四处寻找着大明星。结果，不见踪影，等到晚上11点，她们才确信流水线上传来的是一条虚假信息。紧赶慢赶，赶上了回城区的最后一班公交车。而当他们回到厂区，车间主任和小董就站在门口，焦急地等待着她们……这次，小董和车间主任一改平时的温和，狠狠地训斥了她们一顿。

出色的王文娟，最终成为一名优秀女工。

来到福建务工的第三年，但凡企业里有新进的西海固工人，王文娟就会以企业老职工代表的身份，去对接和关心他们。给新员工讲解莆田的人文历史，介绍企业的情况，带领大家参加进厂的安全培训和生产实习。

有一回，固原市市长一行来到企业参观，看望了王文娟在内的西海固务工人员。企业让王文娟陪同接待，她见到了这些家乡的党政领导。宁夏来的记者，把摄像机镜头对准了王文娟，请她对家乡西海固说几句话。

她很激动，就说："亲爱的家乡的年轻的朋友们，我走出了大山，来到了福建，海边真的很好！如果你是个年轻人，没有上学，你也可以大胆地来到福建，通过务工改变家庭面貌，再看一看美丽的大海。如果你正在上学，请务必一定努力上进，读完大学，将来用你们的知识，改造咱们的家乡！"

市长听完，带头鼓了掌，又不住地点头。

以后的日子，邱望依旧痴痴地追求着王文娟。

对于邱望来说，他喜欢和欣赏着西海固女工的韧劲儿。她们的肩膀是柔软的，但却始终坚守着自己的内心，兢兢业业地务工，踏踏实实地付出。邱望越是求之不得，越是无法放弃心中的念想。每一年，到了王文娟过生日时，邱望都会早早地买好生日礼物。看见她从女工宿舍楼出来时，准会风一样地蹿出来，不由分说地把礼物塞到她手中。王文娟在福建过第五个生日时，邱望专门送来一捧玫瑰花。那一刻，王文娟的大脑一片空白，花没有收，低着头不说话，怀着说不清楚的心境回到了宿舍。

西海固女儿家的心事，福建小伙邱望猜不透。实际上，那时的王文娟时常收到家乡一个男同学的书信。家乡男孩，是王文娟的在白崖中学时的同学。在校时，两人友好，毕业后男孩进了银川城务工。之后，这个男孩从未放弃对王文娟的爱慕和追求，一封封书信，一通通电话，都是炽热的充满着热情的宽慰和关切。而邱望，细腻，同样让她感到温暖。对王文娟来说，这的确是一个两难的选择。选择了邱望，意味着她要一直留在福建海边，而她觉得家里的父母需要她照顾。另外，海边五年她始终没有吃惯米饭。如果选择了自己同学，她就会辜负了邱望的一番美意，邱望一定会很伤心。

过完在福建的第五个生日，王文娟有了自己的选择。

她决定辞职返乡！

知心的姐妹知道其中缘由。王文娟觉得，回家了，有必要向邱望打个招呼。离开莆田的那天上午，办完离职手续的她，拖着行李箱和几个姐妹走在厂外的公路上。她要在一千米之外的另一家厂区门口，乘坐莆田回宁夏西海固的长途班车。听说王文娟要离职，劳务站的董成壁也赶来相送，大家就陪王文娟说着话，把行李放进车舱。

就在这时，邱望远远跑来了，晶莹的汗珠闪烁在额头。

"王文娟！"背着一只包的邱望，上气不接下气地喘着大喊。

"青蛙，上班呢，你怎么脱岗了？"王文娟这么问的时候，其实心里一点儿也不吃惊。邱望笑嘻嘻地说："我们同事五年了，你要回西海固老家，大家都来送，我不来，怎么成呢？"邱望也不多说什么，这个阳光率真的男孩，似乎忘记了自己在这个女孩那里的失意，积攒在心中的似乎全部都是满满的同事情。接下来，邱望一把抓过她携带的瓜子和花生，有些生气地没收掉了，又从自己身上摘下背包，递到王文娟怀里。

王文娟打开包的拉链，看到包里塞满的香蕉和水果。可爱的邱望，阳光的邱望，率真的邱望，就这么坦然自若地直面了自己的失败。邱望知道她喜欢吃的水果，这一刻，邱望的表现对王文娟来说无疑是一场柔软的震撼。坐在回乡的长途班车上，她隔着车窗，向邱望以及送别的姐妹们挥手，道别，泪流满面……

那时王文娟有了一只漂亮的新手机，回到宁夏，可她再也没接到过邱望的电话。王文娟有了自己的选择，可这并不妨碍山海之恋。她后来听说，邱望和另一名西海固的女工热恋了。再之后，又听说二百多名西海固女孩嫁到了莆田当地，二百多名西海固男孩当了莆田的上门女婿。不知是什么原因，莆田人热衷于引西海固姑爷上门。据说，莆田人把上门女婿看得很重，就和女儿一样亲。那些来自西海固的上门女婿，大多都有了自己的事业，在海边开始了全新的工作生活。

2021年，电视剧《山海情》热播，看到剧中女工白麦苗被一个福建男生追求，她丈夫也就是曾经的男同学就说："文娟啊，那不是你吗？差点嫁到福建？"见王文娟没吭气，丈夫又说，也不知道邱望现在过得怎么样？

"打问邱望干吗？"王文娟笑着问。

"邀请青蛙来咱闽宁镇做客啊！"丈夫也笑了。

从福建回到宁夏，她和丈夫很快搬迁到了闽宁镇。接着，丈夫在银川市西夏区一家企业上班，每天开着小轿车早出晚归，而王文娟就业的新单位，就在家门口，名字叫闽宁会议中心酒店。这家酒店，是福建厦门建发集团经营的一家四星级酒店。她来这里，是有原因的。第一次听到闽宁会议中心酒店时，她由衷感到亲切。她想，有福建元素，就一定有福建人来经营管理。果然，这里成了她就业的新平台。几年来，闽宁会议中心保障了农民丰收节、葡萄酒高质量论坛会议、柏雅·红酒文化跑等一系列活动。自从闽宁镇上有了闽宁会议中心酒店，便捷了很多外地来的考察团。

福建五年，女工王文娟也曾有过真正的闪光瞬间。有一次，休息日，她和姐妹外出时在熙攘的街道上捡到一个小男孩。走失的三岁男孩，茫然地站在街头，哇哇乱哭。原本出去游玩的她们，带着孩子找起了妈妈。她们一边哄孩子开心，一边挨着沿街商店打问。孩子走累了，她们轮流背着孩子走。从早晨忙到晚上，她们在社区等来了孩子家人。孩子家人寻找一天无果，原本已不抱希望……这的确是一个让人振奋而激动的场面。当孩子家长取来两沓百元大钞往她们手里塞时，她们扭头跑掉了。董事长林平基闻信，十分欣慰，大会小会上总表扬西海固女工，遇见她们，总要笑。

而今，王文娟的两个孩子也到了读中学的年龄，也到了她第一次扒着火车来闽宁村时的年龄了。她在闽宁镇上的家，是闽南风格建筑，宽敞明亮，她把屋子收拾得井井有条，纤尘不染，日子早已变得宽裕了起来。时不时，她总会冒出一些想法。

出资修缮白崖中学的支教老师郭瑞鹤还好吗？

真挚的工友邱望还好吗？

挽救女工张彩虹，慷慨解囊的林平基先生还好吗？

今生今世，能否还会再见到他们？电视剧《山海情》热播期间，王文娟每天上班时总会想起这个问题。她对我说，女工的经历远比影视剧更为丰富，更让人动容。结束福建务工生涯，转眼许多年过去了，王文娟远离大海两千公里，即便搬迁到了闽宁镇，可她至今仍服务于镇上的福建企业，并没有走出与福建的关联。

哦，闽宁情，女儿情，走不出的山海情。

42. 爱情出发的地方

宁夏西海固和贵州毕节，先前是全国两个著名的贫困地区。在福建海边，毕节的幺妹儿遇上了西海固小伙子，两个清寒的儿女就这么结合了。隆冬的一天，我在闽宁镇澎湖湾休闲度假区遇到了李敏尧。我见她时，她正在餐厅的收银台上忙碌着，一米四七的身高显得很单薄。因为名字后面缀了个尧字，大家都叫她幺妹儿。

李敏尧清秀的眉宇间，闪烁着韧劲儿。接待完客人，她给我讲起了自己的故事。屋子外面，零下二十摄氏度，冰冷砭骨的寒风呼呼地刮着。而我却在她的讲述中，感受着人间故事的温暖。她1987年出生在贵州省毕节市七星湾区岔河镇戈乐村，戈乐村是深山里的一个村庄，位于毕节市与大方县的连接处。大方县，穷得大方，苦得大方，难得大方。整个毕节地区，当地人素有九山半水半分田之说，山高水险，沟壑纵横，生态脆弱。从前，李敏尧家的粮食只够吃半年。为养活全家五口人，父亲经常进山挖煤。二十世纪九十年代，戈乐村人依靠大山，私采滥挖，把煤偷运出去换回生活费。

"爸爸像老鼠打洞一样找煤。"李敏尧说，"爸爸把煤洞打好，又用牙咬着一盏煤油灯爬进洞里去挖煤，把挖好的煤块装进木盆里。之后，再把一根绳子套在脖子上，绳子的另一端牵着木盆。人从洞里爬出来，再把盛满煤炭的木盆拖出来。通常，每天挖七百斤，能换回二十多块钱。爸爸晚上回到家，全身上下黑乎乎的，我只能看清他的眼睛。浑身的衣服都湿透了，因为煤矿底下四壁都有水珠。爸爸偷偷摸摸去挖煤，是我们家唯一的经济来源。当然，这并不是天天都能去挖煤。挖煤很危险，经常发生坍塌事故。"

说到这里，她睁大了眼睛，说自己个头这么矮，很早就停止了生长，觉得与那时的饥饿和缺乏营养有关。李敏尧是家中老大，下面还有弟弟和妹妹。毕节老家的粮食作物，主要是在山地种植土豆和玉米。直到现在，限于地块的不规整，人们仍然无法实现机械化种植。种土豆时人要爬山，收土豆时，是一窝一窝地挖，之后再用马儿把土豆驮回家。1998年，李敏尧十一岁时家里通上了电，用上了明灿灿的电灯。那时，爸爸偷偷进山挖煤，脑门挂起电瓶灯。李敏尧去读小学，需要翻山越岭，徒步七公里到镇上。到了冬天，她早上四五点钟就得起床，和小伙伴一起去学校，白天吃干粮，常常饿肚子，傍晚放学回到家，才能吃上一顿热饭。十二岁那年，因交不起书本费就辍学了。

辍学了，以后的生活该怎么办呢？

李敏尧有一个舅舅是乡村游医，没有医师资格证，只凭经验和感觉给人瞧病，最好的医疗器械是一只听诊器。她无事可做，就跟着舅舅学习给人瞧病，学会了取药和打针。十五岁时，爸爸在家腾出一间屋子，开了个药架，让她帮助村里人打针取药。药架的边上，又兼带售卖香烟啤酒之类的小商品。村民的购买力非常有限，有病基本靠熬，因此她的店铺没开多久，就难以为继。第二年，李敏尧憧憬起外面的世界。同村的，和她一般大的孩子都已经走出家门，流向福建泉州和莆田。她听着伙伴们讲述打工的见闻和收入，按捺不住，索性借来六百块钱，跟着表哥表姐去了福建。离家那天，她信誓旦旦地对妈妈说，她要打工赚钱，补贴家用，还要供养弟弟妹妹读书。

李敏尧在福建的打工生活并不顺利。

她最先去了一家五金厂上班，生产衣帽钩，论斤算工价。之后又去制鞋厂，学习加工鞋子，计件领工资。生产车间环境的不适，导致她皮肤过敏，满脸长出了痘痘，很吓人。她每天上完班，回到宿舍熬着中药吃。一晃三年过去了，她把挣来的钱全买成了药，也因病反倒欠下工友好几千块钱。看病支出大，以至于她常常不到发工资时，就已没钱买米下锅，只能用仅有的零碎钱买些挂面吃。没有能力给贵州老家寄钱，根本无法踏上返乡的路。她说自己想起来，既委屈又惭愧，一个人时就止不住地流泪。

她在忽然之间收获了自己的爱情。

那是2006年秋季，公司来了一批西海固的年轻人。有一个小伙子是领料员，见了李敏尧就笑呵呵的。她感觉到，他的笑既憨厚又真诚。后来，她与这个领料员熟悉了起来。领料员名叫柳朋飞，四岁丧母，生活在贫困的西海固，去年初中毕业，福建省在宁夏招工时，政府组织他们来福建打工。李敏尧觉得，这个小伙子特别精干，脑子很好使，人也特勤快。就这样，他俩在工余相互倾诉着心事。柳朋飞说，上学时，他脚上穿的鞋子破破烂烂的，大拇指总是露在外面，还要跑好远的路……她听着，竟有同病相怜的感觉。李敏尧就想，如果真有缘分走到一起，她要好好照顾他。渐渐地，他们在流水线上产生了感情，走进了彼此的生活。漂泊异乡的一对青年男女，用相濡以沫来抵抗困顿的生活。时间不长，她怀孕了，有了自己的大女儿。那时，柳朋飞不到适婚年龄，结婚证没法领，因此闹出许多尴尬。她在泉州分娩时，救护车及时赶到搭救了她……生完孩子，李敏尧三口人回到贵州老家。2008年春节过后，她又背起孩子，跟着丈夫辗转前往西海固。

西海固，这个女子未知的家，她对这个家没有任何概念，听说这个地方很贫困，又觉得这个地名很坚硬，就像是一块沉甸甸的巨石。他们从毕节出发，急急地赶了三天路。先坐火车，再换汽车，到了隆德县凤陵乡，搭乘手扶拖拉机，走完一段长长的水泥路。水泥路没有了，前方还有六里地的山路，只能徒步。雪后的山路泥泞不堪。走着走着，天黑了，月亮还没有升上来，天上的星星亮晶晶。那时，她感受到了西海固大山里的孤寂和冷清，走上十几分钟才能看见一束亮光，真是一座山上一盏灯。

走着走着，她被面前黑黢黢的土坯墙拦住了。这就是柳朋飞的家，危房改造过来的三间砖包房。小小的厨房歪歪扭扭，感觉随时会坍塌。遇见西海固那一刻，她至今清晰记得，"我进门把女儿放在土炕上，炕上满是泥沙，女儿不停地哭。公公给我们炖了只鸡，那味道特别咸。吃完第一顿饭，我就悄悄地哭了。我说山里怎么过呢？老公安慰，不要哭了，明天进城。第二天我们去了隆德县城，买了很多新鲜蔬菜。那次回西海固，我们在山里住了整整半年。都到4月底了，六盘山还在下鹅毛般的大雪，看不见一丁点儿绿色。我心里忧虑，想着山里人吃什么？喝什么呢？买来的大白菜都冻成了冰疙瘩。有一天，我到屋外晾晒衣服，忽然看到漫山遍野绿茸茸的，那是山里的青草生长了出来。我明白了，时节一到，六盘山也是花红草绿，景色宜人，我的内心就不再那么惆怅了。"

山居半年，李敏尧和丈夫告别西海固，重新回到了福建泉州。在西海固地区，劳务输出是农民重要的增收途径。这次到泉州，李敏尧专心照顾孩子，丈夫去了石料厂。日子一天天平淡地过去了，他们在泉州迎来了第三个孩子的出生。李敏尧对我说，他们全家人什么时候都感激福建。在福建，他们收获了爱情，有了三个孩子，丈夫还学到了技术。丈夫学到的是加工防滑面的大理石火烧板技术，把石材切割成块，经氧化工序之后制为成品，铺设广场，又贴墙面。如果不出意外，他们还将继续在福建待下去。

到2012年夏天，柳朋飞忽然接到西海固的电话。确切消息说，老家就要搬迁了，要整村搬迁到银川远郊一个叫闽宁镇的地方。闽宁镇在平原上，离首府银川很近，打工很方便。他们满怀憧憬回到宁夏，结束了漂泊的生活。李敏尧记得，第一次来到闽宁镇时，她看到了齐整的银川平原。安置区新盖的房子，都是砖瓦房，每户独立的院子，很漂亮。她看到村里的幼儿园和高大的小学教学楼，心里特别开心。就想着，三个孩子今后上学再也不用像他俩那样，跋山涉水去读书。移民新村的负责人告诉她：

"村里人均六分地，都要流转出去，发挥土地的最大价值。"

"移民不靠种地，今后在家门口上班，在家门口脱贫。"

"种庄稼，致富难，农业产业是移民增收的保障。"

让李敏尧没有想到的是，政府的承诺很快兑现。搬迁到原隆村没过几天，李敏尧真的去上班了。她最先去的是立兰酒庄，不久又转到村口的红树莓种植基地。这个基地打造的澎湖湾景区开业了，景区离她家不过五百米距离。她起先是在景区的餐厅里当服务员，这家企业的领导一眼就看上了她，她就当上了收银员，每月工资两千六百元。

尽管在福建打工多年，可他们并没有积蓄。那时她带着三个孩子，只靠丈夫一个人的打工收入维持家用。搬迁到闽宁镇原隆村后，他们家被识别为建档立卡户。年迈的公公有了低保，也有了养老金，肉牛托管每年分红几千块。不过，她从不过问这些。她说，公公手里拿着钱，心里就有希望，就有安全感。2017年，她和丈夫用打工赚来的钱，加盖了客厅、厨房和两间卧室，还修了车库。让她感到欣慰的是，三个孩子学习成绩很好。老大上六年级，老二上四年级，老三上三年级。一面墙，贴满了孩子们的奖状。李敏尧笑着对我说，家人平安和睦，孩子听话懂事，有稳定的经济来源，就是她最大的幸福。远嫁闽宁镇的贵州女儿，早已习惯了移民生活。她心细如发，还对我说，几年来闽宁镇在不断地变化着。她说："我们脱贫了，沿山公路拓宽了，村口的乌玛高速修好了，新镇区建起来了，产业越来越多了。时间一长，闽宁镇就是一个能让人把心安下来的地方。"

临近2019年春节，丈夫带着几个孩子，提前半月乘飞机去了贵州岳母家。那时，李敏尧还在村口的澎湖湾景区上班。景区腊月二十八放假，她赶除夕乘坐飞机抵达贵阳，回到自己渴想多年的毕节老家。那时机票比半月前高出了一千多块，可她仍然没有向公司领导请假。她觉得，坚守工作岗位是正确的，人不能活得太自私。

春节回到毕节老家，娘家的土坯房消失了，取而代之的是一栋三层的小洋楼。弟弟花费上百万元盖好了新房，装修了，就连小楼的外墙都是亮灿灿的。短短七八年，她的娘家人也发生了变化。接着，她又发现整个乌蒙山区也已是今非昔比。她激动地对我说："毕节，生我养我的地方，发生了非常大的变化。春节期间，我们去了附近的麝香古镇游玩，光秃秃的大山，变成了花海梯田，变成了瀑布美景，移民的安置房崭新，还有新修的幼儿园、小学、中学和职业技术学院。我老家毕节市戈乐村，也在进行易地搬迁，许多亲戚搬离家乡，住进山下的楼房，在平坦的地方从事农业产业，也在新家的门口就业上班了，大家领着工资，生活过得越来越好。"

那天参观麝香古镇时，李敏尧忽然流泪了。

丈夫知道他们走过的路，看着她哭，眼圈也湿润了。

孩子们在身边绕来绕去，问爸爸妈妈你们怎么了？

他俩都没吭声。李敏尧的娘家变好了，西海固的家也变好了，无数家庭变好了，宁夏西海固和贵州毕节地区都变好了。这是李敏尧亲历的变迁，人们在不知不觉的奋斗中，让中国最贫穷的两个地区改变了容颜。国家总是不断地发生着向好的变化，李敏尧那时心里想，等三个孩子再长大些时，她就要把亲历的变迁讲给孩子们听。

43. 暖心的秘密

你知福建的情有多长，她藏着一段暖心的秘密。

这边是山，那边是海，山海之间隐匿着一条心路。闽宁协作，牵动起闽宁两地人朴素的情感，在它发端的时刻，福建社会力量就已参与其中。二十多年来，两地人的情感，就装在彼此的心底，只是很少有人倾诉。

给我们打开这条心路的，是闽宁镇原隆村妇女王馨。她三十多岁，中等个儿，黝黑的皮肤掩不住清秀的面庞。一个深秋的傍晚，她把电动三轮车停在院子里，没有来得及摘掉腿上的护膝，径直掀开客厅门帘，微笑着给我打了招呼。我的来访，显然打搅到了她收工后的休息。她沉默了好一阵，说起自己的故事。不像我们先前说过的王文娟、张彩虹、李敏尧她们，王馨没有去过福建，却一心向往着大海。

闽宁扶贫协作开始的那年，生活在西海固的王馨，忽然与福建产生了联系。原因是福建省针对宁夏西海固，实施了闽宁万名失学儿童救助工程。九岁的她，意外地得到福建省惠安县一位叔叔的资助，背起书包上了小学一年级。如今，王馨的两个儿子就读的原隆小学，也有福建支教老师，她上班的地方是闽商企业。而她在少女时代，对那位福建叔叔的感情，是仰慕？是亲情？连她也无法说清。

原本，王馨不敢奢想读书的事情。父亲患有严重的腿脚残疾，母亲患有精神疾病，她和姐姐陪着父母相依为命。那时，她和父母生活在西海固，生活在六盘山深处隆德县一个山村，家里的土坯房就建在半山腰上。一年到头，山里头风很大，离学校远，想要走出家乡的深山非得靠着双脚翻山越岭……我来到王馨家，一见面，她就从卧室里翻出一张卡片。这张小卡片，香烟盒大小，发黄又老旧，我看到上面写着她的信息，也看到了那位福建叔叔的通信地址。闽宁协作走过了二十多年，这一张联系卡也被她珍藏了二十多年。卡片里，有她苦涩时光里丝丝缕缕的美好记忆。

王馨埋着头沉默了一会儿，捏响了手指关节，说起了自己的事情。她说："我父母都是残疾人，我七岁学会和面擀面，还学会了种地、割草和放羊。九岁时，有一个乡干部来到我家，说是我能上学了，是一位福建叔叔要资助我。果然，我上了小学一年级……读到小学三年级，我得翻一道山梁去邻村上学。那时我十一岁，家里刚用上电灯。晚上写作业，父亲认为浪费电，总要我早早熄灯，我经常没法完成作业。父亲不需要我读多少书，他需要一个种地的帮手。在读书这件事上，我和父亲针尖对麦芒，吵了无数次。父亲特别反对我读书，他对我说话越来越刻薄，总希望我回家帮他种地，好让全家人的温饱不成问题。在学校，有些男同学歧视我父母是残疾人，嘲笑我，我就和男同学打架。我十一岁时产生过轻生的念头，觉得生命没有多么贵重。"

就在十一岁那年，王馨第一次给福建叔叔写了信。

在信里，她把自己的遭遇和感激写给了他。半个月后，她竟然真的收到了福建叔叔的回信。叔叔在回信中说，他自己实际上也有过很多苦涩的记忆，自幼生长在单亲家庭，是母亲独自把他抚养长大的。那时，王馨不知道单亲家庭是什么样的家庭，还专门请教了语文老师。随信而来的，就是福建叔叔一番很大的鼓励。

没过几天，福建叔叔还寄给她一双崭新的球鞋，她每天穿着球鞋高高兴兴去上学。后来，那双球鞋穿烂了。山里的清晨会有露水，徒步走到教室时，她的鞋子里面总是湿漉漉的，可她怎么也舍不得扔掉。从上小学三年级开始，她每个月都要和叔叔通信，把愉快和烦心的事儿通通告诉他，叔叔总会及时回信。她写信，就写在作业本上，叔叔回信时用电脑敲出来，打印在 A4 纸上寄出。频繁的书信往来中，王馨的文字表达能力得到了快速提升，她的内向与自卑消失了，整个人也自信坚强了起来。她写的作文，也经常会被语文老师当成范文，在课堂上朗诵给全班同学听。

读到小学毕业，王馨已经十四岁了，在山村里是个大姑娘了。尽管学习成绩很好，可她已经无法继续上学。就在暑假，福建叔叔来信告诉她："王馨你继续去读中学吧。"王馨回复说："读初中，得去乡上的中学，离家八公里，父母压根无力承受。"

王馨拿定主意，决定辍学务农。有一天中午，她正在厨房里帮母亲和面，一张汇款单从厨房的窗口飘了进来。乡村邮递员拿着汇款单隔窗喊："王馨！你能上中学了！"她用两只沾满面粉的手接过汇款单，忍不住掉下了眼泪。这一次，叔叔寄来的这一笔钱，数目不小，不仅是她的学费，还足够她第一学期的生活费。按照叔叔的意思，她买了一辆崭新的自行车。拥有一辆崭新的自行车时，她还没有骑过自行车，这辆自行车带给她极大的喜悦。以后三年，她的学费和生活费都由福建叔叔准时寄来。

每天黎明，王馨骑着崭新的自行车去学校。

上学路上，放学路上，同学们都很羡慕她。

"王馨，你咋能有这么漂亮的自行车呢？"同学问。

"是福建叔叔给我买的……"王鑫如实说。

"唉，我爸我妈咋就不是残疾人呢！"一个没有自行车骑的男同学皱着眉头，有些苦恼地说。王馨听着很生气，而那个男同学又说："要我爸妈也是残疾人，那一定也有福建叔叔支持我上学，给我买一辆崭新的自行车。"

王馨的求学之路异常艰辛。她如愿上了初中，可父亲并不开心。学习之余，她就拼命帮父亲干活，以换取父亲的理解。父母没有劳动能力，他们需要的是生活上的帮手，对于王馨读初中越来越反对。为了减轻父母的家庭负担，她每天干完家务活儿差不多就到了凌晨，早晨去学校时根本起不来床。她说："不怕你笑话，那时家里穷到连一块手表都没有。父亲每天起床很早，他反对我上学，因此宁肯看着我睡过点，也不会叫我起床。有时，我赶到学校时第一节课都上了一半。福建叔叔知道我的苦恼，又寄给我一只小闹钟……初中三年，福建叔叔不仅负担了我的学费，还负担了我的生活费。"

中考前夕，王鑫特别想考陕西宝鸡的一家技校。可是转念想了又想，即便考上了又能怎么样呢？除了拖累福建叔叔，又能怎样。可福建叔叔告诉她，只要她能够考上高中或者技校，就会想办法供她读书。福建叔叔是一名普通的工人，已经拖累了叔叔整整九年……中考的前一天，王馨果断放弃考试，从学校回到了大山深处的家。福建叔叔得知后，给她写来了最后一封信，字里行间充满了失望。

叔叔信里说："今后的路，你自己走，随时当一个好人。"

王馨写信给叔叔，叔叔不再回复。

可对王馨来说，这九年，已使她对福建叔叔特别依赖。这种依赖，就像孩子对待父母的感情。初中毕业，十八岁的王馨和同村的女孩结伴去打工，进了北京一家服装厂。在北京打工几个月之后，有一天，她小心翼翼地拨通了福建叔叔的电话，听筒里传来一个陌生的声音。叔叔语速飞快，浓浓的福建话，她一句听不懂。挂掉电话，她精神上恍恍惚惚，内心世界忽然崩溃。陌生的北京，落差的情绪，使她内心一刻不能安宁。工作做不了，她嘴里不停地念叨着福建叔叔的名字——李永斌、李永斌……

远在深山的父亲，接到她的信息，大感意外。父亲凭着同村女孩提供的一个地址，怀里揣着一张北京地图，摸索着找到了北京的这家服装厂。一生从未出过远门的父亲，把她从北京接回了熟悉的西海固山村。回乡后，她的精神逐渐恢复正常。懂事的她，不再给福建叔叔拨打电话，她知道叔叔的助学心愿已经了却。

这段山与海之间的温情，真的就这么戛然而止了吗？

王馨顺从了父亲的安排，很快与邻村青年结婚。几年前，姐姐嫁人时，父亲给大女婿的要求是帮家里修一座房子；到了王馨结婚时，父亲要求小女婿建一道围墙，同时要求王馨和丈夫住到身边，好让没有劳动能力的自己有个老来的依靠。而王馨和丈夫就按照父亲的意思办，就这么生活在了六盘山深处的半山腰上，过上了山地耕夫的生活。仅有的十几亩山田旱地，根本养活不了全家六口，丈夫只能在外四处打工。

如果不出意外，王馨将在大山里度过今生今世。她说，自己的丈夫言语不多，是个老实疙瘩，待人善良诚恳。婚后她很快生养了两个儿子，她给大儿子取名叫学斌，意思就是要学习福建叔叔李永斌。在她的心目中，未曾谋面的福建叔叔李永斌，是一个高尚真诚的善良人，她要儿子长大了也做李永斌那样的世间有情人。

命运的安排，注定她无法摆脱福建和福建人的影子。2014年6月，王馨和丈夫携老扶幼，举家走出了西海固。在生态移民政策的支持下，他们从六盘山深处搬迁到黄河边上的闽宁镇。来闽宁镇的第一天，她才知道这里是福建、宁夏两个省区投资共建的。原隆村是个上万人的生态移民新村，政府提前盖好了漂亮的安置房，每户带有独立的院子，只是人们不再依靠土地为生。原隆村人均不到一亩的土地流转了出去，村子的周围密布着各式各样的农业产业园，生态移民变成了在家门口上班的产业工人。

王馨给我们说到这里时，她父亲掀开了门帘，摇摇晃晃走过来，热情地给我们添茶倒水。接着又冲我们笑一笑，什么话也不说，转身又走到了别的屋子里。王馨说："刚刚搬迁到闽宁镇，父亲母亲接连生了大病，花光了家里所有的积蓄。还好，这个地方打工方便，我和丈夫都在家门口上班。上班的企业，老板是福建人。这几年，我学会了管理花卉、栽培蘑菇、种植酿酒葡萄。这样，我们有工资收入，有流转土地收入，还参加肉牛托管分红，日子就这么慢慢好了起来。"

质朴的语言里，王馨透露出的是那种倔强、顽强的，以及乐观向上的精神。我和王馨添加了微信好友，也有机会领略到她的文字表达。离开她家不一会儿，她用微信发来一长串儿的补充说明："今年夏天，我带孩子回了一趟隆德老家，老家的山更青了，水更绿了。路过乡政府，看到了那间废弃的邮政所。我少女时代常常去这个邮政所，给叔叔寄信或者取回叔叔从福建寄来的信件。说句心里话，那时我最大的梦想是当上一名邮递员。这样，我就能及时收到叔叔的信，重要的是叔叔在福建的邮政系统上班。我没去过海边的福建，可我在梦里无数次幻想过大海，幻想过大海边上的善良的人，是福建叔叔教会了我如何用心去爱，教会了我从容面对自己未知的人生。"

读到她这段文字，我又想起和她聊起家庭收入时，她那一脸灿烂的笑。她和每一个闽宁镇移民一样，露出的都是会心的笑，透过这甜甜的笑，我看到了六万六千的闽宁镇人收获的喜悦。易地扶贫搬迁消除了王馨的委屈感，她真的变成了一个生活的强者。她说，是那位不曾谋面的福建叔叔，教会了她不问结果去努力。

……

西部的山，东部的海，一起被无数寻常人安放在了心上。

这每一寸山，这每一寸海，都是血肉相连的中国。闽宁协作二十多年来，使无数原本陌生的两地人，在互助中变成了兄弟和手足。先富带后富，用情来协作，汇聚起了人与人的情感。试想一下，倘若缺失了情感这一条，任何形式的帮扶协作都会黯然失色。二十多年过去了，闽宁镇没有忘记，西海固没有忘记，那些为了改变这片土地的面貌而付出了心血、智慧乃至生命的人。厦门挂职西海固的干部林国荣服务西海固两年，完成任务即将回乡时殉职宁夏；福建农林大学菌草专家黄国楚，援宁十年，积劳成疾，英年早逝；福州市第十八中学女教师李丹，临终之前，把最后的一笔爱心款寄到曾经支教的西海固；福建莆田海峡职业中专学校教师杨明，支教西海固，扎根西海固，八年未曾离开西海固，以"超长待机"为大山里的孩子点亮心灯……

闽宁镇的发展，成就了东西协作的典范。

女儿情，未了情，很多人一生走不出的山海情。二十多年来，福建与宁夏，这跨越两千公里的互助亲情，早已经融进了闽宁两地人的记忆里、血液里。山有山的坚韧，海有海的豪迈，闽宁协作还将长期坚持下去，2020年11月16日，当西海固向世界宣布告别贫困的那一刻，山与海又携手朝向着共同富裕的新目标奔去。

尾声

2021年2月25日，北京人民大会堂。雄浑的《向祖国英雄致敬》乐曲中，习近平总书记为全国脱贫攻坚楷模荣誉称号获得者颁发奖章、证书和奖牌。当宁夏闽宁镇代表走上台前时，习近平总书记殷殷嘱托："一以贯之，刮目相看。"

谢兴昌、刘昌富、杨登福、马红梅、张桂花、王瑞刚、孛云峰、李养斌、马建明、王雁路、王金虎、王文娟、李敏尧、刘莉、毛琪、毛璞、借粮的虎子……闽宁镇上，这一张张我们已经熟悉了的面孔，露出了自尊而惬意的微笑。这是六万多闽宁镇移民甜甜的笑，由衷的笑，从容的笑。历史记住了这一天——中国共产党带领全国各族人民成功解决了区域性整体贫困，消除了绝对贫困。而他们，每一个闽宁镇人，都是这场伟大史诗的书写者。嘹亮凯歌声中，闽宁镇和闽宁镇人连同他们的老家西海固，一起成为动人心魄的音符。

其作始也简，其将毕也必巨。这话，说的就是宁夏闽宁镇，说的就是用心用情的闽宁协作，说的就是守望相助的闽宁情。与此同时，一部扶贫题材的热播剧《山海情》，成为全国人民热议的话题。宁夏闽宁镇，剧中故事的发生地，仿佛是在一夜之间火遍了大江南北。远近的游客，络绎不绝地来到贺兰山下，寻访着现实中的闽宁镇，观览着一处处酿酒葡萄庄园，又似乎在努力回顾着某种渐远的共通的记忆。闽宁情，山海情，就这样深深打动了无数中国人。

为什么会是这样呢？

闽和宁，山与海，延续了中国人守望相助的温暖传统，展现了追求共同富裕的时代精神。

现实中的闽宁镇，温情故事仍在延续……

不久前，闽宁镇上来了一个特别的福建亲戚。

这个亲戚，是卓金贤，就是本书开篇时那位进山挂职的副县长。二十多年前，卓金贤是福建省首批援宁干部工作队一名队员。人生际遇很重要，卓金贤有幸亲历了闽宁村从干沙滩起步时的艰辛，如今也目睹了这片干沙滩变成金沙滩的人间奇迹。电视剧《山海情》里，陈金山副县长的原型就是卓金贤。就像剧中的凌一农教授，是福建科学家林占熺一样，剧中的陈金山副县长，也对应着一个特定的原型人物。

听说卓金贤要回闽宁镇，镇上的干部都很激动。挂职干部李辉钦自告奋勇，要去机场迎接老前辈。他说，自己是站在十一批福建援宁干部工作队前辈的肩膀上来工作的。接到卓金贤，他们走出银川河东机场，一路高速，四十分钟回到了闽宁镇。阔别二十多年，卓金贤顺路先是参观了新镇区和镇史馆。没想到，占地两千多亩的新镇区，全是闽南与闽东的古厝风格，学校和民居都是古色古香的福建味道，有湖泊，有繁盛的草木，就像是一处南方的园林式城镇。一瞬间，水乡泽国的温润扑面而来。

卓金贤提出来，要去看木兰村。

自镇区到木兰村，乡道上全是密密匝匝的林带。一路上，卓金贤看见当年栽种的白杨已长成环抱的大树，当年开凿的渠道还在使用。站在水渠的堤坝上，脚下翻卷着黄河水，他的眼眶闪烁着泪光。说当年修渠对沙质土壤没有把握，溜坝了，干部群众连夜抢修到天亮。木兰村的民居早已翻建多遍，整洁有序地镶嵌在绿树环绕中。木兰村的村"两委"办公区，气氛有些尴尬，工作人员竟然不知卓金贤是谁。是啊，一晃分别二十多年，第一代闽宁镇人渐渐老去，新家园、新起点已交到了年青一代的手上……

卓金贤一杯水没喝完，福宁村党支部书记谢兴昌闻信来接。

谢兴昌小跑着迎上去，两双大手紧握在一起。谢兴昌就是老谢，当年躺在地窝子里难过到想起母亲，之后又第一个在戈壁滩盖起土坯房的老谢。闽宁村初创时，他们在工作中结下了深厚情谊。两人原本头发都稀疏，二十多年不见，如今都已谢了顶。谢兴昌不由分说，托起卓金贤的胳膊肘就往自己家里迎。谢家庭院的绿树下，方桌上摆满茶水和点心，镇上那些上了年岁的移民三三两两赶来相见。

> 故人具鸡黍，邀我至田家。
> 绿树村边合，青山郭外斜。
> 开轩面场圃，把酒话桑麻。
> 待到重阳日，还来就菊花。

这是一个让人动容的场面，恰如孟浩然《过故人庄》里那样。

"和我一样，西海固一百万人搬出了大山！"谢兴昌感叹着。

"早听说了！"卓金贤笑着，"我挂职期满，回福建的时候，自治区刚刚成立了红寺堡移民区。没想到，红寺堡现在成了全国最大的一个易地扶贫安置区。成立闽宁村之后，西海固迁出一百万人口，说明闽宁村发挥了示范效应。"

卓金贤说到这里，谢兴昌使劲儿点头。

"老领导，我现时还是镇上的义务宣讲员。"谢兴昌动情地说，"我给来宾讲，闽宁镇的发展变迁，成就了东西协作的典范，呈现了中国式脱贫致富的成果，也体现出了我们中国人伟大的互助精神！没有这些，我们穷汉的命运没法改变。"

"谢书记，你讲得好！"卓金贤说，"闽宁协作不是单向的。比如宁夏一家企业几年前扎根福建莆田，填海造地，投资上百亿元，建天然气基站，保障东南地区的能源安全，这就是闽宁协作双向互助的标志性事件。"

说着说着，谢兴昌又主动说起老家西海固——

"西海固的烂泥河上，架起了一座座高桥，水电路不再犯难！"

"断流三十年的渠道，现时流动着清澈的河水。"

"我的老家红太村，山上山下一片绿，房前屋后树成荫。"

西海固角角落落里的变化，仿佛就在谢兴昌的讲述中。老家红太村，一个让老谢爱恨交织的地方，一个让他下了十年决心最终逃离的地方。如今，西海固大山深处的这个偏僻小山村，虽然与闽宁镇的各个村子相比有一定差距，但也发展好了，生态好了，雨水好了。这些年，红太村搬出百余户，剩下百余户，老家经济来源也不再单一，既靠劳务输出，也靠特色养殖。红太村几公里之外，有一家福建企业的冷凉蔬菜大棚，也算人们的一份产业。老家人普遍从事特色养殖，大地上长出了各样的树木花草。

"在老家时，上山犁地，我把自家一头耕牛和一头毛驴套在一起拉犁铧。耕牛毛驴肩并肩，它俩约好了一样，总是撒懒，出工不出力。闽宁协作不一样，这二十多年，福建人和闽宁镇人、和西海固人一条心。"

这句话，一瞬间，惹得欢乐笼罩了农家小院……

闽宁协作，二十多年来，没有发起过声势浩荡的项目建设，福建宁夏两个省区从一件又一件小事情上做起。这种扎实勤勉的实践，带来了深刻启示——建立起持续带动、持续帮扶的长效机制；以解决贫困问题为核心，把帮扶的重心由物转化成人，围绕人的发展配置资源和项目；把福建沿海产业优势与宁夏劳动力、自然资源优势相结合，市场导向、互利共赢，由产业开发扩就业、促增收，实现造血机能；坚持人与自然和谐共生，致力于解决人与环境的矛盾、发展与破坏的矛盾，持续改造生存环境和生产环境；激励贫困群众发展产业，激发蕴藏于群众之中的内生动力。

二十五年，四分之一个世纪，就在人们的辛勤奋斗与不断创造中过去了。卓金贤与谢兴昌，闽宁镇发端时并肩奋斗的青年一代，大多已是五六十岁的人了。无论时光如何流逝，一起在干沙滩上拓荒的、拼搏过的他们，早已是今生今世的兄弟。就像新闻上说的那样，福建宁夏两地人用二十多年，造就了一个先富带后富、共同发展，东部扶西部、共同繁荣，外力促内力、共同奋斗的样板。

小嫩芽让春风唤醒

我再送来春雨滋润

阳光照耀

父老乡亲向明天出发

我为您早把灯点亮

把路铺好

有难同当风雨共挑

追梦圆梦你和我一个不能少

和睦安康有福共享

新的时候我们携手一起好

一起好，一起好

美好生活我们共创造

一起好，一起好

世界看到我们的微笑

……

　　耳畔传来的这首减贫主题歌曲《我们一起好》，唱出了西海固的情感，唱出了闽宁镇的情感，唱出了闽宁协作的情感。在西海固，有八个国家级贫困县区，宁夏的半壁山河，重新焕发出青春盎然的容颜。恰恰就在这个时刻，就在这个美好的春天里，西海固大山深处，一个七岁小女孩微笑的小视频，火遍了整个网络，亿万网友看见了。这一刻，人们忽然意识到了，西海固一个甜甜的微笑也能感染到全世界。

　　说起来，这不过是西海固一个平平常常的瞬间。一天上午，西吉县马建乡大坪小学课间休息，孩子们在嬉戏，一位支教老师随手拍摄了一条视频。画面里，一年级女学生铁嘉欣，穿着红彤彤的羽绒上衣，瞥见镜头缩了一下脖子，捂着嘴，羞涩地笑了。拍视频的支教老师觉得很有趣儿，发到网上。没想到，铁嘉欣甜甜的微笑，立即刷了屏，冲上了热搜，一个微笑女孩引来了人们对西海固的关注。

　　这个微笑让整个网络变得热闹起来，无数网友，刨根问底，热情打问着一个微笑背后的事情。自然而然地，大家说起了西海固，饶有兴致地讨论起了西海固巨变。有人说，女孩老家西海固曾经苦甲天下，现在和全国一道脱了贫；有人说，铁嘉欣家的经济条件算不上是富裕的，但比起之前好多了；有人说，女孩的爸爸是村里的养殖专家，靠着养牛养羊改变了家庭面貌；有人说，你笑起来真好看，像春天的花儿一样；有人说，铁嘉欣的学校几年前还是土坯房……种种热议，使西海固这个传神的地理称谓被亿万人知道。无论怎么说，这清澈的微笑里，袒露着西海固的精气神，呈现着中国乡村的变迁。

　　沧桑之变的西海固，真的重新找回了青春。

　　确切地说，微笑女孩的西海固，不再是干山枯岭，如今是一个花园般的地方。曾经去过西海固，如今重访西海固的人们，就一定能够感受得到这里一切的变化。在西海固，在大山的深处，闽宁两地人推广林草"四个一"试验示范工程，人们在用一棵树、一株苗、一棵草和一朵花，持续改造西海固生态面貌。种草种苗种树又种花，人们不但种出了风景，还真的种出了产业。自治区大力推进生态建设和迁出地生态修复，精准发展生态产业。西海固生态的有效治理，带来了湿地的不断增加，昔日光秃秃的高山旱梁上植被越来越多，雨水比之以往变多了起来，自然灾害明显减少，先前精华殆尽的土地获得了休养生息。有时，铁嘉欣和爸爸妈妈站在自家庭院里，就能瞧见白鹭和黑鹳在头顶掠过。西海固，大变样，山川改容，水土重生，不但成为宜居宜业的家园，还成为野生动物的乐园。

西部的山，东部的海，携手亲历着伟大变迁。千年脱贫梦，今朝终成真，一切变化，都在庄严地告诉世界：这里为探索人类更好社会制度交出了中国方案。从中，人们看到了一个青春的闽宁镇，一个青春的西海固，一个青春的大中国。

东西相携，山海互恋，朝向着国家兴旺，朝向着民族复兴。在宁夏闽宁镇，在宁夏西海固，来自海边的福建力量仍将长期存在。闽宁协作以及整个东西协作和定点帮扶，又重新开始适应起形势与任务的新变化，聚焦巩固脱贫攻坚成果，继续探索着协作方式，人们追逐和拥抱着乡村的振兴。文明的血脉在我们身上汩汩流淌，互助的亲情把我们紧紧凝聚。到西部去，成了许许多多东部人汲汲于心的家国情怀……

这光荣的土地上，依然承载着美好的中国故事。

图书在版编目（CIP）数据

闽宁山海情/樊前锋，徐华森著 . —北京：中国青年
出版社，2021.9

ISBN 978-7-5153-6519-0

Ⅰ.①闽⋯　Ⅱ.①樊⋯②徐　Ⅲ.①纪实文学–中国–
当代　Ⅳ.①I25

中国版本图书馆 CIP 数据核字（2021）第 172594 号

本图书如有任何印装质量问题，
请与出版部联系调换

联系电话：（010）57350337

责任编辑

刘霜 Liushuangcyp@ 163.com

出版发行

中国青年出版社

社址

北京东四十二条 21 号

邮政编码

100708

网址

www.cyp.com.cn

编辑部

010-57350508

发行部

010-57350370

印刷

北京欣睿虹彩印刷有限公司

经销

新华书店

规格

710×1000　1/16

印张

17

字数

265 千字

版次

2022 年 3 月北京第 1 版

印次

2022 年 3 月第 1 次印刷

定价

58.00 元